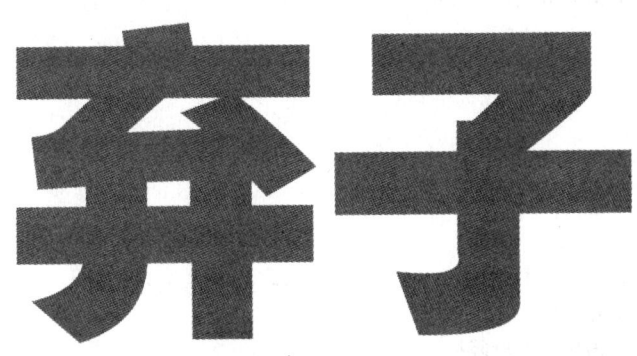

# 弃子

赖森 著

当代世界出版社

图书在版编目（CIP）数据

弃子/赖森著 .—北京：当代世界出版社，2013.10
ISBN 978-7-5090-0716-7

Ⅰ.①弃… Ⅱ.①赖… Ⅲ.①长篇小说—中国—当代 Ⅳ.①I247.5

中国版本图书馆 CIP 数据核字（2013）第 190673 号

| | |
|---|---|
| 书　　名： | 弃子 |
| 出版发行： | 当代世界出版社 |
| 地　　址： | 北京市复兴路 4 号（100860） |
| 网　　址： | http：//www.worldpress.org.cn |
| 编务电话： | （010）83908456 |
| 发行电话： | （010）83908409 |
| | （010）83908455 |
| | （010）83908377 |
| | （010）83908423（邮购） |
| | （010）83908410（传真） |
| 经　　销： | 全国新华书店 |
| 印　　刷： | 北京紫瑞利印刷有限公司 |
| 开　　本： | 710 毫米×1000 毫米　1/16 |
| 印　　张： | 20.5 |
| 字　　数： | 360 千字 |
| 版　　次： | 2013 年 10 月第 1 版 |
| 印　　次： | 2013 年 10 月第 1 次 |
| 书　　号： | ISBN 978-7-5090-0716-7 |
| 定　　价： | 36.00 元 |

如发现印装质量问题，请与承印厂联系调换。
版权所有，翻印必究；未经许可，不得转载！

# 目 录

引　子 …………………… 1
第一章　血战同古 …………… 3
第二章　会战曼德勒 ………… 43
第三章　胜利大逃亡 ………… 76
第四章　空降空降 …………… 114
第五章　东方直布罗陀 ……… 150
第六章　带血的伞绳 ………… 186
第七章　弃　子 ……………… 224
第八章　千秋家国 …………… 267

# 引 子

一架零式 21 战机鹰隼般地自天际线的云层间突然钻出，它时而俯冲，时而拉升，不断变换着各种潇洒的飞行特技。雪白的机身上涂着比太阳还耀眼的军徽。机翼下，英属缅甸的首府仰光一片狼藉，战火燃烧的硝烟遮蔽了太阳的光芒。

日本战机围着仰光金塔逍遥地兜来兜去。城市广场上，一队队日军排着整齐的纵队，浩浩荡荡向更远的北方杀去。年轻的武士骄傲地唱着气势磅礴的军歌，歌声中洋溢着胜利的喜悦。战马嘶鸣，铁蹄铮铮伴着歌声，和着欢快的节奏。

"万朵樱花是你的裙裾，吉野的花儿被山风吹拂；如果不是生为大和男儿，怎能将敌人打得落花流水？长枪在握迈步刺，佩剑在腰近身杀；不知不觉两千年，千锤百炼大和魂。军旗下的武士有 20 万，八方聚集 80 队。奉天而战是日本步兵的精髓，勇敢踏入敌阵吧，军队的主力在这里，最后的对决是我们的任务，骑兵炮兵协同作战吧。"

而高亢的军歌声中，那挂在仰光金塔檐上的 1065 个金铃和 420 个银铃，却在战火中发出阵阵悲戚的呜咽……

此刻于英国驻缅甸总督府官邸的正堂间，那座特地自英国本土运来的古板的大落地钟，正好敲响了 1942 年 3 月 8 日上午 10 点的钟声。

恰恰也就在此时，在蜿蜒的滇缅公路上，一队队穿着灰色军装的中国远征军正急匆匆地经过异域沧桑的古塔，如风雷般向日军迎头杀去。兵车行，铁流滚滚。一寸河山一寸血，十万青年十万军！

与中国远征军最初遭遇的并非是骄横的日军，而是公路上数不清、望不尽、溃不成军的驻守缅甸的英军。这支日不落帝国的大军，垂头丧气、焦头烂额地从仰光一路溃退下来，朝缅北曼德勒方向逃窜。道路两边遗弃了大量的武器、汽车和辎重。

两支军队擦肩而过的时候，或许是为了争夺道路，或许是发泄不满，总之伴着汽车喇叭和战马的嘶鸣，一阵嘈杂的中、英文对骂的声音，一声比一声高。

一骑中国远征军前锋的传令兵在公路上策马扬鞭，直向先遣部队200师师长戴安澜将军的座驾驰来。

"报告师座，英国败兵把前边的路挡上了，还骂咱们老娘。"传令兵报告。

"告诉他们，要打日本的就掉头上，不打给老子滚蛋！"戴安澜气愤地说道。

待传令兵折返，戴安澜的参谋长凑到他耳边低声说："师座是不是注意一下措辞，就算打仗也得注意一下外交辞令吧。"

戴安澜斩钉截铁地回答："对败军而言就是要骂他！骂他！毫不留情地痛骂！这样才能使他知耻而后勇！"

与此同时在中国远征军第5军的野战司令部里，杜聿明将军在审视了参谋们刚刚在作战地图上标注的最新态势后，丢下铅笔抬起头说道："亚历山大将军果然是个人物，先是成功地指挥了敦刻尔克大撤退，现在又在缅甸一溃千里，英国人用人真他娘的有一套。"

# 第一章 血战同古

同古是位于缅甸南部的一座小城,这里交通发达,公路、铁路贯通。同古东连茂奇,西接普罗美,南通仰光,北达曼德勒,城西北还有克永冈机场为英国皇家空军所利用。因此仰光被日军占领后,这里就显得格外重要了。

中国远征军的前锋 200 师,奉命在同古掘壕固守,以阻止日军北上。同古城周围一派紧张繁忙的景象。

克永冈机场上,疲于撤退的英军只留下几架锈迹斑斑的飞机,随便搁在停机坪上晒太阳。

未撤走的英军飞行员悠闲而舒适地坐在一座板棚的露天阳台上,颇有绅士风度地品着刚煮熟的印度红茶。机场跑道上,任劳任怨的中国士兵正挑着土担,来来往往地填充着前天日军轰炸留下的弹坑。

一名中国士兵,在机场南侧 345.3 高地山脚下取土的时候,信手在开满鲜花的草地上摘下一支成熟的蒲公英。他将蒲公英高高地举起来,迎着风轻轻一吹,顿时蒲公英的种子像降落伞一样,飘满天涯。

突然,机场上空由远至近传来一阵隆隆的飞机轰鸣声,旋即,一架架涂着太阳军徽的战机赫然从高地的山巅上横空出世。它们掠过高地,自云端疾速俯冲下来。飞机两翼的机枪喷吐着金色的弹雨,纵横的弹道在地面上驰骋,暴起一串串迅速延伸的烟尘……

接着运输机编队在战斗机的护卫下,自天际中洒下一串串洁白的伞花,一如蒲公英的种子,当空曼舞……

日军伞兵一个接一个地跃出机舱,而地面上的中国军毫无组织地向空中仓促射击,子弹贴着伞兵们的腮帮子飞蹿着……

与此同时,机场左近的丛林间,由缅奸带路秘密穿插至此的日军 55 师团 143 联队藤田步兵大队,正齐刷刷地上起刺刀。神情冷峻的藤田浩中佐放下望远镜,猛地抽出雪亮的军刀。军刀一挥,顿时埋伏的步兵便如狼群般迅猛地自丛林中冲出来。冲击中的步兵们狂热地高呼着:"万岁!万岁!"阳光下刺刀反射着刺眼的寒光!

突如其来的变化,将充满闲情逸致的英国飞行员顿时惊得目瞪口呆。直到随时间一起凝固在手中的茶杯被子弹打成碎片的时候,他们才恍然大悟,慌忙连滚带爬地躲进板房。

一些中国兵还在好奇地欣赏着云一样的降落伞。当他们用充满惊异与好奇的目光看着日军伞兵们从天而降的时候,日军的刺刀便已经捅透了他们的胸膛。

突降的伞兵着陆后,迅速抛下降落伞,然后打开空投的武器包,操起枪一鼓作气抢占了机场制高点的塔台。然后随即掉转塔台上的重机枪,将一排排子弹像下雨似的凌空倾泻……

在空降兵的协作下,藤田大队以一个势不可当地冲锋一下子便将中国军撞出了机场。

两名英国飞行员藏身在板房桌椅下。一个飞行员举着左轮手枪紧张地瞄着门口,另一个则拼命地在胸前划着十字。"查理。"他忐忑地低声呼唤着同伴。

"嘘——"查理连忙示意他不要出声。

他的同伴可怜兮兮地说:"我们投降吧。"

几名日军迅速逼近板房。他们先是曲身贴近板房露台的基底,然后一齐站起身以步枪射击封死几个窗口。接着掷弹兵在步枪兵掩护下,从容地取出手雷,拔出保险,在钢盔上一磕,然后猛地跃起身,把手雷一个接一个地狠狠砸进窗户。

一枚手雷"嗞嗞"地冒着青烟滚到飞行员的眼前。濒死的飞行员惊呼着:"上帝啊!"话音未落,"轰隆隆"几声爆响顿时将板房炸得四分五裂。

就这样,200师唯一的补给基地——克永冈机场失陷了。

不久日军的运输机,一架接一架地降落在跑道上。成队的日军唱着嘹亮的军歌,列队从机上下来。机场塔台上高高飘扬着太阳帝国的军旗。

同古西北,345.3高地是克永冈机场唯一的屏障。茂盛的茅草布满峻峭的山坡。娇艳的山花丛间,散布着数十具血肉模糊、支离破碎的远征军战士的尸体,苍蝇"嗡嗡嗡"地在淌满黏稠血浆的尸块上叮来叮去。重伤的士兵痛苦地倒在前进的路上,发出阵阵凄厉的哀嚎。

在弹雨中，一名瘦削的中国士兵扛着一个负伤的军官，踩着追踪的子弹，在己方火力掩护下冒死跑回了 200 师 598 团一营三连的阵地。

"好样的，姚桂林。"大伙接下他不住地称赞。

待他们将伤员放下一看，那军官早已被方才的乱枪射杀了。

"倒霉！又一个连长死了。"中尉连副廖景阳哀叹道。他哀叹的并不是这位连长的不幸，而是这个连好像中邪了一样，只要打仗连长准死。甚至就是在后方，还曾有个连长被冒失的哨兵开枪击毙，也有说法是因为枪走火，反正连长们的结果都是一样。廖景阳掰着手指头数了数不禁惊呼："死 7 个了！还差 1 个凑个吉利数。"

机枪手六条转头说："连副你凑上去吧。"

"不行，不行。不能乱了阎王爷的规矩，得是正儿八经的连座。我翘了辫子屁都不算。"

一个身背大刀二虎吧唧的少尉说："估计老天爷快开眼了，整够了 8 个连座就不死人了。"

"你来啊，我给你向上峰举荐。说这东北老爷们儿真有种，打仗一见血就搂不住地往上冲。不要掩护、不要枪，就抡着那二十九路军的大刀片子跟日军的大正十一机枪死磕。"

"扯哪，你拉倒吧，谁二虎吧唧的？脑瓜子让弹片削了！？我山炮哪？"

廖景阳笑着说："好，你不二。以后别愣冲，你们排的兵也是爹娘养的。"

二人说话间，200 师 598 团一营营长赶上来。他挥着手枪声嘶力竭地训斥："磨蹭什么呢？上啊！天黑前必须给老子拿下高地，配合一、二连夺回机场。上峰急眼了，工兵营丢了机场，营长回去就让师座崩啦！"

廖景阳伏在阵地上道："长官，咱打仗讲点战术行吗？别拿人脑袋愣往机枪底下填溅。这他娘的高地植被茂密，冲了半天，死了那么多弟兄，连日本人的影子都看不见！你瞧，我们连长已经身先士卒地赴死去了！"

"机场事关我同古安危，拿不下高地就不能控制机场！你我有几个脑袋够枪毙的？"

"妈的，工兵营这帮孙子真尿。一个营愣守不住一座机场。"

"少废话，趁着日本人飞机没回来。赶紧上！"

"营座，您要想不被师座毙了，您真得听我的。咱从西边迂回上去，真能少死好几十个弟兄。真的！真的！"廖景阳恳求道。

"不行，上峰有令要予以日军迎头痛击。"

"哎哟喂，您说您是懂中国话呢？还是不懂中国话？您平时不是一根筋啊？"

"啥意思？"

"打仗少死人，打赢了叫迎头痛击；当兵的死光了，仗打败了您就得抱头鼠窜了。饶是我们死了，您蹿回去也得受军法。到那时候，阴曹地府里面可不分军衔，我们都臊着你，没人给您打敬礼。"

"少废话，贻误战机者杀！畏战不前者杀！休整5分钟，你们连给我接着冲。我以营迫击炮火给你掩护。"

"大哥，打得着吗？冲了5次了，连毛儿都看不见，光看见死人了。坐标都报不明白！您瞎眼儿打炮，纯粹败家子儿。"

营长叹了口气说道："廖景阳你给老子听好了：朱连长阵亡了，你给老子冲上去，连长就是你的。你要再给老子这儿磨叽，就地正法以振军威！"

"行，大爷。我不跟您争了，行了吧？你这样，炮火准备一过，我连主力佯攻，我敢死队从西边山沟里摸上去。风从那边来，我放火烧山，趁着烟幕上！日本人习惯梯形防御，我从侧翼直插上去，然后你佯攻变主攻！"

营长端起望远镜，按他指的方向端详了片刻后说道："我看这个地形，至多能展开一个班。"

"这就够了。敢死队是敢死，不是送死。"

"好吧，要是不成功你就别回来了。"

"放心吧，这种作死的仗，我本来就回不来。"

"那好，我就陪你赌一把。"

于是廖景阳向周围士兵们叫道："我要最棒的，就一个班。有种的来，死了抚恤金给双份。"

他话音未落，六条提着一挺轻机枪伏身跑过来报到："我去！"

廖景阳随即对他交代："好。六条，你把ZB26去换成布伦，那个子弹多。"

六条刚走，那身背大刀的少尉走过来："娘的，算我一个。"

"好，彪子来了。全连最有前途的排长都不当了。"

"我有啥前途了？"

"连长死了，你一排长正好补缺，八很吉利。"

"你拉倒吧！"

片刻间又有几个兵围拢过来报名。

这些兵只有一个人廖景阳不收。他对那个年轻的士兵说:"海边你别去了。你死了抚恤金都没人领。"

"我不为钱!"他冷冷地说。

营长问:"他怎么了?"

"他是孤儿。从小海边长大,没名儿没姓儿。死了白死。"说着,他又对兵们叫道,"再来两个。攒鸡毛凑掸子,就差俩大脑袋了。"

接着,赶过来的两个兵又被廖景阳辞退一个:"成号兵留下。但你姚桂林不成。"

"为啥?"姚桂林问。

"枪打不准,起哄行,杀人没戏。老子不要炮灰。打仗光有胆儿不行。"

姚桂林听罢只得悻悻地坐了回去。

最后廖景阳说:"要个投弹手。"

"……"

见无人应答,他随即盯上一个躲在一旁,胡子拉茬正嚼窝头的老兵道:"老聋子别装了,你过来。"

"啥?"他好像没听见。老聋子是山东沂蒙山里的汉子,却没有山东大汉的那股虎劲儿,相反他总是形象猥琐地喜欢躲在角落里。按说干投弹手,就该像六条和彪子那样结实的身板,可他没有,他精精瘦瘦一副邋遢相。而且一到关键时候耳朵就不好使。据说这可不是炮弹震的,可能打他当兵前就这德行。

"违抗长官命令军法论处。"说着,廖景阳提起冲锋枪,拉开枪栓冲着他脚边就是一个短点射。

老聋子惊得连忙蹦起来叫道:"哎!哎!俺……俺有老婆有孩子。"

廖景阳扬起枪口骂道:"老兵油子!好吧,我那份儿也归你。跟我上!"

等廖景阳选拔的敢死队准备出发的时候,他突然道:"等等,我还要一个人。"

"谁?"营长问。

"医护兵。我们连俩医护兵刚才都死了。日本兵真行,居高临下400米外一枪穿一个。我想给弟兄们留个缺胳膊、断腿儿的,好将来看个坟什么的。"

"我这儿有个翻译,一个学医的大学生。本来是医院的,可是这小子偏和团长的小舅子看上同一个女人,正好会说日语,就叫人鼓捣下来当炮灰了。"

"你舍得吗?我就是要个收尸的。"

"算啦,给你吧。我还是希望你能捡条命。"

"是替你上军事法庭吗?"

营长挥挥手说:"不用,这儿就可以判决。"

片刻后,一个长得白白净净、瘦瘦高高的小伙子傻了吧唧地跑来报到:"报告长官,一等兵陆枫桥前来报到。"

廖景阳上下打量着他道:"多好的白面书生啊。"

"听不明白,长官。"

"没关系,我要个医护兵。你可以干你的本行了。"

"去哪儿?长官。"

"敢死队。"廖景阳说话的时候,语气中轻描淡写,就像说去约会那么随便。

然而那书生似的战士却顿时吓得面色煞白:"我只是个翻译,我的职务是协助审问战俘。"

"日本兵没俘虏,当翻译就是浪费人才。我看你还是重操旧业吧。"

"那……那我应该回医院呀。"这个士兵迟疑道。

"不用,这儿有的是伤员。"

为了不暴露目标,廖景阳领着这班敢死队在1米多高的茅草和灌木间异常缓慢地匍匐前进着。突然,他发现小队行军序列后面,尾随来一个士兵。

廖景阳立刻揪住他按倒,低声道:"你不要命了?"

海边从容地说:"那边也未必会不死。"

"先说好了,你可没在册。死了没钱。"

海边狠狠瞪了廖景阳一眼,一低头向前爬去。

由于高地上茅草又高又密,再加上风吹草动,他们爬了半天,竟未遭日军枪击。

爬到了预定冲击待机地域后,廖景阳悄悄问最后爬过来的医护兵说:"医生别紧张,跟在我们后面,尽你所能吧。"

"好。"他紧张地点点头。作为报国从军的知识青年,这还是他第一次上战场。他怀着忐忑的心情,不禁皱了皱眉头。

廖景阳看在眼里,只好安抚道:"记住,你觉得子弹对你有威胁的时候,谁也别救,救自己。"

"那……那怎么看威胁?"

"笨蛋!子弹飞过耳边会有炸响。"

"炮弹呢?"

"哨声不用躲,风声躲不了。"

"为什么?"

"一个打得远,一个已经到了。笨蛋!"廖景阳是个聪明人,而且他也一直在炫耀他的天赋。所以他喜欢骂别人笨蛋,从而凸显出他的聪明绝顶。他又问道:"对了,你叫什么来着?"

"陆枫桥,长官。我是苏州人。"

"行啊,名字够高雅的。"说罢,廖景阳就向前爬开了。

陆枫桥低着头向前边爬边兀自回复道:"苏州枫桥是我的老家。张继的《枫桥夜泊》写的就是我们那儿。"突然国军阵地的迫击炮开始"嗵嗵嗵"地射击了,炮弹"哧哧"怪叫着向高地上呼啸而去……

炮火刚一延伸,远征军便拉开散兵线冲了上去,担任掩护的轻、重机枪一阵紧似一阵地向高地上压制着。

一个中国兵的身形,在日军步枪准星里运动并追随着渐渐放大的人形,突然枪火一闪,准星套住的身形一个跟斗栽倒。一瞬间自高地的草丛和灌木间喷射出一排排、一串串的枪火。超音速的枪弹射出后,齐刷刷地削掉了植物的叶茎,然后再穿透人的身体……

在同一时间,廖景阳的敢死队已点燃了茅草,趁着火焰燃起的烟幕发起冲击。

"好啦,我们上!"廖景阳的话音刚落,"嘭"的一声,他身旁的号兵脖子就被射穿。待到陆枫桥赶去时,那战士颈部的血洞正呼呼冒着带气泡的血。不等他急救,那战士颈部的血泡便不再冒了……

"医护兵!医护兵!"战场上有人在惨叫。

陆枫桥一边在迷茫的烟雾中循声过去,一边感到一阵阵发自心底的窒息。心跳的声音似乎掩盖了战场上激烈的枪炮声,他甚至感觉到有子弹不断从眼前掠过,有炮弹在耳畔崩开。所以他的眼皮总是被迫紧张地眯缝着,甚至他都不敢抬头去望一望那高地上的浴血激战。但是他还是看到了一具绊倒他的尸体,那是刚才放火时还活蹦乱跳的弟兄。可是此刻他的身躯已经似遭了车裂般的分离,白花花的肠子、黏糊糊的血浆,还有……还有破碎的残肢。顿时陆枫桥恶心得立刻干呕起来。

廖景阳冒烟突火,曲身在每一片弹着点间拼命地跳跃着、奔跑着、翻滚着,他甚至不能停下来,因为他知道对面几十条枪在向他射击。只要慢一拍,子弹就能咬上他,他运动着、射击着,汤姆森冲锋枪已经连换了两个弹匣。人在枪林弹雨的缝隙中穿梭,心跳似乎比冲锋枪的射速还快……

他终于看见日本人了,那是他出国作战以来第一次见到日本军人的样子。两个日本兵端着雪亮的刺刀向他扑来!他举枪射击,但是冲锋枪突然卡壳了。正当他绝望地等着挨上一刀的时候,斜刺里冲来的机枪手及时地撂倒了敌人。

突然,高地上新冒出一个日军火力点,犀利的枪火封锁了通路。廖景阳身后,一个战士顿时惨呼着翻着跟头顺着山坡滚了下去……

廖景阳蜷缩在一块山石后面,子弹打得石头直冒火星。

"干了他!干了他!"廖景阳心急如焚地大声喊。

卧在后侧的海边握紧步枪,屏气凝神,略一瞄准,瞬间击发。

待机枪一哑,廖景阳又呼喝道:"投弹手上!机枪压制!"说话间他换了弹匣,向高地上打出一串点射。

老聋子迅速跃起,山猴子一样地在枪林弹雨间蹿来跳去。他一边跑一边抡起两条胳膊左右开弓,不间断地朝日军阵地里甩手榴弹。他抛的手榴弹又高又远又准,每炸响一颗总有些血肉和装备崩出工事。

后面六条的机枪打得贼猛,子弹压着日军堑壕沿上来回扫,压制得日军无法露头。

忽然,一个刚才打掉的机枪掩体复活了。弹雨"突突突"地从喇叭口状的枪口中倾泻而出。

老聋子连忙卧倒,顺着山脊就往下滚。他嘴里乱叫道:"哎呀,哎呀老婆孩儿呦,要完蛋了!"机枪刚恢复射击,海边手疾眼快地瞄准射击孔连补上3枪。机枪一停,老聋子就往上爬。海边翻滚几下,伏下身依然瞄准那个掩体的射击口。但见里面人影一晃,枪口一压又要射击。海边扣动扳机紧跟着又是一枪。

随即老聋子抡起胳膊一扬手,一颗手榴弹便冒着青烟飞进掩体,在里面炸响……

陆枫桥抱着头伏在地上,突然又听到有人凄惨地呼叫他。他犹豫了一下,一咬牙还是冲了上去,可一不留神下身竟尿了裤子。他顾不上那么多,爬到高地的堑壕旁,手忙脚乱地为一位牺牲的战士兀自进行着毫无意义的包扎。他一面抢救,一面大口大口地喘着粗气。这时,廖景阳正遭日军压制,被迫退回这段堑壕。他一个箭步蹿上来,拽起陆枫桥的衣领将他拖了进去:"别管死的啦,找半死不活的。"

营长从望远镜中看到廖景阳他们得手,立刻号令:"吹号,冲锋!"

与此同时,日军炮兵系着印着日本国旗的头巾,光着膀子给38式150毫米野战炮装填上炮弹。传令兵信号旗一摆,随着山崩地裂的一声闷响,两吨多的重炮被巨大的后坐力陡然颠了起来。整个炮兵阵地顿时被硝烟与尘暴笼罩。

隆隆炮声中,正与日军激战于工事间的廖景阳循声望去,日军拦阻射击的炮火,雷霆般席卷着该连主力的冲击队形。队形末端督战的营长厉声喝道:"别趴下,快冲,冲过炮火!快!"话音未落,一群炮弹飞来,瞬间将他炸得粉身碎骨。

兵临绝境的中国兵,向着炮火发起亡命冲锋,炸碎的肢体和武器伴着爆炸的硝烟不断地飞。被日军枪弹打死、打伤的士兵沿着进攻的道路,化作前进的坐标。冒死杀入敌阵的士兵与廖景阳的残兵汇合,然后他们像风一样刮向日军阵地纵深……

身背大刀的少尉撇下枪,由背后抽出大刀,一马当先迎着反冲锋的日军率先杀了上去。旋即两军短兵相接,在高地上展开惨烈的白刃战……

当日暮西垂的时候,中国军队控制了日军一部分阵地。但双方仍在高地上对峙着,不时互相打阵冷枪。负伤的士兵东倒西歪地瘫倒在堑壕里,等待陆枫桥的救护。六条逮着一个贪生怕死的兵正一阵猛踹,少尉提着大刀走过来问:"咋啦?"

六条义愤地控告道:"妈的,给老子当副射手,打着打着找不着这个龟孙了。"

少尉一听,二话没说抡起大刀忽地砍在那个兵头顶的战壕上,土"哗啦啦"地掉了他一脸。少尉恶狠狠地说:"听着,机枪一停,鬼子立马冒出来还击,到时候死的不是你一个。今后打仗再溜边儿,老子先削死你!"

廖景阳拎着枪闯入一座日军隐蔽部。他一脚踹开趴在桌子上的尸体,然后就去端详那亡灵身下血染的作战图。看着满是日文的地图,不禁使他想起陆枫桥来。

陆枫桥正在工事内手足无措地照顾着濒死的战友。他死命按住负伤战士的伤口,想制止胸腔内不断涌出的血液。当他眼睁睁地看着伤员咽气的时候,不禁潸然落泪。他用手一擦,竟擦得满脸是血。

廖景阳找到他,立即像老鹰抓小鸡一样将他扯入隐蔽部。

"放开我!你干什么?你活着,可不能不管别人!"他一路挣扎着说。

"看这个！"廖景阳将他甩到桌前指着地图说。

"这是作战地图，我不懂！"

"图我懂，字儿我不认识。"

陆枫桥定了定神仔细看看，然后一个个指着讲解："这是同古，这是仰光，这是皮尤河，这是鄂克春，这个是曼德勒，这是——"

"这个我懂，这是日军55师团，是我们当面之敌。这是112、143、144三个联队。哦，143就是从这迂回过来的。这个是——"看到这儿，廖景阳突然怔住。他嘴角叼着烟几乎都烧到了嘴唇，但却惊得他早已忘记了灼痛。

"怎么了？"陆枫桥看着他错愕的样子问。

是夜，第5军参谋长向杜聿明报告："军座，据前线新缴获日军作战地图分析，我军当面4个日军主力师团，兵分三路成钳形向我纵深曼德勒方向攻击前进。现在200师孤军深入，正好处于铁钳中央。戴师长恳请各部火速驰援。"

杜聿明沉吟片刻道："马上，马上让史迪威将军到我这里来。一个远征军3个司令部。天各一方，这仗怎么打？"

"不好吧，太晚了。恐怕人家休息了。"

杜聿明不悦地说道："一位美国光杆司令，指挥中、英两支军队，他能睡得踏实？"

缅甸午夜，繁星伴着冷月凄凉地挂在天际，就仿佛黑幕上布满的弹孔。这时候345.3高地上来了一位军容严整、精神抖擞的上尉军官。他带着警卫沿工事直奔指挥所："这里谁指挥？"

匆匆起立的士兵们一齐望向正将腿翘在桌子上酣睡的廖景阳。那不时在黑夜中响彻的枪声，对于他似乎就像是一支摇篮曲……

上尉一边打量着这位满身战尘的中尉，一边坐在他的对面。然后，他突然拔出配枪狠狠地朝天放了一枪！

廖景阳陡然惊醒，他一翻身从椅子上滚倒，接着便去摸枪。待到枪弹上膛，他才看清对面来人。然后他白了一眼那上尉，草草整理了一下军装站定，干咳了两声道："200师的长官，都这揍行。就不会好好说话。"

上尉瞪着他说："中尉，这里是前沿，敌人就在你对面。打高地死了那么多弟兄，你睡得可真踏实。"

廖景阳揉揉布满血丝的眼睛道："习惯了，从昆仑关到同古，死人见多了！从国军的到日军的。不变样的战术，不变样的打法，拉大锯扯大锯，来回扯淡。扯着扯着就扯成了规矩，这种高地战的对攻，白天打，晚上睡。谁坏了规矩，谁挨骂！"

上尉笑笑说："老兵，你还挺有理。不怕下地狱的弟兄们揍你？"

"不怕，该抽的长官多了。我排不上号儿。"

上尉听出他的口音便问："北平的？"

"是。你去过？"

"念过书。看你那玩世不恭的样儿，一准天子脚下的刁民。"

"北京城没有刁民，只有爷们。我家住西城，在下连副廖景阳，请问长官尊姓。"

"兄弟陈至公，不才受师座委派前来传令嘉奖你部。"

廖景阳不屑地说："红口白牙的就来了？"

"不，还有，给你带来一位新连长。"

"呵呵，我在3连干连副小3年了，送上西天的连座不下7个。刚死的那个，弟兄们连名都没记住。"

"我就奇怪了。听说你黄埔十三期毕业，可别人都扶摇直上，而你怎么当起个小连副没完没了？"

"我说话直，不招长官待见。"

"好啦，还有多少弟兄？"

"活着的62个，轻伤19个，重伤刚送走了11个，估计也活不了了。"

"呵呵，你果然说话很难听。"

廖景阳打量着他说："那位连座就是你吧？来多少人啊？"

陈至公指了一下身后年轻的警卫说："我，还有一个传令兵。"

廖景阳自顾自地点上一根烟道："死了那么多弟兄，就补充俩大脑袋？"他成心就不给陈至公递烟。他既不拍谁的马屁，也不在乎谁的官威。他是个性情中人，能接上他烟抽的人，必须要他瞧得起。他明明既不是泼皮也不是兵痞，可让人看上去他好像比那两种人都更甚，身上带着一股与生俱来的邪性。

陈至公倒没介意，只是淡淡地说："200师在同古与日军全线交火，现在哪儿都缺人。"

"好吧，我接受你的指挥。从现在起你就是我们3连的第8任连长。"说着廖景阳草草敬了个礼。

彪子跟六条悄悄嘀咕："上峰真能忽悠，死啥给整啥。"

六条小声附和说:"前面7个一个比一个死得惨。我看这老8也凉半截了。"

这两人都是3连的老兵,因都出身草莽,所以总是一副天不怕地不怕的劲儿,是3连最刺儿头的两位爷。

陈至公站起身传令:"好,师部命令:收缩防御,天亮前撤出战斗。15分钟后全连将发起最后一次攻击,然后撤回城里休整!"

"上峰竟干这没屁眼的事儿。早说啊,早说,我们何必顶着枪子,非在这儿跟日本人较劲呢?你看看这地形,坡陡、草高。仰攻对我一点便宜都不占。好不容易拿人脑袋堆下来的制高点,说丢就丢了。师部的参谋尺子一量就划出一道线,可就为了这条线,多少弟兄眨眼就成了炮灰。"

"这是战争,兵形如水,水无常形。"

"切,都是借口。一将功成万骨枯。"

"打鬼子,为国家民族。"

"我知道,要不谁这么玩儿命?"廖景阳充满怒声地回答。他不是为了发泄不满,而是为了证明他有原则!

陈至公从兜里取出一打勋章道:"敢死队有幸存的吗?我要代师座授勋。"

廖景阳戴好钢盔,然后从周围扯出几个兵一一介绍道:"机枪手六条,大名张六顺,排行老六,前边5个哥哥都战死沙场了!不过别担心家里还有位七爷。投弹手老聋子,大名曲凤山,老兵了。他在昆仑关上炸过日军坦克,耳朵有时候不太好使。这个,神枪手海边,是个孤儿。他能照着38大盖的准星,打穿鬼子的右眼。这是一排长彪子,大名叶彪。神经病一个,打仗一见血就疯。哦,这里还有位秀才,这是陆枫桥,医大毕业。刚来的,他人没救活一个,但能给死人包得跟木乃伊似的。"

待他介绍完,陈至公将勋章先放下,立正,恭恭敬敬给众英雄敬了一个军礼。

授勋完毕,部队准备战斗。老聋子小心翼翼地将勋章放进衣兜。廖景阳便告诉他的英雄们:"把勋章都戴好了,死了也好让人看看你们不是一厩人。"

陈至公拍拍他的肩膀低声道:"你说话怎么老那么缺德啊?"

"咱干的就是拔阎王爷胡子、踢小鬼儿屁股的死差事。我不会像上面那些长官那样冠冕堂皇地说好听的。当兵的就得跟他们讲清楚,战场上说死就死。我说的习惯了,他们也就听惯了,然后死就没人怕了。"

"嗯。兵者,凶器也呀。死生之地,唯有够凶、够狠方能九死一生。"

"呵呵，横下心找死的，反倒一个个都活蹦乱跳。"

"好啦，准备一下，再攻一次。"

"不错。撤退前打场进攻，一晚上鬼子都不会再摸回来。"

"你不怕先坏了规矩？"

"臭毛病都是人惯的。我不讲规矩，能给鬼子折腾得一夜都不敢合眼。"

"那你够遭骂的。"

"日本人不骂娘，就会穷叫唤混蛋。老子本来就是，还用他说？"

"你好像也没那么讨厌。"

"你也是。和死的那些有点儿不一样。"

"是吗？我不在乎是不是第8个。"

隆隆的枪炮声在同古城四周越打越响。同古城内的建筑、街巷已经成为了废墟广场。到处凝结着死伤军民的残血；到处黏挂着人体的碎块和内脏。扭曲的碎弹片和满地的玻璃碴，可以扎伤中国士兵穿草鞋的脚。伤者哀嚎着被军人们匆匆抬离，死者则散落得到处皆是。空气里弥漫着血腥、硝烟、与死尸恶臭混杂的气味。当地居民撕心裂肺的哭泣之声，充斥着布满瓦砾的大街小巷。撤下来休整的3连，此刻正在街头大量喷洒消毒剂。心细的士兵还用尘土去掩盖地上的鲜血。

就在这时候，陆枫桥在战火纷飞的街头偶一回眸，忽然发现一队医护女兵正背着药箱，伴着抬伤员的担架匆匆走过。

他略一打量，不禁眼前一亮，那为首戴着钢盔的女兵，正是他的同学林茵。他立即兴奋地摘下口罩迎上去招呼："林茵！林茵！"

那年轻女兵戴着破损的钢盔，虽然面容上布满尘灰，但却掩饰不住她的俊俏与文静。她停住焦虑地望着陆枫桥道："你怎么在这儿啊？"

"连队昨天撤下来的，空袭以后叫来消毒收尸。"

那女兵怜惜地望着他说："你自己小心点儿啊。"

"哦，对啦，"陆枫桥高兴地翻出前天晚上荣获的勋章，骄傲地递给她，"送给你，我挣的。"

林茵眼圈不禁一红道："我不要，你留着好了。这是你拿命挣的。"

"我还可以挣好多好多。回去以后我要让他们都看看，我们有多优秀。"

"没必要，只要我们在为祖国而战就足够了。"

"咱们那儿的同学们都还好吧？"

"昨天中午李菲和晓羽上前线救护没再回来。"

陆枫桥听到不禁一愣,"怎么了?"

林茵沉默了一分钟后,突然眼圈一红哭诉道:"太可怜了,晓羽走之前还给她妈妈写信说一切都好呢。"

陆枫桥感到心头一紧,不禁哽咽道:"你们都得小心啊,感到威胁就先自救。子弹冲你来的时候在耳边有炸响。"

"嗯。"林茵用手背擦一把挂满腮帮的眼泪,乖巧地点点头:"你也一样。"这一下泪水和着灰尘,竟将她脸上抹得好脏。

陆枫桥不禁怜惜地拿起口罩,轻轻拭去她面上的脏印。这时,林茵突然从衣兜里掏出两包香烟,扯住他的手塞上说:"对啦,一位长官给的。给你吧。"

"我不抽烟。"

"孝敬长官啊,让他少派你去执行危险任务。"

"没用啊,这里的长官像屠夫一样。"

"拿着吧,老兵说战场上烟比大洋好使,还能镇痛呢。"

"那我先谢你啦。不过勋章你拿着。"

"不用啦,你的命自己留好。等打完仗挂满胸口,骄傲地走过凯旋门。"说着,她回头望望走远的战友,然后跑开道,"先这样,我该走了。"

"哎!"陆枫桥叫。

姑娘回眸道:"什么?"

"给你。"陆枫桥摇着口罩又说,"你脸脏得像小花猫。"

姑娘摆摆手说:"不了,小心点啊。"

望着林茵柔美的背影,陆枫桥心里有一种说不出的心动与幸福感。

林茵跑向她的战友,突然又站住。然后转身回眸叫道:"陆枫桥……"接着她远远地挥挥手大声叮咛,"记住活着回来啊!"

海边摘下钢盔,将它垫在屁股底下,然后舒服地靠在残垣断壁下,解开口罩,点上一支烟。他一边深深地吸着,一边左顾右盼。忽然,他在城四周的枪炮声中,敏感地听到天际中传来一阵大功率引擎发出的"嗡嗡"声。同时有很多军人也听见了,正抬头向天上望。他跟着向上一看,天空上一拨绿色机身的轰炸机编队正掠过苍穹向这里逼近。

"空袭!空袭!"有人开始朝天鸣枪并发出警告。

海边向街头望去,离他不远的医护兵正傻愣愣地伫立在街头。他连忙丢下烟蒂迅速扑上去，拽住陆枫桥就跑。他们刚跑开，地面就开始剧烈颤动起来，然后接二连三的爆炸声浪，直扑进耳膜。他随即按倒陆枫桥，伏在铺满建筑废墟的街头。

日本陆军双引擎攻击机庞大的机身下，炸弹如排卵般凌空而下。

接着，炸弹爆炸的轰鸣声如滚雷般在大地上震动。爆炸形成的气浪，将周围残损房屋的建筑物抛向空中。腾起的灰尘和死伤者模糊的血肉一齐从天坠落下来，撒得到处都是，惨不忍睹。

就在这时，陆枫桥突然掀翻了压在背上的海边，一个箭步跳起来，拼命地向林茵她们远去的方向跑过去。

"哎，你疯啦！"海边叫道。

陆枫桥穿行在恐怖地狱般的街头，一边跑一边高呼着："林茵！林茵！快趴下！"

有些炸弹，先是斜斜地落地，然后沉重的弹头直接插入泥土中。趴在落弹点附近的中国士兵，绝望地望着炸弹尾部的旋翼保险仍在"哧哧"地高速旋转，当它戛然而止的时候竟没有爆炸。于是双手抱头、本是料定必死的士兵，终于绽开侥幸的笑脸。然而在250公斤炸弹的内部，棍形撞针正在失去保险控制，向着炸弹前端因触地而弹起的触爆器坠落，然后轰然引爆……

这时候海边冒死冲上去，一跃而起将陆枫桥再次扑倒。陆枫桥伏在地面上，使劲地挣扎，使劲地呼唤……就这样，大约两分钟后，爆击声渐远。伤者的呻吟、尖叫与军人的咒骂声开始在四周响起。

海边抖落身上的尘土，恍惚地站起来，迷茫地向天际张望。

陆枫桥爬起来，一时间他仿佛完全失去了听觉，一阵紧似一阵的蜂鸣声不断在他耳中回荡。他看到街头有一些挣扎着并爬动的伤者、一些跑动呼喝的军人；被爆燃的房屋在火焰中垮塌；鲜血像大地动裂变一样，不规则地在地面上到处流淌；海边正怒不可遏地冲着他喊些什么。他怔了怔，毅然又朝着刚才林茵挥别的方向奔去。

陆枫桥拼命迈开腿脚，跌跌撞撞地跑过去。至近前，他看到两个女兵正围着一副担架无助地悲怆恸哭着。陆枫桥突然放慢脚步，他感到自己随时都可能跌倒。

在那儿，在那担架上，林茵静静地伏在死去的伤员身上，鲜血兀自从担架上滴滴答答地坠落，然后淌成一支血流……

血，红的血，自陆枫桥的钢盔下缓缓地流下。刹那间，他目中的一切都被鲜血染成红色。然后，他直挺挺地倒下。

陆枫桥醒了，他感到头部似裂开一般的疼痛。然而那和心的痛楚相比起来，却算不了什么。他先是感觉到一些莫名的失忆，然后林茵最后的笑靥就反复在眼前浮现。这使他不由得忽地坐起来，张开喉咙，大声呼叫着她的名字。

3连的官兵闻声围拢过来。廖景阳一边吸着烟，一边打量着头缠绷带的陆枫桥说道："你小子真有命，要不是有钢盔扛着，脑浆子能给你炸出来。"

陆枫桥撇开战友，目光一扫便看到立在角落的枪支。他跳下床，一个箭步扑上去，抄起一支步枪就向外闯。

廖景阳随手将他的胳膊攥住，问道："干吗？打飞机啊？"

陆枫桥挣开他，声嘶力竭地喊道："你让开，我要去杀鬼子。杀！杀！杀100个，不，1万个。"

"扯淡！就凭你？还没到前线，就死了好几个来回！"

陆枫桥猛地冲着廖景阳举起步枪，怒吼道："你让开，让开！"

廖景阳看着枪口不屑地说："笨蛋，枪栓都没拉开，还想上前线？"

陆枫桥随即"哗啦"一声拉开枪栓，食指搭上扳机，瞄准廖景阳说道："收回你的话，老子不是笨蛋！"

廖景阳盯着陆枫桥因愤怒而充血的双眼道："放下枪，我饶你不死。笨蛋。"

同时周围的士兵们也纷纷端起枪，冲着陆枫桥大声呼喝着让他缴械。

就在这剑拔弩张的时候，连长陈至公突然从外面抢步上前，一把推开了陆枫桥的步枪。接着"砰"的一枪，房顶立时被打出一个弹洞，"哗啦啦"掉下一串尘土。

陈至公飞快地夺过步枪，将陆枫桥重重地撂倒说："你怎么了你？你有毛病吗？"

陆枫桥坐在地上号啕大哭道："我恨，我恨哪！日本鬼子，我要杀日本鬼子！"

这时，廖景阳愤怒地抄起一支冲锋枪，一脚踹翻陆枫桥，子弹压上膛，踩着他狠狠地骂道："小兔崽子，你找死啊!？啊？有冲长官举枪的吗？"

陈至公连忙将廖景阳劝到一旁道："这小子炸懵了，我来，我来处理！"

陈至公带着陆枫桥来到一旁的废墟坐下问道："怎么了？吃枪药了？炸懵了？以下克上会被弟兄们乱枪打死的。都是抗日将士哪那么大仇？"

"陈长官，其实我不是冲廖长官。就在刚才，我亲眼看到我的女同学被日本鬼子的飞机炸死了。出征前她才刚过21岁生日。我们是上海医学院的同学，淞沪会战以后，我们随学校一起南迁。一路上大家每天高唱着《义勇军进行曲》，一起上街演活报剧；一起宣传抗日救国；一起为前线募捐。从金华到赣州然后再到贺县八步，一路上跋山涉水，最后辗转西迁到了昆明。1940年学校要迁往重庆，我们一些同学就在半路上毅然投军。那些怕死的同学，用那种特别崇拜的目光，目送着我们。我们骄傲地来到200师，然后兴高采烈地跨出国门。可是一切的辉煌，刹那间就全毁了。一个人，一个漂亮温柔的女人，怎么，怎么就那样没了呢？"他一边说话，一边回忆着那一幕幕往事，越回忆越心痛。

陈至公长叹一声道："抗日，家仇、国恨，一时多少儿女英雄。我知道你有多难受。谁不是这样呢？可是身为军人，你我再难受也要冷静。战场上枪弹横飞，稍有不慎，你的爱国激情，你的家仇国恨，就会随着你生命的终结而消逝。到那时候，九泉之下你含恨的，又岂止是杀敌啊？回去，给廖长官认个错，好好让他带你，带你成为一个优秀的士兵。和大家一起奋勇杀敌。"

"我不是瞧不起你，挺好的知识分子，干吗跟个土流氓似的？"回去以后廖景阳对陆枫桥说。

"请廖长官带我杀敌报仇！"

"你听着，现在全连就你一个医护兵。你不能死，你死了弟兄们就少了半条命。本来挨一枪打不死。可没大夫，一会儿血就流干了。"

"我会尽我所能。"

"打仗，军兵种协同，少了谁都玩儿不转。有冲在前边挡子弹的，就得有蹲在后边拼尸块儿的。学着点吧！"

"我恳请廖长官让我上前线。"

"小子想死可没那么容易的。"七七事变"后我举家迁到南京。在那里我进了黄埔军校，为的是能光复北平，驱逐日寇。后来日军进逼南京，我就和军校南迁出来。可南京却叫日本人屠城，从此我的父母亲就再也没有消息了。从那以后我就恨得要死，哪次打仗都冲锋在前。可他娘的日本兵就是杀不死我，知道凭什么吗？"

"您命大！"

"笨蛋！勇，但也得用脑子！"

"我要像你们那样。"

"我们和你一样，都在这儿凑合活着。因为我们每多活1分钟就离战争结束近1分钟。士兵的伟大是熬出来的。"

这时候，陈至公从外面进来说："副连长补充的新兵来了。你出来见一见弟兄们！"

廖景阳出来一看，是一排带着满身战尘，紧握钢枪的战士，每个兵的脸上都写满刚毅与坚韧。他偷偷问陈至公："哪来的新兵？分明是战场上下来的战士。"

陈至公小声回答："是11连的。他们在同古外围坚守了3天3夜。因为所剩无多，故此上峰叫和我连合并。"

廖景阳点点头，然后朗声对士兵们说："11连永远在。都是有名有姓的番号，我廖景阳不能辱没了11连的英名。弟兄们来我这儿，只是暂时栖身。等打赢了小鬼子，我向长官给你们请命，恢复建制。"

廖景阳的肺腑之言，顿时赢得了11连余部将士的一阵掌声。

随即，领头的中尉向廖景阳响亮地报告："报告长官。我张志鹏代表11连死了的和活着的弟兄，给3连的长官和弟兄们敬礼了！今后，我连将冲在前，守在前。任凭3连驱使，甘当革命军中马前卒。"

陈至公说："大家抗日军人，不说见外的话。从现在起，11连的弟兄暂编我连，协同制敌。我3连上下，只要尚有一息，绝不拿11连的弟兄当挡箭牌！"说着，陈至公上前将执旗手卷着的战旗取来，迎风展开道："全体都有，敬礼！"夕阳下，晚霞金灿灿的光芒照耀着那残破浸血的战旗，在风中猎猎招展！

廖景阳带着几名老兵荷枪实弹地在城中搜索。他们经过一片废墟时，发现一家挂着"腾冲旅社"汉字招牌的小店。

"月中什么土？"彪子煞有介事地念道。

"行，你真行。您真是才子。您敢情不是不认字儿哈。"

"真的？蒙对啦？"彪子显得很高兴。

"烧高香吧！"

"给谁啊？"

廖景阳想了想说："祖宗吧。你真不简单。"

这时，老聋子趴着破窗向里喊："有人没？有人吗？有人没有？"

六条说:"有人你也听不见。"

老聋子瞪了他一眼道:"我看见吃的了。"

六条一听,二话不说将虚掩的破门一脚踹开闯了进去。

廖景阳他们随后也跟了进去。他们迅速在残破的旅店里搜索了一番。后院的住房已经炸塌了,只有带招牌这房子还不坏。最后大伙聚集在落满灰尘的饭桌旁。那桌上摆着一些残羹剩饭,看样子已经有几天了。老聋子下手抓了一把米饭搁在嘴里咀嚼片刻,然后面色一变就全都啐出来,说道:"切,馊了。呸,呸呸!"

廖景阳冲几人命令道:"再找找。"

几个人在屋里四下一翻腾,立即找出一坛老酒、一块腊肉。接着,老聋子兴高采烈地自后院跑出来道:"喂,弟兄们发财了!发财了!看半袋子花生米,还有几颗鸡蛋。"

"切,瞧你那点出息,特得意吧?"廖景阳笑着说。

"有辣子嘿,这是好玩意儿。"六条拎着一束辣椒回来说。

"连副咱做饭吧?"老聋子说。

"屁!生火暴露目标,一会儿炮弹就过来。"廖景阳说着,看也不看地往嘴里丢了一粒花生米,旋即又啐出道:"呸,生的。"他接着下令道:"凑合吃点、喝点得啦。5分钟啊,5分钟结束战斗。"

他的命令使老兵们立即欢呼雀跃。于是他们拔出刺刀,切开腊肉,打开酒坛仰头就灌。

"给我喝口,快点啊!"老聋子着急地冲六条叫。

廖景阳将枪和钢盔丢在桌上,一条腿往凳子上一蹬道:"老聋子你去警戒。"

"啥?"他问。

廖景阳笑道:"又装是吧?快找碗去啊,笨蛋!"

老聋子咧开嘴笑了,忙不迭地又去里面翻腾。

陆枫桥独自坐在重机枪工事上,含着口琴悠扬地吹着哀伤的曲调。附近的兵愣愣地听着那婉转的琴声,茫然地凝神注视着远方遥想故乡。然而伴着琴声,四下里却炮火连天。

这时候,海边跑过来通知:"集合!集合啦!"

陆枫桥似没听见,继续独自吹奏着,那神情就像丢了魂儿……

"集合啦！医生，快下来。"

片刻后队伍集合完毕，陈至公遂下令："奉长官令收缩防御。准备撤离。"

这时候，海边报告："报告。连副带着几个弟兄巡逻去了。"

"走多久了？"

"有一阵了。"

"好，张志鹏你带部队后撤。海边带几个弟兄跟我走！"

老聋子吃喝得意了，就情不自禁哼哼唧唧地唱起家乡的小调。彪子顺手抄起个鸡蛋"啪"地砸在他钢盔上说："别娘们唧唧的，喝酒！"

"老聋子想媳妇了吧？"六条说。

"想，真想了。要是不抓壮丁，老子这会儿可快活了。"老聋子说话时既神往又淫荡。

"屁，一准儿在地主家扛活。哪儿来的吃肉喝酒？打不死你才怪！"廖景阳奚落到。

老聋子琢磨着："可也是啊，给东家扛活。过年才给一条子肉，半壶水酒。"

"你那东家老够意思了。我那东家老眵喀嚓眼的，年三十了，还得得瑟瑟让爷给他喂那俩大牲口，一折腾就是一宿。"彪子说。

廖景阳接口道："马无夜草不肥，'寸草铡三刀，无料也上膘'啊。"

"你不是个大公子吗？怎么也懂喂牲口了？"六条问道。

"笨蛋，你忘了？老子在黄埔学的是骑科。草膘料力水精神。喂马真有感情啊，我记得给马拌料的时候，马还晃着头帮我轰苍蝇呢。"

"骑兵好啊，说跑就跑了。"老聋子说。

彪子说："你瞧你那尿样儿，跑啥啊？咱排就你惜命。"

老聋子回敬道："我尿？打哪仗没我呀？"

廖景阳眼睛一瞪："哎？你怎么还吃呢？去，给老子警戒去。"

"啥？"老聋子茫然道。

廖景阳放下酒碗，扯下老聋子的钢盔按着他脑袋连扇了好几下脑瓢道："你就会装蒜，就会装蒜。不装能死啊你？"

"哎呀，长官打人啦！长官打人啦！"老聋子杀猪似的叫。

"别吵吵，把鬼子喊来了！"六条骂道。

就在此刻，日军排开散兵线，正在几近夷为平地的同古城搜索前进。原来为减少日军炮火杀伤，戴安澜命令部队收缩防御，放日军进城好搅在一起打巷战。日军前锋小心翼翼地突入城中，城中街巷静寂得如死城一般。只有徐风吹来一阵阵尸臭和血腥气。突然带队的指挥官听到风中传来的呼喝，他立即挥手示意部队停止前进。霎时，日军官兵如临大敌。

那率队的少佐仔细听那声音。起先乍一听他还面色一变，但再听之下竟传来一阵中国人的行酒令！这让他不禁感到好笑。

原来六条和彪子正在面红耳赤地划拳行酒，而廖景阳则美滋滋地唱起了《空城计》，老聋子抱着枪蹲在门口把风。他虽没出声，但是两手却跟着他们猜拳的吆喝声左右开弓频频出招。他怕再挨廖景阳骂，只好干张嘴不出声地瞎比划。耳听得分输赢时，他便跟着一会儿愁一会儿笑。

这时候，陈至公他们也循着此起彼伏的呼喝声，搜索到了附近。

"陈长官你听，是连副的声音。"海边指着前边说。

陈至公挥手令众人止步，仔细听了听那风中飘来运气酣畅、有板有眼的唱腔，差点没把鼻子气歪了。他强忍怒火疾步赶了过去。

"大家跟上。"他的传令兵小柯连忙向后招呼。

与此同时，率队进城的日军少佐手再一挥，一队日军阵形一摆，朝着声音来的方向直扑过去。领队的军曹向传出声音的方向凭空劈出一掌，立时前锋日军交替掩护着从三面包抄过去。

"陈长官来了。"老聋子发现了陈至公的小队，连忙跑回来报告。

"来就来吧。"廖景阳满不在乎地说。

老聋子趁机又从桌上用刺刀扎了块肉，正要挑着往嘴里塞的时候，陈至公就到了。一见屋内的情形，陈至公顿时火冒三丈！他抬起脚"咔嚓"一声就把桌子踹翻了。

廖景阳怒斥道："你有病吧？"

陈至公气得手指发抖，手指着他们道："我真没见过，国军中怎么有你们这样的败类！"

"瘪犊子玩意，你骂谁呢？"彪子踹开凳子挺身怒道。

廖景阳脖子一梗道："谁是败类？打仗我不比谁屁。昆仑关战役在座的都是第一批打下600高地的。"

陈至公骂道："军纪败坏，能打仗又怎么样？看看你们的熊样，跟土匪似的！"

"土匪咋啦？老子就是土匪出身。"六条抄起机枪迈步上前道。

第一章　血战同古

陈至公抬手指着他训道："给我闭嘴！这里没你说话的份儿。"

廖景阳不屑地按下陈至公的胳膊道："我告诉你姓陈的，3连是老子的队伍，没你叫唤的份儿！"

陈至公大怒，刷地拔出匣枪指着廖景阳的脑袋道："大敌当前你扰乱军心，带头酗酒，贻误战机。身为连长，我现在就可以枪毙你！"

"你敢！"廖景阳怒视着枪口说。

"把枪放下！"六条刷地端起机枪威逼着陈至公。

彪子抡起大刀陡然砍飞了四脚朝天的桌子腿嚷道："小样儿，我削死你！"

陈至公喝道："怎么，你们敢违抗军令吗？"

"军令也是你下的？"廖景阳自信地看看手下得意道。

老聋子跑过来两边劝道："都是自家兄弟。消消火，消消火啊！"

廖景阳拨开陈至公的枪口，附身拿起自己的冲锋枪，挂在肩上，信步走向外面说："六条、彪子，咱们走！"

陈至公转身用枪指着廖景阳的背影道："廖景阳你走一个试试！"

"我给你脸啦？"说着，廖景阳突然转身，一把攥住陈至公的枪管按在自己的眉心道："开枪啊，我早就想死了。从南京失陷的时候我就想去死。打仗哪一次我不是身先士卒冲在最前面？死不了喝两口，醉生梦死一下不成吗？"

"可现在是在打仗！"

"'醉卧沙场君莫笑，古来征战几人回？'打仗算个屁！"说着，廖景阳甩脱枪管就向外走。

突然"轰隆"一声巨响，隐蔽逼近的日军用掷弹筒率先向他们开火了。掷弹筒射来的榴弹，瞬间将站在破屋门口警戒的两名士兵炸得血肉横飞。爆炸的冲击波一下子将廖景阳撞倒了。

廖景阳打个滚爬起来，蹲在门口一边观察一边骂："老聋子我让你看画儿呢？"

"啥？"老聋子掏着耳朵问。

陈至公连忙下令："日军上来了，赶快撤！"

话音刚落，四面八方悄悄围上来的日军，已纷纷现身向他们举枪射击。立刻，双方短兵相接地交起火来。

小柯跑过来报告："陈长官我们被包围了。"

"走啊你，我掩护，你们突围！"廖景阳一面射击一面说。

"少来这套，大家肩并肩打出去！"陈至公边射击边说。

"随便!"说着,廖景阳闪身一滚,蹿出门口,蹲在对面残墙拐角里换上弹匣。

陈至公打了一阵道:"我右翼敌人火力不足。"

廖景阳随即命令:"彪子你为左翼,我为右翼,六条掩护,聋子断后。其余人跟陈长官撤!"

"不行,你得跟我回去。"

"来不及了,你们撤吧。咱们各自为战!"

说话间,又一枚榴弹从掷弹筒射来,炸在廖景阳不远,四溅的破片立时划破了他的面颊。

廖景阳趁着烟尘,曲身端着冲锋枪就向右翼突击。陈至公拉回向左翼突击的彪子道:"跟我来,跟廖长官走!"

老聋子在路口、墙角冒死装上绊雷,然后收起手榴弹包,抱着脑袋追廖景阳去了。突然他感到左大腿一热,接着就被子弹狠狠地撞倒了。凭经验,他立即就地一滚,躲到一处墙角,但枪却落下了。接着日军"噼噼啪啪"的一阵排枪就打到他刚才倒下的地方,弹起的跳弹呼啸着钉进老聋子头部右侧的土坯里。

同时,廖景阳他们也前进遇阻,被迫左右应战,打得手忙脚乱。

老聋子被日军压制,藏身之地只能暂避一时。但一排排子弹打在他附近,跳弹随时都可以杀伤他。老聋子试了好几次,都无法拖回步枪,稍微一动就招来一阵射击。他焦急地自语着:"我日他娘哦。"

廖景阳指挥道:"海边、医生、六条你们去救老东西。彪子跟我上!"

老聋子缩在废墟墙角里喃喃自语道:"完喽,完喽。我的媳妇哦。"

他正说着,斜刺里冒出一名日军,端起枪就冲他射击。老聋子连忙闪身,见他一枪打偏,甩手就给他一手榴弹。他嘴里骂道:"我去!去你娘的。"

六条操着机枪与日军对射,但被对面的火力压制得无法露头。还是海边边运动边射击,几下翻滚,连着打趴下一对正副机枪手。

六条趁机摆开机枪脚架,用一阵节奏轻快的短点射压得日军不敢动弹。陆枫桥不知哪儿来的勇气,曲身一溜小跑,滚到老聋子附近废墟后面趴下,规避着来自日军的射杀。

廖景阳突击的巷口侧翼,一挺日军的92式重机枪封锁了街区。

彪子和廖景阳缩在废墟旁商量:"怎么着?我冲,吸引开他火力,你毙了他!"

"不行,一露头就打成筛子。死了白死。"

陈至公看在眼里,拍拍小柯,带着他沿着废墟绕过去。他们刚横向绕开,两名扼守巷口的日军便立即开枪。

陈至公屏住呼吸,果敢交锋。双方近距离交火,连着对射了好几个回合后,两名日军皆被射杀。

"轰隆!"在他们身后,日军的掷弹筒发射的榴弹又落下来了。战士姚桂林立时被炸得满脸是血。他捂着脸歪倒,声嘶力竭地惨叫起来!

廖景阳连忙滚到他跟前道:"别嚎了,我看看!我看看!"

姚桂林将手一挪开,两个眼珠连着筋,竟赫然挂在他血肉模糊的脸上!他绝望地叫道:"长官我回不去啦!"

廖景阳心痛地大叫:"医生!医生!"

陆枫桥大叫道:"海边!掩护我!"说完,他突地纵身向老聋子藏身的地方冲去。

一名日军立刻瞄准了他。海边迅即在对面起手就是一枪,将危险排除。

六条提起机枪向事前看好的位置跃进,然后架上机枪继续掩护。

老聋子坐在角落里,向着自己侧翼逼近的日军投弹。接着陆枫桥冲过来,迅速查看了他的伤口。他撕开他的军裤,只见他左大腿的断骨竟戳穿了皮肉,像犬牙一样地呲了出来。陆枫桥连忙扯开救护包就为他包扎止血。

老聋子叫道:"回去再说吧,先走吧。"

陆枫桥点点头,揪起他猛地扛上肩膀就往回跑。日军的枪弹随即毒蛇一样地追着他的脚步袭来。

六条、海边立刻双双闪出身,豁出命地与日军对射着。就在这时,追击来的日军趟到了老聋子刚才设置的"绊雷",一阵连环爆炸顿时将尾追的日军炸得人仰马翻。

陈至公绕过一座破房子,偷眼观察,日军的重机枪就架在斜对面的街角。旁边一名督战的军官挥着指挥刀疯狂地叫喊着。在重机枪的掩护下,日军也往来呼喝,调整战术阵形正向廖景阳他们逼近。

突然废墟间冒出一名日军,冲着小柯抬手就是一枪。两人几乎同时开火,小柯胸口下的土墙立即被洞穿,接着子弹又钻进小柯身体里。眼见小柯跌倒,陈至公反手连发3枪将那日军击毙。

他扶起小柯的时候,小柯正撕开军衣,看自己的伤口。只见他肋下半截步枪弹已经钻入肌肤,而还有小半截尾巴竟幸运地露在外边。

陈至公兴奋地说："你命真大。"

"用拔出来吗？"小柯问。

"……"

他一抬头，发现陈至公已经跑出去了。陈至公赶上去拾起刚才日军的步枪，在他身上搜了一下，然后返身跳回原处。原来他发现刚才被击毙的敌人使用的步枪枪口上装着一节91式掷弹器。他迅速退出子弹，重新装上空包弹，再将搜到唯一的一枚尾翼式枪榴弹装好。接着他大拇指一挑，迅即测量一下距离，然后定上标尺，沉着地举起枪，瞄准日军重机枪起手便将它轰掉。

陈至公这边一得手，廖景阳他们便冒死冲上街头，移动中接连射击，冲锋枪在街巷近距离作战中，赫然发挥了极大的优势。一阵阵突袭的枪火，像扫帚一样横扫着端步枪逼近的日军。随后他们接应着后面的伤员迅速撤离。

唯一不愿撤离的是炸瞎双眼的姚桂林。他执意死战，说什么也不跟大伙走，甚至以死相逼。万般无奈下，陈至公给他留下一枚手雷。这士兵攥紧手雷，最后说："我叫姚桂林，记着给我留个名儿。"陈至公点点头，含泪扯着小柯撤离了。

他们刚与廖景阳汇合，廖景阳就问道："那广西兵呢？"

陈至公不语。

"混蛋，他还能活！"他吼道，"你们走，六条、彪子跟我来！"

话音刚落，他们刚才被阻击的地方就立即响起一声爆炸……

廖景阳见此情形，立即一把揪住陈至公的衣领吼道："他是我的弟兄！"

海边和陆枫桥背着老聋子直奔野战医院。那里伤兵遍地，凄惨的叫声不绝于耳。面对不断涌入的伤者，医官们只是冷漠地为他们编号，等待救治。任凭那些送伤员来的士兵，哀求着、咒骂着。

一个医护兵随便给他们指了个地方说："在这儿等着。"然后在老聋子脚上挂了一个写着编号的木牌就走了。

老聋子叫道："哎哟，哎哟。等死也要排队啊？"

海边揪着陆枫桥说："医生，你有熟人。你想想办法。他家还有老婆孩子。"

廖景阳回到后方，在连指挥所里解下自己的武装摔到桌上。然后将自己的枪交到陈至公手里说："好了，我现在随你处置。"

彪子见了连忙阻止:"干啥呀,连副!"

廖景阳怒道:"滚出去!"

陈至公看看那枪,随手丢到桌上说:"算了!"

"不能算。我违犯军纪,连累了弟兄们!三死两伤,我只有一条命赔。"

"算了。我说算了就算了。"说着,陈至公转身就想走开。

廖景阳在背后大叫:"嘿,你不是陈至公吗。"

"不错。"他站住转过身望着他,不知道他想说什么?

"好名字啊,'风雨至公而无私。'"

陈至公接口道:"下一句呢?'所行无常乡,人虽遇漂濡,而莫之怨也。'"

"扯不上边儿。"

"我且任你风吹雨打。"

"为什么?"

"在枪林弹雨里你是条汉子。我敬重你的英雄气概。3连本来就是你的,你熟悉这里的每一个士兵。你绝不抛弃任何一个弟兄。"

"我有选择吗?都是有爹有妈的孩子。别管是抓来的也好,还是自愿来的也罢。既然到3连来了,我得让弟兄们活得痛快,死得也痛快!"说话间,廖景阳自己叼上一根烟,划了火柴点上,然后再信手朝他丢去一根。

陈至公接过烟抱憾道:"那个兵我对不起他。"

廖景阳走上来给陈至公点上烟:"小伙子有种啊,打高地的时候,在日本人机枪底下一个人背回了三个兄弟。"

"好人啊!"陈至公哀叹。

"好人不得好死啊!一般都这样。"

周围士兵们看得清楚,廖景阳向陈至公递烟了。这几年大家清楚,这位既混蛋又仗义的连副从没有如此与人交好过。在3连如果有人接过廖景阳的烟抽,并不是有面子,是一定要有资格。不看职务,用廖景阳的话说他看人。士兵们还没觉得这位给老天爷填空来的第8任连长咋样?可他廖景阳此刻却已经给足了这位连长面子。于是彪子悄悄将六条拽出去说:"这老八舞舞喳喳地挺能忽悠啊,瞧把连副哄的。"

六条说:"弄不好连副得让他给耍了。这小子我看出来了,嘴里有刀子,肯定的!"

"切,得瑟我就削他。那原来我们绺子一见这样玩意,我早削上了。"

"哼!还骂咱是土匪。在过去我立马崩了他我。"

在野战医院陆枫桥托医生给老聋子率先动了手术。医生给老聋子嘴里塞了半截木棍说:"咬紧它,省得咬掉舌头!"然后他指使陆枫桥说,"正好你们俩也帮忙一块按住他,别让他乱动。"

海边问:"没有麻药吗?"

"伤员太多了,连长官都得受这份罪。"

陆枫桥说:"大夫,请你手轻一点。"

"没轻没重。耽误了时间,还有伤员会死。你们按住他!"

接着,在老聋子的惨叫中,大夫开始生生地切割他的肌肉,清理创面。

老聋子疼得就像被刚钓出水面、濒死的鱼儿一样拼命地折腾。海边和陆枫桥努力配合着医生,死死将他按住。随后他们眼睁睁地看着医生一刀一刀像凌迟一般地切开肌肉,然后从老聋子的腿骨下面剜出弹头……

入夜,连隐蔽所里廖景阳问陈至公:"老陈你怎么来200师的?以前可没见过你。"

陈至公说:"我原是清华学生,南口战役时投军报国。在台儿庄战役追随过戴师长,所以入缅作战前被调来当参谋。"

"喝,好样的啊,血战过台儿庄,兄弟佩服。"

"廖兄见外了,军人尽本分罢了。"

廖景阳叹道:"如果每个中国军人都能尽本分,你我也不用千里迢迢跑到缅甸和日本鬼子叫板了。"

"是啊,且不说那些见风使舵当汉奸的国军败类。单说你们黄埔一脉的天子门生吧!党国上将唐生智执掌十几万国军精锐,对日军5万,双方实力是3比1,誓与南京共存亡。结果呢,他焚江毁舟,不让百姓撤离;战不三日自己却坐着汽艇溜了,弃南京百姓于水火。辖两个作战师的教导总队长桂永清、88师师长孙元良、87师师长王敬久无一不是弃部而逃;更有甚者竟化妆逃进妓院苟且偷生。真是军人的耻辱!"

廖景阳愤愤地骂道:"可是,这帮王八蛋现在还个个身居高位,还整天人五人六的呢。"

"悲哀啊!三军肯效命,而将军却畏敌如虎。"

"都说将军百战死,可没想到他妈的官儿越大越怕死!"

陈至公望着远处的战火幽幽地说道:"不过戴长官还是很有虎威的。"

廖景阳深深吸了一口烟道:"是啊。眼下我军八千子弟,对日军数万。弹药、粮秣不济，深陷重围，援兵不至。若换做旁人恐怕早已经投降了。"

此刻戴安澜正在他的指挥所，手执铅笔对着地图勾勒着新近的敌我态势。在他周围前来开会的军官们，静静地肃立着。戴师长做完图上功课，丢下笔长叹一声道："我军固防于中路，地处缅北之门户。而连日来我200师全体将士上下一心，以血肉之躯将日军主力师团牢牢地牵制于同古。我与杜聿明长官本来定下：200师不惜一切代价，争取时间掩护远征军主力向同古一线集结。集中兵力围歼日军前出之主力。但我右翼英军却溃不成军，望风而逃。致使我侧翼暴露，退路断决，陷我200师于围城。而我主力尚在数百里外集结。既如此，本师长决心：率全师将士孤军血战，誓以全部牺牲以报国家之养育！诸位有何意见？"

"誓与200师兄弟同生共死。"军官们同声回答。

"好，诸位袍泽兄弟，准备光荣地战斗吧。本师长立遗嘱在先：如果师长战死，以副师长代之；副师长战死，参谋长代之；团长战死，营长代之……以此类推，各级皆然。"

戴安澜说话间，桌上的茶杯、钢盔、铅笔等物品，突然被震得呼呼直晃。接着由南向北一阵阵沉闷的滚雷声，由远至近"轰轰隆隆"地传来。大地在剧烈地颤抖，同古城在战火中飘摇。

戴安澜刚讲完话，一名满身血污的军官急匆匆地跑来报告："报告……报告师座。日军以飞机、重炮协同，向我军阵地猛轰。并以毒气弹开路，坦克与步兵并进，向我发起全线进攻。"

"好啦，诸位，既然兵临绝境，就请诸位速回吧。切记恪守军人承诺，为国战死，事极光荣！"戴安澜说罢，向众军官以军礼作别。

窗外，日军战机正肆无忌惮地贴着同古城的屋顶和树梢飞行，对同古危城轮番轰炸。有的中国守军爬上屋顶，用机枪对空射击。但强悍的日本飞行员，驾机迅速爬升，然后占领射击位置，旋即高速俯冲下来以20毫米机炮凌空速射。霎时急促的爆弹将中国守军连人带房屋打得稀烂。破碎的血肉还没有落地，飞机上的炸弹就已经呼啸着从天而降了。

深夜，战场上偶尔响几声零星的枪声。整个同古城一片死寂。

戴安澜端坐于锡当河东岸隐蔽部中。他借着桌前马灯昏黄的光影，提起笔写下遗书："荷馨爱妻如见：余此次奉命固守同古……"

此时刚刚开到同古的日军第56师团一部，正悄悄涉入齐胸深的锡当河。

河畔中国军队的哨兵持枪巡行。突然日军尖兵光着脚从河里摸上来，刹那间以刺刀、匕首干净利落地将中国军巡岸小队解决。

随后日军迅速展开冲击队形，向河岸中国军队的防御阵地逼近。突然一名日军踏响了地雷，随即猛烈的枪炮声迅即在锡当河东岸响彻。

戴安澜闻声，丢掉笔墨，抄起一支冲锋枪立即冲了出去。

照明弹接连在河面上空爆燃，映照着河面上日军突击部队刺刀上的寒光。戴安澜操枪亲自上阵，督军从容应战。

锡当河东岸激烈的交火声，惊醒了3连阵地中三三两两蜷缩打盹的士兵。人们抻着脖子尽力向远方地平线上腾起的战火望去。

廖景阳连忙摇起电话询问，可是电话却怎么也接不通。陈至公冲出隐蔽部冲士兵们大声喊："都别看了，回到阵地各就各位。快！"

接着，他转身回去对廖景阳说："别要了，你接不通。"

廖景阳狠狠丢下电话问道："怎么回事？司令部那边怎么突然打起来了？也没人过来通报一声。"

陈至公叫来小柯道："你立即跑步去营部，问问师座那边要不要我们支援。"

"是。"小柯应了一声就要跑开。

随即，陈至公又叫道："回来。记住，营部不答去团部，团部不通上师部。"

锡当河东岸，日军正踏着尸体跨过中国军前沿阵地。尚有零星抵抗的中国士兵纷纷被射杀于阵前，就连奄奄一息的重伤员，也被日军挨个用刺刀捅死。河面上更多的日军部队正在涉水而过。

戴安澜望着照明弹下日军人头攒动的河面，立即指挥："今夜就是我等决死报国之际。传令全线戒备，严防日兵突袭。"

他话音刚落，侧翼里突然传来一阵更猛烈的射击声，河面上的日军顿时被侧射火力压制。密集的枪弹暴雨般泼向水面，爆炸的水柱此起彼伏冲天而起。顿时清澈的河流被染成一片鲜血的汪洋。接着有一队士兵，曲身迅速来到中心阵地，为首的向戴安澜报告："报告师座，598团3营，奉命前来增援。"

"好，上刺刀跟着我将日军赶下河里喂王八。"

旋即，嘹亮的冲锋号声在黑夜里撕破长空，中国军发出雷霆万钧的吼声。冲锋陷阵的中国兵，紧握着刺刀，跟着戴安澜赴汤蹈火，同河岸上的日军展开一场生死搏杀！

突然，在3连阵地前沿三四百米外的地方打了一排炮。接着陈至公走过来通知："别紧张，是我们的炮火试射。大家做好准备，注意日军动向。另外还没拿到防毒面具的，赶快去指挥所领。"

"去，去几个人到前边侦察一下。"廖景阳补充道。

此间正在3连前沿300米的地方，黑压压地趴着整整一个中队的日军。方才远征军的炮火试射，正好打到日军潜伏的战斗群里！

然而黑暗中，受伤的日军却没有一个吭声，没有一个动弹。四肢被炸得血肉模糊的士兵，露着破碎的白骨，伏在地上咬着牙，扣着地皮硬生生地挺着！炸出肠子的，竟不去往回塞一塞，只是啃着草皮，任那肚烂肠流！

黑暗中，几个中国军人曲身搜索着阵地前沿。他们深一脚浅一脚地趟着瓦砾和碎弹片，绊着横七竖八的尸体小心翼翼地前进。他们警惕地注意着四周，走几步便停一停四下顺着风听着声音，然而阵地前沿却依然死一般的沉寂。甚至当他们绊到尸体或是踢到弹壳的时候，那微弱的声音，都能惊出他们一梭子子弹。

前方枪一响，后面就更紧张，不是拉栓就是开火。直到前边喊："别打了，别打了！没事。"

"那你们瞎打啥呢？"六条骂。

"走火了，走火了。"前边回答。

"有没有？没有快滚回来。小心误伤！"

"没事！没事！"

然而就这一阵乱枪，又有数名日军中弹。有人当场就死了，有的人负了伤。但却依然没有一个人动弹，仿佛那些子弹本就是打在尸体上或土壤里的！整个潜伏阵地上，日军冲击待机的中队，安静得就像一片落叶。

待中国兵搜索队撤回阵地。日军中有些士兵便悄悄地以非常缓慢的动作，用缠着布条的刺刀，将伤兵们一个个捅死！那慢刀子由后背一寸一寸捅入心脏，由脑后一点一点地划破喉咙的感觉，像冰一样刺骨的冷。甚至有些手臂还能动的士兵，自己就做了了断了……

拂晓天际最黑暗的那一刻，陆枫桥躺在散兵坑里，睁着眼向天上望。夜空中星河浩瀚，美妙的残月现于东方。星辰好像是会说话的眼睛，一眨一眨在向他倾诉着什么。

突然，他感觉好像听到一种奇怪的声音，那是什么？是星的呢喃？还是，还是什么小动物经过的沙沙声。他甚至想那声音像是从前在森林中见过的刺猬。刺猬妈妈扭啊扭地走在前面，它后面跟着一串小刺猬，依次按照大小，排成有秩序的一条直线，沙沙地行进在草地上！

突然他意识到了队列，而沿着这个字眼一演变，他顿时惊得几乎叫起来。他悄悄推醒海边，以最微弱的声音道："嘘，鬼子来啦！"

海边听罢，立即举枪向坑外观察。

"砰！"他凭直觉打出一枪，马上一个黑影"扑通"一声栽倒。接着不等3连阵地的士兵们觉察，日军一齐发出一声慑人心肺地呐喊："万岁！"他们扯开刺刀上裹的布条，举起步枪披着黎明前的黑幕，杀气腾腾地冲上来。那时残月已经黯淡了，但日军的刺刀雪亮！

一时间各种枪械在仓促间向日军射击，各种野兽般的怒吼在阵地上回旋。继而日军退下子弹，与3连在阵地间短兵相接，展开白刃战。

海边伏在坑里，刚又射倒一名日军。斜刺里一名日本兵哇哇鬼叫着抡起刺刀枪凌空朝海边狠狠地戳来！

海边看得真切，再端枪回防已经来不及了！情急之间他干脆丢开步枪，闪身含胸，双手猛地死死攥住38大盖的枪筒。那锋利的刺刀离他的小腹不过毫厘。那日军猛力想拨回步枪，但步枪被海边攥得太紧。于是那日军索性压上全身的气力向下扎。海边便被迫在有限的空间里退缩。只是片刻的周旋，他突然发现陆枫桥不知什么时候从外面跑回来，正端着一支38式步枪在这日军身旁犹豫徘徊！海边大叫："医生宰了他，宰了他！"

陆枫桥闻声连忙扣扳机，"咔哒"一声枪没子弹！于是他手忙脚乱拉开枪栓一看，那弹仓竟是空的。

海边看在眼里急在心里地叫道："捅死他！捅死他！"

陆枫桥再次端起枪，但是他不敢——开枪杀人很容易，但是用刺刀亲手捅人他却没这个勇气。他端着步枪焦急地徘徊，急出一头大汗。正在这时，那日军竟也转头冲他凶巴巴地骂着什么！

陆枫桥或是被激怒了，或是他被谁从屁股后面踹了一脚。反正他端着枪向前挪了挪身子，锋利的刺刀就这样轻易地捅进了那日军的左肋。就在他慌张地撤回枪的时候，那日军与海边一起用惊愕的眼神看着他。看着他突然翻起手腕迈步又狠狠地一个突刺，一下又一下，一下比一下狠！那日军虽然已经死亡，但仍保持着与海边相持不下的动作。直到海边将他连枪带人一起揪到散兵坑里。

海边纵身跳出坑，一抬腿将陆枫桥踹翻在地。然后他瞬间击发，将一名正扑向陆枫桥突刺的日军胸膛打穿！

六条提着机枪，打光最后一颗子弹后，索性掉转枪口抡起枪托就朝敌人砸。那机枪托顿时就被日军顶着钢盔的脑袋磕断了，但同时鲜血和脑浆从钢盔里面呼呼地流了满脸。

彪子拎着淌血的大刀逢日军便砍。他大吼一声，将日军军官的指挥刀磕到九霄云外；再一刀，人头便斜着飞了出去。

3连阵地上忽然传出几声手榴弹爆炸的闷响——那是敌我双方杀红了眼的士兵，彼此在用手榴弹做最后的了断。

廖景阳撇开拼弯了的刺刀，拔出手枪向就近的日军连连射击。他毫不迟疑地单手换弹匣，火力连贯弹无虚发。

张志鹏迈步刺杀了一个日军，但那日军到死愣是横着枪回防，枪托重重地扫向张志鹏的面部；但随着张志鹏手上的刺刀狠狠地一拧，突然那日军的手臂便垂了下去。

陈至公抢着一顶破钢盔，按住身下的日军，左右开弓死命地猛砸。砸死这个，他又甩出钢盔砸向另一个扑来的日军。那日军侧头闪过，刺刀仍旧不偏不斜地朝陈至公扎过去！陈至公闪身躲过突刺，那日军复又掉转刺刀扎过来。千钧一发，小柯从乱战中跑出来，用匣枪将那日军击毙。

陈至公谢道："小柯，好样的。"

"给你枪。"小柯说着，将肩上的冲锋枪甩给了陈至公。

陈至公接枪的时候，又有一名背后偷袭他的日军中弹倒地。陈至公一瞥，那满身杀气腾腾，举枪在乱军中到处射杀敌兵的正是陆枫桥。他机械地上弹，瞄准，扣扳机，从容地游走于打乱了的战场。

"嗵！嗵！嗵！"中国军队的迫击炮开始向3连防御阵地外线纵深之敌进行拦阻射击。每一次爆炸的火光中，总有一些向3连阵地方向冲击的日军被炸飞！

至此时，破晓的朝雾正在褪去，东升的旭日正悄悄地爬出地平线。猩红的阳光照耀着地平线上那群拼死搏杀的军人，使人们每一个搏命的动作都镀上一抹阳光初绽的辉煌！

日军的炮火覆盖了200师的迫击炮阵地。阵地上横七竖八地躺倒着身首异处、支离破碎的尸体。但是远征军炮兵阵地上的射击，却一刻也没有停止。受伤的炮长仍然声嘶力竭地坐在地上，下令射击；断臂的炮手就用牙齿将炮弹叼起来，放进炮膛……

"嗵！嗵！嗵！嗵！"远征军顽强地以不间断的炮击，阻止着后续的日军向3连阵地冲锋！但日军依然在晨光里、在血光中一波一波地向着炮火拼命冲击。他们号叫着，像狼群一样冲过炮兵拦阻的火网、冲过人间地狱。但是冲过去的日军，旋即又像割麦子一样，一茬一茬地倒在3连重新巩固的阵地前沿。各种长短步兵武器，在3连阵地前打成一片无边无际的弹雨，那是另一个地狱……

当阳光洒满大地的时候，硝烟却仍未散尽。3连阵地上，士兵们端着枪在尸堆里寻找着幸存者。遇到自己人他们搭救，而若是遇到奄奄一息的日军，他们则无一例外地开枪射杀。

陆枫桥跟在海边后面，迈着沉重的脚步。经过一片尸体的时候，凭医生的经验，使他立即发现一个鼻翼还有些微弱颤动的日军。他连忙跑过去扒出那日军，去审视他的伤情。

那日本兵被他唤醒，微微抬眼看看他就昏过去了。陆枫桥马上俯下身贴紧他胸口去听心跳。哪知刚抬起头，海边"砰"的一枪便将那人胸骨打碎！

陆枫桥抬起头叫道："嘿！你干吗？他本来还活着。"

海边冷冷地说："他现在完了。"

"日本人也是人。"

"是畜生。"

"我们不能也像畜生。"

"战争就是这样。"

"是，我是亲手杀死了敌人。我是恨他们。但是没有抵抗能力的伤兵不能杀。是弱者！强者可以去战斗，但不能用伤害弱者而扬威。"

海边厌烦了陆枫桥的喋喋不休。他干脆冷冷地问："你还想送他回家吗？"

"那，那个不需要。"

"可以的。"海边说着，又向另一个刚刚挣扎着坐起的日军伤员开枪了！

这时，阵地上响起一阵口令声。戴安澜师长带着几名军官出现在3连阵地上。全体士兵就地立正，目光一齐扫向这位骁勇的指挥官。

他们看到师长虽然还是那么精神抖擞，但是眼窝深陷，军装又脏又皱，左臂上还扎了一条带血的绷带，连衬衫上也有血迹。

陈至公满身血污地立正向师长报告："598团1营3连正在打扫战场。"

"吾辈今日之血战，必将为我民族赢得未来之尊严。在此我感念诸位袍泽兄弟，为国抗战之勇武。戴某无以回报，仅以军礼相谢。"说罢，戴安澜师长含泪向士兵们庄严地敬礼！阵地上官兵们连忙以军礼相向。那一个军礼，气壮河山，一时胜过多少豪言壮语！

说话间，锡当河东岸枪炮声又起。

戴安澜身旁的军官连忙小声道："师座，日军又向我城东及师部猛攻了。"

不等戴安澜作答，天空上突然出现了日军的飞机编队。

左右随从连忙要去护卫师长。戴安澜挥手制止，随后他目送着日机飞向东方，接着城东传来一阵紧似一阵的爆击声。旋即一群被惊出的乌鸦不停地怪叫着，从东方的天际中飞蹿过来。受惊的乌鸦羽毛凌乱叫声凄厉，令人胆寒。

史迪威将军率少数美军随从在曼德勒东北部的眉苗设立了一个司令部。负责与英军联络的美国少校正向史迪威抱怨："英国人糟透了。没有计划，没有侦察，没有安全保障，没有情报，也没有士气。他们似乎什么也没有。"

"他们有吃有喝这就够了。这就是亚历山大将军所奢望的。"

"但是它不像一支军队。"史迪威愤愤地说，"没有一支军队会像他们那样。"

这时，史迪威接到一份杜聿明发来的电报。电文中说明了中国远征军的近况：

我第5军96师受道路影响仍滞阻于曼德勒附近，尚需一周始能集中。而66军何时集中尚难预料。我前锋200师已在同古孤军血战12日，牵制日军3个师团于左右。补给中断，粮弹殆尽。我22师虽已前出驰援，但日寇坚守据点，致22师攻击不畅。于此形势下，我军既不能迅速集中主力与敌决战，又不能全线协同，歼灭日军克复仰光。徒坐视200师被歼。如此分散用兵，则我远征军将被敌各个击破，甚有全军覆没之虞。因此，我决心令200师于29日晚突围，以保全我军战力，准备在平满纳再与敌决战。

史迪威看罢，马上叫人派车。他说："我要亲自去叶达西面见杜将军。中国人不能这么不讲信义。"

然而当史迪威赶到新22师师部见到杜聿明的时候，杜聿明却准备了一肚子话等着他："谁说中国人不讲信义？第一，我们成功地掩护了英国人撤退，使他们摆脱了日本人的追击。第二，你曾和那个从敦刻尔克跑出来的亚历山大将军说好的。当于西线全力阻止日军33师团南下，保障我军侧翼，配合同古会战。结果呢？英国人却风声鹤唳，草木皆兵，不战而逃。第三，你也曾向我保证过，美国空军志愿队会协同我22师的攻击前进，但他们在哪儿趴窝呢？我只看到日本人的飞机在我的头上不停地下蛋。"

"不管怎样，杜，你一定要让200师坚守阵地。把你的96师迅速调上去，夹击55师团。"

"已经来不及了。200师正在我22师掩护下从同古突围。"

史迪威是个急性子将军。他一心指望中国军在他的指挥下，于同古发动攻势，歼灭日军一两个师团，在缅甸打个大胜仗。这样既可振奋同盟国的士气，也可在自己的军旅生涯上写上光辉的一笔。但此刻听了杜聿明的一番话后，他不禁气得脸色发青。他厉声对杜聿明说："你们违抗我的命令放弃同古。这样做，不但违背了中国领衔签署的《联合国家宣言》的精神，也不符合美国援华和中英实行军事合作，共同保卫缅甸这个救援中国的国际通道的本意。为了保住缅甸，为了盟国的共同利益，为了中国抗战的需要，为了英军的安全，还为了中国军队的声誉，我现在命令你们：死守同古，全线进攻，谁再敢违抗命令，军法论处。"

杜聿明听罢，转身向廖耀湘下令道："无论怎样，你的新22师必须不惜一切代价，攻击前进，全力协助我200师今夜自同古东向突围，同时沿锡当河东岸派出接应，引导200师安全归还建制。"

"是。"廖耀湘狠狠瞪了史迪威一眼，执行命令去了。

杜聿明这种针锋相对的挑衅使史迪威怒不可遏，他说："杜，我不明白，既然中国人可以决定自己的命运，为什么要让一个美国人来指挥你们的军队？莫非这就是你们中国人常说的一句谚语：挂羊头卖狗肉？既然如此我要向罗斯福和蒋介石提出辞职。哦，我不干了！上帝啊，我真受够了。你们这种腐败政治的阴奉阳违，不会得到同盟国的真心相助。"

杜聿明嘲弄地说："显而易见，史迪威将军阁下。这场全世界都被卷入的战争，中国军队正在被当作筹码，摆上英国人和美国人的战争赌盘。然而请别忘了，您输掉的只是别人的筹码，而这种筹码不会给你第二次翻盘的机会。中国军队来缅甸，是为了阻止日军北上，保卫滇缅公路，务使同盟国支援中国物资的大动脉畅通的。我们不是英国殖民总督所率领的那些印度阿三式的仆从，也不是美国人抛来抛去的橄榄球。"

史迪威听罢，长叹一口气道："不管结果如何，我要亲自前往96师督战。至少下一次我们可以做得更好。"

杜聿明听出史迪威话语中的让步，心情便也畅快了些。他提出："好吧，我和你一起去96师。那是我的部队，我们得一块干。"

"随你的便吧。下一场战争，我要把小日本踢进太平洋去喂鲨鱼。"

"嗯，至少在这一点上，我们的愿望是一致的。"

与此同时，血战12天的200师各部正在做突围前的准备。

陈至公向全连传达了师部的撤退计划："先是伤员撤退，然后是各团、营交替掩护撤退。每个营有一个连负责断后。我们连就是全营的后卫。"

彪子最先叨叨道："爱他娘的咋地咋地。能多杀鬼子，随便整。"

六条说："我想不通，刚说完同生共死，转脸儿就各奔东西。这叫死去的弟兄寒不寒心？"

11连的张志鹏说："就是。你们3连走吧，我们11连的留下断后。在哪儿站着就在哪儿倒下，直战至最后一人。"

廖景阳说道："瞎吵吵什么？你们的命就那么不值钱？充其量挡住鬼子30分钟就完了。一辈子就完了！但鬼子还得叫板。值吗？大伙一块出来抗日，都是俩肩膀扛一个脑袋。该让你掉你再掉，不该叫你掉的时候就给我看好了。留着下回拿脑门往枪口上撞，谁不把小鬼子的刺刀给我崩折了，谁就多余长个大脑袋。"

众人无语。毕竟谁也不愿意将自个的脑袋当臭鸡蛋似的往石头上砸。打仗要死人这本是不争的事实，但是存心找死的人，恐怕连廖景阳这样撂着蹦儿地往机枪上撞的人也不能算。

廖景阳接着说："下面听陈长官部署。"

陈至公道："我理解弟兄们的心情。我也有恨，可是咱还有卷土重来的机会。死了的弟兄是英雄，没死的咱得报仇。全中国都知道，中国远征军入缅抗日，200师打先锋。200师要是打没了，你们说那老百姓是该哭咱们呢？还是该骂咱们窝囊废呢？"

彪子嘟囔道："搁这嘎头一仗就蹽杆子了，下面更整不明白了。完了，死那么多弟兄又白瞎了。"

廖景阳道："习惯了，从武汉退到同古，再从同古跑回重庆，委员长是要学诸葛亮六出祁山事不成。"

陈至公只好说道："我们撤退不是夹着尾巴跑路。临走得给小鬼子个交代。进攻！不停地进攻！今夜我连将对当面之敌发起突袭。狠狠地打，让小鬼子不明我企图，然后功成身退。"

张志鹏说："好，我们11连打前锋。"

陈至公笑笑道："不，你们留下唱歌。"

"唱歌?!"

"对。我们一走，你们35个弟兄就在战壕里唱歌，得唱出350人的气势。你们唱得越响亮，我们隐蔽接敌就越安全。等我们打响，你们再上！"

"明白了。四面楚歌倒过来唱。"

"好。叶彪前三角队形，你们排打前锋。我和廖连长为左右翼。"

彪子迷茫地望着陈至公好像没听懂似的。

廖景阳上去踹了他一脚道："笨蛋。说你呢！"

彪子这才挠着脑袋嘿嘿笑道："啊？哦。我说听这名咋那么不舒服呢？原来是叫的俺大号。"

"笨蛋，你以为你真是彪子哪。"廖景阳笑着骂道。

趁着夜幕的掩护，3连悄悄向日军阵地逼近。远处偶尔传来一阵短促的枪炮声。夜的星光灿烂，月亮挂在同古城楼的东侧，惨淡地照耀着日军的太阳旗。

在3连背后，张志鹏使劲挥着臂膀领着11连扯破喉咙地唱着战歌！那声音发自心底，歌声气壮河山！

"君不见，汉终军，弱冠系虏请长缨；君不见，班定远，绝域轻骑催战云！男儿应是重危行，岂让儒冠误此生？况乃国危若累卵，羽檄争驰无少停！弃我昔时笔，着我战时衿，一呼同志逾十万，高唱战歌齐从军。齐从军，净胡尘，誓扫倭奴不顾身！"

听着激昂的歌声，六条匍匐在廖景阳身旁不禁低语道："天哪，这是35个人唱的？妈的，500人都不止。"

"嘘，等着还有呢。"

突然一排带着尖啸的迫击炮弹，带着曲折的弹道，划过黑夜。接着歌声中，整个同古城的日军阵地，一齐被中国远征军的炮火覆盖。此起彼伏的爆炸声，却掩不住战歌的嘹亮。3连在低沉的军令中上起寒光闪闪的刺刀。彪子身背大刀，操着冲锋枪毅然冲锋在前。炮火的弹幕在向前延伸，3连前锋就冒死追着炮弹往上冲。他们以手榴弹开路，机枪压制，将刚从掩体中蹿出的日军打得人仰马翻。六条冲上去，将机枪架在残垣断壁上用短点射进行阻敌。左右翼突击队跟随着冲击在废墟间，与日军近距离决战！

刹那间，3连就拼掉了日军前沿，直向敌人纵深杀去！

这时，张志鹏已然率队跟了上去。他抬眼望，整个同古城到处都在厮杀，到处都在飞蹿着炮火，曳光弹往来穿梭，照明弹将残破的城市照得如同白昼。

他不禁惊喜地骂道："妈的。这他娘的哪儿是撤退啊？"

日军匆忙自后方调来援兵。在坦克掩护下，向200师发起逆袭。但200师上下全然不顾威胁。依然奋勇冲击！无论是突围的，还是佯攻的都忘我地在枪炮中前进，在死亡的边缘搏杀。

前面的战士倒下了，为后面的人抢出一步；然后再倒下，再有人冲上去。周而复始……

陈至公抢入日军第二道防线，带着几个士兵，掉转了37毫米直瞄火炮。他指挥装填，亲自操炮瞄准日军子弹打不透，大刀砍不进的坦克，拉栓就放。一发不中，他连忙目测一下，调整高低机，装上炮弹又是一炮。旋即日军坦克炮塔立时被炸得飞起来3米多高。炮塔飞了，可坦克履带还在滚动。接着炮塔重重地砸在地上，惊得后面的日军都是一退。

突然，几发曳光弹"叮叮当当"地打在火炮的炮盾上，打偏了的弹道，直接穿进正装炮弹士兵的钢盔。陈至公见此情形急忙呼喊："快离开，我们被标注了！"就在他们刚撤下火炮跑开的时候，另一辆日军坦克旋转炮塔，照着这里就射来一发榴弹。跑不及的士兵当即被弹片削掉了半个脑袋，带着半个头的尸体跑出一丈多远才栽倒。

冲在街区前面的廖景阳穿过弹幕，自日军坦克喷着火舌的机枪前面滚进。他跑进对面的那座没有楼顶的二层楼上，扯住正在捆扎集束手榴弹的彪子喊："成啦！炸了它咱就撤。"

彪子随即用力向街角的敌坦克甩出一束手榴弹。可是当一声巨响之后，坦克却还在射击，爆炸只报销了几个伴随它前进的日军。廖景阳偷眼观察，坦克正在一面倒车，一面转动炮塔向他们瞄准。彪子咋咋呼呼地向周围士兵要了手榴弹，然后收拢准备捆扎。廖景阳见势不好，扯住彪子冲几个兵吼道："别干了！快跑！"他们一行刚匆匆跑出去，刚才隐蔽的楼房就被呼啸的炮弹掀了个底朝天。灰尘、瓦砾铺天盖地落下。跑在最后的战士随即被掩埋在下面。

廖景阳拽着彪子穿过尘埃边跑边喊:"你就是没老聋子好使。"

"啥?"彪子的耳朵里塞满泥土。

"我说你是他娘的就是一笨蛋!不会再放近点吗?!"

彪子靠在一处街角一面晃着头一面抠耳朵里的泥,咧着嘴乐:"呵呵,炸不着也吓他娘的一跳!"

这时,彪子带着的那几个战士也跑回来了。彪子拿眼一扫问:"东子呢?"

"没看见。"一个士兵怯懦地说。

彪子飞身上去就是一脚,然后骂道:"没看见?你俩不老乡吗?"

廖景阳说道:"要撤退了,活要见人,死要见尸。"

一行人匆匆绕回刚才的地方,发现废墟下露出一只穿草鞋的脚。大伙立刻下手就挖。廖景阳靠在街角,听到履带声在滚进。他偷眼看看逼近的坦克,就喊了声:"注意,坦克。"喊完,他突然像个猴子似的一个前滚,跪在当街"嗒嗒嗒"扫了半梭子。不等最后的弹壳落地,他便立即向对面的街角蹿去。

他刚离开,坦克机枪火力就覆盖了他刚才的位置。崩起来的跳弹斜斜地敲在廖景阳的钢盔上。

转瞬,廖景阳自对面街角又探出枪口,两个点射打趴下俩伴随坦克前进的日军。然后他再次像猴子一样地纵身跃起,向更远的街道蹿去。接着他刚才呆的街角便被坦克炮轰平了。

借着这个当子,彪子又扎起了手榴弹。旁边的士兵仍在废墟里使劲地扒人,磨得手指都破了。终于一张落满灰尘的苍白面孔被清理出来,士兵们一摸他的鼻息,人已经没有了呼吸。

廖景阳为自己的冒险精神正在充满侥幸地坏乐,因为他刚在奔跑间又向一个巷口丢了一颗手榴弹,炸死两名日军。这似乎是他所钟爱的游戏,他总是喜欢在战场上蹿来跳去,为自己每一次成功的冒险赞一声喝彩。心跳,对,心越跳得厉害就越要充满激情地运动,那是一种说不出的快意。

待他蹿到另外的一条街口时,立刻被不远的日军发现,一阵乱枪将他打得闪身退了回去。一组日军干脆摸上他斜对面的房顶,架上机枪瞄准他就要射击。就在这时,海边从远处率先开枪打死了机枪手。廖景阳发现对面的情况后连忙也举枪射击,冲锋枪的近距离压制和步枪的远射,瞬间就压制了对面的房顶。于是,日军隔着断墙朝廖景阳抛出一枚手榴弹。廖景阳一见,掉头就跑。他想跑回彪子他们那儿,可是刚接近街口,一声巨大的爆炸声震得周围的砖瓦

"哗啦啦"地掉。一股强大的气浪顶着廖景阳将他撞出好远。廖景阳顿时明白,坦克被他们干了。

接着,彪子带着他的兵,边打边朝他跑来,并且还背负着一个垂头丧气的尸体。廖景阳爬起来问:"死的怎么也扛回来了?"

"不是你说的吗?活要见人死要见尸。"

"见着就行了!有口气儿的带走,断气儿的能给磕仨头就不错了。"

"那咋着?给他撂这儿?"

"你愿意陪他吗?战争还没结束。"

彪子听了放下尸体,匆匆磕了三个头,跟着廖景阳他们边打边撤了。

黎明时分,破晓的晨曦披着一层薄薄的雾。新22师的一个连正按计划沿锡当河东岸搜索前进。走在前面的尖兵排开散兵线,谨慎地用枪管拨开沾满露水的芭蕉叶。突然最前面的尖兵隐约听到丛林的枝叶"嘎巴"一响。

尖兵立即伏身挥手示意后队散开,然后据枪瞄准喝道:"谁!再动就开枪了。"

随即回答他的是充满狂喜的中国话:"是我们,200师回来了。"

尖兵随即放下枪站起身道:"这里是新22师。奉命接应你部突围。"随着一阵急匆匆的脚步声临近,他见到从薄雾中匆匆赶来的、整营整团的、带着满身战尘的中国军人。当时的情形十分感人,在孤军血战12天之后,200师终于杀出重围,与新22师会师了。那一刻,身经百战、铁骨铮铮的汉子们不禁喜极而泣。

# 第二章　会战曼德勒

平满纳的锡当河边,沿着岸坡铺满五颜六色的野花。公路上尘土飞扬,军队和难民争相抢夺着向曼德勒退却的道路。军人的咒骂声、汽车的喇叭声和难民的呼喝声混杂着、喧闹着……

3连就驻扎在河畔一片低矮的竹棚里。简易的工事上坐着三三两两的大兵。宽阔平静的河水和黄昏的嫣红晚霞,一点都没能冲淡那份大战前的悲凉。黑绿色的棕榈树招展着枝叶,尽染在夕阳下。几个要饭的乞丐蜷缩在树下,无忧无虑地望着路上各种载满货物和人的破车拖着烟尘摇摇晃晃地开向北方。高扬的尘嚣中,有一支凄凉的乐曲在随风轻扬。那是陆枫桥靠在河畔的树下,用口琴在吹奏。

海边提着步枪走过来道:"医生想家啦?"

"没有,想死。"陆枫桥的眼神哀伤地望着河面悲戚地说。

"那女兵挺漂亮的。"海边蹲下来朝河面丢着石子说。

陆枫桥看看他道:"是啊,我真想追随她去。"

"当兵的想死很容易。"海边继续心不在焉地丢着石子。

陆枫桥望着他道:"你好像什么都不在乎。"

"我是孤儿,无牵无挂。"平滑的石子在水面轻快地跳跃着,一路颠起数个涟漪。海边的生命似乎就像他丢的石子一样,自由、漂泊。来之无痕,去也无痕。

"真的?你真那么坦然地面对这场战争?"

"对,战争本来就是要让人死。"

"是啊,最坏也就这样了。"

"可是你不同,你不该像我们这样。"

"我怎么了?我和你一样挣扎在战火中苟活着。"

"你挺动情的,有情有义的人不该死。你好像不该来,因为你总是那么讲规矩。就算对待敌人也要救护。"

"我本来是医生,但战争使我不得不杀人,不得不被杀。但我依然谨记学院对我的教育。这不是什么规矩,是道义。对待需要我帮助的弱者,我不去看他是谁。人在承受痛苦的时候,那种求生的眼神,让你不得不去怜悯和同情。"

"在战场上日军的伤员总会想尽办法和我们同归于尽,你不小心就白搭上一条命!"

"我相信人性的弱点与良知。否则战场上还要医护兵干什么?"

海边指指陆枫桥的袖标说:"为你好,把这玩意丢了吧。日本人的狙击手专打咱们的医护兵。先是打伤尖兵,然后就等着你出现。"

突然,公路上响起一阵枪声。

只见陈至公和廖景阳带着数名士兵荷枪实弹地站在公路旁喊:"所有人立即让出公路。马上有军队要经过。"

接着,3连的士兵们冲上公路驱赶着拥堵在路上的难民。

陆枫桥跑过去问道:"怎么了长官?"

"600团要从这里赶去作战。"

"那我们呢?"

廖景阳看看他道:"我们封路。"

这时,公路上开来一辆敞篷的福特轿车,开车的是包着头的印度人,而车上坐着的是一位携妻带子大腹便便的英国佬。这辆车后面跟着一辆满载家具和行李的卡车。英国人一个劲地催促着司机赶路,而对3连官兵们的驱逐显得置若罔闻。

陈至公冲上路中央拦住前行的汽车。于是英国佬叼着雪茄探出身子用英语说道:"我是大英帝国的公民。中国人必须保证我顺利地离开这里。"

陈至公用英语回道:"请你让开,先生,军队要从这里经过。"

英国佬笑道:"哦不,不行。我们侨民还没有安全离开之前,你们哪儿也别去。日本人就要追上来了。你们必须履行职责!军人先生。"

"我没时间和你废话。赶快让开。我们的军队要去解救你们被围困的部队。"

"不,我们的军队很棒。你在撒谎,你们分明是在逃避责任。"

廖景阳听着双方叽里呱啦地说英语,不耐烦地说:"别和丫扯淡了,把老杂碎推河里算啦!"

陈至公向他摆摆手，试图继续沟通："听我说先生，在仁安羌你们的军队有7000人被日军包围了。我不能因为你的耽误，而让那7000人成为俘虏。"

彪子不禁问旁边人："妈的，这人谁啊？鸡头歪脸的。"

六条回答："不知道。看样子是个总督什么的吧？"

陆枫桥端详着一车货物道："不像，充其量是个农场主。看他那舍命不舍财的样儿，连钢琴和饭桌都带上了。真是一个老葛朗台。"

六条问："农场主是不是就是地主啊？"

"没错，英国老地主。瘪犊子玩意。"彪子回答。

"英国地主跑缅甸来干啥？"

陆枫桥道："卑鄙的侵略者。他们用武力征服这里，把缅甸变成殖民地。然后霸占土地种植鸦片，掠夺石油、橡胶、黄金和宝石。所以没一个好东西。"

海边问："我们为什么要帮英国老地主打仗？"

"因为委员长喜欢地主吧。谁有钱他就拍着谁。"陆枫桥说。

六条说："我不喜欢老地主。"说罢，他大摇大摆地走上去拔出匕首，照着轿车轮胎狠狠地扎下去。

英国人眼见着车头突地塌下去，不禁怒道："见鬼。你疯了！"

话音刚落，彪子就一个箭步冲上去用枪顶着英国佬的脑袋道："滚犊子！快点！"

陈至公正在费劲地交涉，见此情景就去要制止。廖景阳一把拽住他道："行了，这样挺好。"

那边彪子将英国人一家赶下汽车，接着六条就兴高采烈地带着士兵们喊着号子，将两台车推翻到了路边。

很快，一队满载士兵的军车尘土飞扬地朝着仁安羌方向飞驰而去。

廖景阳站在公路上，手插着腰望着军车的背影叹道："嘿，又给英国人擦屁股去了。"

陈至公走过来说："做好准备吧，他们说乔克巴当发现了3000日军。恐怕光600团上去不够啊。"

"我们不是要进行平满纳会战吗？"

"不变应万变。整装待命吧。"

这时候，方才的英国人过来叽里呱啦地骂娘了。

廖景阳不耐烦地叫道："来人。把这英国老胖子给我扔河里去。"

陈至公连忙拦到："行啦，得饶人处且饶人。让他赶紧跑路吧。"

廖景阳道:"妈的!英国人也不是好鸟,鸦片战争、火烧圆明园。委员长吃错药了,非但不雪耻,还让咱们给英国人当垫背的。"

"可是英国人也抗日。求同存异吧,现在是盟友。"

"挨打的时候就成兄弟了。可英国人就知道跑,却叫我们顶着。这算他娘的什么盟友?"

这时,小柯赶来报告:"陈长官,团长叫您去师部。"

陈至公赶到师部时,团长郑庭笈正和戴安澜谈话,于是陈至公就规规矩矩地站在门口等着。

郑庭笈见到他就招手叫他进来。陈至公进去给两位长官分别敬了礼。

郑庭笈首先说:"陈参谋仗打得不错啊。"

"不在我,是3连的弟兄们肯效命沙场。这个连老兵多,打鬼子不含糊。"

戴安澜皱着眉道:"你知道600团赶去乔克巴当了吧,但是史迪威将军直接下令又来催兵了。"

"是。一个团对付3000日军旗鼓相当。"

戴安澜又说:"可是杜长官不放心棠吉啊。棠吉一旦被日军占领,我腊戍后勤基地恐遭威胁。"

陈至公指着墙壁上的地图道:"卑职以为我师可再增派一个加强营驰援600团于乔克巴当,从日军侧翼发起攻击。而我师主力可星夜赶往棠吉布防,以防不测。"

郑庭笈赞道:"好。有眼光。不辱师座调你过来的用意啊。"

"惭愧。卑职奉调200师以来寸功未建。"

戴安澜笑笑说:"好吧。大丈夫建功立业手里要有兵。去吧,由你率1营,加强重机枪、迫击炮,协同600团,把日本鬼子给我赶出乔克巴当。全力掩护英军撤退。"这就是说陈至公此刻升任营长了。

"是。"陈至公立正道。

戴安澜又说:"还有,新38师已经在仁安羌和日军交上火了。你们不可丢我的人。"

"请长官放心。卑职此去一定荡平倭寇,否则提头来见。"

"你的头,我不看。把鬼子脑袋给我如数带回来。"

"明白了。"

陈至公连夜率部乘车向乔克巴当急进。

出发后，陈至公仍和3连同乘一车。廖景阳就说："陈长官，您都是营座了，怎么还跟我们这儿混着？"

"呵呵，我觉得咱3连亲。"

"那不成啊，您是长官了，您得靠前指挥。行军序列一连是老大，干吗让我们3连在前边？"

陈至公对廖景阳讲："我跟你说，后来我跟团座讲了你的情况。团座盼咐了，说你打好乔克巴当这仗，回来给你剃头。所以我要让你抢头功！"

"啥意思？"廖景阳有点摸不着头脑。

"就是把副连长的副字去了。"

"切！你看我像官儿迷吗？干个连副挺好，省得老去开会。中国人就是会多，大会小会没事扯淡。再说第8任连长现在还没死，我不想凑这个吉利数。"

"你要是能少说两句怪话就前途无量了。"

"我什么时候都只说人话。见人说人话、见鬼说鬼话，却不干人事的小人，反倒左右逢源、狗运亨通。"

"我的意思是说，你的忠言太过逆耳。什么事好好说话，就不难听。"

"我就这德行，见了校长也这样。当然他也不认识我。"廖景阳他能打仗，肯拼命，但是又有些消极。他做人有时孤傲，有时候又很猥琐。他既不够厚，也不够黑，虽然有时候有点流氓却不会见风使舵。他想做一个忠臣孝子，又鄙视那些凭着扮小丑而扶摇直上的乱世奸雄。所以他不快乐，很矛盾。他总是把什么话都说得那么不爱听，似乎他只有通过不断复制这样的形象，才能在自己内心里感觉出做人的伟大。

"哎，一会儿开打，你们连争取一个冲击就突破缺口！你们将是全营的楔子。"

"明白，让我们在前边当先遣连。仗好打呢，我捡一大便宜，升任一个被人打死了无数回的连长。不好打呢，我们都成炮灰，您再接茬儿激励后边那俩连的弟兄，一鼓作气地给我们报仇。叫我们死了还得感激您。"

陈至公没好气地笑了笑说："哎——服了。什么话从你嘴里说出来，就像从狗嘴里龇出一对象牙。貌似华丽却不般配，反倒越看越恶心！"

"狗长了象牙，还是狗吗？"廖景阳开始和陈至公搬杠。

"是吧？"陈至公琢磨。

"不是，狗长了象牙咬不死人，所以狗就不是狗。那象牙也就一文不值。"

"那能说明什么？只能说明你暴殄天物。"

"你说我糟蹋人性，可人性确实禁不住琢磨。我说得再恶心，也还是人话。这叫实诚！真理其实就是把实诚包装成狗嘴里的象牙。所以狗不是狗，人不是人。"

"呵呵。你再把自己绕进去。别装得跟佛门弟子似的。"

"我不信佛，我信三民主义。"

"可是三民主义被委员长这个歪嘴和尚把经念歪了。"

"呵呵。说得挺形象啊，委员长真是个光头。"

突然，汽车一个急刹车，停在了路上。

陈至公差点撞破风挡钻出去。他连忙问司机："怎么回事？"

司机抱着方向盘指着前边说："您看前边路上有大坑！"

不等陈至公下车，廖景阳已经跳下车，老练地跑到车厢后面一声令下："有埋伏，抄家伙下车。"

接着，陈至公也叫司机灭了车灯。

等到全营散开队形，军兵种协同摆好防御阵形以后，漆黑的夜里却毫无动静。

彪子伏在地上静静地听了听道："有动静，200米，像是在修工事。"

廖景阳当即下令："彪子带上几个人到前边侦察一下。"

不一会儿前边传来一阵枪响。然后彪子他们赶回来报告："前边公路被破坏了。妈拉个巴子的，全是缅甸人干的。我们过去一看，嚯，男女老少都有，正跟那傻了吧唧地给咱刨坑呢。路上整了老多大坑。我一鸣枪他们全吓跑了。"

廖景阳听罢，望着陈至公无奈地说："得，改工兵营吧。"

接着部队利用少量的工具和双手开始修复公路。

干着活，陆枫桥问彪子："排长，缅甸人干嘛破坏公路？他们是哪头的？"

彪子眼睛一瞪，说道："我要能整明白，我他娘的就当委员长了！"

在汽车旁陈至公和廖景阳一边抽烟一边聊天："英国人在缅甸把牌子坐倒了，缅甸人恨英国人，也就对咱们充满敌意。"

廖景阳说："我去附近村子把人抓回来，让他们怎么挖的，怎么把坑给老子填上。"

陈至公劝道："算啦，我们有纪律。"

"一群笨蛋，日本人来了他们更不得好果子吃。"

陈至公叙述道："鸦片战争前后英国人相继征服了印度和缅甸。他们把这个佛教古国并入印度，然后拼命地殖民扩张，源源不断地掠夺这里的资源。而我们正在为英国在缅甸的利益不遗余力地效劳着，而且还什么也不图。"

"哈，日本人也是冲这个来的，石油和橡胶。但是日本人更会变本加厉，说白了就是明抢。敢叫板？叫板就弄死你。可怜哪，屠刀没架到他们脖子上，他们就不会明白。光看到英国人不是东西，等着瞧吧，一个比一个不是东西。"

"英国人在这儿已经臭名昭著了，所以缅甸人巴不得他们赶紧消失。可日本人更是穷凶极恶。他们请豺狼驱虎豹，将来一定自食其果。"

"缅甸人信佛，日本人也信佛。但那些日本人是来自地狱的瘟神，送这些无知的人上西天快着呢。"

陈至公笑了笑，话锋一转说："说实在的，最高军事委员会派罗卓英来就任远征军司令长官了。我可有些不踏实。"

"这个罗长官还可以。第9战区副司令长官，兼19集团军总司令。3战长沙连战连捷。"

"那是薛岳。此公历任副职，胜仗沾光，败仗无过。这和你的副连长理论上讲似乎有点相似吧。"

"我那是当不上正连，上边不待见。可3连好像也留不住一任连长。这是命！是3连的命，也是我的命。所以我现在还活蹦乱跳的。"

"你知道，当年江西剿共的时候，罗卓英就曾抛弃部下只身逃命。后来南京陷落时此公又是唐生智的副司令，唐生智成了千夫所指，但他却漏掉了。"

"南京沦陷，老百姓讥讽说'十万大军齐解甲，竟无一人是男儿'！咱当兵的屈啊。都是当官的贪生怕死，临阵脱逃以至动摇了军心。咱是当兵的，你说，你说说咱连哪个兵屄？咱200师上下哪个屄？"

陈至公丢下烟蒂，拍拍廖景阳道："你待着，我去看看。"

到了路前，彪子抱怨道："陈长官，至少破路有两里多地，整到天亮也整不完。"

陈至公看看手表，果断地说："不干了，跑步！"

"啥？跑步去？"

"对！军情十万火急，全体集合列队行军。执行命令。"

部队在公路上精疲力尽地奔跑着，一直跑到天亮。军官们跑前跑后地照应着部队，防止部属掉队。

这时候，陈至公气喘吁吁地跑到廖景阳身边说道："把你们连体力好的，组成一个尖刀排,火速赶到前面查明情况!"

"是。"廖景阳随即向他的部队高呼道:"体格好的,丢弃没用的,轻装跟我冲!"

廖景阳带着尖刀排上气不接下气地在公路上疲于奔命。天色微亮时他们接近了一座小村庄。公路在这里分了个岔,廖景阳随即叫停了部队。接着他命令:"彪子注意前方岔路,你带一个班向11点钟方向前出侦察。我以前三角阵形伴随你搜索前进,随时支援。"

彪子得令后带队摸进了村庄。忽然他们发现路口处有数名中国军正在执勤,旁边还停着摩托车。

彪子见到虽然是己方部队,但还是不放心,于是下令道:"情况不明。我从正面先过去探探,你们包抄,注意没有交火不许开枪。"

说着,彪子点了一支烟,叼在嘴里大模大样地走过去。其余战士则迅速而隐蔽地向两翼展开,随后向中间包抄过去。

"兄弟你们是哪部分的?"彪子走过去招呼道。

"我们是新38师的。你是哪儿的?"执勤哨兵打量着他回答。

"我是200师的,奉命驰援乔克巴当。你们见到日军了吗?"

士兵骄傲地说:"日军?日军在仁安羌已经被我们打跑了。"

"真的?!"

"我们师正在掩护英军向这里撤退。"士兵说话间,彪子的部属已经从四面逼近。彪子连忙向他们挥手:"停止行动,是自己人。"

当陈至公带着精疲力竭的大队人马匆匆赶到时,他发现廖景阳的兵们正三三两两地坐在路边,美美地吃着英国罐头。湛蓝的天空上飘着洁白的云朵。

接着,他发现廖景阳和彪子坐在一辆英军装甲车顶上,用刺刀挑着英国罐头的肥肉大口大口地咀嚼着。彪子像豹子一样地舔着油腻的嘴唇,乐得合不拢嘴。英国兵正和他比划着称兄道弟。

英国大兵递上了一瓶威士忌。廖景阳入口品尝着,甚至微微闭起眼睛,仔细回味着那酒穿过喉咙的香味。彪子见了一把夺过来灌了一大口。

廖景阳骂道:"笨蛋!没品位,洋酒不是愣灌的。你别拿那喝高粱酒的劲头给老子丢人。知道什么是绅士风度吗?就是装!"

彪子回敬道:"行,俺们都是土鳖。就你他娘的绅士。"

这时，陈至公走过来皱着眉头问道："廖景阳，日本人在哪儿呢？"

"日本人？哈哈。这就是，这就是那3000日本兵。"廖景阳拍着身边英国兵的膀子笑道。英国人哪里听得懂中国话，傻乎乎地冲陈至公笑着竖起大拇指。

陈至公突然觉得好烦廖景阳这玩世不恭的劲儿，不禁怒斥："混蛋！什么情况？"

廖景阳坐在装甲车上冲陈至公坏笑着说："老陈，老陈我跟你说，你叫英国人给玩儿了。"

陈至公闻听此言鼻子都气歪了。

这时候海边跑过来，找到后队跟来的医生，二话不说拽着他就跑！陆枫桥不明所以，急忙跟着赶过去，却见到一群英国兵正靠在墙角，漫不经心地喝着酒、侃着大山。

"干吗？"陆枫桥茫然地问。

"看。"海边指向他们。

"什么呀？"

"看那支枪！"

陆枫桥顺着他的手指，终于从对面一名做着友好举动的英军身边看到一支步枪。这是一支英制李·恩菲尔德步枪，尤其引人注目的地方是在枪上多加了一具3.2倍率光学瞄准镜。那支枪虽然静静地靠在一旁，但枪身幽蓝，闪耀着一股特有的气质——杀气。

陆枫桥明白了海边的用意，但是他一个士兵——一个中国士兵，却不知道该怎么交涉。他咬着嘴唇想了想，然后道："你等等，我去叫陈长官。"说罢，他就跑去将陈至公带来。

他一边走一边汇报："海边看上了英国人的一支狙击步枪，他想要。您是长官。"

于是陈至公带着两人向那英国兵走去。他用一口流利的英语说："你好，士兵。"

英国兵连忙站起来，将香烟和酒递上道："您好，长官。"

"哦，不不不。这种交流太狭隘。"

"什么？"

"为了庆祝中国军在仁安羌取得的胜利，为了让我们共同记住在乔克巴当这场不平凡的遭遇，记住这段历史，我提议让我们交换一下彼此的枪支，留作珍藏的记忆。"说着，陈至公就伸手向海边要步枪。于是海边不明所以地卸下枪支交给陈至公。

陈至公将那支汉阳造端端正正地呈给那个士兵。这个举动引来数名英军的围观，其中还有一名少校。

那英国士兵尴尬地挠着头望着他的长官说："哦，他说要和我换枪。这是一个什么风俗吗？"

英国军官警惕地打量着陈至公。而陈至公依然镇定和蔼地端着枪笑着说："作为军人，作为同盟的军人，作为营救过友军的军人，我提议让我们交换士兵的步枪，激励我们彼此抗战的斗志！"

英国军官好像明白了陈至公的用意。他摇着头说："不，不行。你在出老千。"

"嗨，怎么可能？为什么没有诚意？中国人很真诚，而你们却退避三舍。"

英国军官比划着说："如果你真想要那支枪，我提议我们来做一个小小的赌局，算作一次真正的和谐。"

陈至公依然笑着说："好吧，看来我们需要赌一把。那么我愿意奉陪这场游戏。"陈至公尽管不能料到赌博的内容，但是作为军人，他相信无外乎就是打仗那点事。这在他看来是手拿把攥的。

英国军官随即掏出一枚正面为英女皇头像的硬币说："200码的距离上一枪命中。出现相同结果就继续这个游戏，直到分出输赢。但愿你可以得到那支枪。"

"OK！"陈至公爽朗地答应了。

接着，两枚硬币被英国军官分别恰到好处地固定在两截特意修剪的树枝中间，并插在田野上。

英国兵毫不客气地率先举枪射击，一枪命中！接着英国兵开始欢呼。

随即，海边从容地举枪瞄准，扳机一扣，也直接命中目标。中国兵们也是一阵欢腾。

彪子端着酒瓶在一旁看着说："这不扯呢吗？那英国佬枪上带着镜子呢。"

廖景阳说："英国人的贼心眼子都用在这儿了。"

彪子说："小样儿的，跑这舞马张枪来了，还是没让小日本削够。海子削他啊，那枪他不给你，哥给他们全整趴下。"

陈至公转头瞪了他一眼，说道："闭嘴。"

就这样你一枪我一枪，来来回回打了不下10个回合，两人仍然打着平手。

而英国兵们则饶有兴致地继续搜罗着硬币，并且试图寻找什么更有意思的方式。

这时，廖景阳突然冲到前面叫道："停！停！停！这样下去没完没了了。咱这么着，一边出一人，歪戴着帽子，随意走动，子弹必须打中帽徽。打着了算赢，打不着就输。"

英国人听到陆枫桥的翻译不禁都是一愣，这摆明了是在赌命！

陈至公不由地拽拽廖景阳的袖口低声道："你喝多了！"

"没有。跟他们不能太温柔！"

英国军官随即道："不不不。我们是在竞技不是拿士兵的生命开玩笑。"

廖景阳听罢翻译后笑着说："不，不是士兵，就我们。来吧！该当官儿的了。"说罢，廖景阳便歪戴着帽子，大步流星地朝前走去。

彪子和六条一见连忙冲出去拦阻："大哥别玩悬的。不成我们上！"

廖景阳满不在乎地说："回去。别给我丢人。东北话怎么说来着？哦，玩呗！"说着，廖景阳竟兴高采烈地跑了起来。

他跑到远处招着手大喊道："海边听好喽，有冤报冤，有仇报仇。千万别手软！"说着，廖景阳转身竟毫无规律地走了起来。但头上的军帽却始终冲着海边。

彪子说："海子别磨叽，越磨叽越打不好。麻溜的。削他！"

六子拿自己的军帽做了一个实验道："帽徽离着头皮还差一个指头。有得打！"

这时，陈至公焦虑地小声问海边："行吗？"

海边冷冷地说："都把嘴闭上。"于是大伙便都不敢作声了。

英国人在等着看枪毙人的惨剧。而海边却静静瞄着枪，屏住呼吸，跟着廖景阳的脚步微微移动着枪口。他的目光聚焦点游离在准星缺口平线和瞄准目标点上，旋即他飞快地掌握住一个瞬间的节点，稳稳地给扳机施加出压力，当即毫不犹豫地打出白驹过隙的一枪。廖景阳本来一边哼哼唧唧地叨咕着京剧唱腔，一边毫无规律地进退着。突然，枪响间头顶一凉，帽子便被子弹射飞了！枪弹擦过头皮的破空声"嗡"的一下便灌满了他的耳朵。片刻后廖景阳兴高采烈地拾起军帽跑回来说道："打中啦！哈哈，没事儿！"

众人纷纷挤过去看他手举的军帽，只见青天白日小帽徽中间开了一个洞，然后帽子后面正好也对应一个有子弹烧灼痕迹的窟窿。英国人还特意去端详了一下廖景阳的寸头。廖景阳满不在乎地拍拍脑袋道："看吧，没事儿！哈哈，铁头功!"

察验完毕,于是所有人便不约而同地向那英国军官望去。那军官被瞧得好不自在,感觉自己好似千夫所指的罪人。于是他歪戴起大檐帽,不情愿地跨出了队列。英国兵们说:"嗨,老约翰这可有得瞧了。""哈,我打赌他没事。""天知道,但愿琼忘了上次被老约翰派去刷马桶的事。"

而在中国军这边,彪子说:"这不行,他那秃脑瓜子整个大檐帽,帽徽离头皮老远了。再说帽徽也比咱们大。"

陈至公连忙制止他说:"好了,别说话。"

见那军官在远处侧身站好,于是英军的狙击手便举起了枪。他透过瞄准镜放大的十字线,看到自己的长官此刻就像一个待宰的囚犯。他垂头丧气,眼神凝重而不安。但是狙击手还是瞄准了目标,十字线中心点沿着他的太阳穴向上缓缓移动。

他的手心出汗了,这使他不得不又一次握紧枪。他的眼眉似乎也在出汗,这使他一次次去重新端详那瞄准镜中的目标。良久以后他开始扣动扳机了,扳机被手指压制着一点点后退。这时候只要再稍稍用力压制一点,最后一道抵火就被解锁,接着弹丸会破空而出。听到枪响之时子弹便已经不再受射手的控制。然而就在这时候,狙击手突然崩溃了。他毅然退出子弹,放下步枪,转身望着海边道:"OK。你赢了!"

部队垂头丧气地回到平满纳,在临时搭建的竹棚里匆匆就餐。廖景阳端着饭盒蹲在地上,一边吃一边自言自语地骂做饭师傅的手艺太次。

这时候,陈至公带着一队士兵过来说:"给你带来15个新兵。"

"就这么点啊?你好歹是3连升上去的,人不亲枪也得亲。"

"我们去乔克巴当耽误了。新兵团分给我们营的就剩下这45个了。我得一碗水端平。"

"嗯,好吧。好一个'风雨至公而无私'。"说着,廖景阳斜着眼望着那些傻乎乎的新兵蛋子。他们穿着干净的军装,带着满脸的天真和稚气。

随即,他从一个眉清目秀的小伙子肩上摘下一支锈迹斑斑的"汉阳造"。他拉开枪栓感觉很涩,于是又猛拉了几下,最后干脆丢到一边说:"从哪儿背来的破枪,就是武昌起义都瞧不上这个。"

新兵回答:"不知道。长官发的。"

"打过枪吗?"

"打过。"

"打过几发？叫什么名字？"

"3发，长官。我叫刘玉溪。"

廖景阳笑笑："你真有命。这破枪没炸膛吗？"

"不是这支枪。长官。"

廖景阳点点头道："好。"接着，廖景阳从肩头摘下冲锋枪递给他道："你用这个吧。打冲锋、打巷战都好使。小鬼子枪栓还没拉开，就变成马蜂窝。"

新兵对廖景阳的一番介绍似乎并不感冒，只是掂着枪站在那里欲言又止。

这时候，陈至公看看表，将廖景阳拉到一旁说："再给你5分钟。5分钟后集合队伍。"

廖景阳说："乔克巴当来回折腾了200多公里，跑得我肝儿都快碎了。真能催命。"

"没办法，美国死老头子瞎指挥。棠吉失守，平满纳会战被迫放弃。"

"平满纳会战就是个屁。把我们第5军横铺在300公里宽的战线上，既不能攻，也不能守。好像是摆个长蛇阵，其实呢，哪头儿也不抗打。"

"不错。打起来哪头也顾不上。"陈至公说。

"好啦！我们走。"说着，廖景阳扯开喉咙吼道，"3连的集合！准备蹬车。"

可是，有几个老兵还在闷头往嘴里扒拉米饭。廖景阳就走过去踢着六条的屁股说："还他妈吃！老聋子不在，就显出你这吃货！"

六条说："大哥，那老家伙该回来了吧？快1个月了！"

廖景阳说："是啊。没他整天跟我装蒜，还真不舒服。"

海边在竹棚边上倒了剩饭，戴上钢盔走过来说："那老哥腿断了。没100天肯定回不来。"

彪子接口道："不错嘛，就他惜命。这下可以回家了。"

廖景阳说："他回不去了，山东让日本人占了。除非我们和他一起打回去。"

军车离开平满纳的时候，廖景阳突然在驾驶室里看到曲凤山挂着拐，正在街头晃悠。他连忙叫停了车，跳下招呼道："嗨，老家伙。出来放风啦？"

"啥？"他眯缝着眼睛傻笑着。

廖景阳扇着他的脑瓢笑骂道："装，再装，再装带你上前线。"

他傻笑着问："你们去哪儿啊？这风风火火的。"

"棠吉。"

"捎上我吧。不打仗也闷得慌。"

"呵呵,太阳西从边出来了。你也有想去赴死的时候?"

"不是。我觉得吧,我一全活人,整天泡在那缺胳膊少腿的伤员堆里,活着没意思!你看,混得我都不会走道了。"说着,曲凤山丢了拐杖,一瘸一拐地转了好几圈。

"好。算你有骨气。你等着,打完棠吉我来接你!"

军车开走了。曲凤山规规矩矩冲着远行的军车敬了一个军礼。那车上熟悉他的老兵们嬉笑着遥遥挥手,喊道:"嗨,聋子!上来啊,走跟我们打鬼子去!"而他则依旧在军礼后同众兄弟逗着闷子:"啥?"

山中有朦胧的迷雾。白茫茫的空气凝结着水滴,滋润着高地前的两尺多高的青草。碧绿的蚂蚱在湿漉漉的土壤上轻轻纵跳,它们跳上伏在青草地上军人的背脊,然后探索着又向另外一个士兵身上跃去!

青草地上的中国军人,一码一码地悄然向前匍匐着。他们有规律地交替着运动,动静相宜间竟似无声……

随即,进攻以一个凶狠的炮火掩护拉开序幕,炮弹就在待命进攻部队前面100多米爆炸。

炮火在晨雾中爆出耀眼的光芒,天空全是弹片破空的呼啸声。在驻守高地的日军头顶上,呼啸的炮弹像飞跃的神剑当空刺下。崩飞的精钢弹片朝四面八方激射;堑壕前挂满倒刺的铁丝网狰狞地被龙卷风般的冲击波卷上天空;天空上像暴雨般落下沾满硝烟的泥土。

这时,3连逼近敌前沿的进攻队形,突遭失去准头的炮袭。几声沉闷的爆炸,扬起沾满血肉的青草。负伤的士兵咬着牙发出一声声闷哼!由于3连突破了炮火安全界,200师的炮火正在造成误伤!

有人抱着断肢开始哭叫:"哎呀!我的腿啊。我的腿没啦!"

彪子向廖景阳低声喊道:"大哥咱们太近了!"

廖景阳瞪大眼睛说道:"扛着!"

刘玉溪卧在陆枫桥旁边双手合十,一个劲地低声叨叨着:"阿弥陀佛……阿弥陀佛……大慈大悲南无观世音菩萨……"

陆枫桥看在眼里,关切地将手按在他背上轻拍了几下。对于初上战场的新兵,他的恐慌陆枫桥最感同身受。

当3连官兵正在强大的炮火下听天由命的时候，炮击突然在廖景阳的手表指针转动的精确时间上停止了。

随即廖景阳第一个跃起道："好啦！我们上！"霎时，3连的士兵们不约而同发一声喊，向高地发起短冲锋！压住后阵的重机枪和迫击炮拼命射击，努力弥补着炮火准备后的作用。轻机枪钻过冲击队形的缝隙，尽可能地向高地上压制。

日军随即开始进行还击，机枪从加固的地下隐蔽部不停向外扫射。步枪手弓着身子穿过堑壕，扑到射击位置上拉开枪栓就打。日军的迫击炮弹落在预先标注好的坐标区域上，直接把3连后面的通路连同重机枪阵地覆盖。顿时交战区域内每个人的视界里，从这一头到那一边，整个高地就像在风中跳动的火烛。

3连眼前子弹乱飞，高速旋转的弹丸钻入人体，而后贯通而出，喷射的血液带着骨渣飞溅到后面的人身上。就这样，3连的兵还是抢着手榴弹冲上去炸毁了掩体和障碍，然后操枪奋进着。刘玉溪的班长一手夹着冲锋枪射击，一手拼命拽着他往上冲。但他还没来得及换个弹匣就被日军机枪撕烂了胸膛，临死还抓着刘玉溪的胳膊双双倒下。他那血肉模糊、死不瞑目的样子，吓得刘玉溪伏在地上一个劲地凄厉惨叫！

一名日军右腿被炸断了，断腿处露着森森白骨。他背靠着战壕的木墙，依然镇静地给步枪装上子弹，再瞄向冲上战壕的中国兵射击。一个从战壕前冒出来的中国兵立刻被38式步枪打穿头骨，然后一个跟头栽进去。另一个冲进战壕的士兵，操着冲锋枪从斜刺里向日军的重机枪阵地扫射，瞬间将正副射手的后背打得稀烂。但，他旋即又被堑壕中未死的日军伤兵用行军锹劈掉了半个脑袋！

陆枫桥依然恪尽职守地在枪林弹雨间往来穿梭着；依然心脏跳得比机枪还快；依然眯缝着眼睛在高地的陡坡上巡行。但同时他又手脚麻利地接二连三给伤员进行简单的救护。忽然他发现刘玉溪卧在前面草丛间惊叫着，下身一片湿地。

陆枫桥冲过去看明情况后骂道："你枪吃素的？起来，上去！越怕死，死得越快！"

刘玉溪并不理会，只是一脸无辜地望着他一个劲地叨叨着："阿弥陀佛……阿弥陀佛……我……我是……被抓来的……我不是……"

廖景阳追着日军在堑壕内打光了一梭子子弹。还没来得及换弹匣，一个日军大吼一声举起刺刀就扎向他。他闪身躲过,刺刀一下子就没入他身后的堑壕里。不等日军拔出刺刀,廖景阳抛去枪支,一个前仆将日军按倒在地。接着两人扭打在一起,几番较量后廖景阳终于掐住了对方的脖子。那日军便拼命去掰他的手,廖景阳随即用膝盖狠狠撞上他的右小腹,乘他负痛松劲的一瞬间,发一声吼两手死死钳住对方的脖颈用力掐下去。四目相对间,廖景阳眼看着对方面部充血发紫,额头上青筋爆胀,然后喉头发出绝望的"咯吱"声,随即眼球爆出,手一松便咽气了。然后他精疲力尽地靠在战壕里,拾起枪,慢慢换上弹匣。这时候,一个满身血污的日军摇摇晃晃着从战壕上面走来。那样子便如同僵尸一般。廖景阳连忙举枪,不等他射击,那日军突然一跤栽进战壕,扑在廖景阳身旁便不动了,在他手里依然紧紧攥着一枚没有拉响的手雷。

接着3连一个兵端着枪一个箭步越过战壕。就在这时,他发现廖景阳坐在两具尸体旁边,逐又转回身叫道:"廖长官!廖长官!"

浑身疲惫的廖景阳感到精神有些恍惚,所以没来得及答话。

那士兵见他眼珠还在动,就跳下来推推他:"廖长官!廖长官!你没事吧?"

廖景阳晃晃脑袋说:"没事,老子没死!"

士兵不放心地又望了一眼他,便蹿上堑壕再赴杀阵。岂料就在这纵身一跃的刹那,一颗流弹竟直钻进他的心脏。廖景阳刚站起来,就看到刚才那个兵仰面跌进了战壕。

"我操!"见此情形,廖景阳悲愤地骂了一声,旋即跳出去端着冲锋枪"嗒嗒嗒,嗒嗒嗒"地点射着视线内的敌人……

中国人和日本人陷入了残酷肉搏战中,阵地上回响起伤员和死者的惨叫声与双方斗志昂扬的激烈呐喊。刺刀的白刃在人体间穿进穿出,大刀片子荡开刺刀,横着切开人的脖腔!血,热血与军旗一齐飘扬!

高地下面,陈至公丢下望远镜,焦虑地对着电话报告:"冲上去了,3连冲上去了!但日军炮火拦阻射击很猛烈。我第二拨、第三拨冲不上去!冲不上去!"

郑团长对着电话回答道:"我不管!必须全力支援上去!我会恳请师座压制日军炮火!"

高地上廖景阳率领3连与日军短兵相接,逐壕争夺。一个个暗堡炸了!一挺挺机枪端了!一排排日军倒下,又一拨拨冲上来!刺刀拼得扎在人身上拔不出来,手榴弹敲在钢盔上炸了,彪子的大刀砍下去落空在重机枪上,劈得火星乱崩。六条拽着副射手，跪在地上换好轻机枪管，立即架在堑壕沿上狂扫！海边在烽烟中左冲右突，每一个被他瞄准镜圈到的日军，无一不被子弹射穿。但是日军就好像是打不完，一波波从四面八方举着刺刀，没完没了地往上冲！没完没了地拿炮轰！一个士兵刚躲进隐蔽部，工事就在爆炸中崩塌了！

终于一排呼啸的炮弹自后方掠过3连的头顶，重重地砸向日军的后侧。终于陈至公带着九死一生的一、二连冒烟突火地冲了上来！往来的炮弹甚至在空中相撞，凌空开花……

廖景阳打着冲锋枪对陈至公骂道："你兔崽子怎么才来？"

"日军拦阻射击太猛了！"

"怎么没把你炸死？"

"这个营的营长已经死了两个了。"

"好吧，事不过三！"

这时候，戴安澜师长带着卫队，闯入郑团长正被炮火袭击的前线指挥所道："这里我接管了，你带两个营趁这时候从386高地和西北无名高地中间直插过去，一口气给我干到城墙边！这样日军必然放弃对高地的争夺。"

郑庭笈说："二营尚在无名高地与日军纠缠。冒死穿插过去，侧射火力对我穿插部队威胁太大！"

戴安澜端起望远镜，望着炮火中震颤的高地，自牙缝里狠狠挤出几个字："我只要棠吉，不要伤亡数字！"

郑庭笈立即立正道："明白了，遵命！"说完，他转身提着枪便冲出了工事。

戴安澜随即又命令："警卫连，去接替二营。全力给我拿下无名高地！"

就这样，在惨烈的攻坚战斗中，一面面被炮火撕破的青天白日满地红的战旗，在硝烟弥漫的战场上到处飞扬，到处升起，直到插上棠吉城头！

黄昏，夕阳的晚霞被硝烟遮蔽了。枪炮声已然停止，寂静主宰了城市的繁华。鲜血在瓦砾间流淌，一排排盖着白布的中国士兵的尸体，被肩并肩、头接脚地码放在戴安澜等将校的面前。

苍茫暮色中，一阵排枪惊飞了城周的宿鸟。200师的尸阵前，戴安澜率全体军校随着枪声鞠躬默哀。

夕阳下最后一抹落霞，照在渐渐发暗的城头。接着军号声响起。它吹得哀怨而婉转，悲怆而嘹亮。那是中国军队的熄灯号！它预示着这些战死沙场的士兵终于可以长眠了……

刘玉溪被五花大绑地跪在386高地上。他周围是一片狼藉得像捣毁的蚁巢一样的战场。

廖景阳拎着枪骂道:"你怕死?你怕死你来200师干什么?你想吃斋念佛!你就别吃这碗随时掉脑袋的皇粮啊!"

刘玉溪磕磕巴巴地小声嘀咕着:"我……我……佛祖叫不可杀生……杀生罪孽深重,死后下地狱。众生皆有佛性劝我们不要造恶业。"

廖景阳顿时骂道:"扯淡!日军信佛,缅甸伪军信佛,中国人也信佛。哪个上战场不杀人?都他娘的听佛祖的,那还要军队干什么?都歇菜,不打仗了,大伙一拍两散各回各家。佛法无边,让佛祖去和日本人扯淡吧!"

刘玉溪低着头只顾自己默念。他自己也不知算不算回答:"人……人有六世轮回。前世因后世果,皆有报应。今天死去的人就是因为……因为……是前世罪孽深重。杀业的果报就是战争!如果决断这恶业,就可以逃过战争。"

廖景阳没好气地说:"放屁!那你的意思是在南京30万军民被屠杀,在这里我们营135个人战死沙场。全他娘的都是死相?都是前世造孽作的吗?"

"不是……可是……我……我……不知道!"

"好吧。我让你知道知道。你前世作孽了吗?"说话间廖景阳"哗啦"拉动枪栓将子弹上了膛。

"没有!没有!"刘玉溪惶恐地望着满脸杀气的廖景阳,身体不自主地向后躲着。

廖景阳举起枪对着刘玉溪的脑门道:"没有?不可能!我送你上西天问问!"

突然,陆枫桥一个箭步冲过来,跪在廖景阳身前道:"别!别!还有机会!新兵刚上战场都畏战!这很正常!他……他还年轻,不懂!不懂事!"

"去一边去。"廖景阳用枪指指旁边道。

陆枫桥哀求道:"廖长官!廖长官!人是可以变的!我保证,我保证下回他再也不犯了!"

"在我的连队里没有孬人。拿着冲锋枪缩着脑袋的兵,在哪个连都得挨枪毙!"

陆枫桥见廖景阳如此坚决,索性站起来迎着枪口道:"我们青年都曾抱着美好的愿望来报国从军。以为,以为只要扛起枪就能打鬼子;以为,以为会打枪就能上战场奋勇杀敌！但是，但是事实却并不这样。我们想不到铺天盖地的炮火，没见过身边的战友忽然就血肉模糊了！更没见过子弹打进人身上的样子！这些……这些我想，我想咱3连的各位老兵，都……都有感触吧？"

廖景阳抬起枪口说道："哎，你有病啊？你揭发他，却又阻止我执行军法。你瞎折腾什么呢？"

"如实禀告军情是我的职责。但请您原谅一个刚刚从军的青年一时的懦弱，也是我的职责。我救人，也杀人。不是想当英雄，也不是想做长官！我是……我是想让咱3连每个人都好，每个人都堂堂正正地活着，为这个国家，尽一份力，撒一腔血！"

廖景阳吸了吸鼻子说："我们出来打日本鬼子，我没想和谁过不去！我和你一样想让3连好，想让大伙活着看到日本鬼子投降。活着光复河山，受老百姓尊敬！但是我尽力了，我尽力去履行我的职责，带好你们。可是战场就这样，说死就死。只要每个人还在冲击1秒钟，还在还击1秒钟。战争就会早结束1分钟。这就是我的心里话。当兵的上战场，不是来过杀人的瘾，是和平！和平就不打了！"说完，廖景阳竟提着枪，撇下众人独自向苍茫的黑夜里走去。

彪子和六条一边在隐蔽部里大声地划拳，一边拿着水壶，以水代酒地比划着。他们甚至明明是在喝水，还要煞有介事地意淫着吧唧着嘴，以表现出那品酒的甘辣滋味。

陆枫桥在角落中低声问刘玉溪："你当兵怎么想的？"

"我一家信佛，从不造孽。本是老老实实的人家，可是有一天放学，碰上抓丁，就被带到这儿来了。"

"你怎么不跑？"

"不敢，有跑的。抓回来当场就枪毙！"

"这个连队不错，长官看着凶，可是人好。咱仗打得确实惨，可你不杀人，日本人会杀你。我们为国家存亡而奋斗。虽然会死很多人，但不能白白牺牲。"

"道理我懂，可就是不能造孽。我真信哪，我们村有个老地主，好几个闺女了，就是想要个儿子，可50多了就真没有。后来他就到处拜佛烧香，到处施舍救济穷人，还在乡道上开了粥棚。"

"后来呢？你别说后来他真生了儿子了。"

"你怎么知道？就是这样。他后来从逃难的人里娶了一个小媳妇，当年就生了一个儿子！"

"哈哈，哈哈哈！"陆枫桥笑了，笑得刘玉溪有点摸不着头脑。

他说："真的，就是我们老家的事。"

陆枫桥笑过以后说道："我听明白了，问题不是施粥，是娶小媳妇。这是两码事懂吗？科学。"

"是积德行善的报应。"

"孔子的爹70岁才娶了不到17岁的小媳妇，然后野合而生有了孔子。知道吗？这里小媳妇很重要！"

这时，海边下岗回来，听到一耳朵就问："什么小媳妇？"

陆枫桥笑笑说："没什么，拉家常呢。"

海边点上烟叹道："我们村有个小媳妇，日本鬼子来了，她就在脸蛋上涂了黑锅底，剪了头发。结果还是让日本兵给揪出来糟蹋了。"

陆枫桥说："我看得出你恨日本鬼子。"

"是啊。以前这小媳妇经常给我吃的。我是孤儿，吃百家饭长大的。我知道谁好谁坏！"

"那她还活着吗？"

海边哀叹道："死了。"

陆枫桥叹道："没有战争多好！爱可以继续，可以永远。而我现在只能紧紧握住枪，等着杀人，等着被人杀。"

"廖长官说只有和平才有爱。"

"他爱过吗？"

海边摇摇头："不知道。他好像没什么牵挂。"

这时，刘玉溪指了下六条和彪子道："看那俩人，他们好像也什么都没有。"

陆枫桥望着六条和彪子吵吵闹闹的样子问："听说他俩是土匪出身？"

海边说："对。一个是东北胡子，一个是山东响马！匪一块去了。是廖长官的两杆枪！打仗可猛了！"

"嗯，他们还打新兵呢。但是没打过我，可能因为我是医护兵吧。"

海边说："那就是两个二述货，全连的兵都不敢惹他们。这里只有廖长官能降得住。"

"为什么？我看他们连陈长官都不怕。"

"你没觉得廖长官也像土匪吗？"

"呵呵，是有点。是一物降一物吗？"

海边说："那倒不是，他们都是北方人，投脾气。而且廖长官黄埔军校毕业，素质好，打仗狠，总是冲锋在前，这就让人服。在这个连队尿的就得挨欺负。"接着，海边善意地指指刘玉溪说："说真的，让这小子跟你吧！省得真给毙了，死了不值！"

陆枫桥看看刘玉溪问道："好吧。你不愿意杀人，去救人吧。那是大造化！"

刘玉溪犹豫了一下说："我想回家！"

海边不屑地说："等死了吧。名字可以回去，但尸体随处掩埋。"

刘玉溪听了顿时面色惨白。

海边不屑于再同刘玉溪待在一起。他走过去将水壶摘下来递给那两位猜拳猜得热闹的老土匪道："喝够了吗？不够我这儿还有。"

六条说："水多了就不真了。"

彪子说："来兄弟，玩呗。不打仗没劲，整两下子。"

海边说："喝水装蛋有啥意思？这里有新兵，你们给讲讲打仗，省得他们死了都不明白咋回事。"

彪子想了想说："好，我说两句啊。打仗勇，勇冠三军。那就能活！完了！"

六条奚落道："说完了？真没文化。我说啊，我六条打仗也心跳，但是咱心跳归心跳，可心里别慌。一慌，子弹消灭不了目标，就得让人家干了！机枪手最危险，这边机枪只要一响，那边就都琢磨着干你。你要是不能眼观六路，枪打八方。别说了，第一个死的就是咱六条。"

彪子扒拉着六条说："拉倒吧你，真能扯犊子。瞧把你给得瑟的，得儿了呵地打个破机枪整出个枪打八方呢你啊。你以为你是杨六郎呢？你说，你打没打过自己冲锋的弟兄？都是俺们哥们弟兄在前面给你挡子弹。你还第一个死了你？啊？山炮啊你。忽悠，接着忽悠。"

六条想了一下说："好，我再说一句，新兵都听好了啊。老子机枪打扇面，你们冲锋都有规矩，打得再乱也别往我射界里蹿。我不能因为怕误伤了自家弟兄，而放弃火力支援！"

彪子捅了捅海边道："你整两句吧，神枪手。"

海边说："该说的两位大哥已经讲了，我没啥。就是跟着打冷枪，不过这打冷枪可不比打轻机枪热闹。心要静如止水，扣扳机要慢慢来。先扣上前一半，后一半凭感觉到没感觉。"

彪子说道："你说你，你也整那忽悠人的玩意。啥呀？有感觉到没感觉。那新兵蛋子都彪乎乎的，他能懂啊？"

"我懂。"说这话的是个个子不高的湖南兵。他接着道："我在家里打过兔子，人枪合一，枪响无意间。"

海边走过去说："行。那你以后跟着我，咱们来打配合，交替射击。"

"没问题。既然老兵看得起咱，咱就好好打。缴两把战刀，回家砍柴。"

彪子嘀咕道："昭和十五年的军刀很脆，还不如老子的大刀带劲。败家玩意。"

海边问："你叫什么名字？"

"曹庄。湖南衡阳县三湖镇桥头村的。我家那边林子多，林子里边啥活物都有。"

彪子说："快拉倒吧，你们那山上顶多有个山猫子啥的。有老虎吗？有狍子吗？俺家大兴安岭那嘎活物多老去了，熊瞎子你见过吗？梅花鹿你见过吗？"

天亮以后，11连的张志鹏跟着陈至公带着一整连的兵上了高地。他一见廖景阳就打敬礼道："廖长官，感谢您对咱连的栽培。咱11连啥时候都听你调遣。"

廖景阳还了军礼道："怎么样，这回多少人枪？"

"当了团预备队，133条汉子。"

廖景阳看着他兵强马壮的队伍说："行。比我这强。怎么着接替我防务来了？"

陈至公道："新任务。你们连搞侦察。"

"去哪儿？"

"守城的日军很顽固，我师毙敌800可就是没抓住一个活的，就连伤兵也都拽手榴弹自杀了。棠吉的老百姓很不配合，一问三不知。所以鬼子主力一下子就消失了。上头觉得不对劲，决定调两个连分6路侦察棠吉东北、东南的群山。你们连负责侦察东南方向。要求：必须搞清楚山里有没有日军活动。特别是弄清楚敌人主力有无经山地向我纵深穿插之可能。值得一提的是，日军56师团，在几天前突然从地图上消失了。长官部急切需要知道敌人的部署情况。"

"嗯，明白了。是个好活儿。登山，看风景。不白来一回。"

"还有个事。"

"什么?"

陈至公招手将小柯叫来。小柯手里竟然捧着一身新军装,后边的战士还背着一双锃亮的皮靴。

廖景阳笑道:"呵呵,发寿衣来啦?"

陈至公说道:"别胡扯了!这是上峰让送来的。少校军装,给你的。"

廖景阳翻看着军装笑道:"哪儿那么大功劳?怎么,第3个营长没死在你头上,你就把我弄出来充数了?"

陈至公说:"3连打得好,你该得的。少校副营长,咱俩还是搭档。"

廖景阳点点头道:"日本兵专找穿靴子的打,你这是把我往火上烤。"

"别说怪话了。军人凭战功而荣耀。"

"好。我这个连长屁股还没坐热,正好拍屁股走人,不干这晦气的炮灰官儿。"

"不,3连连长还是你兼着。"

"好吧。那我接着当第8个倒霉蛋。"

陈至公一拳搋在他肩膀上道:"没有第8个了。你是最后一个。"

廖景阳看看他道:"最后一个?那还是第8个啊!"接着,廖景阳开始提条件,"我要一个通信班。这样发现情况可以迅速上报。"

"可以。"

"我还要挺重机枪,你得跟张志鹏那儿先给兄弟借了。我一个连分3路侦察,必须在山根底下建一个防御圈,以便接应。"

张志鹏说道:"没问题,你说我办。连人带枪都给你!"

"没事了,有富余的烟再给揣两盒就成了。"

棠吉以北群山莽莽。一眼望去洁白的云朵,依恋着苍翠的山峰。飞翔的鸟群盘旋在山间的丛林。

廖景阳带着部队找到一处小高地。然后他指着这里说:"都记好了。接应阵地就设在这儿。连部、重机枪和通信班留下,其余各排分头行动。记住你们如果和鬼子遭遇了,就是剩下一个人,也得给我爬回来报个信。"

彪子问:"见着鬼子打不打?"

"我只要俘虏。不要伤亡报告。"

"明白了,抓活的。哎,那咱赛赛吧,看哪个排能抓回活的。"

廖景阳笑笑："随你的便。明天天亮收兵，别走丢了。"

部队分头行动前，廖景阳叫住陆枫桥道："你得留下，就地开设一个野战救护所，顺便等着审问各路带回的战俘。这时候你比谁都有用。"

陆枫桥领命后，就将刘玉溪和另外两个医护兵留下。

廖景阳看了看说："行，不错。你找了个好助手。"说着他掂着枪就走了。

陆枫桥叫道："连部不是不走吗？"

廖景阳转身笑笑说："算啦，待着没劲，我还是造孽去吧。就算放下屠刀我也不能成佛，我不入地狱谁入地狱？"说完，廖景阳去追赶彪子他们去了。他不知怎么的，看着刘玉溪就别扭，所以干脆眼不见为净。不管佛有多慈悲，战乱中，它的存在却是多余的。

杜聿明急匆匆赶到已经撤退至皎克西的远征军长官司令部。一进门，罗卓英的副官就急忙拦住他道："杜长官，长官们正在开会。请您到隔壁稍候。"杜聿明根本就没有搭理，沉着脸不顾阻拦直接闯入了作战会议室。

会议室里亚历山大、罗卓英和史迪威正貌似运筹帷幄地研讨着沙盘。

史迪威见到杜聿明进来立即亲切地招呼："啊，杜，你来得正好。我们研究了一个新的计划。我们可以狠狠地教训日本人！"

杜聿明毫不关心他的话题，劈头就问："将军们，你们肆意将我的军队调来调去，又一次越权指挥我第5军进行毫无意义的运动。既然如此，你们不妨把我这个第5军的司令枪毙算了。"

罗卓英连忙劝道："唉，老兄你不要意气用事嘛。知道吗，我们策划了一场新的会战。这一次肯定能打败日本人。"

"我对你们的会战毫无兴趣。"

"杜，我要郑重地向你通报我们的计划。令200师继续向东面的罗列姆攻击前进；你的第5军直属部队，还有新22师和96师，并第66军所部均向曼德勒集中。会战，对，是会战。曼德勒会战！胜利将会是空前的。"

"空前？将军们，如果你们再这样异想天开地瞎指挥，我想，到时候失败将会是空前的。"

"杜，你听我说。"

"不！将军们，你们听我说——"说着，杜聿明拾起教鞭指着墙壁上的巨幅地图讲解道，"东线我暂编第55师已经被日军打垮了，致使东线门户顿开。我军已经收复棠吉并切断日军归路。即便日军占领罗列姆，也不会持久。而你让 200 师攻取罗列姆，再调走其余各部。那么棠吉将会再度失守，这样一来 200 师将陷入腹背受敌的境地。还有更为可怕的是：日军第 56 师团主力现在还情况不明，他们会在哪儿出现？如果一旦他们从山谷中穿插到腊成，那么我远征军的后勤基地顿失，接着日军经此至畹町更直逼我云南腹地。那样的话后路就全断了！"

史迪威笑笑说："我们应当坚信，只要中国军协同英军在曼德勒一举歼灭日军 55 师团和 18 师团，就可以彻底扭转战局。而东线还有第 6 军和 200 师在那里。200 师自开战以来，已经用一个又一个胜利，向全世界证明了他们的骁勇。"

"史迪威将军、亚历山大将军、罗卓英将军，我再次重申我的计划。从战局演变来看，收复棠吉意义是重大的，我第 5 军主力坚守这里，不仅可解东线之危，同时也可消除日军北上攻取腊成之用意，为我军此后的反击提供必要的后勤保障。并且待 200 师追歼罗列姆之日军时，可以再次鼓舞我军上下抗战之斗志。"

"不不不。杜，我承认你是一位出色的将军。但是克劳塞维茨曾经说过：即使得不到绝对优势，也应该通过对战术的巧妙应用和对时机的把握形成相对优势。我们当前最重要的是集中兵力，会战才是战争的真正重心。日军攻取棠吉只不过是一次佯动。他们在致力于分散我们的部署。所以我们凭经验判断日军的铁拳将会砸向曼德勒！我们必须保证曼德勒的存在与安全，并且尽可能地在那里进行坚决的会战！"

杜聿明狠狠地说："曼德勒存在的必要性，只不过是英国人向印度逃跑的跳板罢了！而腊成是缅北重镇，滇缅公路的终点站，更是全中国赖以维持抗战的生命线之起点，哪儿都可以丢，但那里不行。"

"杜将军无论怎样，我想我们还是可以再次碰杯欢庆胜利的。"

"无论怎样，我要为我的国家负责，我要为我士兵的生命负责。作为军人服从命令是我的天职，即便是执行你们这样荒唐的命令，但我肯定地讲：这将是一场毫无意义的会战！搞不好会导致全线崩溃！"

罗卓英尴尬地笑笑出来打圆场："哎——光亭兄。你要注意你的言辞。"

杜聿明转身对罗卓英说："罗长官，你我都是中国人，都是身经百战的军人！请您站在我们的立场上，对这场拿中国士兵命运进行的豪赌，做一个公正的评判！"

罗卓英眼镜后面的双眼彷徨地望了望史迪威和亚历山大道："《孙子兵法》

中曾说过：'识众寡之用者胜。'"

廖景阳率一队兵，身披枝叶以伪装，排开散兵线在棠吉东北部崇山峻岭的丛林中搜索前进。沉暮的夕阳将仅存的光芒洒进本来就黯淡的丛林。布谷鸟在夕照下的山风中欢快地歌唱着，一声一声清脆而悠远……

廖景阳边走边和彪子说："我看那信佛的小子八成是吃拧了。全国的军队都在跟日本人死磕，就他跑这儿来发慈悲。他以为他是如来佛祖呢？"

彪子说："这小子整缅甸这嘎儿指定成。"

"怎么？能成英雄吗？"

"不，这嘎儿佛多，没准还真随了佛缘，就地整出家了呢。"

"是啊。坐着装甲车，端着枪一路拜佛朝宗，不是生存就是毁灭。就算释迦牟尼也遇不到这样深造的机会。"

"一会儿遇上鬼子整这小子上去忽悠去吧。日本人也信佛。"

"日本人信38大盖儿。我让他留下给医生当助手了，谁死了还能给念念经什么的。"

"对。那啥，英国人军队里不是就有跳大神的嘛。"

"那叫随军牧师。"

"给这小子起个法名儿呗。叫能装咋样？还有能整，能吃。不不，能吃是老聋子的法号，那叫他能忽悠大师吧。咋样啊？哥。"

廖景阳笑着说："那你呢？你叫能贫。贫僧贫僧说的就是你啊。"

他们正说着，忽然两只长嘴百灵自前方山谷的丛林间盘旋飞翔着掠过树梢，飞行中发出一阵响亮悦耳的哨音。

廖景阳立即摆手示意部队停止前进！左右随即伏下身，一边仔细听着晚风中林海的涛声，一边焦虑地望着他。

片刻担任前锋尖兵的海边领着曹庄匆匆自丛林中奔回。他沉声报告："两点钟方向发现日军炊烟，距我不足1000米。"

曹庄补充道："是，好几股炊烟呢。马嘶人语听得很清楚。"

廖景阳眨眨眼睛一挥手道："跟我来。"说着，他站起身，曲身钻入丛林。

陆枫桥他们守卫在山脚小高地的环形防御工事中。忽然，通信班匆匆接收了一封电报。然后班长向大伙突然宣布："撤退了！师部叫我们立即归建。"

陆枫桥听罢，担忧道："预定时间还没到，廖长官他们还没回来！"

通信班长焦虑地说："军令如山。你们不走我们走！"

陆枫桥急得直挠头！他思想片刻，拦阻道："等一等。我去！我去找他们！"

"我和你一起。"刘玉溪说。

"不用，你留守！"接着，陆枫桥叫上另外一个兵跳出战壕，向远处深暗的丛林跑去！

廖景阳在丛林中寻了一处流淌着淙淙溪流的沟谷。这里地形左翼有一段不算矮的山壁，右翼却是一面缓坡。

廖景阳部署道："彪子你带海边他们去摸哨。我在这里扎一个口袋。一旦得手，你们从这儿过去，剩下擦屁股的事儿交给我！"

"明白！"说着彪子抽出了大刀。

"等一等，军爷，我要活的。"廖景阳又不放心地叮嘱道。

"放心吧！"说话间，彪子他们已经沿着缓坡钻入丛林。

廖景阳待他们走后，又带着士兵们围着沟谷走了一来回。他一一指点每个人的射击位置。期间自己还反复走了几趟，直到将伏击圈设置到他满意为止。这会儿功夫他们将几束手榴弹预先埋好，分散在伏击线上的节点处。等一切布置停当，他才站在伏击圈正中低声嘱咐："都藏好了，以我开枪为号。记住喽，头一轮右边先甩手榴弹，等鬼子退到左侧，你们接着照死了砸！都听见了没有？"

说话间，远处的丛林中突然传出几声清脆的枪声，接着，就听到彪子的汤姆森冲锋枪快速的点射声。

很快，越来越激烈的枪声和着日军嘈杂的呼喝声，一路向沟谷滚来。

彪子扛着一个兀自挣扎的俘虏跑过来。黑暗中听到他低声骂道："消停点儿啊，要不摔死你。"海边和曹庄断后，交替掩护着边打边撤。他们一路故意使劲蹚着很浅的溪流奔来。突然曹庄身子一晃，栽了一个趔趄，复又跑开，然后转身打了一枪。海边掩护他跑过来问："怎么了？"

"没事！快走！"

海边开枪断后道："你走！"

曹庄复又开了两枪，才顺着溪流退去。

海边撂倒一个追得紧的敌兵后，才掂着枪迅速消失在沟谷的黑暗中。

日军踩着"稀里哗啦"的水声迅速闯入廖景阳的埋伏线。直到前锋快要跑过远端，廖景阳才不紧不慢地伏在山冈上，向打头的日军开了火。

旋即，预先埋设的手榴弹被拉响，借着爆炸的火光和突然被爆燃起的火焰，右翼山冈上立即甩下一排手榴弹，持续的爆炸瞬间照亮了沟谷。遇伏的日军慌忙将枪口对准山坡，一边射击一边向身后的山壁散开。于是埋伏线左翼旋即又甩下一排手榴弹，在爆炸与枪火中日军被炸得血肉横飞。鲜血顷刻间染红了清溪，染红了溪畔那一坡青草地……

陆枫桥他们急匆匆沿着廖景阳他们进山的路奔跑着。一听到丛林山谷中隐隐传来的枪炮声，立即判明了方位，他一招手带着同伴朝那边追过去。

而此刻在3连的预设主阵地里，通信班的士兵们开始悄悄收拾装备。

重机枪手道："着啥急啊！"

通信班长说："不能再等了。我们必须离开！晚了主力就全撤了。"

重机枪手说："我们都在这儿，3连也在这儿。"

"我们不是一事。"通信班长一面说一面招呼班兵道："让他们等。我们走！"

突然，一直不言不语的刘玉溪猛地站起来，端起冲锋枪冲他们说："别动！等不到3连回来，谁也别走！"

那班长不屑地看看他说："新兵蛋子。有你啥事啊？"说完，他竟第一个带头跳出了战壕。

刘玉溪挺身拦住他道："我只知道你们现在跟着3连。3连不回来，谁都不能走！"他的话立即得到重机枪手的赞同。重机枪班长说："你看我们是十一连借调过来的，我们都不走，你们走啥？"

一个通信兵回答："老兄你是步兵，个个能打能杀！可我们是要跟着长官一起行动的。"

刘玉溪又说："有我们在你们怕啥？做人讲信用，团结是缘分。"

通信班长则不耐烦地对刘玉溪道："小子你才当兵几天啊？贻误战机你负得了责吗？主力撤退啦！都走吧，你的连队自己能找到主力。"

刘玉溪并没和他争辩，只是说明："3连还在山里，你们走了3连和主力的联系就断了。同去同归这是责任，在一起吧！"

"扯淡。我不管，我接到的命令是撤退。你们不走就给留个话儿吧。"说完，班长还是招呼部下扛着通信器材走了。

"嘿，都给我回来。再走我真开枪了！"说罢，"哗啦"一下他拉开了枪栓。

"干啥啊？内讧啊？你们步兵害怕啥呀？"

"我讲理，我们是一起的，大家守望相助，无我无相。"

"小兄弟说啥呢？我们走！你爱咋地咋地吧。"说完，他们走得更快了。

刘玉溪见此情形，无奈地将枪口斜向天空"嗒嗒嗒"打了一个点射！枪声乍一响，倒是先给他自己吓了一跳。

听到鸣枪，通信班的兵们不得不站住。班长转头说："我说你怎么没完了？"突然，又一声清脆的枪响，班长的脑袋立时被洞开。通信班的兵抢步上前一看，人已经断气了。于是大家一齐望向刘玉溪。刘玉溪握着冲锋枪望着那倒下的班长竟也惊呆了，他连忙不知所措地后退着说："不……不是我。"

这时，旁边机枪手突然吼道："3点钟方向有鬼子。"

接着，重机枪便"嗵嗵嗵"地在黑暗中开火了……

重机枪的射击声在山谷中传得很远！陆枫桥他们听到当即站定。接着他犹豫了一下立即转身道："坏了！走，快回去！"

廖景阳伏击了日军前出的追兵，迅速率队撤离。待趁着黑夜的掩护与彪子他们在丛林中会合的时候，就看到海边抱着曹庄静静地坐在草地上。

海边让他躺在自己腿上，用绷带紧紧按在他胸骨上。可是他仍旧能感觉到湿润滑腻的鲜血在慢慢渗透着绑带，沾满他的手。

廖景阳蹲过来关切地问："怎么了？哪儿负伤了？"

海边冷冷地说："38式从后背射入，打穿了。"

廖景阳摘下钢盔无奈地挠挠头："那愣这儿干什么？赶紧抬他回去找医生。"

这时，曹庄抬起手拽着廖景阳的靴子用微弱的声音说："长官别费事了。我……要……回……回家了……"他尽力说完最后一句话，手一松就咽气了。

海边见此情形缓缓放下他的尸身，然后一个箭步跳起来，抓起枪冲到那跪在草地上的日军战俘，拉开枪栓顶上子弹就要搂火！枪口下，那日军惊恐万状地大瞪着他的枪口，由于他口中被塞，只能发出"呜呜"的悲鸣。

廖景阳连忙按住他的枪口道："别，好不容易逮一活的。"

"我不管。以命抵命，血债血偿。"海边挣动着枪管说。

廖景阳随即放开手说："好。你随便吧。反正他也该死。但是我告诉你如果他死了，那位兄弟就白死了。"

海边紧紧攥着枪,瞄着那战俘,胸口剧烈地起伏着,充满杀机的双眼,含着满眶的泪水!好一会儿他才狠狠地放下枪,转过身走开。

廖景阳随即下令:"别直接回去,容易让山下阵地暴露。先兜个圈儿,再来两个人,抬上这位弟兄。多好的兵啊,还他妈没记住名字呢。真操蛋!"

清晨,婆婆的阳光透过树梢,在林间的晨雾里洒下金色的光束。青山的影子映在山脚下那片无边的青草地上。

就在这片青草地上,"一"字摆开着一排中国军人血肉模糊的尸体。早回来的士兵们正在青草地上挖着坟坑。

在他们背后不远就是当初的那座预设阵地。那里青草被爆炸掀起,泥土和草枝上仍旧浸着鲜血。碎弹片散布得到处都是,原先的重机枪和通信装备已经荡然无存了。

廖景阳率部终于回到了3连的预设阵地。见此情景不禁问道:"又怎么了?什么情况啊?"

陆枫桥光着头跑过来说:"昨晚收到撤退的电报,我就去找你们。可走了一半就听见这边打起来了。等跑回来的时候,都结束了。"

廖景阳喃喃自语道:"干得真漂亮,打完就走。"接着,他突然想起那个佛教徒刘玉溪。他接着问:"人呢?都死了?"

陆枫桥哭得满脸是泪地点点头说:"嗯,无一幸免。"

"那小子呢?那小子怎么着了?"

"炸碎了,天亮好不容易才拼起来。"

"笨蛋,仗怎么打的?"

"不知道。别人的尸体基本还算完整。只是我们在收拾刘玉溪的尸体时,还找到一些日军的尸块,有的还黏在一起。"

"知道了。"廖景阳通过只言片语的介绍,本能地便可以联想到昨晚那战至最后一人的惨烈。他想刘玉溪当是那最后一个引爆手榴弹与敌同归于尽的吧。这样的战例他本见得多了,可是让他将这一幕悲壮的情景放在刘玉溪身上时,他不得不为之动容。他摘下钢盔,一个人默默离开队伍,独自走到那排尸体前,逐一端详着。然后他低下头,一面默哀一面举起枪朝天上打了整整一梭子……

这时,彪子将那个全连唯一捕获的日军战俘带到那排尸体前跪下,然后掏出他嘴里填塞的布团,拔出背后的大刀,指着地上牺牲的中国兵说:"小鬼子你听好了，快给老子念经，念不出来我现在就劈了你个王八犊子。"

那日军跪在地上，望着那排尸首，脸上的表情既恐惧又绝望。他带着哭腔惊恐地摇着头说："我……我不是。"

廖景阳听过陆枫桥的翻译，一伸手夺过彪子的大刀说："给他松绑。"

待给那战俘松绑以后，廖景阳又从旁边士兵腰际拔出一把刺刀丢在那日军面前道："小鬼子，老子尊重你的武士道。给你把刀子，剖腹吧！我给你当介错，正好砍下你的脑袋给我兄弟们祭灵！"

那日军喉头滑动着，非常恐惧地咽着唾液。他望着地上的刺刀，身躯在不自主地哆嗦着。他头上冒起一颗颗汗珠，脸白得像纸一样。

彪子催道："你装哪？快点的。你们不是挺虎吗？吭哧瘪肚地磨叽啥磨叽？"

六条扛着机枪走过来说："小鬼子。别慌啊！手一慌刀扎不透，还得来回划拉。你们不是不当俘虏吗？赶紧自裁吧。俺们给你机会。"

陆枫桥正一句句忠实地做翻译，突然那日军"咚咚咚"地跪地磕起响头来了。然后他用一口流利地带着南方腔的中国话说道："我……我不是日本人哪。"

大伙一听他说中国话竟都是一愣。还是彪子第一个反应过来，一脚踹过去道："说啥玩意你啊？那啥，你中国人哪？妈巴子的狗汉奸！你装呢？"

那日军被踹倒在地，盲目地解释道："我……我不是……我不是汉奸。"

"不是汉奸你啥玩意啊？耍大刀哪？"

"我是台湾人。"他可怜兮兮地说。

六条听了义愤地冲上去猛踹道："台湾人就不是汉奸？台湾人就不是汉奸？"

廖景阳制止道："行啦！让他说。"

"我是被迫参与战争的，日本人在台湾征召特设勤劳团。说是来大陆种地、做工的，结果就被征做了军夫。在军队……在军队就干些勤杂差役。我……我没杀过人哪！真的啊！请相信我，拜托……拜托了。"

六条见他那副德行啐道："除了会说中国话，还是日本相。你说，你算啥呢？"

海边说："没错。这家伙是个伙夫。一块的有3个，就逮了这1个。其余的让我们宰了。"

廖景阳扛着大刀，踩着那人说："小子，我不管你是哪儿来的，你跟我说实话。我要情报，所有的。你要是拿搪，我就替你剖腹！不信你试试。"

面对这般境地，他不得不磕磕巴巴地说："我是56师团的一等兵军夫，负责做饭什么的。56师团号称……号称龙师团。兵力两万多，由炮兵、装甲兵、步兵组成。我们3月中旬在仰光登陆，然后向同古增援。我们联队前几天到达罗衣考，后来半路上听到棠吉失守的消息后，联队就决定绕过棠吉向中国军后方穿插。"

"好家伙，鬼子一个师团相当于咱们3个整编师。"六条惊讶道。

"你们前边还有部队吗？"廖景阳又问。

"有。我们可能是最后一个出发的联队。"

"你们的战术目标是哪儿？"

"不知道，真的……真的不知道。我不问那么多。"

廖景阳随后向左右要来地图。铺开以后，他认真地在地图上标注着日军的行进轨迹。最后他猛地丢下铅笔凝重地分析道："腊戍！"

在罗列姆，陈至公的营在欠3连的情况下，率先向坚守要隘的日军发起了攻击。在隆隆的枪炮声中，他伏于山脚下拿着电话一个劲地吼："日军据险而守，我营伤亡较大。我请求再次炮火支援！炮火支援！"随即他挂了电话命令道，"快！给我从各连抽20个兵组成敢死队，跟我从高地东北边抄上去！"

小柯领命立刻跑去通报。他在枪林弹雨的战场上奔跑跳跃着，用自己身体的每一个跃进动作，重复着填补弹坑与弹坑间不等的间距。他好容易跑到一连的冲击阵地，看见这里到处是伤兵，死去的尸体被排成一排。

他随即找到一个带着满身战尘的少尉排长问道："我是营部的传令兵。你们连长呢？"

那个少尉已经被炮弹震得两耳失聪。他反复听了3遍才听清楚。他大声说："连长、副连长都死啦！这儿我说了算。"

"陈长官要20个人，编成敢死队。"

"什么？"

小柯尽力比划着大声吼道："20个人！敢死队！"

与此同时，日军56师团主力，正沿着公路急匆匆地经过棠吉向北，再向北前进。他们以自行车、汽车、坦克和骡马的混编部队，沿着蜿蜒的公路杀气腾腾地进军。而在公路右翼的山林间廖景阳正用望远镜窥视着，见此情形，他放下望远镜道:"出问题了。棠吉怎么全是日军?"

彪子说:"我们走了一整天,通信联络尽失。看来主力等不及已经撤了。"

廖景阳赞同道:"是啊。要是我200师在,日军绝不会出现在公路上。"

"那现在怎么办?"

"看图!"说着,廖景阳他们展开地图进一步分析着,"两条路,一、经黑河回到中路平满纳寻找主力;二、跟着日军向北去腊戍,最坏在腊戍也会遇到死守的国军。"

彪子说:"东线应该是第6军的防区。咱们第5军决不会放弃中路的,否则日军直接就杀到曼德勒了。"

廖景阳沉思道:"56师团正在向腊戍逼近,这个消息或许只有我们知道。主力突然撤走,是因为长官部在中路;中路有日军两个师团,我军主力奔袭了棠吉,使中路防线脆弱,所以必然回防。当务之急是要将我们的侦察结果尽快上报。"想到这里,廖景阳合上地图决策,"对,找电台。东线没走过,又有敌军。我们调头穿过公路向西回中路!只要找到电台就能报告这里发生的一切。然后再将这小子交了,去找主力部队会合。"就这样,廖景阳率领着3连绕着山避开日军部队,寻机越过公路,继续穿越山林向缅甸中部的平原地带前进。

事实上却并非廖景阳所分析的那样,中路战事并没那么吃紧。相反第5军主力正放弃平满纳,一路向曼德勒狂奔。这样反倒叫日军乘虚而入,于是中路日军竟意外地获得了一次闪电式的追击。3连这么走却和正在攻击罗列姆的200师背道而驰,并且越走越远了。自此他们也就彻底和200师失去了联系。

而在长官部的策划下,又一场规模空前的决战——曼德勒会战,正在拉开帷幕。

## 第三章　胜利大逃亡

为避开日军，廖景阳率部押着俘虏绕山而行。临近中午，3连登上一座高山。放眼望去，周遭是延绵不绝的起伏群山；群山上林海苍莽，白云缭绕在山峦叠翠的山腰；空气清爽而润泽。

士兵们眺望着缅北高原的群山，无不心旷神怡，好像大伙这次出来，就是一次登山旅行。

看，在那青山上，瀑布飞流直下；参天的大树遮蔽着浮云的山谷；五颜六色的鸟群在山谷间的林带追逐盘旋；远处的树丛一晃，竟然是猿猴在树梢间跳跃；"哗哗"的水声伴着鸟儿的歌唱和着猿猴的啼叫，伴着山间的清风飘荡。大自然的神奇魅力，像女神之手拂过战士的钢枪。

行军中，有些士兵按捺不住心中蓬勃的愉悦，不禁用双手围成喇叭，使劲地朝着天空呼喊。接着回音就在山谷间激荡回转，久久不绝。

彪子叮嘱道："吼啥啊吼？彪乎乎的，一会儿把小鬼子喊出来，那800米之外38大盖都能崩了你。"

六条乐呵呵地说："别慌，小鬼子都去腊戍了。"

"我慌啥啊我啊？他去腊戍跟我有啥关系？"

廖景阳走上来说："腊戍没了，弹药、补给就都没了，这样我们在缅甸就完了。哥儿几个就等着去战俘营唠嗑儿吧。"

这时，倒让彪子想起了那个战俘，他唤道："哎，那台湾汉奸呢？把汉奸带过来。"

战俘被海边带过来，又被一脚踹跪在地上。他用惊恐的双眼，战战兢兢地望着这几位爷。

彪子问："叫啥名儿啊？"

"朱嘉义，台湾南投人。"

六条说:"哦,南头儿的,北头儿是哪儿啊?"

"南投是一个县。我们那儿都是大山,地很少,穷得很。"

廖景阳说:"穷就是当日本兵的理由吗?当汉奸做人已经够差劲的了,你呢?你连中国人都不能算了。你有日本名字吗?"

朱嘉义惭愧道:"有。"

彪子说:"当鬼子兵你小样儿挺虎吧?杀人、放火、劫财、劫色,恶贯满盈了你。啊,都干过吧你?"

"没有没有……真的没有。我发誓,我是后勤的,很少参与打仗。"

"忽悠,接着忽悠我们啊。反正我们也没瞧见,你膈应玩意你就装吧。你瞅你头上戴个屁帘子、披一身黄皮子、脚登翻毛鞋,隔远一看是小鬼子;走近一看,哎呀妈呀,是黄鼠狼戴草帽你装人样儿哪?告诉你黄鼠狼子穿啥也不好使。知道不?"

六条说:"这年头儿,假玩意太多了,原来鬼子也有冒牌儿的!"

彪子可劲儿骂道:"你癫大玄、扯大彪、和大泥、得儿了呵的、一个筋斗扯老高。一脱鞋一屋酸菜味儿、穿皮鞋露个大脚后跟儿,精灵耳朵,肿眼泡,三皱鼻子带酒糟。俩手攥着手榴弹、嘴里叼着炸药包、前背包、后背包、鬼子扛枪耍大刀。你瞅你那"O"形腿,狗都来回钻了还当兵呢。取个日本名儿就乐屁眼子了。"

六条也来了兴致,他比划道:"爹不疼、娘不要的王八犊子,当日本狗不会叫,当日本鸡不打鸣儿,中国远征军,撵得你兔崽子玩命往日本人胳肢窝里钻;钻进去就给熏出来,可它还玩儿命钻,结果让小日本抠着胳肢窝给捏出来,'嘎巴'一声塞嘴里给嗑死!"

廖景阳听罢,感慨道:"得啦,你们哥儿俩别把他说死,哎哟喂,不行了,我得上边儿上抠嗓子去!"

正当这哥俩不相上下地向众人显摆骂人口才时,忽然海边指着南方的天际线吼了一声:"看,快看!飞机!"这时,大家也已经听到了飞机隆隆的引擎声了。众人一齐望去,只见由零式战斗机护卫着一个庞大的机群正钻出天际的白云,气势汹汹地向他们飞来。那战机护卫的赫然是分成几个梯队的运输机群。机群很快从天边飞来,自他们东方的山岭上忽忽悠悠地掠过。

"嗒嗒嗒嗒嗒嗒。"六条毫不犹豫地操起机枪就搂了一通火。

彪子骂道:"打星星呢你啊?太远了,不好使!"然后,彪子踢了一脚朱嘉义插科打诨道,"小样儿的,是救你的吧?"

朱嘉义咧着嘴沮丧地说："不是，那是运输机，是运空降兵的。"

廖景阳举着望远镜观察道："那是腊戍方向。日本人可真下本儿了。空降突击加步炮协同，腊戍已经是案板上的肉了。"

六条说："他们飞在天上，躲都没地躲。我当打鸟似的突突他们，掉下来都是死尸。飞机太高咱打不着，可他们比鸟个大。"

海边说："空降兵落下来极快，步枪根本瞄不上。只能集中机枪火力交叉织成火网，对空拦阻射击。"

彪子说："扯犊子吧，背个破伞那么高，跳下来就摔成肉饼。还空降兵，空啥也不好使。下来一个老子削死一个。"

正当他们说得吐沫星子乱蹦的时候，突然编队后卫的一架日军战斗机，一歪翅膀，大半径转向朝着他们站的山顶临空扑来！

廖景阳见这架势立即叫了一声："快跑！往林子扎！"

接着，暴露在山巅的 3 连立刻朝山下的林子里奔跑，但六条却还死宁地矗立在无遮无拦的顶峰。他迎着战斗机的弹雨长啸一声，举着机枪玩命儿地搂火。旋即，橙色的弹雨将他魁梧的身躯瞬间撕成碎片……

彪子回头见此情形，摘下冲锋枪，红着双眼就往回冲！廖景阳连忙自林子里冲出来，一个飞跃将他压倒在身下。旋即，一阵弹雨自两个人面前掘地凿坑般地闪过。

坟，一座新坟坐落在青山之巅。一挺机枪，像墓碑一样地竖在坟上。廖景阳将自己的钢盔摘下来扣在机枪上，然后深深鞠了一躬道："六爷走好！"

彪子一捧土一捧土地往坟上添，谁也不知道他要堆多高。突然彪子牟足了劲仰天长啸道："老天爷！老天爷啊！你他娘的不公啊！老张家六条好汉跟小鬼子都拼光了！你为啥不给人家留条后啊？非要将中国人一个一个、一家一家都整死吗？"

廖景阳安慰道："还有七爷在呢。七爷长大之前，咱把仗都给他打光了。让七爷好好活。"

彪子听到这儿，更是号啕痛哭。他一个头又一个头地磕在坟上说："3 连，3 连的只有我知道，他家根本就没七爷！只有我知道！只有老子懂他的心思！"

这番话不禁让 3 连人人都是一惊，人人的心头都像挨了一棒！他们的心顿时被砸得跌入深渊。张六顺是山东泰安人，家中哥儿 6 个。早年哥几个当过响马，后来被国军收编就分散了。"七七事变"以来，张家兄弟相继走上抗日前线，与日本人浴血奋战，然而至今日已全拼光了……

3连下山后，寻着路一路向西疾驰。起先沿途根本见不到人，只是路过一个小村庄时，始能见到赶着牛在水田中耕作的农夫。突然村子里响起一声枪，部队闻声立即散开。

接着，自村子当中跑出3个军装破烂的国军官兵。他们手里有的拎着鸡，有的抱着米罐，最后还有一个少尉拖着根打狗棒，跑得狼狈不堪。

"我们的人。"海边提示说。

接着，自村中追出几个穿裙子的缅甸农夫，有的拿着枪，有的拎着棍棒和缅刀。他们穷追不舍，撵得这几个国军将手里边东西全丢了，一心只想快点逃命。

就在缅人正追得带劲的时候，冷不防看到前边路两侧突然冒出一群荷枪实弹的中国兵。顿时几个人吓得掉头就跑，掂枪的农夫连枪都丢了。由于缅甸男人穿裙子，追追穷寇还算凑合，可真到了跑路的时候，却是磕磕绊绊一路筋斗，连滚带爬地跑没了影。

3连随即迎上去。彪子当先拦住3个败兵："站住，哪部分的？"

领头少尉见到这队兵里有个少校，立刻惊喜地立正报告："报告长官。我们是暂编55师的。部队叫鬼子灭了，我们落单儿了。"

廖景阳叉着腰，看着这3个连枪都没有的散兵游勇，一声令下："绑了！"

顿时，3连的兵如狼似虎地冲上去，将3人按在地上绑了个结实。然后廖景阳叫来陆枫桥说："你去带两个弟兄，把这3个屌兵抢的东西还回去，再赔人家点钱。要是缅甸老乡不出来，就都撂下，也算老子还了。"

彪子询问廖景阳："这仨坏小子咋办？"

"杂牌军的散兵游勇，逃离战场打家劫舍，祸害百姓，就地枪决！"

他们听罢立即连声苦苦哀求："长官饶命，长官饶命啊。我们，我们也是打了鬼子的。我们，我们跑出来实在饿得不行了。不换吃的就得饿死啦，长官。"

"饿死？你们他妈守不住防线，放日本人进来，丢了罗衣考，丢了棠吉，让日军长驱直入挺进腊戌。你们还他妈有胆儿跟这偷鸡摸狗，枪呢？当兵的被打散了，别说枪也丢了！"

那领头少尉哀求道："二爷，二爷。您听我说。我们为嘛混这么惨呢？同古丢了，日军一个机械化师团奔着东路就杀过来了。好嘛，我们这55师一个七拼八凑的杂牌儿，孤军防御纵深，守嘛呀？那不打镲嘛！还有，还有我们那一身囊踹的师长，兔崽子撂下部队就蹽了，把我们弟兄扔下挡枪子儿。"说着，少尉不禁有点哽咽，"我们，我们这是从死人堆里爬出来的呀。您了问为嘛没拿枪？我们打迫击炮的啊！那玩意沉哪，扛着就跑不了啦。我们还有一支步枪，刚去村子里说换点嘛吧？没想到枪让兔崽子收了，撂抓儿就翻脸了。您了给我们留条命，让我们回去把脸儿挣回来得了。"

廖景阳听完下令松绑。然后说："我们是200师。你们仨要是还想要脸，就入列吧。"

他们连忙又要磕头谢恩，被廖景阳拦下道："别这样，都是大老爷们。没什么过不去的。"

"长官您了是北平的吧？"那少尉听出口音就问。

"是，你是天津卫的？"

"啊，杨柳青的。跟长官您了家挨得不远儿。"

"嗯，去吧。上一排报到。"

然后彪子就招呼："都过来，叫啥名儿？登个记。"

"82迫击炮排少尉金三阳。"少尉第一个报到。

彪子立刻骂道："少啥啊？少尉。让几个不穿裤子的缅甸人撵得日日的。还扯大彪呢？告诉你啊，把军衔摘了，在老子这儿嘎兵得从头儿当。"于是，金少尉立刻去朝着廖景阳嚷道："长官，这算嘛？您了毙了我得啦。"

廖景阳倒也痛快："好啊，以逃兵论处。"

"二爷，二爷。算了，给个班长行吗？您了看。"

廖景阳背着手冷冷地说："我只要士兵。"

于是，金少尉叹着气，乖乖地卸下了军衔成了白板，啥也不算了。他偷偷瞪了瞪廖景阳，发誓将来一定得回原部队。

接着，另外两个士兵也跟着报了到。彪子不会写字，就叫他们自己写。结果仨人就金三阳识字，但字迹也很潦草。彪子便又骂道："写啥呢？你画王八呢你啊？"

贯通缅甸南北的通路上，挤满了塞满中国士兵的军车和从战火纷飞中拖家带口逃出来的难民。没车坐的中国军队更是前堵后拥，闹闹哄哄地向曼德勒方向撤去。大撤退的人群在飞扬的尘土与缅甸早来的酷暑热浪中，充满恐惧地行进着。5个英国官兵乘着1辆吉普车，夹杂在撤退的潮流中。车上军官带着1

条肥胖的英国斗牛犬。它眯缝着1对小红眼,晃着大脑袋东张西望。它张着血盆大嘴伸着肥厚的大舌头"呼哧呼哧"地喘息着。看见它的军民无不新奇地指着它嬉笑。英国军官抚摸着它柔顺的皮毛,向着沿途调戏那胖狗的人们善意地微笑。

两名中国兵匆匆在公路上栽下指路的木牌。几个箭头分别指向岔口的道路,上面写着潦草的汉字。

突然,两架零式战斗机从南方的天空上呼啸着俯冲下来,日本飞行员望着螺旋桨下像蚂蚁搬家一样的嘈杂人群,冷漠地按下射击装置。霎时,战机的机头与机翼上同时喷出火舌。这是一次致命的空袭,凌空射来的机枪弹无情地连续贯穿了数人的身体,鲜血像泼水似的飞溅。20毫米机关炮一发可以将好几个人打成碎片。很多难民吓得腿脚都软了,无助地蜷缩在地上。

军人们抱着脑袋向公路两旁散开着,来不及卸下所有士兵的卡车,顿时被枪弹劈开两半。军人们毫无组织地对空射击,凌乱的弹道在空中乱蹿。但日军战机依然一次又一次地爬升,然后俯冲,冲入拦阻的枪林弹雨,再报以铺天盖地的爆弹。每一次冲出云层,都能屠杀更多的人。这是一场噩梦……

当日本飞机射光子弹,逍遥地飞远以后,廖景阳带着3连自斜刺里的小路奔出来,出现在他们眼前的是空袭后惨不忍睹的灾难景象:军车在燃烧,伤者在呼号,死者尸横遍野,生者恸哭不已……

廖景阳望着这悲惨的世界立刻命令:"医生立刻在这里开一个救护站。要尽可能多救人。我们能做的只有这些了。"

陆枫桥领命后,立刻招呼士兵们帮忙。

突然,遭受空袭的人们发现了3连押解的日军战俘。在一声"日本人"的呼喝中,迅即围上来很多军民。他们冲开3连士兵的阻拦,照着朱嘉义没头没脑地揍着、踹着、撕扯着,有好几个都误伤到了其他人。有的难民跑到路边去捡石子,不住地筛选着更大的再返身折回来吆喝众人让开!一个士兵在人群外给步枪上好子弹,迈步闯过来,举着枪尽力要挤入人群。这时候,彪子带着一排从前面赶回来,他们推开难民、驱逐士兵。

但是军民的义愤太大了,一拨哄开一拨又冲过来。万般无奈下,彪子举起冲锋枪朝天打了一梭子,这才使愤怒的人群住了手。

廖景阳听到枪声赶回来,只见一排的兵围成一个圆圈将满脸是血的战俘围在当中。枪口一致对外,与愤怒的人群对峙着。

彪子平端着冲锋枪骂道:"妈了个巴子的,有本事你们上前线打鬼子啊。

在后方逞啥能啊？搁这儿跟个五花大绑的战俘二虎吧叽干啥玩意？瞅啥？那个兵你再瞪老子，老子削死你知道不？"

廖景阳分开众人，挤上前高声道："我们是200师的侦察兵，刚从敌后回来。这个战俘必须活着去长官部，否则诸位就是不给我们兄弟面子。我知道你们有恨，谁不恨哪？可这个兔崽子身负重要情报。谁要了他的命，就是耽误了我远征军的大事。弟兄们日本人在南面，有种的就迎上去。"

这时，人群中有个戴眼镜的中校说道："一个鬼子小兵有啥情报。全军都撤退了，有啥情报不赶趟了。"

廖景阳连忙拦住他道："这位长官请问现在什么情况？我们已经和主力失去联络好几天了。"

中校略微打量了一下，说道："你们可能是真不知道。长官部已经下了命令，令全军向曼德勒一线收缩，撤过伊洛瓦底江。"

廖景阳又连忙问："那东线呢？腊戍呢？"

"不知道。"

"我们200师呢？"

"不知道。"

廖景阳又问："你有电台吗？"

廖景阳提着枪，在公路边临时建立的通信站前不安地徘徊。这时候他想的已经不是到哪里去找到200师了，他在想日军第56师团现在到哪儿了？稍微有点军事常识的人，照着缅甸地图都看得懂，一旦腊戍失守，中国远征军就被抄了后路。况且全军的补给都在那儿，到时候中国军将面临一场没有后勤的会战。那样的话远征军在缅甸将满盘皆输……

终于通信兵抄下了回电交给中校。中校转而交给廖景阳道："腊戍已经失守了。进攻腊戍之敌正是56师团主力。"

廖景阳拿着那封字迹潦草的电报，顿时如身临深渊。忽然，他感到有一种说不出的心悸，不觉手一松，电报从指尖滑落下来。时间，由于时间的延误，他所坚持的信念与用人命换来的俘虏，现在已经一文不值了。

入夜，3连在野外宿营。彪子见到廖景阳从外面回来，连忙迎上去问："长官，咱接下来咋整？"

廖景阳掏出烟，扔给他一根说："我们走错了，200师追击日军去了罗列姆。上峰电令我连跟随各部向曼德勒集结。"

彪子掏出火给彼此点上烟说道："那台湾汉奸咱还带着吗？瞧今天闹腾的，自己人都快干仗了。"

廖景阳一声叹息："日本人已经长驱直入了，这孙子报废了。我估计长官部这时候也不想见到他。"

"别说长官部了，我寻思就是师座、营座，还有我都不想瞅见他。搁这玩意行军太闹心了。明天再有人削他我可不管。"

"是麻烦，那你说怎么办？"

"哥，我看给他咔嚓了得了，正好给六爷报仇。"

"你让我草菅人命？"

"人命？他也算人？扒了皮当狗我都不吃。"

朱嘉义被反绑着，坐在棕榈树下。他的脑袋肿得像个烂冬瓜，脑门上还被缠了一圈绷带。陆枫桥走过来看看他的伤情，询问道："还疼吗？要是还头晕叫我。"

朱嘉义沮丧地点点头道："谢谢你，白天真吓死我了。"

金三阳在一旁骂道："好好的中国人不当，为嘛当日本狗呢？装大尾巴鹰膈应人，就欠不管你。让他们给你撕吧了得了。"

朱嘉义说："我做梦也不会想到有今天。被那么多人围着打，比上战场还恐怖，就像下了地狱一样。"

金三阳奚落道："我们都喝了蜜了，为你个愣子动枪，这叫嘛玩意啊你说。哎，你死了得了。"

"我真后悔，当初不该参加日军。作为中国人，我为我的选择感到羞耻。"

"后悔有嘛用啊？你也算中国人？别臭美了！"

廖景阳走过来蹲在他面前接口道："这就叫作死，"他看着他说，"兄弟，我叫一声兄弟是还把你当个中国人看。我们不能再带着你了。你还有什么话留下？我们给你记着。赶明儿收复了台湾，我们给你家里捎句话，就说你没跟日本人堆儿里混。"

朱嘉义明白了他的意思，虽然不情愿，虽然恐惧，但总好过像白天那样被人像死狗一样地活活打死强。活着对他来说本是最大的祈盼，但是当他在万人丛中感受那万人的唾弃和仇视的时候，他忽地发现自己竟是一个多么可悲的角色。于是他长长叹了一口气道："我想告诉我家里，我死有余辜。当初走的时候，家里就反对，可我还是去了。为了几张军票，我选择了一条不归路。"

第三章　胜利大逃亡

"如果你爹娘知道你当了日本兵,你说是该大嘴巴抽你呢?还是抽他们自个儿?"

"我是看到家里老的老小的小,不忍心。我也是男人啊,我也想为这个家挣一口饭,为这个家减一张闲嘴。男人站起来有7尺高,顶不住天得顶起家。"

"嗯,心眼儿不坏,就是穷疯了。干他妈什么不好啊?一条命再烂,也不能下作。挣钱养家,可以卖命但不能卖了良心。"

"好吧,我明白了。我不说理由了,我是日军,即便是被当做军夫征来的,我也是日军一等兵朱嘉义。我愿意赎罪,我请求您以军人作风让我痛快地死。没什么话捎给家里了。作为日本战俘,请让我以生命为代价,抚平你们心中的仇恨吧。"

廖景阳点点头,拍拍他的肩膀站起来说:"好!敢做敢当!算个男人!"

廖景阳冲他笑笑,转身叫来彪子低声说:"这鬼子加汉奸就交给你啦,别让他死得受罪,送个痛快的。"

"你终于整明白了?"

"没用了,腊成失守了。"说这话的时候,廖景阳已经走了。一个人孤单地向更深更远的黑夜走去。腊成的失守是他最不愿面对的。可是刚刚从友邻部队的电台中得到证实,令他产生一种消极的、无望的挫败感。他一直和他的连队尽职尽责地在拼命奋斗,一直在以命相搏去换取每一场胜利。可是他发现,死的人越多竟离胜利越遥远。作为军人最悲哀的不是死,是死了也换不来胜利。

"投胎去吧。"说完,彪子拎起一支手枪,上前将朱嘉义扯起来,照着黑处押了下去。

陆枫桥在不远处见到两人走开,犹豫了一下,便提起一只昏暗的马灯追了上去,"叶排长,请您等一下。"

彪子问:"医生,你不睡觉跟着我干什么?整得跟夜猫子似的。"

他指指被押解的战俘说:"你们,你们这是?"

彪子淡淡地说:"道儿远,送他一程。台湾那嘎儿咋走我也不知道。"

"等一下。不管怎样,叶排长你一定要给我机会。"说罢,陆枫桥不假思索地将当初林茵给他的烟递上一盒,然后就飞奔着去找廖景阳。

彪子接到烟,莫名其妙地追问:"哎,你整啥玩意啊?"然而,陆枫桥已经跑远了。

廖景阳的回答是:"这是个累赘。兄弟,别管他。就算我们不杀他,他一样活不了。白天的事你知道。"

"廖长官我和你一样恨日本人，但是我依然恳请您停止虐杀战俘。这是违反国际公约，违背人道主义精神的。"

"扯淡！你去给日本人说去。"

"我是说生命，生命的意义不是相互杀戮。是生活，让每个人都能惬意地在和平的阳光下沐浴春风。"

"可我们现在正在沐浴枪林弹雨。喷头上流下的不是热水，是热血，淋了一身，没完没了。可我们还在拿着块破肥皂，跟这儿洗，越洗越脏！"

"我们是为了捍卫生命的尊严。生命是有尊严的。不应……不应像草一样被随意践踏。特别……特别是强者面对弱者的时候。不尊重生命就会被生命所淘汰，就像……就像战场上厮杀的军人。哎——不对，不对，不对。"

廖景阳望着他笑了。他说："继续，继续编啊。跟我谈生命？记住战场上别和人去谈生命——生命就是一颗子弹。"

"真的，长官他是中国人，他选择了悖逆中国人的路。在中国，有很多人参加了日伪军，有很多人向日本人摇尾乞怜。汪精卫和那些南京伪政府里上上下下的职员和军人，他们无分南北、无分老幼、无分男女，都在为日本人压迫我们中国人而兢兢业业地效劳着。那种失掉的人格，让每个中国人都唾弃。但……但他们自己依然无耻地苟活着。他们不明白，什么叫良心和道义。"

"不明白是因为子弹还没在他脑袋上开花。不开花就没结果。"

"杀，固然解气，但是……但是杀一个像小鸡一样的人你快乐吗？"

"不，我明白了，我该给他把枪，叫他死得服气，就像诸葛亮七擒七纵。"

"好，说孟获了。孔明治蛮夷，是大治。这个台湾兵既然经历了白天那一幕。我想作为一个中国人，他已经感受到那种被孤立，被敌视，被同胞唾弃的痛苦了吧。"

"嗯，他想明白了他是谁？可是谁在乎他是谁呢？这一点也不重要。"

"你为什么不让他这辈子都记着这天呢？一个中国人因为悖逆了中国人的路，就成为过街老鼠。这比死还难受。这样痛苦的回忆不是每个人都能遇到。"

"我知道了，你是变着法地想留这孙子一条小命儿。"

"不，这是度人。夫哀莫大于心死，而人死亦次之。他活着比死还痛苦。"

"你小子太坏了！让他一辈子被自己所犯的罪孽折磨。活着跟死有什么不同？相比之下，我的德行要比你好多了。"

"随您怎么想，我想他是中国人，是中国人就该给他一次机会。不管他将来怎么活,但今天的记忆终将使他从终点再回到起点。"

"他找不着北了,那是不归路。"

"长官其实我也不知怎么的,就是想让人活得像人,即便战争,即便敌我。我们虽然在战场上浴血,虽然在人与人之间相互杀戮,但我们依然不同于野兽。我依然坚信,人都有善良的本性。如果有一天我们老了,当您想起这个兵的时候,即便他后来死于军法或者是别的什么,但我们依然能无愧于良心地告诉自己,我没有杀那个手无寸铁的俘虏!没有伤害他!我辈虽是军人,百战沙场,但是我始终尊重道德、尊重生命。就像爱护每个士兵生命一样,我帮助了那个俘虏。尽我所能,尽我所义。战争没有规则,但军人不能没有职业守则。你也不愿让自己有懊悔对吗?"

廖景阳站起来,使劲掏掏耳朵说:"大爷的,烦死了。老虎戴佛珠的滋味还真他娘的别扭。好吧,你给他找身我们的军装换上,别再叫人给揍死了。"

"可还要捆着,那对外怎么说?"

"逃兵呗。仗打到这份儿上,好赖没人跟逃兵过不去。"

"好吧,我去办。"

"等等,记得农夫和蛇的故事吗?"

"记得,但人就是人。"

"可据说白娘子长得很好看啊。"

"哈哈,可您不是许仙。"

"切,揍行。许仙算爷们吗?"

窗外,大撤退的人流和车辆已经不太多了,远方不时传来一阵很遥远的枪炮声。一个缅甸小男孩走到窗前,信手将桌上的留声机唱针放到唱盘上,接着悠扬的乐曲就在唱片的旋转中荡漾起来。随即,小男孩听到楼下的人声,就趴在二楼的窗前向外看。

楼下,不知什么时候开来一辆吉普车。几名英国官兵正对着这辆发动机呼呼冒烟的汽车无可奈何。

接着,小男孩发现为首的英国军官带着一条很特别的狗。那狗长得像猪一样胖,头顶着一对半立的小耳朵,和它的大脑袋显得极不相称。它貌似没有尾巴,所以它全部的表情都丰富在那布满皱褶、多愁善感的脸上。只见它张着血盆大嘴,望着报废的汽车"嘤嘤嘤"地发出细声的哀叹。

很快,留声机的音乐似乎比破车更令英国人感兴趣,于是一个大兵抬头向上望,他看到小男孩后顽皮地挤了挤眼睛。小男孩立即胆怯地缩回了脑袋。这时,为首的中校聆听了片刻那音乐,抱怨道:"哦,看起来缅甸人已经做好迎接日本人的准备。瞧他们已经迫不及待了。"

唱片中正放着的是一个日本女人婉转而凄迷的歌声——《支那之夜》,那是当时风靡东南亚的一首情歌。歌声委婉动听,甚至有些醉人。于是中校望了眼楼上又说:"我想,这时候该喝杯香槟了。"

"不,长官我觉得该品红茶。"士兵说。

"好吧,红茶。反正我们该喝一点什么,然后再凭着双腿迈向未知的旅程。"中校说。这就是英国人,貌似古板却颇会享受生活的英国人。即使在这个战火纷飞的时节。

这时候,廖景阳带着3连,匆匆接近这座不知名的缅甸小镇。忽然,走在行军序列最前端的彪子突然示意部队停止前进。廖景阳赶过来问:"怎么了?你抽筋儿了?为什么停下来?"

彪子指着前方没几座小楼的镇子道:"听,有鬼子。"

廖景阳侧耳听听道:"不,那是李香兰,笨蛋。"

这时,海边捅了捅陆枫桥道:"这不是你常吹的那个吗?"

陆枫桥点点头便随着部队开进了镇子。

部队开进镇子以后,廖景阳下令:"原地休息。迅速补充水和食物,要快。"然后他独自点上一支烟,冷冷地向街头那几个英军望了望。

陆枫桥抱着一堆水壶准备去镇上的水井里灌水,然而却鬼使神差地被那念念不忘的歌声吸引过去。此时留声机中正播放着《苏州夜曲》。歌声温柔略带沧桑,那是陆枫桥每天在落日的时候都要吹奏的曲子——那是他的哀愁。

海边走来问:"唱的是啥?"

陆枫桥静静地听完一段,才望着楼上伴着怀旧的歌声低声念道:"被你拥在怀中,聆听着梦中的船歌,鸟儿的歌唱,水乡苏州,花落春去令人惋惜;杨柳在哭泣,漂浮着花瓣的流水,明日流向何方?可知否?今宵映照二人的身影,请永远不要抹去,装饰在发梢上吧,轻吻一下吧,你手折的桃花,泪眼迷蒙、月色朦胧,钟声回响,寒山寺。"他低声的念白像在倾诉,念着念着竟泪如泉涌……那泪眼中,他仿佛在歌声里面看到了一个江湖潮落高楼迥的姑苏,那如画的江南水乡,漫卷着烟雨蒙蒙的忧伤。还有,还有那恋人水桥间的倒影和战火中逝去的伊人……他渐渐念得哽咽,念得动情,念得刹那间泣不成声……

他的哭泣像乌云一样深沉地压在所有人的心头，让所有人都不禁被一丝伤感的情绪阻滞在街头，聆听那如泣如诉的女声——尽管那是一首日本歌……

"咻——轰。"一枚迫击炮弹带着拉长音的呼啸，从小镇上空掠过。接着街头上的人，迅速跑动起来。有人高声警告道："鬼子！日本鬼子来啦！"

金三阳不禁凝眉向伫立在街头的廖景阳发问："长官，快撤吧？"

廖景阳突然回过神来道："哦……哦不行，前面是开阔地。92式机枪会像打浪鸭子一样地打烂我们的屁股。"

彪子过来说道："别跑了，下命令干仗吧。"

廖景阳回头望了望身后逼近的战尘，果断地说："好，就在这儿。打掉他前出一部！"

接着，士兵们在廖景阳几个简单的作战手势下，迅速潜入街道两边的房舍。彪子蹿上了二楼，先向窗外望了一眼，旋即"哗啦"一下将桌子上的东西都推掉，然后他指引机枪手打开机枪脚架架在窗口上。那男孩吓得顿时蜷缩到了墙角。

接着，廖景阳也登上楼来。一上来他就骂："混蛋，谁让你停了音乐的？"

"要打仗了，谁还听这玩意？"

"笨蛋，如果没了这歌声，日本人就不会中埋伏！"

楼下的英国兵对军官说："长官，我们该走了。"

军官注视着街道两侧的埋伏道："不，中国人的决策很正确。我们不能做蠢事。"说罢，军官掏出了手枪。

窗外一些顾头不顾屁股的难民和一些散兵游勇，还在兀自向北夺命狂奔。追击的日本兵，一边追一边停下放上几枪。中枪的人在伤感的歌声中倒下，一个负伤的士兵吃力地在街头爬着。

"砰！"远方又射来一枪。那士兵的身子在地面上又是一弹，就再也爬不动了。他向街道旁望去，在那里荷枪实弹地埋伏着英国兵和中国兵。

陆枫桥忍不住想要冲上去搭救，但被海边紧紧地拽住了胳膊。陆枫桥望着那已经口鼻淌血的士兵焦急万分。那中国兵忽地向他一笑，一张嘴血如泉涌。

就在陆枫桥决定要再一次冲过去的时候，那士兵忽然挺身站了起来。然后街道旁埋伏的所有军人都看到了这个战士。他慢慢挺直脊梁，踉跄地迈开脚步向前走去。

"砰"最后的枪声中，战士直挺挺地扑倒在前进的方向……

歌声轻飘飘地，兀自在小镇上空曼妙地缭绕。街道上空无一人，除了婉约的歌唱，寂静得像死一样。所以那动人的歌声，显得有些灵异，伴着街头横尸流淌的鲜血显得更加凄美，就像……就像苏州河畔被春风吹落的桃花。

闯入小镇的日军尖兵端着枪在歌声中警惕地巡行着。他们先是在歌声中愣了一下，接着便在后队军官"哇啦哇啦"催命似的臭骂中提起枪向前追去。

一个中队的日军急匆匆地冲进小镇。杂乱的脚步声，几乎掩盖了那女声的倾诉。但每一个经过的日本士兵，眼神都不禁掠过一丝不易察觉的感伤。那是来自家乡的歌声啊，怎能不叫人留恋？更哪堪是这个异国炮火连天的浴血疆场……

枪，黑洞洞的枪口，冷冷地望着街头匆匆行进的日军。偶尔前进的士兵会不经意地瞥一眼街道两端的建筑，去寻一眼那歌声飘来的方向。然而中国兵就埋伏在附近，正拧开手榴弹的盖子……

海边透过瞄准镜悄悄追踪着日本军官的脑袋。那戴着白手套的年轻军官，面容清晰地映在瞄准基线里。他傲慢地指挥着他的士兵，然后不自觉地驻足于街头，去听那曼妙声音。接着军官坐上英军留下的吉普车，饶有情致地晃晃方向盘，拉拉档杆，再使劲按上几下喇叭。

这时候，英国人的狗不悦地叫了，声音很响、很粗暴。于是英国兵立即节制那犬吠，但那狗却叫得更响了。

倒车镜倒映着吉普车身后的街道。在那面镜子里，军官看到了右后方的一缕闪光！那是什么？他看看前方的骄阳，立刻明白那是狙击步枪瞄准镜的折射光！

他本能地从座椅上弹起来。突然，街头传来一声清脆的枪响；转瞬间他的头颅立即爆开一团血雾！

旋即，街道两端铺天盖地地泼来一阵暴风骤雨般的枪弹，将马上就穿过小镇的日军纵队打得血肉横飞。歌声中，枪声、爆炸声疾如雷电……

机枪捅开虚掩的窗口，铺天盖地向街头扫射。廖景阳和彪子一左一右闪出巷子，压住冲锋枪像抡扫帚似的横扫敌兵，就连隐藏的英军也毫不犹豫地加入了战斗。

这是一次漂亮的伏击，也是一场失衡的战斗。暴露在街头的日军，被据守在建筑物内的伏兵近距离射杀，每个士兵都几乎同时身中数枪，使中枪的身躯一时失去了跌倒的方向。

突然间的狙杀，使日军一下子就崩溃了。他们倒在街头的再也没有起来；没进来的掉头就跑；先过去的尖兵转回头看时，仿佛整个小镇都在枪弹中摇摆，就像一座爆发的火山……

中国军人冲上街头，他们向着街头濒死的日军开枪；向着吃力爬行的日军捅刺刀；向着不确定死亡的日军脑袋上补枪。霎时间街头血流成河，尸横遍地。而那一刻的歌声，李香兰的歌声，仍在如泣如诉……

3连的兵向着穷寇猛追。他们在镇口架起机枪，照着逃跑的日军像打浪鸭子一样地开火。彪子带着3个士兵抬着刚缴获的重机枪，直接架设在路中央。他挥着缴获的战刀，像日军指挥官似的很过瘾地指挥着射击。直到廖景阳过来叫了半天，大家才停止射击。

3连匆匆地打扫着战场，陆枫桥轻轻将刚才那个血洒街头的士兵翻过来。他翻得很慢，好像怕惊醒他似的。接着，他整理了一下那军人的着装，帮他系好领口，擦去血污，然后取出自己的勋章给那战士亲手戴上。

片刻后，一枚日军的迫击炮弹呼啸着落在街头，当场炸死了两个正在争抢一只日军手表的军人。这是3连唯一的伤亡，尽管它也许不该发生……

廖景阳当即挥着枪下令："好啦！我们撤啦！撤退啦！撤退！"

失去座驾的英军，将那只肥胖的斗牛犬像抱个大胖小子似的抱在怀里，匆匆跟着中国士兵迅速离开了这地狱般的小镇。

这是被重复了无数次的战斗。200师自攻克罗列姆以来，一直在东线的山区高原艰苦作战。他们始终被上峰的命令所限制着，防御！防御！从一个高地转战到另一个高地，还是防御！

598团一营就坚守在这处高地。炮击刚一停，中国军便曲身在堑壕中奔跑起来。陈至公高声提醒道："先别露头，等着！"

话音刚落，一名士兵进入自己的射击位置，悄悄露出一双眼睛偷偷向外观察。逼近高地的日军迅即抬手一枪打穿了他的脑袋。尸身颓然地从堑壕上的沙袋上滑落，附近的士兵无不骇然。

但陈至公就蹲在旁边，他依然镇定地抽着烟，就好像什么也没看见似的。他一边抽烟，一边侧耳倾听着高地下面的动静，不时地自己念叨："150米，120米，100米，80米，差不多了。"

说完，他丢下抽得差不多的烟头，从容地将子弹压进枪膛。他叮嘱众人："记住，我再讲一遍，数3下一起扔手榴弹，再打3枪然后蹲下。记住了吗？"他这个营补充的新兵最多，什么事不多说几遍就得多死好几个。

接着，士兵们几乎不约而同地蹲在战壕里低声数数。

1到3，所有人不约而同地站起身，一齐向日军甩下一片密集的手榴弹。霎时乱崩的碎片将冲击在第一线的日军炸得血肉横飞。但紧接着日军轻重机枪立即便捕捉住中国兵仅仅暴露一小部分的身体，然后像打固定靶似的，一个接一个地来回点射着。而一营的兵则冒死打出一排枪后，立即按战前要求伏低了身子，而有的人却再也没有退下来。

陈至公一边准备手榴弹一边大声呼喝："好样的弟兄们，就这么干。数到3，重复动作！然后上刺刀，准备冲锋！"

这时，小柯跑过来报告："陈长官，师部电话。"

陈至公回到隐蔽部，接到的电话是撤退的命令。放下电话以后，他转头看着一营的冲锋道："从国军到日军。不变样的战术，不变样的打法，拉大锯扯大锯。呵呵，来回扯淡。"他说到这番话的时候，忽然有一种很异样的感觉，仔细一想，这原来是廖景阳曾说的话，这不禁让他想起那个嘴特损的家伙来。

临时作战室内，200师校级以上军官环立两厢。戴安澜没有抬头，只是良久地注视着桌上的地图，好一会儿才不紧不慢地喝了口水，然后站起来系上领口，再用低沉而略带沮丧的语调说："长官部来电了。撤退！全军撤退！各部相机择路回国。回云南！"

"怎么，全撤退了？"郑庭笈不安地问。

"对。英国人已经由新38师掩护着向印度撤了。"

"不是，不是要进行曼德勒会战吗？"

戴安澜沉痛地说："没有会战了。曼德勒危在旦夕了。"

"就这样回去见江东父老吗？"

"对，不管怎样一定要带着弟兄们活着回去。"

"我们不能再反攻腊戍吗？"陈至公斗胆问。

"我们可以创造奇迹。但那将只有我们去孤军奋战，然后玉石俱焚。"

"我们就这样败了？10万远征军就这样败了？在缅甸，牺牲了那么多弟兄的生命就这样败了？"

戴安澜听到这话的时候，不由地感到一阵揪心的痛。他咬了咬牙尽量绷直身体道："所以，所以现在……没什么比珍重200师的荣誉更重要的了。我军计划分4路突出重围，交替掩护，追赶我第5军主力归还建制。再沿滇缅路一路打回云南。兵败，但败得要有尊严。"

伊洛瓦底江是缅甸的母亲河，它由北向南在曼德勒处有一个大拐弯。一座英国人建的16孔大铁桥横陈江上，那是伊洛瓦底江上唯一的桥梁。

曼德勒的落日是苍茫的，惨淡地映照着天边被战火熏黑的火烧云，压在岌岌可危的城市上空。

桥面上惶恐的难民和军队争相涌过，发着"吱吱呀呀"声的牛车挡住了满载士兵的军车。英国工兵最后一次巡着桥上的电线，将最后一包炸药垂吊给桥墩上的同伴。同伴放好炸药，将绳索系在腰间，然后仰起头向上面的同伴做了一个"OK"的手势。于是他被缓缓地拉回了桥面。

接着，英国兵不断向桥面上行色匆匆的人流大声地催促。桥南端中英两国的士兵，开始竭力阻止人流继续向大桥靠近。他们不停地朝天鸣枪、不停地与争执的人流对骂着。一队中国士兵好容易说服了友军，被最后放行过去。当他们快速通过大桥的时候，看到桥面上一片狼藉，到处丢弃着难民跑掉的行李和鞋子，甚至还有士兵遗弃的枪支和装具。

廖景阳带着3连风尘仆仆地循着江岸向大桥急进。在他们后面，那几个路上相遇的英国军人，带着爱宠不离不弃地跟着。

桥，遥远的桥。廖景阳远远地望见桥后，指着那方向说："看，那就是阿佤大桥，过了桥就是曼德勒。当初我们就是从这里过的伊洛瓦底江去打日本鬼子。谁能想到会这么快就回来？而且还跑得稀里哗啦的。"

他刚说完，就远远听见"轰隆隆"一声巨响，接着桥的中断顿时被炸成数节。"噼里噗通"地坠入了江心，溅起的浪花拍打着无主的桥墩……

英国人走近了，中校从望远镜中端详着遥远的断桥。他的士兵哀叹道："上帝啊，我们丢掉了缅甸。"

"不，是东方。"军官冷冷地说。

这时候，金三阳发现那狗，便说："我说为嘛英国佬总败呢？嘿，哥几个哎，快看哎，英国人真哏儿啊，还带着猪打仗呢。这不打镲嘛！"

彪子说："你瞅你，啥眼神啊？别瞎嘟嘟，这是狗知道不？不是你爹！"

"我知道，这不逗乐儿嘛。"

"逗个屁，桥没了。老子骑你过去啊？"

"这算嘛？我是海河边儿泡大的。来呀，咱们八仙过海去喽！你骑着我，我骑着这英国狗，各显其能啊。"

廖景阳转头加入了斗嘴行列，笑道："大哥，你骑着我得了。"

金三阳好像兴趣更在那狗身上，他端详着说："嘿，这叫嘛？狗尾巴呢？

肯定叫英国人给啃去了。"

彪子问廖景阳:"长官,咋办?"

廖景阳没好气地说:"凉拌呗。走河东,绕过去。"

于是,部队撤下英国人就准备拐向东侧河滩,这时,英国军官突然比划着说:"不不不,你们应该向西走。东方没有路!"

廖景阳问陆枫桥:"英国人叨叨什么呢?"

"他说让我们向西,东边没路。"

"扯淡,你告诉他我们是步兵,路在腿上。"

听罢翻译,中校又说:"我可以带你们去西方,去印度。在那里你们可以得到世界上最好的武装。"

廖景阳听了笑笑说:"我有毛病吗?中国在东方,老子去印度干什么?武装?你们这么好的武装见了鬼子都尿裤子,我可不跟你一块儿去丢人。"

中校接着讲:"根据情报,你们撤退的方向有日军3个师团在运动。而向西只有一个师团,而且英国人会和你们一起并肩突出重围。"

"我们干吗要撤退?曼德勒会战就要开始了。"

"不,曼德勒会战是一个神话,或者说是一个笑话更准确。中国人的部队已经全线崩溃,和英国人一样,在争相逃命。"

廖景阳不悦地叉起腰:"谁说的?"

中校指着通信兵的电台说:"电台,我们一直保持着与军队的联络。"

"那桥呢?没有桥了你哪儿也去不了。"

"少校先生我会通过电台,搞到船只接应你们渡江。我亲眼见识到了你指挥战斗的英勇与果敢,我非常钦佩你这样的军官,你应该获得更好的机遇。"

廖景阳听了英国人的夸赞很高兴,他说:"谢谢夸奖。你们也不错,是我见到的唯一向日军开火的英国人。好啦,我们就此分手吧,祝你们一路顺风。"

中校挥着手说:"嘿,一起来吧!小伙子们。你们很棒!真的。"

"算啦,道不同不相为谋。你们自己小心,我们只能护送阁下到这儿了。"

这时候,一批难民和败兵叫嚷着向他们跑来:"日本人,日本人追上来了!"

廖景阳看着周边的水田道:"撤吧弟兄们,这儿没法布防!"

话音刚落,日军的迫击炮弹就"嗵嗵嗵"地接二连三落在他们前面的水田里,溅起数米高的水柱。爆炸中一些奔逃的难民,旋即被炮弹炸死、炸伤。一瞬间,哀嚎遍地。

中校说:"来,来跟着我,晚了谁也跑不掉。"

廖景阳看了一眼水田中的伤者道:"死心吧,老兄。我是中国人,不会背离自己的国家。"

接着枪声传来,那是日军架起重机枪在向着溃逃的人们射击。于是难民和溃兵一片一片地在前面倒下,迫击炮的炮弹一排排推进。瞬间3连就和逼近的日军交上火了!

廖景阳立即伏下身下令:"快,彪子带你的排去我左翼,控制住那条铁路线,那是这里唯一的制高点。掩护我们在这里梯次撤退。没有命令不许后撤!看来老子要当刘备了。他娘的真点儿背。"接着,廖景阳又喊来海边道,"兄弟,昨天2排又死一个排长。现在你带那个排,去我身后70米掘壕布防。"

于是,海边招呼着2排为数不多的战士迅速退了下去。2排刚退,追尾的射击就接二连三地撂倒了几个战士。

中校突然抓住廖景阳的手臂急促地说:"太危险了,会全军覆没的。"

"那不就没事了。"

"好吧,你答应我一个要求。"

廖景阳甩脱他道:"别扯淡了,再晚了你们也得玩儿完。"

中校正色道:"我们留下,掩护你们和难民。"

"什么?你有毛病吗?笨蛋。"

"听我说,我们将日军引向西方。我们只有5个人,但是我们可以救50个人或者更多。"

一颗子弹贴着廖景阳的脸颊飞过,破空的炸响迅速使他的两耳蜂鸣起来。他连忙拉着英国人一起卧倒,规避着日军的射杀。他不耐烦地告诉英国人:"别废话了,你快跑吧。"

"不。我是认真的。我们需要过江,但你们比我们更需要。我知道,英国人背信弃义毁掉了帝国军人的荣耀,而我们不能再被瞧不起。我们会背水一战。"

"行啦。别玩假仗义啦,你赶紧的吧!"

这时,一颗迫击炮弹落在廖景阳附近,他的两个士兵顿时被炸得血肉横飞。子弹贴着他们的头皮"咻咻"乱飞着。负伤的士兵痛苦地喊着救护兵。

陆枫桥看看两个争执不下的军官分别道:"长官,你们有完没完?我要去履行我的职责了!"

"完了,完啦!我上去。告诉他们再不走就投降吧!"说着,廖景阳撇下英国人，提着枪曲身冲到前面指挥战斗去了。

这时候，中校无奈地摇摇头，接着他猛地拽住正要离开的陆枫桥，曲身带他走到带狗的战士身旁。然后他抱着那只爱犬的大头，紧紧将前额与它毛茸茸的大头相抵，不禁喃喃地说："对不起宝贝，我们要分离了。愿上帝保佑你。"

陆枫桥问："先生没别的事，我要去战斗了。"

"等一下。"中校说完，将脸颊凑到斗牛犬宽阔的嘴唇边道："好了孩子，好孩子亲亲，亲亲爸爸。"那犬随即用宽大的舌头在他脸上亲热地舔着，就像在舔一块奶酪。中校绷紧的脸颊似乎融化了，一行泪悄悄自眼眶滑落……

陆枫桥呼唤道："先生，先生。"

"好了，好了。"中校说着，又不舍地抚摸着那狗宽大的前额道，"我的小汤姆，我永远忘不掉你小时候的样子。你是我见过最调皮的。"说到这里，他突然捉住陆枫桥的手，将犬绳塞进他手里，然后再用力合上。

"怎么了？先生。"陆枫桥不解地问。

中校跪在地上，拉开枪栓，含着泪向他笑笑道："它是你的了，带好它。告诉你们头儿，立即向东撤离。记住这是命令！"

说完，中校一招手，带着4名英军向西跑开了。仓促的背影转瞬就消失在沉暮里。

他刚一走开，那斗牛犬突然"嘤嘤嘤"地低吟，胖壮的身躯拼命地跟了上去，它惊人的力量竟然可以将陆枫桥拖倒在稻田的烂泥里。陆枫桥使劲拽住犬绳，然后坐起来。于是那狗便大声地朝着英军消失的方向狂吠着。它想唤回主人，带上它一起离开。它不知道，在最后的那一刻，他的主人已经决定放弃自己，而不是它。

不一会儿，一阵阵急促的枪声自西侧响起，并且不断在向西移动。随即一部分日军火力也跟着向西招呼了。

陆枫桥拉着狗想去找廖景阳报告，可是那狗就是固执地望着落日的方向，兀自哀怨地吠叫着。任陆枫桥怎么拉，它也不走。

陆枫桥情急之下，干脆将那胖狗抱在怀里，然后曲身去找廖景阳。

"廖长官，英国人引日军向西追了，他说让我们走！这是命令！"

廖景阳看到陆枫桥怀里抱着狗就问："怎么没把狗带走？"

"长官，他们不想活着回去了。"陆枫桥沉痛地说。

廖景阳听罢一声叹息道："好吧，随缘吧。"接着，他挂着满身泥浆从水田里爬起来，跪在地上大声地在已降临的夜色中吼叫，"好啦，我们撤。依照班排次序交替掩护！目标祖国！"

苍茫中激烈交火的弹雨在初上的夜色中划出美丽的弧线……

当夜，曼德勒火车站戒备森严。忽然车灯闪烁，一队军车驶来。然后不等停稳，百十个中国军人纷纷在车站前跳下卡车。他们当中有不少是军官，还有少数女兵。他们一窝蜂地向站台口涌来。

把守车站的警卫立即拦截道："站住。没有长官部的命令任何人不准进。"

"对，是我的命令。我来了！"说话的人正是戴着眼镜、一副道貌岸然神态的远征军总司令——罗卓英。他看上去有些憔悴而黯然。

一行人匆匆抢入站台，然后混乱地簇拥着罗卓英走下台阶，向停在站台上的军列冲去。站台上原本是肃静的，但这一阵"噼噼啪啪"的践踏声一下子就使整个站台显得慌乱而不安。

守卫列车的哨兵立即横枪拦阻道："站住。这是运送新22师转移的军列，其他部队不得占用。"

冲在前面的少校"啪"地便甩了当兵的一个大耳刮子道："混蛋！现在罗长官征用了。"

于是哨兵眼巴巴地望着这一行军官和卫兵行色匆匆地登上列车。

接着，站台上的铁路工人休息室的大门突然被猛地蹋开，几名荷枪实弹的士兵恶狠狠地闯进来问道："谁是火车司机？"

见这架势，相应的班组人员连忙惶恐地站起来。士兵催促道："去，立即发车。"

为首的司机班长战战兢兢地说："可是……可是，我们没有接到命令。"

立刻有一支冰冷的枪管顶在他的太阳穴上。带队的少校狠狠地说："这就是命令！"

于是罗卓英又一次抛弃部队逃跑了。这或许是他作为将军，在逃跑记录中逃得最有创意的一次，劫持一列火车！一列等着运兵撤退的火车！

天亮后，3连带着一批跟得紧的难民巡行在伊洛瓦底江三角洲的稻田间。经过一夜奔波大家俱已精疲力尽。见已甩脱了追兵，廖景阳便下令："行啦，安全。不走了。埋锅造饭，吃饱了再奔命。"

这时候，他已成为这个由军队和难民临时拼凑起来的团队中的最高领袖。他的话部队本来就听，所以军队一停下，难民们也就一个个散了架似的趴下了。

廖景阳习惯地布防着："海边你们派一个班前出两公里侦察。彪子你带一个班后退800米警戒。其余的就地建立一道简易环形工事，然后开饭。"

等都一一安排妥当，廖景阳就坐在树阴下，摘下钢盔吸烟。一转头他看到陆枫桥带着狗沮丧地蹲在路边，他就叫他："来，医生把那狗带过来。"

于是陆枫桥就牵动胖狗打算过去。可是那胖狗愣就是不走。干脆他一弯腰又将胖狗抱起来走过去。事实上这一夜陆枫桥都在抱着这只死沉死沉的狗在行军。那狗有五六十斤重，抱在怀里像个懂事的大胖娃娃，乖巧地用爪子搭着陆枫桥的肩膀，一点也不折腾。

陆枫桥将胖狗放在廖景阳跟前。廖景阳便抚摸着那大狗问道："狗负伤了？怎么不会走啊？"

"它倔着呢，拖死也不跟我走。"

"真是忠狗啊。"廖景阳说着叹了叹气。

"长官我们去哪儿啊？"

"我也不知道，我现在需要情报。反正昨天夜里曼德勒方向倒是打了一阵，按说天亮以后应该打得更猛，可是没动静。知道说明什么吗？"

"……"陆枫桥不解。

"他们弃城了。弃城而逃，把一个曼德勒会战打成了大逃亡。我现在算是明白了，知道为什么会把仗打成这样吗？"

"……"

"你看看这几块料，指挥敦刻尔克大撤退的亚历山大，南京弃城而逃的罗卓英，美国光杆司令史迪威。从用人那时候起，这一局就是早注定了会输。可惜了，可惜这10万青年10万军啊。"

"英国人说我们崩溃了，那就是真的了？"

"你说呢？"廖景阳看着这狗，那狗眯着小眼也看着他。它的目光清澈却暗藏忧郁。"多好的狗啊，英国人临死都放不下它。人做到这种地步，也算无愧了！"

"长官您把英国人说得也太狭隘了。"

"至少救了50个人，又托付了1条狗。人是陌生的，而狗却是伴侣。这种爱说得清吗？你可以说无私，无私到连1条狗都不会放弃；无私到为了50个人可以舍弃5个人的生命；甚至连一条狗都不抛弃。那缅甸呢？缅甸为什么要放弃？"

第三章　胜利大逃亡

"那是政治。"

"政治就不如1条狗重要吗?"这句话廖景阳是怨怨着吼出来的。

"政治我不懂,我只知道英国人救了我们,然后又托付了1条爱犬。"

廖景阳掰着手指头说:"你看为了1条狗,多搭救50个人。对狗尚有这么大的爱,那么人呢?对人怎样?50个人靠着1条狗捡了1条命。而一条狗要靠50个人保护。这就是缅甸。最后狗也不要了,人也不要了。爱谁谁。"

陆枫桥不想再听长官那没完没了地抱怨,就岔开话题:"给它取个名字吧。"

廖景阳想了想说:"丘吉尔,对就叫它丘吉尔。很英国的名字,对吧!"

陆枫桥对这个名字感到很纠结,他想要是英国人知道,鼻子一定气歪了。

这时,远处的士兵和难民突然吵了起来。廖景阳眉头一皱便撑撑土站起来,和陆枫桥一起走上去。

待到近前,海边过来抱怨道:"饭还没熟,这些难民就都围上来抢。我们说等一下,可他们就开骂,骂得可难听了,我气得都想崩了他。"

行军锅煮着香喷喷的大米饭,炊事兵一边低头掉着眼泪,一边坐在旁边茫然地添着柴火,而周围聚集了一大群难民。他们拿着各种能盛饭的家伙,像一伙乞丐似的望着行军锅的蒸气。

炊事兵哭着说:"部队的粮食少,自己都不够吃。我们已经一天没吃东西了。"

于是缅甸人说:"如果你们不来缅甸,我们的家园怎么会被日本人毁掉?"

一个华侨说:"我们天天捐,天天捐就想捐出一个胜利的中国,可是中国已经将我们华侨都逼得走投无路了。你们还想吃饭?你们是干什么吃的?"

另一个华侨说:"日本人来了你们就跑,一跑就跑丢了大半个中国。我们躲到缅甸以为就太平了,可你们又来了。哪儿你们都插一杠子,哪儿你们又都打不赢。"

缅甸人又说:"你们知道英国鬼子在缅甸做了多少坏事?可偏偏你们还要跑到这儿来和英国鬼子一起敲丧钟。"

华侨说:"粮食是中国人的血汗,是让你们打日本鬼子的。可你们有种吃吗?有种吃饭却没种卖命,吃个屁呀!"

海边听到这儿,突然冲动地揪住那人的脖领,把他拽到眼前怒道:"你有什么资格教训我们?想吃饭就直说,骂我们干什么?你知道我们有多少人战死了吗?"

这时，彪子他们闻声赶来，一过来就倒提冲锋枪指着难民们骂道："干啥呢？干啥啊？瞎吵吵啥呢？咋地？一过了江咋就忘恩负义哪？没有我们你们早叫小日本的机枪给舔了，知道不？得瑟，再得瑟一口也不给你们吃！不看你们是老百姓老子早削上了。小样儿的。"

廖景阳按下彪子的舞枪弄棒的手臂，无奈地挠挠头，一咬牙说："看来刘备真不是好当的。好啦，饭留下，我们走！正好大家一拍两散。"

部队刚一离开，难民们便又乱哄哄地为争抢那锅米饭自相打了起来。转瞬间锅也翻了，饭也撒了，孩子哭，大人叫，伤者捂着脑门儿捶胸顿足……

天到午时，廖景阳累了，他将两只胳膊搭在肩膀横陈的步枪上，一边走一边东张西望地吹着口哨。他身后的兵一个个饥肠辘辘，无精打采的。特别是陆枫桥还抱着一只胖狗行军。他边走边问："谁替我抱一会儿？谁替我抱一会儿？"

彪子说："宰了得了，能出一盆子肉呢。在俺们老家狗肉做法老多了。吃得啥也不剩。"

金三阳说："嘛？何止一盆子肉啊？这狗可值钱，要是路过村子，说不定能换回一车鸡蛋呢。"

彪子在他屁股上踹了他一脚道："忽悠，又忽悠，兵荒马乱的，啥狗都是一盆子肉知道不？"

"干吗，怎么还带动手的呢？"金三阳皱着眉头躲避着。

彪子就上前又踹了几脚道："动手了吗？老子动手了吗？"

金三阳给踢跑了。他跑开老远才骂道："属驴的，还带尥蹶子的。"

这时，海边带着一个兵从前面跑回来报告："前边发现一辆抛锚的卡车，还拉了很多东西。"

廖景阳一听顿时来了精神，他朝后面一挥手："走啦。弟兄们冲啊！"说着，他第一个跑了起来。

待到部队跑到前边一看，一辆落单的卡车深陷在没有路的乡间。卡车上满载物资。于是廖景阳根本不问情况，直接跳上卡车就翻腾起来。

押车的是个穿西服戴眼镜的浙江人，他连忙跑去叫道："下来！谁让你上去的？给我下来！"

廖景阳蹲在车厢上扬扬下巴问道："拉的什么呀？"

"你们来得正好。这是西南运输署签发的通行证。车上是后方急需的军用物资。"说着，那人便将一纸通关文书递给了廖景阳。

廖景阳扫了一眼还给他说："别舍命不舍财了，把车卸了咱们一起走。要不你就等着日本人来办移交手续吧。"

那人想想说："货可以卸一半，但你们必须负责保护我们到安全地带。"

廖景阳看车轮陷得很深便说："恐怕得全扔了。不然谁也走不了！"

"先卸吧，卸点再说。"那人无可奈何地说。

接着，3连在廖景阳的指挥下喊哩喀喳地就将车卸了一多半。他们随手撬开几个木箱一看，里面装什么的都有：罐头、香烟、巧克力、烟土，甚至还有女人的香水、乳罩、丝袜、高跟鞋什么的。但最多的还是黄黑色的烟土，有几十箱子。

廖景阳取出一件乳罩抖落着问："这就是军用物资？防弹的？"

那人倒不觉尴尬，连眼皮都没眨一下。他抛出一句："不错，都是重庆要的。"

廖景阳也不答话，只拣了罐头一个个丢给战士们。

卸了半车，可是卡车还是开不动。那人再看3连，人手一把刺刀，挑着美国肉罐头狼吞虎咽，吃得满嘴流油。他不耐烦地催道："喂，干活吧。"

廖景阳吃着罐头侧目道："我把你推出来，你跑了我找谁蹭车去？"

陆枫桥将罐头里的肉抠出来喂狗，可是那狗只是闻闻就可怜巴巴地趴下了。

"胖子！"廖景阳走过去，蹲下来冲着那斗牛犬吃罐头，他吃得特别夸张。可是那狗只是舔了几下嘴唇，仍旧可怜巴巴地趴着不动。廖景阳无奈地说："好好对它吧。没关系，饿它两天它就好了。"接着他对大伙喊，"趁着有的吃赶紧存粮。"

这时，那人又来催了："少校我看可以了吧？"

廖景阳晃着撬罐头的刺刀说："全都得卸。我看出来了，你也不是什么正路子人。要命就别要货。不然我们自个走，反正老子们是步兵，什么路没走过，遇到鬼子咱也不怵。"

"行，你给我留10箱烟土，其余的都不要啦！"

廖景阳皱眉道："走着瞧吧。"

卡车吃力地在乡间松软的土地上行进着，不时发生陷车，但还好这一车兵倒是帮了大忙。

廖景阳坐在驾驶室中间，有意不理那押车的男子。他只是和开车的小伙子攀谈:"你老家是哪儿的呀?"

"我是广州人,1939年广州沦陷,全家就迁到新加坡。结果新加坡也沦陷了,8万多英军愣向3万日军投降了。于是我就来缅甸加入南洋华侨机工团,回国支援抗战。"

廖景阳叹道:"先是国军跑,跑丢了大半个中国。现在是英国人跑,从新加坡经过缅甸跑进印度。然后又连累得我们跑,我们能去哪儿呢?接茬儿缅甸也完了,你还能去哪儿呢?"

"不知道。不过至少我们还有云南。"

"也丢了呢?"

司机突然转头看看廖景阳说:"这位长官,您是军人啊。"

"党国几百万军队都在逃,缅甸10万大军也在逃。当兵的再有种也没用,因为侧翼没了,掩护没了,火力支援也没了。都说当兵的是炮灰,就应该在炮火中消散。为抗战我认了,可是当我从炮火中抬起头,我他妈就看见我自己跟这儿站着。人呢?跑的跑、降的降、跪在刺刀底下讨生活,守着老婆孩子就着小酒,踏踏实实地当汉奸混日子。干吗不想想?中国,中国是他娘的是我一人之中国吗?"开始廖景阳说话还有些玩世不恭,可后来他越说越义愤,越说越压抑。早上挨了老百姓一通骂的委屈,顿时全发泄出来了。他突地拔出手枪指向身旁那个道貌岸然的商人。

商人不禁一愣惊道:"你干什么?"

廖景阳用枪顶着他的脑袋问:"还有你这种败类,国难当头,大敌当前,动用我军需运输车辆,走私!贩毒!祸国殃民。"

那人听了淡淡一笑,"这不新鲜,四大家族都在用滇缅路走私,戴老板也干,国军将帅们也干,后方有钱有势的大佬们都这么干,你能怎么样?滇缅公路上,每天都有许多这样的汽车干着营私舞弊、倒卖军火、贩运鸦片的营生。每天!每天都这样!你能怎么样?"说着,那人毫不在乎地从西装里掏出一个证件递给廖景阳,"冷静点,小心走火。"

那是军统局的证件。廖景阳瞟了一眼,随手就甩到车窗外说:"去你娘的军统局。"

那人惊叫:"你疯啦!"接着,他立刻叫停了汽车,跳下车便回去寻找。

廖景阳跟着下来,举起手枪指着他,情绪有些失控地骂道:"我们,我们弟兄们在前方浴血奋战。你们他妈的干嘛呢?前方将士没汽车,千里迢迢就靠两条腿南征北战。吃不上,喝不上。可你们后方在干吗呢?你对得起中国人吗？对得这帮起和鬼子拼刺刀的炮灰吗？"

那人拾起证件用和缓的声音安慰道："好啦，这位仁兄。该醒醒了。我们回家吧，你的牢骚是发不完的。我也一样无可奈何。但它就这样真实存在着，一面是抗战，一面是腐败。就这样，我们改变不了命运。这是中国的命运。"

廖景阳听罢，突然感到一腔血不住地往头上撞，他为心中压抑的所有不满感到悲愤；为每个战士在战火中倒下的身影感到悲愤；他觉得心里特别难受，难受得几乎令他窒息。他拿枪的手在抖，他的心也在战栗。他恨，恨透了后方那些在抗战时期，仍然歌舞升平、腐败堕落的家伙们。他歇斯底里地吼道："放屁，我们可以改变，我们可以把日本鬼子赶出中国去。只要我们肯卖命，没什么敌人打不垮！"说着廖景阳用拇指张开了手枪的机锤。

"你要干什么？你会受到军法惩治的。"

"走私、贩毒，冒充军需物资，随便哪一条老子都能枪毙了你。"

针锋相对的时候，那人干脆一梗脖子，豁出去道："你敢？老子是戴老板的人，杀了我你也完了。"

廖景阳骂道："去你妈的！"话还没说完廖景阳就开枪了，一下子所有子弹都倾泻到那个人身上。直到手枪空仓挂机的时候，他还在疯狂地扣扳机。

这时，一直在围观的弟兄们围拢过来。大家纷纷用好言安慰着这位杀红了眼的长官。彪子按着廖景阳的胳膊说："哥，那小子叫鬼子冷枪给崩了。小样儿的，要活着我也削他，我削死他。"

金三阳说："对，这小子叫小日本打死了，大伙说对不对？"

"对！"大家异口同声地说。

海边将司机揪过来冷冷地问："你看见了？"

司机说："是。我看见的。我们在路上遇到空袭，连人带货全完了。我也完了。"

这时，廖景阳神智算是清醒了。他搂住那司机脖子道："兄弟，跟我当兵吧。"

司机回答："是，我已经想好了。听了长官刚才那番话，我也看透了，只要每个中国人都齐心协力地抗战到底，中国就不会亡。"

"你叫什么名字？"

于是司机立正道："报告长官，我叫罗远航。"

"好，你就做我的传令兵吧。"

"是，长官！"他学着军人的样子端正地敬了一个军礼。

廖景阳看到陆枫桥抱着胖狗站在一旁,似乎欲言又止,就对他说:"医生,带丘吉尔坐前边来吧。后边太闷,小心狗别中暑了。"

卡车依然行进在没有路的路上。一路上陆枫桥一直在保持沉默。于是廖景阳便问:"你不是爱管闲事吗?你不是特仁义吗?我的有为青年怎么不说话了?"

陆枫桥点点头道:"杀得好!这种人该!"

"真的?知道吗?我刚才真失控了。疯了,真疯了。所有的抱怨、不满、压抑和颓废全放掉了。放掉了,人就轻松了,好像看到了这个国家的希望一样。"

"中国可以赢。因为我们这样的军人还没有迷失。"

"嗯。可是军队在溃退。"

"但是我辈抗战之决心没有动摇。"

"切!你们看到我崩溃了,乱杀人了,就来安慰我。我没事了,杀个败类心里舒服多了。如果说有遗憾,那就可惜他是中国人。"

"我说的是认真的。"

"我也是认真的。"

罗远航说:"长官说实话,我真不知道他的提货清单。我要知道,一定不拉。打死也不拉!"

"好了,过去了。我没有神经病,高高兴兴地突围吧。至少我们不会饿着了。"

"是啊。车上的罐头足够我们吃一个星期。"陆枫桥说。

廖景阳抚摸着那胖狗又问:"你说我是不是太操蛋了?吞了人家的货,然后又给人宰了!整个一蔫土匪!缺了八辈儿德了。"

"哎哟,大哥!你怎么变得这么婆婆妈妈的了?我说半天了,杀!就是该杀!这种败类杀得还不够。"

"那你去把四大家族办了吧,我给你挺机枪。"

陆枫桥尴尬地说:"我……我可能还没凑过去,就死了!"

"哈哈哈……"这就是廖景阳,有事没事地逗逗闷子,即便是战争中也不忘拿谁开一回涮,而且拿谁都敢开涮!一个天不怕地不怕,率真而玩世不恭的北京爷们儿。同时这也是他用于释压的一贯招数,并且屡试不爽。

卡车就这样在走走停停间颠簸了两天,直到这天晚上,一条宽阔的河流拦住了去路。

廖景阳他们在微弱的手电光线下研究了地图。廖景阳专业地用坐标尺测量着地图道:"我们一路沿马德亚河右岸朝东北方行进。天黑之前我看到了对岸的高山,我判断我们离抹谷不远了。从这里开始就进入了缅北高原。往东就是中国,大概有450公里。西南是咱们过来的曼德勒,我们至少已经走出了300公里。北边是密支那。在抹谷这儿有条公路,但是我们汽车已经没油了,而且找不到渡口也无法过河。所以我决定,今夜原地休息,明晨渡河,直插抹谷。"

罗远航问:"那里有日军怎么办?"

彪子说:"有啥也不好使,知道不?知道老子是干啥的不?"

罗远航摇摇头。

"记住了,老子是阎王爷他爹。一急眼就叫小鬼子窜稀。"

廖景阳说:"按战局判断,那儿肯定有日军。曼德勒溃退,腊戍失守,所以这条公路末端的西保、南坎、八莫一线必是我军最后防线。估计主力这时候已经倚靠国境线构筑起防御了。那么好,我们再说抹谷,曼德勒失陷以后,它对日军来说,没有实际意义。所以我决定先突袭这里,然后再做判断。"

海边问道:"司机当初你们怎么跑这儿来的?"

罗远航回答:"我们过伊洛瓦底江的时候,赶上空袭就往路基下边开了。那个特务说:大方向没错。只要能找到马德亚河一个渡口,就能绕上公路,然后再经这条公路回国。可谁知道这里根本没路。"

廖景阳接着说:"这儿离日军可能比较近了,晚上还是老规矩,明哨、暗哨、游动哨一个也别他妈少。打仗没凑合的。"

彪子问:"派个侦察队吧?"

"可以,选择一下渡口。天一亮就过河。"

这时陆枫桥跑过来报喜:"长官长官。好消息,好消息啊,丘吉尔它开始吃东西了。"

廖景阳笑道:"呵呵,我还以为丘吉尔派援兵来了呢。嗯,这不是坏消息,可以给英国人一个交代了。也不知道那哥儿几个死没死?"

"它太能吃了,一口气吃了4个罐头。"

"悠着点,狗不知道饱。"说着,廖景阳抛下众人,来到那肉球似的胖狗身旁坐下,抚摸着它的大脑袋说,"知道丘吉尔什么意思吗?"

陆枫桥说:"是英国首相。"

"长相差不多,就是意思不一样。丘是丘八,就是兵;吉是吉利;尔是你是我。懂吗？笨蛋。"说着廖景阳又去拍那胖狗的身子，那胖狗舔了舔嘴唇，抬头望望他，就腻人地倚靠到廖景阳的腿上。

陆枫桥被廖景阳这番不伦不类的剖析说得瞠目结舌，他眨眨眼睛道："在下才疏学浅，领教了。"

廖景阳笑着问："要是不打仗，你看我当个国文老师怎么样？"

"行。"接着，陆枫桥心里说："能教出一帮二百五。"

眼前是缅北高原最南端的高山，山的顶端是高原湛蓝湛蓝的天空。天空上飘浮着洁白的云彩，清凉的山风将山顶的白云吹向东方。于是海边的瞄准镜中就出现了一座雪白的佛塔。

待到全连突至无人的白塔前，就看到山脚下出现了一座群山环抱的小城——抹谷。接着他们便听到自山脚下传来一阵阵此起彼伏的清脆枪声，西南的房舍还腾起滚滚浓烟，橙色的火焰在浓烟中忽隐忽现。

小城的西南有一座不算大的中式院落。院里的建筑呼呼着着大火，一块缅甸华侨互助会的牌匾正被一名背枪的缅奸丢进火中焚烧。院外的竹林里几十名中国兵以及一些华侨被每6人1串捆在一起，并排坐于地上。一个个面上写满了恐慌与无望，甚至有些人在暗暗饮泣。老聋子曲凤山此刻就垂头丧气地绑在里面。数名缅奸持枪扛刀地站在周围恶狠狠地看押着俘虏。

当时缅甸大多数人支持日军来解放缅甸，帮助赶走英国殖民者，从而建立一个独立自由的缅甸。于是日本人就煽动了一批民族运动的狂热分子，并支持他们建立了一支军队——缅甸独立义勇军。由于中国远征军在缅甸协助英国盟友抗日，所以也同样遭到缅甸人的敌视。他们积极协助日军作战，当向导、搞侦察、打冷枪、袭击运输车队，甚至报复华侨。于是中国人就将这些敌对的、不合作的武装视为"缅奸"。

片刻，一声唿哨。两个骑自行车的缅奸晃晃悠悠地回来了。接着院内开始躁动起来。缅奸开始驱赶着被捆绑的俘虏走出去。午后的烈日光耀着明晃晃的刀枪，让人有种欲死的悲怆。

老聋子跟随着前排的脚步，跟跄地行走在一片竹林掩映的山坡上。两个骑自行车的缅奸，大模大样地在前领路。一路上缅奸对这伙中国俘虏又踢又打，用缅语骂骂咧咧。

终于被押到刑场了，那是一个"U"形山谷。一个小队的日军正在这里进行训练。各班将步枪整齐地搭在一起，与两支掷弹筒排成一条直线。旁边是堆得老高的弹药箱。一班步兵取回步枪，列队走上射击阵地。

值日官挥舞着小红旗不断下着口令，口令声中，步兵们机械地操控着枪支，然后在口令中进行卧姿射击。枪声"乒乒乓乓"地回响在苍翠的山谷。

一名中尉手扶战刀威风凛凛地伫立在射手们身后。没有进行训练的日军，整齐地坐成方阵。一个日军少尉正挥舞着臂膀带着士兵们起劲地歌唱："万朵樱花是你的裙裾，吉野的花儿被山风吹拂；如果不是生为大和男儿，怎能将敌人打得落花流水……"

老聋子看看那军帽下一张张年轻稚嫩的脸庞就知道，这是一批日本新兵蛋子。

接着，一个缅奸走向中尉去鞠了一个躬，然后便跑回来用中国话对战俘们说："一会儿，你们每两排到前方指定位置，按日本军要求工作。你们将进行一次充满挑战的冒险，最后的胜利者将会获得赦免和自由。即便是伤者也会受到光荣的救治。如果违抗命令，立即处决！"

俘房们有些躁动和不安。彼此轻声问道："啥意思？叫咱干啥？"

这时，有一个士兵忍不住高声叫道："杀人就杀人呗，搞什么名堂撒？"

中尉转回身向那说话的兵招招手，于是6个人一起被缅奸推了出来。他们被迫跪成一排。一声令下，从唱歌的队列中立即冲出6名日军。他们操枪在手，几乎同时迈步突刺，然后果断地拔枪再突刺！一下又一下。每个人的动作做得都十分干净利落，看上去就像中国兵训练扎草人似的，直到将6人彻底解决。

接着他们立定，转身，跑向中尉一齐鞠了躬，再放回枪跑回去坐下继续唱歌。这一连串的杀人动作就像出去小便了一次那么随便。老聋子再看看那些士兵，每个人依然唱得那么豪迈，竟好像什么都没有发生似的。

缅奸翻译着中尉的话："懦弱的人才想去死，中国人的死要有骨气。这样的牺牲，太不值得了。请你们珍惜生命，去我的战场上搏一搏吧。"说完，中尉竟鞠了一个躬。

这时，前面的士兵已经射击完毕，他们依照口令开始验枪，然后站起来踮着脚向前边看。直到听到前方传来捷报，他们才高兴得欢呼雀跃，齐喊一声"万岁！"霎时端起枪便向前冲锋去了。

与此同时，第一批俘房被缅奸押走了。

老聋子目送着这批被押进射击场的弟兄，不禁猜想着日军的用意。他低声念叨着："乖乖，拿活人当靶子！"

此时，廖景阳他们已经从山顶摸下来，部队就藏在半山的丛林中。他带着几个人悄悄前出侦察。随着山下不时响起的一阵阵枪声，他用望远镜偷偷观察了一阵，不禁低声骂道："妈的，小鬼子枪法就是这样练的。"

"我瞅瞅整啥呢下边啊？热热闹闹的，跟过大年似的。"彪子说着，跟廖景阳要来望远镜。

他端起来一看，只见山脚下几个被反绑着的中国兵正盲目地跑来跑去，而在他们对面一班日军正在举枪射击。中国兵猫着腰跑啊跑，但是别管怎么跑，总有被子弹打着的。一阵枪响有人倒下，伤者捂着枪伤疼得满地打滚。但立即自他们一侧的山冈上突然打来一阵机枪点射，于是被打倒的人被迫又再次爬起来，跌跌撞撞地在枪口下奔命。可没跑几下，他们的身子一晃就栽倒了。幸存的人一会儿看看山冈上虎视眈眈的机枪，一会儿又看看前面饿狼一样的新兵，一犹豫又被一排乱枪打成蜂窝。

看到这儿，彪子忽地就要站起来，同时抬手就去扯大刀。但廖景阳早就料到，连忙一把将他按住说："先别疯，等我命令。"

彪子焦急地搔着地说："哎呀，哥你快点的，跟个娘们似的。再磨叽人都死绝了。"

于是廖景阳带着几个骨干悄悄退下去，然后一边在地上画图，一边低声部署："这是一个马蹄形靶场，靶场两边的高地上趴着一个班的鬼子，负责督促下面的人按他们的要求运动。海边你们排分两组下去摸了他们。动作要一致，干净利落。我和彪子各带一个排……"

彪子打断他说："啥排呀？总共就40来号人。你就说分几个人得了。"

"好。给海边12个人，你我各15。把司机、医生和狗留下看台湾汉奸。咱俩从两翼抄上去，收拾主力。海边你得掌握好时间，摸掉哨兵后，先消灭对面的射手，再打死当官儿的。只要你的枪一响我们就动手。"

海边问："有第2套计划吗？"

"有，万一暴露只能死磕。救人要紧！"

又一队人被押进靶场。缅奸用缅刀割断连接的绑绳，然后说："好了。你们自由了。跑吧！打不死就可以回家。但是谁要趴下，上面的日军会干掉你们。"

山谷里枪声此起彼伏着。打靶的日军每一排枪必定要有人送命。活着的人被周围高地上的日军监视着，想装死都不成。伤得实在动不了的，还没吭几声，打完靶的日军就冲上来不论死活地补上一通刺刀。最后一个活的也没有。

山谷里的枪声又响了，3连即开始分头行动。

海边他们嘴里叼着刺刀，右手掂着枪，一寸一寸地匍匐向前。借着山谷里的刚打响的一排枪声，摸哨的兵几乎是同时行动，猛地扑上去挥起刺刀，左手一捂嘴，跟着右手带刀就去抹哨兵的脖子。

廖景阳和彪子的部队，已经在山谷的豁口两端各就各位了。廖景阳在望远镜中看到：彪子他们正在对面山口的竹林边喊哩喀喳地宰着缅奸。一个缅奸慌张地推着自行车边跑边飞蹿上车，蹬上就跑；另一个还没摸到自行车把，就被飞掷的刺刀捅了个透心凉。有一个胖壮的缅奸拎着缅刀和彪子在竹林里打转。彪子一刀劈开一株碗口粗的竹子，他来不及拔刀，缅刀就趁机照着他砍来。彪子连忙闪身躲开，接着一个扫堂腿将那人扫翻，随后纵身扑上去，攥住缅刀的刀背，手腕一较劲，愣是将那口刀生生地搬了回去。然后他憋足了劲，按回缅刀，直向那人脖子上铡去。当刀锋逼近了缅奸的喉结的时候，他一面挣扎一面绝望地大叫道："别！别！投降！投……"最后一个字还没说出口，回转的刀锋便一点一点压下去切进了他的气管，然后一腔血陡然喷了出来，喷了彪子一脸。

端坐的日军正沉浸在豪迈的歌声里；上阵的射手正将目光穿过三点一线的焦距，聚精会神地盯着远处活动的猎物，轻轻压慢慢扣枪响无意间。就是在这无意间枪响了，但射出的不是子弹，是自己脑门上的一标鲜血。

海边再一枪，带队的中尉便被射穿了头颅。但歌声还在继续，枪声还在继续，而海边瞄准镜中的目标，明明生命已不再继续。但人却仍未倒下，只是顺着眉心淌下一行带血的脑浆……

老聋子在射界的尸体堆里像个老猿猴似的，缩着脑袋蹿来跳去，好几次与子弹擦肩而过。忽然他被一具尸体绊了一跤。紧接着周围突然枪声大作，但听那子弹的破空声，却不像是冲自己打来的。然后他听到一阵不似人声的愤怒呐喊，他想一定是日军在屠杀剩下的人了。

就是屠杀，手无寸铁的日军突然被一排子弹射翻，那正在呼出的壮歌却化作一口狂飙的血柱。然后四面八方突然冲来一群中国兵，他们是从哪儿冒出来的？他们平端着枪，就站在新兵们的枪架旁。一个个虎视眈眈，目光里燃烧着仇恨之火。绝望，人生中的角色竟会这么快地转换？杀人和被杀只是一阵歌声里的事。

搏！去搏命！反正都是一死。于是这种绝望使人发自心底地呐喊起来：

"杀！杀！"杀！不是杀人就是被杀，战争本来就是这样。

杀！中国军人平端着枪开火了。无论眼前的日军是要逃还是要来挥拳头，子弹像泼水节的水，一片片浸透人的身体，将人体打得稀烂。直到最后一个带兵的少尉倒在廖景阳面前，子弹壳还在噼里啪啦地掉。转瞬间山谷里的枪声停了，人声也停了。子弹壳清脆地落在地上，然后弹起来向山坡下滚啊滚……

老聋子听到一阵嘈杂的脚步声，鬼子来了！他暗暗告诉自己。于是他索性将头在地上埋得更深，装死装得更像。任凭那日军如何去轻轻踹他，可他就是一点也没有反应。直到听到人叫他："老聋子！还他妈装是吧？"

是——是廖长官！曲凤山再也不装了，他一骨碌爬起来道："乖乖。我的老婆孩儿啊！我还活着？"

"对，我们晚来一步你就嗝屁朝凉了！"廖景阳提着冲锋枪冲他笑着说。

幸存的战俘们惊魂未定，简直不敢相信这是真的。面对3连士兵们递上的罐头，有人甚至还掐了一下大腿或咬了咬嘴唇，这才欣喜若狂地喊一声喝彩！

"大哥你们是哪部分的？"有个兵问。

"200师的。"海边回答。

"你们真棒！"一个戴眼镜的华侨说。

"200师？不可能啊，你们不是都撤退了吗？"一个兵说。

老聋子流着泪说："我们有一批伤兵，由缅甸华侨互助会照看。曼德勒撤退的时候，我们是跟着新28师83团的。结果半路上遭遇了鬼子，83团被人家一个冲锋就撞散了。我们就跟着一些兵往回撤，撤到这儿。当天夜里83团的败兵就丢下我们跑了。天亮以后我们就被日军包了饺子。不能动弹的，都给刺刀挑了；剩下的就来给这帮小鬼子练枪法。"

"200师呢？"

"听说咱们师去八莫了。"

"城里有鬼子吗？"

"不知道，但是缅奸不少。他们比小鬼子还狠，把重伤员的脑袋割下来当球踢，看谁能踢进门。"

"清点人数！"廖景阳下令。

海边报告说："我们没伤亡，又救下31个。"

"全体集合。"

集合以后廖景阳说："弟兄们我们可能是留在鬼子背后唯一的一支国军了。从现在起我将率领你们回国，顺着主力的方向一路打回去！全连编为两个

第三章 胜利大逃亡

突击排和一个连直属重火力班。你们必须服从我们的指挥,违抗命令或贪生怕死者立斩于军前。老子不管他是哪个部队的。下面发枪!"

所有人都被缴获的武器武装起来。廖景阳手持掷弹筒交给金三阳道:"两个掷弹筒,你当迫击炮使吧。你现在是班长了,去挑你的兵吧。重机枪组也归你,12个人的编制。"

"长官您了就瞧好吧。"金三阳乐呵呵地受领了任务。

这时,有两个人争起一挺大正11式轻机枪来。廖景阳就走过去问:"你们谁是机枪手?"

"我是。"两人异口同声地回答。

"一挺凑热闹的歪把子抢它干吗?谁打得好,老子给他一挺布伦机枪。"

于是两人摩拳擦掌开始较量起来。

廖景阳才不管他们跑到靶场打什么呢。他只是盘着胳膊,站在旁边闭上眼安静地听——听那用歪把子机枪射击的节奏。"突突突……突突……突突突"两挺机枪同时在欢快地歌唱,但是就是在这些跳动的音符中,廖景阳听到了一种很熟悉的节奏。那是只有六条那样的老兵才能运用自如的打法。点射,点射,精确地短点射,既不张狂,也不拘束。是那种很老练、很自成一体的节奏,就像行军的鼓点,有计划、有标准、有规矩。廖景阳一边听一边不自觉地用手指随着爆豆般的枪声,有节奏地敲着臂膀,直到他嘴角上翘起一丝微笑。然后他打断了射手道:"左边,左边这个兵,你是哪个部队的?"

于是那个面色黝黑的战士起立道:"报告长官,我叫鲍春,是新22师的。"

廖景阳高兴地在他肩上一捶道:"好!我们连又多了一只豹子。"

这时候,另一个机枪手道:"长官,那我呢?"

"你就抱着歪把子费子弹玩儿吧。"

3连兵分两路交替掩护着向这座小城突进。此刻城市中异常寂静,小城的居民都遁入了家中,关紧了门窗,只留下一阵犬吠声。

突然,一只受惊的鸽子拍着翅膀"呼啦啦"从临街的房顶飞起。初次上战场的紧张,使罗远航紧扣着冲锋枪的扳机。鸽子惊飞的时候,他不由得也打了一个冷战,顿时浑身起了一层鸡皮疙瘩。然而这一惊使他不自觉地手指就用上力,顿时一个长点射便刷地飞蹿出枪膛。一个担任前锋搜索的士兵,顿时被3颗子弹分别击中腰部、肩部和背部。

枪响的时候罗远航先是一惊，等发现伤了人，连忙赶过去救人。待到大伙都赶去救时，那个战士已经不行了。血，黏糊糊的血，淌了一地。

廖景阳只好问："兄弟有话快留下，老家在哪儿？"

那士兵看看众人拼尽最后的一口气问："哪儿打枪？"说完人就过去了。这时候所有人都用一种憎恨的目光盯着罗远航。这使他不禁"哇"的一声抱头痛哭，一边哭一边揪着自己的头发，捶胸顿足。

廖景阳朝他走过来说："行啦，别他娘嚎了。"

罗远航依旧在哭，哭得几乎上气不接下气。廖景阳随即揪住他的脖领连抽了几个嘴巴，吼道："行啦，别哭丧了。没用的！"

罗远航透过朦胧的泪眼哽咽着说："我……我愿意偿命。"

"偿个屁！不能再死人了。"然后廖景阳摘下钢盔扣在罗远航脑袋上，又向大伙说，"这事怪我，给个没打过枪的新兵蛋子发了条快枪。弟兄们，你们说怎么办吧？"

金三阳率先说："怎么的，枪走火这是家常便饭。老兵也有失手的时候，何况是个新兵蛋子。叫他多烧俩纸钱不就完了吗？"

海边说："打仗有误伤正常。长官算了吧，人死不能复生。军法也有例外。"

廖景阳又看看别人问："谁还有话说？和稀泥的片儿汤话就别说了。"

于是鲍春说："长官，死的弟兄是我们新22师的，这事您得跟我们师长说去。完了。"

廖景阳看看大伙干脆说："好啦，不扯淡了。进攻吧。"

这时候从城北方向响起一阵枪声，于是廖景阳率部立即朝前穿插。哭得跟个泪人似的罗远航被陆枫桥拽起来，然后他将自己的步枪善意地和罗远航作了交换。陆枫桥诚恳地说："行啦，新兵第一次都难。你能活着就不错了。"

廖景阳率部循着枪声快速跃进，突然斜对面一座建筑里自窗口伸出一支步枪。那是瞄准廖景阳的一枪，子弹急速地打在地面上，然后又被弹起来直接钻入廖景阳穿着皮靴的小腿。

接着，鲍春扬起机枪朝那扇窗子打出两个点射。随即海边透过瞄准镜又锁定了临近窗户中的一个目标。不等对面敌人举枪，海边已率先开火！中枪的身体立即失去平衡直接扑开窗子垂死在窗前。

"是缅奸。"廖景阳说。

接着，旁边的院子里冲出几个缅奸，他们胡乱地射击，然后拼命逃跑。还有两个担任掩护,一个跪姿、一个立姿两人配合倒十分默契,就是枪法实在差强人意。不等他们再次瞄准,这边的武器就一齐招呼上去。

鲍春将机枪架好,瞄准射界前的一片建筑。海边用狙击步枪自远处逐一扫描着每个窗户。

廖景阳脱下皮靴,找到那个该死的弹孔,然后一咬牙下手将嵌入腿肚的子弹头掐着尾巴给拽出来。陆枫桥连忙牵着狗赶来用棉签在他的枪伤处消毒。

廖景阳打量着他不禁一笑。

"怎么了?"

廖景阳笑得上气不接下气:"我,我没见过一个救护兵带着这么蠢的一条狗,在战场上跑来跑去。"

"还不是你给我派的活儿。我求求你,赶紧再找一位吧。"

"你看谁行?"

"罗远航。一个没有车的司机。"他一边包扎一边嘟囔。

"不,这里没人比你合适。你是个大善人,别人带不好。"说话间,廖景阳已经穿好皮靴,然后瘸了几步就跑了起来。

这时候,廖景阳的突击队已经交替掩护着向前突入了。所有的建筑,所有的门窗被他们所有的武器反复端详着。老聋子背着步枪,双手拎着拧开盖的手榴弹,脑袋像拨浪鼓似的来回乱转着东张西望。突然他飞身一掷,旋即一扇窗子里的死人和破枪就被爆炸的气浪掀了出来。

正在大家巡行的时候,突然海边大喝一声:"机枪。"话音中他的子弹已直接飞入右侧一栋小楼的阁窗。阁窗中一名日军射手顿时右眼洞穿,一声惨叫仰面翻倒。看到右眼被打碎并贯通头部的死者,阁楼中的缅奸无不惊慌失措。接着一通火力瞬时自外面激射,打得阁楼上无处藏身。

片刻后,一件白衬衣在弹雨中自阁窗上开始飘扬。

廖景阳叫停了射击,又提醒道:"小心有诈,叫他们出来。"

于是,一个华侨移动到前线高声喝道:"我们是中国远征军,放下武器走出来。"

廖景阳拍着华侨道:"太温柔了,你告诉他们:不投降叫他们片瓦无存。"然后廖景阳告诉金三阳:"看你的,架上掷弹筒,听我命令。"

金三阳领命带上几个兵,蹲到前面,大拇指一挑瞄着对面建筑就上了榴弹。

但任凭怎么喊话,里面的缅奸就是没有动静。廖景阳问海边:"怎么样?"

海边瞄着瞄准镜说:"看不见,是不是跑了?"

廖景阳迅即下令:"掷弹筒一发,前门敲他一下。"

顿时掷弹筒发射,直接在那幢建筑前面炸碎。破碎的弹片旋即飞入附近的窗口。冲击波"嗵"的一声撞开房门。

立刻缅甸人回话了:"中国人别打了。投降,投降!"接着,数名穿黑衣戴日军袖标的缅奸们便打起白旗高举武器自屋内鱼贯而出。而屋内唯一的一名日本军曹此刻将步枪顶在下颚,闭上眼睛,用脚趾头抠响了扳机。子弹随即忽地冲破了他的后脑。

待到南北两路突击部队在城市中心的小广场会师时,彪子报告说:"中途遇上几个缅奸打冷枪。死了两个弟兄,有16个孬蛋投降了。"

"审了吗?城里还有多少?"

"审了。日军就一小队新兵,叫咱们在外边都整死了。缅奸不少,好多是在这儿刚招募的,但都跑回家了!"

廖景阳眼睛一亮道:"那就是说我们已经收复了这里。哈哈,抹谷大捷!"

"差不多,可有啥用呢?"

廖景阳东张张西望望,然后满意地说:"嗯,这至少表明,曼德勒会战的计划只有我们不折不扣地执行了。我们收复了抹谷取得了这场会战的唯一胜利。"接着他扬起头对军人们潇洒地说:"好啦!弟兄们,战争结束了。我带你们回家。"

## 第四章 空降空降

廖景阳提着枪步入那间日军小队临时的指挥部。他看了一眼自杀的军曹，便随意去桌上翻找有用的物品。

房间里的物品极其简单，军旗、电话、烧毁的文件和一些士兵的私人物品，其中一张照片吸引了他的目光。于是他蹲下身，从那军曹身旁拾起一张全家福。他对着照片看了半天，然后弹了两下喃喃地说："作啊，多好的一家人啊。"然后他将照片重新放回死者的上衣口袋，同时冲那尸身嘟囔了一句，"你就不该来！"

这时候陆枫桥匆匆跑进来报告："廖长官，廖长官，刚才听广播里说，日军已经打到怒江边了。"

彪子跟着进来说："扯，别听小日本子瞎忽悠。还怒江边，到哪儿也不好使。"

廖景阳点着烟叼在嘴里点点头："应该差不多吧。国军这点揍行，一溃退就是千里之外。缅甸本来就不是中国的，丢了也没人心疼。就可惜了这10万大军，又输得没人样儿了。"

陆枫桥望着他关切地问："那咱怎么回去？"

廖景阳到墙角掰开那仍保持着坐姿、怀抱大枪的日军死尸的手指夺下步枪。然后他拉开枪栓检查了一下弹仓说："手里有枪，屁股底下有腿。"一失去步枪的依托，那尸身便慢慢顺着墙歪倒了。

彪子说："能咋地？一路舞马张枪'咔咔'地干回去了。日本人少，宰一个少一个。"

廖景阳探头向窗外望望道："哎呀，我现在就需要电台。"

"没有，满城都搜遍了。"

他们下了楼，廖景阳叫人将朱嘉义带来，他亲手解开绑绳说："你走吧。

我们要回家了。带着你太麻烦，就算回到祖国，你也好不了。"

朱嘉义揉揉发麻的胳膊说："我想好了，我跟你们回去。不管怎么处治，我都要回祖国。"

廖景阳说："别装得义胆忠肝的，赶紧走吧。我保证不背后开枪！"

朱嘉义见状竟"咕咚"一下双膝跪下道："我不走。长官要是嫌我累赘，可以杀我。我毫无怨言。"

廖景阳冷冷地说："老子是为你好，我知道回鬼子那儿你死定了。不如我现在放了你，再给你支枪自由自在地去浪迹天涯吧。有人管是好事儿，没人管也是好事儿。你自由了，真的。"

朱嘉义忽地流泪道："我不走，我不是孤魂野鬼。我要你带我一起回家！做男人的就要敢作敢当。只要回家，上军事法庭，上刀山下火海，怎么样都好。"

廖景阳无奈地上前将朱嘉义搀起来，给他整理了一下军装说："走吧！我带你回家，教你做个堂堂正正的中国人。"

由于罗卓英强征了中国远征军运兵的军列，加之制空权的丧失，致使远征军放弃公路，以小路一路辗转前行。第5军各师亦徒步交替掩护主力撤退。

杜聿明率一部行进在蜿蜒崎岖的峡谷山道上。整营、整连的队伍挤在一起赶路。马达声、脚步声、推动大炮的号子声，以及武器的碰击声和战马的嘶鸣声，回响在山谷里。士兵的钢盔和刺刀反射着微光，像鱼鳞似的塞满山谷。

中午，部队下令停下休整。疲惫之师一旦站住，即刻便躺倒了一路。

片刻炊烟升起，士兵们乱哄哄地抢着不够吃的粮食。

杜聿明站在一座无名高地上看到这一幕，竟也无可奈何。美国人援助的威利斯吉普，此刻倒是颇具魅力。随从们正将方才铺在吉普车头的作战地图收起，然后在那上面抖开一条白色的餐布，将罐头、刀叉，还有红酒一一摆上"餐桌"。

随从来唤杜聿明吃饭时，他摆摆手道："战局不明，士气不振，叫人怎么吃得下？"

这时，一个通信参谋匆匆赶来向杜聿明报告："报告军座，参谋长来电了。"几天前杜聿明遣他的参谋长去西线寻找长官司令部，此刻回电了。

杜聿明转头望着那参谋平静地说："念吧。"

"我方至坎巴拉车站，军情混乱，日军逼近。始悉史、罗二人已于3日前弃部遁小路逃往印度。随行不过百余。问计。"

杜聿明听罢重重一拳敲在桌上，震得茶杯都跌落了。他环视了一下四下惊愕的部属，说道："你们见过这样狼狈的统帅吗？手握10万大军却只身而逃。当年两广总督叶名琛与英人不战、不和、不守、不死、不降、不管，成千古骂名。而今我们的长官们与日军不战、不和、不守、不死、不降、不管——犹过之而无不及。什么国家、民族、道义、尊严、同盟，对这两位将军而言就是一口吐沫。"

这时，参谋提醒道："军座参谋长等您回电。"

"追，追回中国远征军的脸面；追回两位将军的体面。他们不要脸，我要！中国人要！就这样发。"

一位参谋刚走，又一位参谋匆忙赶来报告："报告。长官部来电了。"却在此时，苦寻了数日的中国远征军长官部，终于冒了出来。真是说曹操，曹操就到。

"念。"杜聿明没好气地说。

"鉴于日酋3日占八莫、8日占密支那，故令你部全员向英普哈尔东150公里之温藻撤退。罗卓英。"意思就是说全军撤往印度。

杜聿明当即道："回电：军情吾已先知，无需再报，着诸公好自为之。吾辈军人，当坚定守土抗战之责任，马革裹尸还见江东父老。杜某决心率全军向国境线撤退。断无取道异邦，苟且偷生之道理。"

回了两封电报，该来的都来了，该有的都有了，倒使杜聿明如释重负。于是他又来了胃口："来，开饭，喝酒。"

杜聿明端起一杯红酒，他仔细端详却不品味，整个人停顿在那里若有所思。那酒虽恬静，但此刻在他心中却着实的因疼痛而翻滚。这哪里是酒啊，分明是中国远征军将士的血。而在美、英为首的政治舞台上，盛满中国士兵热血的酒杯正肮脏的政治交易中碰杯！

这时，透过那血红的酒，他忽然看到血色的苍穹上赫然飞临一支庞大的机群，那机身上闪耀着血红的军徽。

随即自隆隆的飞机引擎声中，中国军队开始鸣枪示警。接着部队开始骚乱起来。

伞花，云一样的伞花在缅北依山傍水的山岭间从天而降，成片成片地落满天涯。日军伞兵一经落地，便立即寻来一起空投的武器箱，迅速拾取装备，然后便投入了战斗！

顷刻间行军序列的前锋便同空降的日军交起火来。枪声、爆炸声响彻山谷。低飞的战机反复穿梭在山谷中为空降部队提供着支援。

杜聿明接到前线报告："敌空降兵之一部，已于我军前控制要冲。居高临下阻滞我军通路。数量不详！"

杜聿明不禁暗暗发誓：空降，空降！中国将来一定要有自己的空降兵！接着他将那血酒一饮而尽断然下令："命令刘放吾113团，不惜代价掩护主力转移。再令93师于我右翼孟拱一线占领掩护阵地，使我主力经孟拱以西以北分别进入国境。三令各部队均遵令转进，迅速集结于怒江防线！"

3连的行军队列是老兵在前，新兵在后，再将像罗远航这样的华侨夹在中间。他们一路翻山越岭，绕开大路沿着缅北起伏的山峦一路向北。数日间他们并没有遇到袭击。

恰逢雨季，山路又湿又滑，越向南雨丝越来越密。树枝扫在士兵的头盔上，雨水冲击着泥浆顺着山坡往下流。全身湿透的步兵们艰难地在山中寻路。

彪子在前面挥着大刀自林中劈砍出一条小路，但遇上茂密的灌木丛或粗壮的树杈，军人们就得手脚并用地爬行过去。

金三阳扛着掷弹筒说："这你妈不是猴儿吗？好嘛，跑这儿受洋罪来了。"

彪子说："这嘎儿林子老密了，老子胳膊都快抡折了。"

廖景阳就说："那换换人，谁到前边去？"

鲍春扛着机枪赶上去说："我来。老一个姿势我胳膊都僵了，正好动换动换。"

彪子看看他的机枪说："拉倒吧，我可不扛着轻机枪钻老林子。"

廖景阳说道："你力大无穷，扛轻机枪是怠慢了。那后边还有92式，要不你来那个。"

彪子摇着头说："我还想让人扛着呢。"

廖景阳笑了，他说："对啦，后边还有条胖狗，抱着跟个婴儿似的。很有当爹的快感。"

陆枫桥在后面喊："不换，不换。抱着它还暖和呢。这家伙可懂事了，一路就舔我。"

"你不医生吗？不嫌埋汰啊？"彪子说。

陆枫桥说："你不知道，狗的唾液能杀菌呀。"

"拉倒吧，你咋整成兽医了你啊？"

"钻到这野林子里,人也是兽。"

"把这狗吃了得了,能出一盆子肉。"

廖景阳说:"不行,那是英国人拿命换的。人家命都不要了,就为救下这条生命。"

"天知道英国佬是不是抛去个累赘好跑路啊。"

"是啊,缅甸就是累赘。"

"对我们也是,放着东三省不打,偏要跑这嘎闹腾。"

廖景阳惨淡地说:"华东、华北、山西、山东都拿不回来,哪儿够得着东北?"

提到东北,彪子将砍着通路的动作,猛然间夸大了。只见他将大刀猛地一挥,砍在一根粗壮的藤蔓上,大刀便直接剎在藤蔓上砍不动了。彪子用力拔出大刀,然后猛地一撒,直接将刀甩进了山下苍茫的林海。然后他停下来叫道:"妈拉个巴子的,老子不干啦!老子要回东北。回东北实实在在地杀鬼子去!"说着,他一屁股坐到地上,摘下钢盔,用手拼命挠着头悲戚地望着乌云密布的天空……他任那天上的雨水哗哗地浇在脸上,那纵横流淌在面颊上的又岂止是雨滴……

这情景令3连的兵无不哀伤。就连廖景阳也不禁仰起头,绷着腮帮子迎着雨丝,好尽力不让泪水流下来……

好一会儿,他才转过头冲着山坡上的部队命令道:"部队原地休息。海边带两个人出前哨。"

这一刻部队的士气跌到了谷底。士兵们或坐或立,但每个人脸上都流淌着一道道水迹,说不清,说不清是雨滴?眼泪?还是汗水?

海边走后,雨也渐渐停歇。突然在林子深处,树枝"哗啦"一响,接着传来一阵"唧唧喳喳"的猿啼。这动静令部队一场虚惊,好几个兵差点开了枪。

彪子突然站起身骂道:"瞧把你们给吓的。站直了,别哆嗦!"

陆枫桥靠着树坐下,掏出最后一个罐头对"丘吉尔"说:"最后一个,咱俩平分。"

丘吉尔目不转睛地望着他开启了罐头,然后着急地用前爪扒拉着陆枫桥,甚至它将前爪搭在他腿上,伸起头去嗅那香味。大舌头来回地在嘴唇上翻卷着,哈喇子都流下了。

陆枫桥笑着摸着它的脑袋说:"你啊你,真是一个巴甫洛夫定律的勇于实践者。好吧，都给你吧，小家伙。"

于是丘吉尔望着他幸福地笑了。

彪子问："吃完了，看你还有啥给它吃？"

陆枫桥一边喂着丘吉尔一边说："不是没几百公里了吗？"

彪子说："山和山之间差1公里，一上一下走一天还是1公里。"

金三阳说："要是还没吃的，不吃狗肉就得吃人了。接着就看谁能撑到最后。"

这时，海边带着两个战士从前边赶回来道："廖长官，廖长官，前面发现了营地，好像是咱们的人。"

廖景阳听罢，连忙招呼部队赶过去。但是等赶过去一看，所有人都怔住了。在这片山林的空地上，用芭蕉叶搭着一排简易的窝棚和几顶军帐。然而里面却躺满了裹着军装碎片的白骨。一个个骷髅狰狞可怖，黑洞洞的眼窝，望向天空。虽然在雨中，依然可以从死尸的军装上看出干涸的血迹。他们当中有士兵，有军官，还有两名戴着红十字袖标的医护兵。

陆枫桥带着丘吉尔跑去一个帐篷一个帐篷地查看。但里面除了白骨还是白骨。面对着森森白骨，丘吉尔发出一阵胆怯的吠叫。他听到廖景阳喊："行啦。无人生还。"他才转身垂头丧气地回来报告，"可能……可能全是伤兵。"

廖景阳望着一片狼藉的营地，点点头道："是，好人死不了这么快。"

海边问："他们是在等我们吗？"

廖景阳道："嗯，看来都跑乱套了。主力连伤员都丢了。"

海边说："我们200师从不会丢下一个伤员。"

彪子答道："别说人了，同古突围的时候咱们师连一副伙食担都没整丢。"说着，他走近一具尸骸上搜了一遍，随后从尸体身上掏出一个军官证交给廖景阳说道，"是新28师的。"

廖景阳接下看了看。然后无奈地下令道："走吧，回家。"

陆枫桥问："不埋了吗？"

廖景阳看看他说："今天埋了他们，明天谁埋我们？快走吧，这林子吃人。"

彪子突然嚷嚷："老子不走了！"

廖景阳扇了扇眼前的蚊子，指着那些白骨道："好啊。过两天你就那样！还说什么打回东北？这林子里一拉稀人就玩儿完。别看你个大，在这儿的蚊子面前你就是一碟菜。30只蚂蚁就能将你啃秃噜皮。"

第四章 空降空降 | 119

彪子说:"瞎转悠,啥时候能打回东北啊?"

"地球是圆的。"

"不还瞎转悠吗?"

"山不转水转。"

彪子听完郁闷地说:"完啦,给整迷糊了。"

第二天,部队在一块高地停下休整。军人们三三两两无精打采地依靠着坐在泥泞的土地上。这时海边找到陆枫桥说:"医生还有药吗?我又有两个兵走不动了。"

于是陆枫桥就掂起医药箱跟海边过去查看。临走时,他回头叫了丘吉尔同行。彪子望着它扭着屁股摇头晃脑走路的样子喊:"嗨,医生你还有吃的吗?"

"没有了。"陆枫桥回头说。

彪子坏笑着说:"神神叨叨。没吃的,你忽悠小丘吉尔跟你干啥去?"

陆枫桥笑笑说:"习惯了,不带它孤单。"

鲍春叼着草棍说:"嘿,医生,别舍不得,吃了吧。能救好几条人命呢。"

忽然,廖景阳过来召集士兵们集合说:"从现在起,我提三个要求。第一,不许掉队,走不动的就用绑腿拉着。第二,没有命令不许倒下,谁倒下旁边的人就踹,否则再也起不来了。第三,我们打抹谷的时候还搞了一些药品,凡有疾患立即接受治疗,谁要生扛着不报,死了活该。最后我补充一条,老子会想尽办法管你们吃饱,管你们看病,带你们回国!但是枪支弹药谁他娘的也不许丢。当兵的要是枪都丢了,那咱就没本钱回家了。"

说完,他又下令:"凡是家在南方丛林的兵出列。"

于是十几个兵立即站出来,不等廖景阳继续下令,被押解的朱嘉义叫道:"报告长官,我是。我有丛林生存经验!我家和这里差不多。"

廖景阳点点头道:"好,算你一个。你跟医生走。"

"是,长官。我一定好好干。"

陆枫桥低声对他嘀咕:"想明白了?"

朱嘉义悄悄说:"嗯。我还有一个罐头。是给它留的。"

陆枫桥向他笑笑说:"别管狗,管好你自己,别饿着、别冻着。"

他立即回道:"没关系。我知道这山里什么能吃。我替你抱着狗吧,这样长官就不会对我有疑心。"

陆枫桥说:"好啊,等我累了就给你。"

接着，廖景阳又下了一道命令："每个班至少编入一名有丛林经验的兵。记住，从现在起你们是班里的军神，凭你们在家的经验照应着弟兄们。哪个班也不许有非战斗减员，否则就地枪毙！"

部队前后照应着再次上路，路况好的时候丘吉尔就跟着走。赶上爬山，陆枫桥就用一件军装将它兜住，负在背上。一路他感受着胖狗的体温，那胖狗就去舔他的脖子，舔上去好痒。陆枫桥就缩起脖子笑道："行啦，行啦。丘吉尔不用客气。"可越说那狗越舔。

这样朱嘉义就上前解下丘吉尔然后抱在怀里，继续行军。

可是丘吉尔让他一抱，却立即一个劲地折腾着要下去。

朱嘉义莫明奇妙地说："怎么了，我抱着就不行了？"

"汉奸，狗都不待见。"彪子回头说。

朱嘉义顿时感到好难受。他将丘吉尔还给陆枫桥，然后低着头默默地行进。

陆枫桥安慰道："别往心里去，以后咱不干了，谁还说你？"

朱嘉义点点头说："没事，我做的我认。但以后我一定做个堂堂正正的人。"

转过一片丛林，部队又发现几具路倒的尸体，而且越向前走越多。使得本来就密不通风的原始森林，充满了一路的尸臭。沿途越向南，部队经过留下的痕迹就越多，死尸、枪支、钢盔什么都有。于是大家索性找来布条蒙住口鼻。

鲍春不禁发问："咋越往云南走，死人越多呢？"

朱嘉义道："林子里蚂蝗吸血，蚂蚁吃人。你看那蚂蚁洞修得像个碉堡似的。还有疟疾、痢疾、回归热，得上哪个，没有药都是死。"

陆枫桥说："药品也不多了，今天又有7个拉稀的。"

鲍春说："要是能让长官带咱打一仗就好了。枪一响啥稀也不拉了。"

海边说："跟着我们廖长官打仗，可神了。啥仗都能碰上。"

廖景阳从后面走上来说："说什么呢？我怎么了？"

鲍春说："海边夸您呢。长官。"

"没必要，跟着我能痛快地活着，也能痛快地去死。一半天堂一半地狱，当兵的生死有命，杀人别手软，挨宰别抱怨。"

山间的公路蜿蜒崎岖地伸向远方。一上午，3连就沿着公路的山梁前进，偶尔会大胆地穿越一次公路。但山道上时常会开过一队队日军，有自行车纵队，也有车队。但由于日军过于庞大，3连便不去惹麻烦。

下午，他们忽然发现5辆卡车远远沿着公路驶来。

第四章 空降空降

彪子指着那5辆车说:"长官,干仗吧。这整天搁老林子里跟跳马猴子似的蹦来跳去,傻了吧唧地憋屈坏了。"

廖景阳看着山路地形说:"好,胆儿肥的话就搞辆车坐坐。"然后他对后队说,"把司机叫来。"

随即,罗远航跑来报到。廖景阳说:"给你个将功补过的机会。快想,想个坏主意把最后那辆车拿下。"

滇缅路山高坡陡。日军车队转过一个弯道就开始轰轰地爬坡。打头的车上架着机枪,满载着日军。车队逐一爬上山,然后驶向下一个弯道。

最后那辆载重大,所以拖得较远。司机追随前车的轨迹,小心翼翼地沿着盘山公路驾驶着。猛然间他发现自前面的山路上,突然滚落下一阵碎山石。司机急忙一脚踩死刹车,卡车随即发出刺耳的尖叫。就在这减速的一刹那,左右山林中突然窜出数名中国兵。他们抢上驾驶室两翼的车门,司机第一个被罗远航从驾驶室揪出来,一把丢进万丈深渊。然后是对面的日军被彪子揪住脖领,一把甩出去摔得头破血流。

车厢后面,老聋子突然攀进去,胡子拉茬地呲着牙,握着一颗手榴弹向5名押车的日军傻笑道:"嘿,去东京吗?"接着又有数人闯进车厢与日军针锋相对。

两边彼此怒喝着让对方放下武器,但因为有手榴弹的威胁,日本武士一时倒不敢轻举妄动。

罗远航将车停稳,中间坐的军官已经被彪子撅着胳膊擒拿在驾驶室里。同时用手枪顶上他的后脑勺。

这时陆枫桥站在车后向日军喝道:"冷静,放下武器保证你们活命。"

就在双方对峙中,廖景阳突然在车下吼道:"3连的磨蹭什么呢?贴身儿上。"

于是车厢上的兵立即一闪身,腾出两手,直接朝敌人扑了上去。一个日军开枪了,子弹打破了苦布的顶棚。车下立即又有数名士兵撂下枪,跳上去叠罗汉。

山坡上一共7名俘虏被3连控制住。他们已经被扒掉了军装,而押解者却身着日本军服。

廖景阳还是老套路,他让给跪着的每个人一把刺刀。俘虏们面对着冷森森的刺刀，一一被解开绑绳。然后廖景阳踱步上前道："老子成全你们武士道的义勇，请诸位剖腹吧！时间来不及了，要是被枪杀就太不光荣了。"

俘虏们听罢翻译，不禁面面相觑。有人乍起胆子拿起刺刀，但手却抖了起来。

陆枫桥悄悄拉了拉廖景阳的袖口小声道："长官您又违反国际公约了。"

"扯淡。我这是在度人。你不了解武士道吗？光荣的死是会成佛的。只有尊重对手才会被对手尊重。"

但是战俘们却依然没有响应，还是一个个诚惶诚恐、犹犹豫豫的样子。廖景阳不耐烦道："怎么啦？尿了？赶紧的，我们还回家呢。"

彪子冲着握着刺刀下不去手的日军说："别哆嗦，麻溜儿的啊，一闭眼，'哗'家伙肠子就流出来了。让彪哥稀罕稀罕啊。"

可是尽管如此，那些日军战俘仍然惶恐地彼此面面相视着。

廖景阳见说不动，干脆下令："得，还得我们来。都宰了吧。"

陆枫桥听罢连忙拽住他说："长官他们不愿死就算了。"

廖景阳甩脱了他的手臂，厌烦地说："你太讨厌了，老他妈给我讲仁义礼智信。老子不是廖大善人。"

这一举措顿时令丘吉尔对廖景阳充满敌意。它当即冲着廖景阳瞪起小眼儿，龇着犬牙，发出一阵"呜呜"的警告。

这时战俘中为首的少尉忽然说起了朝鲜话。众人听不懂，但彪子率先听明白了："哎呀，哎呀妈呀，日本兵里咋啥人都有啊？这不扯呢嘛！"

接着少尉又用日语说："不要杀我，我们不是日本人，是朝鲜人。朝鲜辎重中队。"

廖景阳听罢翻译，不禁乐不可支地说："哟喂，敢情这会儿你们想明白了哈？得势的时候是日本人，遭了难才想起不是一伙的。您干坏事儿的时候怎么不说是朝鲜人呢？"

彪子说："在俺们老家棒子老多了。日本人扛着大枪舞舞喳喳，他们就搁后边拎一破木头棒子卖呆儿，得儿呵的。"

廖景阳说："他们可不一样，要饭的时候披日本皮；挨抽的时候就说朝鲜话，就靠着和中国人一衣带水的交情混命。你看，亮明了身份，连刺刀都扔了。"

这时，少尉又迫切地说："我给你们带路，带你们穿过封锁。日本人不许我们被俘，你不杀我们，我们也回不去。我们投降，尽我们所能。"

廖景阳问："你们目的地是哪儿？"

"怒江，怒江前线。"

卡车继续上路了，车里装的居然是满车厢的粮食。这些粮食被卸掉了一大批，然后没有日本军装的军人押着俘虏藏身在粮食袋后面。廖景阳和彪子带着机枪手鲍春和投弹手老聋子牵着丘吉尔坐在后面。

驾驶室里，罗远航开车，陆枫桥陪着那个日军少尉坐在一起。他说："我费了很多口舌，才救下你们。请你珍重你和你部下的生命，否则我会第一个开枪打死你。"

少尉说："放心吧，我会的。只要你们不事后反悔。"

"中国人说话算话。"

在车厢后面，廖景阳抚摸着胖狗说："朝鲜人怎么也志愿当了日军？"

彪子说："俺们那嘎，好多警察都是朝鲜二鬼子。这帮瘪犊子老坏了。你做饭他给你踹锅，你种田他给你拔秧，你喝水他给你砸缸。啥坏事都干，老遭恨了。都是叫日本人整过去的。"

鲍春说："听我们长官说，南京大屠杀的时候就有好些朝鲜日军。他们杀人放火一点也不比鬼子次。"

廖景阳叹息道："看吧，亡国奴就这揍行。在敌占区，中国人还不是一样屁颠屁颠地给日本人卖命。为什么在枪口下，人就活得不是人了呢？"

"怕死呗。"老聋子说。

廖景阳又问："那我们为啥不怕死？"

彪子说："打鬼子呗。"

"这叫有良知懂吗？笨蛋。"

鲍春说："有良知，但小命说没就没。所以有良知的就少，乐意当兵打鬼子的就更少。活着再窝囊、再恶心，但大多数还是认戾。"

彪子说："啊。不是说中国人一人一口吐沫能淹死小日本吗？可咋就看不见冲小日本啐吐沫的呢？"

廖景阳说："有。都死逑了。"

老聋子说："你说为啥？人都怕死呢？"

彪子说："你他娘的不怕？动不动就念叨老婆孩子，一打仗就往后边缩。"

廖景阳说："哎，别管怎么说，人曲先生不是还跟咱在这炮灰堆儿里凑数儿呢吗？"

彪子说:"他是抓壮丁来的,要是没抓壮丁肯定给日本人扛活儿。"

老聋子说:"庄稼人种地交粮,我他妈知道粮食是人吃了?狗吃了?反正交给东家不找麻烦。"

彪子冲他钢盔扇了一巴掌道:"你就是贱货。"

廖景阳说:"人为了凑合活着,就不跟日本人叫板。中华帝制两千年让中国人养成了根深蒂固的逆来顺受的德行。一朝天子一朝臣,有个家长就行。谁当家都是种地交粮;谁掌朝都是当兵吃粮;治国的甭管多孙子,老百姓有口吃的就无动于衷。媳妇照娶,孩子照生。刺刀底下,上有老下有小的照样繁殖,二十四孝一点儿没少。都他娘的说炮灰可怜,可爷活得痛快,死得也痛快。其实天下最可怜的莫过于混吃等死的草民。"

鲍春说:"我是草民。我也乐意抱着小媳妇啃,可是日本鬼子灭了我们全村两百多口子。那我就得拼了。"

廖景阳忽然问:"那日本鬼子不灭你们村,还给你发糖吃。你反吗?"

鲍春说:"那也反,民族危亡嘛。"

彪子说:"哈,你别扯犊子啦。日本人不把你整急了你能豁出去?这里面论抗日我是最正宗,老子原来是胡子。管他谁当家呢,老子就是大当家。谁他娘的到俺这嘎来都不好使!我整死他!"

廖景阳说:"这里面还是我最爱国,日本人占了北平,我就不搁那儿当顺民。凭什么呀?各有各的国家,本来楚河汉界是分好了的,可日本小卒偏要拱过河,还架起战车大炮。大爷的,经过我允许了吗?"

这时,金三阳从米袋子上边爬过来说:"哎列位,我16岁就在天津卫日租界里偷东西,我算抗日最早。"

彪子瞪他一眼道:"小样儿的。老子14就在东北入绺子抗日了。"

鲍春说:"我看还是赶紧把小鬼子打跑吧。再拖着,汉奸没准也穿上日本军装了。那满清的时候不就这样?"

廖景阳说:"是啊,大汉民族礼仪之邦,诸子百家就会耍贫嘴,能文争就不需武斗。当年满清凭13副盔甲起兵,入关后留发不留头,满大街都是剃头挑子、大刀队。哎,文人墨客这会儿都不叫板了,一个个全缩着脖儿留个小辫儿。晃悠一大秃脑袋还优哉游哉呢!他美什么呢?这历史吧,300年河东、300年河西,等到了民国又要剪辫子了。嘿,这时候好多举子就哭啊,哭得肠子都流出来了,愣说辫子是祖宗留下的。扯淡,谁他娘的祖宗?"

彪子指着老聋子骂道:"都这货,贱种。"

老聋子说:"管我啥事?我是有老婆、孩儿,可老子是真在这头顶上飞弹片,裤裆里别手榴弹的地界里混命呢。你们说死了给双份抚恤,我看得见吗?就算不给,我知道吗?真为俩钱儿当炮灰吗?还不是为老婆、孩儿。"

"为啥呀?你老婆跟人跑了,孩子跟了后爹姓。有你啥事啊?"

"那,那我不死,有他后爹啥事?"

于是廖景阳拍着彪子的后背说:"看出来了吧,炮灰就是改变历史的。"

他们说着说着,汽车已经开出了很远,途中经过了两处隘口哨卡,能看到哨卡附近高地上有日军的严密布防。由于跟上了车队行进,一路倒是畅通无阻。

车队再翻上一道山梁,超越了一支急行军的步兵纵队。廖景阳闲着没事还挥手冲日本人打招呼:"撒有那拉!撒有那拉!"

日军步兵则也报以微笑并挥手致意。廖景阳就又说:"啊里嘎多!啊里嘎多!"

彪子就起哄道:"八嘎,八嘎牙路!"

于是车下的日军也开始对骂,就这样他们乐着、骂着超越了日军步兵大队。一路欢天喜地地向着云南前进。

下午,忽然天际间传来一阵飞机的"嗡嗡"声。廖景阳抬头一看顿时喜出望外。那是两架P-40B战斗机,机翼上喷涂着青天白日的机徽,机首画着耀眼的老虎。"是飞虎队,我们的飞机!"他指着天际兴奋地说。

眨眼间这两架战机已经呼啸着从高空俯冲下来。接着橘红色的航弹凌空扫射,顿时爆炸的硝烟和激起来的尘埃将行军的车队吞噬。廖景阳他们坐在卡车上,看到盘山公路下行道上被击中起火的卡车,不禁齐声欢呼。只见乘员浑身冒火地在蜿蜒的山道上蹦跳,旋即又被战机的航弹消灭。

就在他们在卡车上欢呼雀跃的时候,那两架飞虎战机竟盘旋着,自后面朝他们的卡车飞来。

彪子见飞机袭来,竟忘我地摘下日本军帽朝天空上挥舞致意。而廖景阳见到双机临空突然一拉高,就说明战机占据攻击位置,马上要开始俯冲了!这使他顿时大惊失色。他拼命向前喊道:"快开!冲我们来了!"

接着,卡车上的人们眼睁睁看着战机航弹像响尾蛇一样"咻咻"地追踪着卡车直扑上来。车上的人们顿时绝望,望着逼近的弹道所有人都屏住了呼吸……就在这时罗远航从倒车镜中一直盯着车后的追踪弹道。就在航弹顷刻间要将卡车从中间劈开的一瞬间,罗远航一咬牙,突然猛地向右打方向,使卡车一头冲下了路基。卡车冲下山坡，迅速朝着山下滑去。车上的士兵们顿时发出绝望的狂叫。

与此同时，追尾的弹道"扑扑扑"地在公路上砸出一串弹道。旋即两架战机从卡车上呼啦啦地掠过，又向前面的卡车袭去。

卡车像山羊一样地在倾斜的山坡上跳动着。罗远航使劲气力稳住方向盘，踩紧刹车。但失速的卡车依然在沿着山坡向下冲。树枝被撞断了，山石被压翻了。卡车"轰轰隆隆"地自山坡上颠下来，眼看就要冲过山道下行的公路，撞出山崖跌入云里。白驹过隙间罗远航猛然发现一辆刚被战机击毁的卡车就歪在公路上。于是他将心一横，猛打方向朝着那辆卡车便撞了过去。在轰然的撞击下，坐在驾驶室中间的朝鲜军官，一声惨叫撞破风挡玻璃，一头飞了出去。接着，卡车随着惯性将路基上被飞机击毁的卡车一头撞下了山崖，就这样才好容易在悬崖边停住。

车一停，惊魂未定的廖景阳连忙跳下车，跑到前面查看。只见车头撞瘪了，风挡撞碎了，两个前轮有一半已经悬在悬崖外面了。罗远航正捂着失血的额头从方向盘上爬起来。坐在最外侧的陆枫桥正从司机脚下向外爬。

廖景阳他们连忙七手八脚地将驾驶室里的两个人拖出来，同时用刺刀将前车散落在公路上未死的日军一一解决。

经过检查，陆枫桥向廖景阳报告："罗远航肋骨断了，那朝鲜军官脑袋撞烂了。我还好，只是挫破了点皮。"

突然，两架军机掉头又朝他们飞来。彪子叫道："唉呀妈呀。飞虎队又来了！"

廖景阳当机立断地下令："开火！开火！"

海边说："长官，是自己人！"

廖景阳已经提起冲锋枪向天空中打出一串长点射说："是战争！"

鲍春抡起轻机枪朝天射击着说："长官打不着啊！"

"打不着也得打，集火射击，引起注意。"

果然，空中的战机发现了地面射击的枪火。带队的长机发现地面上有人挥手，有人射击。飞行员定睛一看有不少穿着灰色军装的远征军！于是飞行员骂了一句"见鬼！"便拉起机头，从他们头上掠去，而后飞向远空。

廖景阳望着天空中渐渐飞远的战机无奈地说："妈的，叫自己人当日军袭击了。冤死了！好啦，警报解除。带上伤员弃车吧。"

就在这时，罗远航忽然挣扎着坐起来说："不行长官，我还能开。只要车没事就好。"

廖景阳说："管他呢，又不是我们的车。"

罗远航说："来，谁扶我一下。我看看。"

于是彪子搀扶着他在悬崖边上打开发动机盖，查验了一番。最后罗远航爬进驾驶室，一打火车居然真着了，只是发动机的声音听着异常古怪。但是他还是兴奋地说："长官，走吧。下坡往下溜车，还能凑合开。"

"不行，你受伤了！不能再开了。"

罗远航吃力地吼道："廖长官，快走啊。下了山再说！"

廖景阳犹豫了片刻无奈地说："好吧，前边再去一个朝鲜人带路。走一步看一步。"

下山以后已经临近黄昏，3连乘着这辆破车"吱吱嘎嘎"，冒着烟沿着一条宽阔的河边公路艰难行进。陆枫桥坐在车里说："别撑着了，已经下山了。"

罗远航咬紧牙关说："没事儿，死不了。能走多远走多远。"可是他一说完话，一口血便喷了出来。

陆枫桥心疼地说："别开了，我求你了。"

罗远航带着满嘴血笑笑说："只要我还有一口气在，就带你们回家。"

一江碧水无声地流过，浸绿了两岸苍翠的丛林。丛林中的鸟类发出各种悦耳的鸣叫，河面上几只鳄鱼懒洋洋地漂浮在水面。

于是彪子便问："鳄鱼啥味？"

金三阳从后面挤过来接道："您了先问问鳄鱼，人肉嘛味？"

彪子瞪着眼说："那啥，我命令你逮着鳄鱼就地搭一座浮桥。"

金三阳回答："你把我搭浮桥得了。真从我身上压过去，我学过铁布衫。"

鲍春望着车外的美景说："要是不打仗，住这儿真不赖，跟神仙似的。"

金三阳说："嘛玩意儿？神仙都骑仙鹤，您了真哏儿啊，骑鳄鱼逮蛤蟆走鸡。"

这时，海边从车厢里挤出来报告："长官，前面一座桥，桥上有日军岗哨，桥东边有营地。敌情不明。"

廖景阳随即下令："抄家伙，各就各位！"

卡车顺利地通过一座木桥。桥头的日军虽然拦截检查，但由于朝鲜人被陆枫桥用手枪抵住后腰，所以没搭几句话就混过去了。哨兵例行检查了车厢，廖景阳一面友好地笑笑，一面悄悄按住彪子在下面的手臂。他手上正紧紧攥着冲锋枪。

汽车开过桥，本来是要继续开走的。而就在这时，一个哨兵突然拦住道路，用手旗指挥卡车直接驶入坐落在河东的军营。这是一座小型军营。军营门口的公路两侧，各有一道向南展开的单向堑壕，一个小队的日军就驻防在那里。树丛里有一队游动哨，抱着枪沿着河来回巡行。军营四周用挂倒刺的铁丝网围着，3个竹制哨塔成三角形分布在对角线上，其中在最接近公路的那栋上面装了一挺重机枪。军营门口是一个沙袋垒的92重机枪掩体；军营里坐落着几间竹楼和一排军帐；一摞汽油桶和一辆加油车就设置在东面的河畔。

罗远航感觉不对劲，开进军营便又准备倒车，没想到汽车挂上倒档突然熄火了。

军营重机枪阵地旁，正拴着一条日本狼狗。它一见卡车开来便不停地吠叫，这可惹恼了丘吉尔。它立刻扒着卡车槽帮探出身子予以回应。

两只狗叫得格外凶，连廖景阳和阵地上的日军也不能控制局面。这时一名军官拦在车前道："哦，太可恶了，你们有人受伤吗？该死的支那空军，这已经是第三次了。"

陆枫桥笑笑说："不用啦，我们要赶路。迟了要受军法的。"

这时，一名日本军曹忍不住攀上卡车后厢，要来看看丘吉尔。他一见斗牛犬不禁问道："哇，好棒的狗，是你们的吗？"

"……"廖景阳他们根本听不懂日军，只好强挤出一个虚伪的干笑。

他又问："你们从哪里搞到的英国狗？"

"……"

"太难得了，我们可以用什么东西交易吗？"

"……"

陆枫桥闻听后面的对话，不得不撇下车上的朝鲜士兵，急忙跑到后面打圆场："不，不行。这是我们奉命带到前线交给长官的宠物。"

"哦，是吗？战争时期，还带着宠物指挥作战，一定是位大人物吧。"

"是啊，联队长就喜欢英国狗。"陆枫桥蒙联队长，是经过考虑的，在前线联队长既算大官，数量又不太少。

军曹羡慕地说："啊，真棒啊，它结实得就像一头小老虎。"

"对，它胖得像一头小熊。"

军曹尝试着想去抚摸一下丘吉尔，但随即就看到丘吉尔向他龇出那本来就地包天的大牙。军曹尴尬地说："唔，小家伙还很凶啊。"说着当军曹一抬眼，便看到彪子那一双满含杀气的怒目。于是他不禁瞪了彪子一眼说："喂，干什么混蛋？我只是看看。"

这时，彪子的手上已经握了一把军刺，他将军刺反手贴在小臂上。这样只要一挥手就可以瞬间杀人。

陆枫桥连忙解释："啊，不好意思，他是朝鲜人，朝鲜新兵。"接着他便在车下去捅廖景阳。并且不断加重发音："朝鲜，朝鲜。"

于是廖景阳似乎明白了他的用意。他连忙满脸干笑地含糊其辞："嗨——狗日的思密达。大爷的思密达。"同时他用胳臂肘轻轻撞了撞彪子，示意他也说两句。

"什么？"军曹问。

彪子恶狠狠地学着廖景阳的方式道："哦，啊，滚犊子思密达，完犊子思密达，吭哧瘪肚思密达。"

这时在驾驶室里，那个朝鲜士兵已经坐不住了，他悄悄将屁股一寸寸地向旁边挪去。而罗远航这时正为打不着车而焦虑得出了一头大汗。车厢中海边悄悄用匕首刺破苫布，将狙击步枪瞄准外面的哨塔。

车下军官又在指挥罗远航："喂，开那边去，这辆车需要修理。你们下来休息。"

车后，就在廖景阳他们跟日军调侃的时候，金三阳已经忍不住笑出了声。军曹一愣，正要质疑。突然鲍春率先从车厢里站起来，用身体挡住下面日军的视线。接着彪子猛地将军曹拽进车厢里按倒；老聋子紧跟着就去捂嘴，可是军曹却反口咬住了他的手掌，疼得老聋子直龇牙。随即彪子将刺刀狠狠自军曹脑后绕过，刀刃一带一抹割断了他的脖子。血顺着卡车的车厢板，滴滴答答地往下掉。

接着，鲍春蹲下抄起机枪迅速搭上车帮；彪子提起冲锋枪；老聋子拧开手榴弹盖。车厢后面，蓄势待发的士兵正迅速卸掉粮食袋，顷刻间就可以一跃而出；几把军刺同时抵住车厢苫布，"哧啦"一声划开口子。电光石火的瞬间，3连已经做好了战斗准备。

也就是这时候，坐在车前的朝鲜士兵突然一滚，翻下驾驶室边跑边喊："支那人，支那人，奸细！"

转瞬间枪响了，那是罗远航率先用手枪击毙了逃跑的朝鲜兵。接着他掉转枪口，在车前军官拔枪的时候将他解决。

旋即狙击步枪"叭"的一声脆响，机枪哨塔上的士兵当即被海边毙掉。鲍春用轻机枪抢出一串长点射，顷刻间将重机枪阵地里的射手撂倒。子弹擦着陆枫桥的头顶打出一个扇面。廖景阳提起冲锋枪，紧随着彪子跳下卡车。他纵身跃入重机枪阵地，然后一手操枪，一手扶着供弹板，便向门外狂扫。彪子单膝跪在院子中压低枪口朝院里的日军扫射。紧接着老聋子滚下卡车，挥着手榴弹左右开弓朝院落中掷去，炸得到处硝烟弥漫。卡车的苫布一被掀开，中国兵便呼啦一下跃出，重机枪直接就架在卡车上开火了。

廖景阳打完一排弹板高声叫道："快！给老子来一个副射手。"

一个士兵一个箭步蹿到跟前，从弹药箱里摸出供弹板插入机枪弹仓。就在这一瞬，远处的日军击中了他的头部，子弹穿进眼眶，直钻入大脑。

廖景阳推开倒在机枪上的士兵，自己上好子弹，又呼喝道："再来一个！"

日军猝不及防在仓促间还击。在丛林里巡逻的步枪手，连忙用一阵排枪将卡车上的重机枪手打死。于是其他中国兵便立即抬起重机枪下车，转移阵地。

最后车上只留下5个朝鲜战俘和台湾战俘朱嘉义。他手无寸铁地看着他们说："别乱动，听话就不死。"

躲在对面房舍里的日军纷纷举枪向驾驶室射击，罗远航因为肋骨疼得紧，一时来不及下车躲避。他刚推开车门，旋即便被对面竹楼窗口里伸出的数支步枪打成筛子。子弹射穿了车厢，有几发流弹钻进来，又打穿了两个朝鲜战俘的身体。鲜红的血在赤裸的上身像开闸的水一样往外流。

朝鲜俘虏们见状，索性大吼一声，一头将朱嘉义撞倒，然后便一个个翻身从车上滚了下去。朱嘉义见拦不住，也跟着跳下车。他就地捡了一支步枪，不加思索地举枪向逃跑的俘虏瞄准射击。

突然的短兵相接，打得日军措手不及。转瞬间暴露在军营户外的士兵全死了。但是房间里的日军却依托房屋掩护，在窗前，在门口不断地还击。

军营外的屯兵和巡逻队，迅即组织起一次反冲锋。他们跃出堑壕，呐喊着冲出丛林气势汹汹地朝军营杀来。廖景阳操着重机枪死死地封住了大门，打得射界内飞沙走石。外面的日军只进行了一次冲锋就不敢再冒犯了。

鲍春的轻机枪封住了军营的庭院。日军起先还从侧面的军帐里冲出过一波，但马上就被一阵狂风般的弹雨扫翻，所以再不敢冲出来找死。随后在鲍春的掩护下，重机枪又重新架起来，"嗵嗵嗵"地射穿竹楼，将里面的人打得人仰马翻，血顺着竹地板的缝隙"滴滴答答"地到处往下落。

枪林弹雨间乱跑的朝鲜战俘，光着身子哇哇怪叫着在双方交火中纷纷饮弹。

"轰——"日军在外围堑壕开始向营地里打掷弹筒。榴弹炸开，3连两个战士旋即被炸得血肉横飞。陆枫桥正给一个腿部中弹的战士包扎，那战士右大腿上的股动脉破了，血如泉涌。陆枫桥紧紧按住他的大腿根，大声向周遭呼叫支援。可是战场上全打乱套了，他的呼声旋即淹没在爆豆般的枪声里。

于是陆枫桥只好自己操办，一连压上4条绷带就是止不住血。

"我会死吗医生？"负伤的战士问。

陆枫桥连忙安慰道："没事了，就好了。伤得不重。"

1分钟后，陆枫桥眼见着那战士脸色发白，渐渐失去知觉。弥留之际，他气若游丝地留下最后一句话："带……我回……回家……"

"好的，我带你回家，坚持一下，我带你回家啊！"可任他怎样提高嗓门，那战士却再也听不见了。这令陆枫桥恨得直接操起枪向竹楼射击。一个日军被身后军官用手枪逼着露出半个眼帘向外偷窥，正好用脑门接了陆枫桥一枪！

"轰——"日军又打出一发榴弹，弹片四射。一大块弹片"噗"地斜飞着切入一名战士的太阳穴。

廖景阳气得大骂："三儿，你他妈掷弹筒吃素的！"

金三阳这才想起来，连忙招呼部署上车去拿掷弹筒。可是两个战士刚跳上卡车，立即被隐蔽在丛林里的日军射杀。

海边当即根据枪声瞄向丛林，他很快用瞄准镜锁定了目标，一枪一个清除着藏身于丛林中的枪手。

廖景阳以重机枪来回向那两条堑壕扫射，压制得堑壕内的日军不敢抬头。他们只好躲在里面盲目地打掷弹筒。又是一发榴弹，"轰隆"一声竟直接掀掉了半个竹楼。

竹楼里的日军本来被机枪打得无处藏身，只能趴在地板上任命。但是这一炸，倒使射界一下就洞开了。于是日军轻机枪立即通过这个敞亮豁口拼命向外面射击，而中国兵也朝里面打，两下一对射，子弹在空气中相撞了。顷刻3连又一个重机枪射手由于枪架高，射姿暴露而饮弹身亡。而藏在竹楼里未死的几名日军也旋即被打碎了脑壳。尸体在持续的中弹中一跳一跳……

这时候，趴在卡车下面射击的朱嘉义听着卡车被枪弹打得"叮当"作响，突然他感到自己的右大腿湿乎乎的。连忙用手一摸，竟全是汽油。他赶紧从车下滚出来。枪声里，他忽然听到丘吉尔还在卡车上"嘤嘤"地低吟。原来它想从卡车上下来，去找陆枫桥。然而它却又怕高，所以焦躁地趴着卡车的后车帮上张着嘴，伸着舌头，用乞求的眼神向外到处张望。

朱嘉义见此情景一咬嘴唇，冒着弹雨纵身便跳上了卡车，他扑过去抱起丘吉尔赶快跳下车。然后曲身赶到卡车旁边的机枪阵地向廖景阳报警："车要炸了！"

"什么？"乱战的枪炮声和重机枪"嗵嗵嗵"的射击声，使他一个劲的耳鸣。说话间他身旁的供弹手，又中弹气绝了。

"轰！"金三阳冒死跳上卡车，取回掷弹筒瞄着日军堑壕开火了。榴弹正好落进堑壕，眨眼间将里面日军的破枪、残肢全抖落到半空。一个掷弹筒带着断手，飞落在堑壕外面。

日军射手在乱战中瞄准了卡车油箱射击。突然"轰隆！"一声爆响，卡车炸了。爆出一团大火球，炸得满天飞的都是白花花的大米！"哗啦啦"灌了廖景阳一脖子。紧接着熊熊的火焰"噼噼啪啪"地作响。

当他抬起头时，却发现朱嘉仪栽倒在沙袋上。他的后背被爆炸冲击波迸出的一截楔状的碎木洞穿了。一团火苗正在他背后的军装上燃烧着；血从他的身体里无声地流到沙袋上。而丘吉尔就在他身旁一面哀声啼哭，一面"呼呼"地去叼他的裤腿。

廖景阳见状连忙撇下机枪冲过去扑火，嘴里还不停地叫着陆枫桥："医生！医生！"

"轰！轰！轰！"金三阳操着掷弹筒照着视线内一个个目标轰击着。一边轰，一边自言自语："谁是愣子？谁是愣子？啊，怎么的，好玩吗？"旋即，日军据守的帐篷、竹楼被金三阳和老聋子他们一个接一个地炸掉！残存在里面顽抗的日军被炸得支离破碎。

待到枪声止歇，廖景阳呆呆地望着卡车驾驶室里燃烧的焦尸喃喃地说："是我害了你，不开车不就没事了吗？对不起，我的兄弟……"

士兵们开始打扫战场，每一座军帐都要丢一颗手榴弹，每一座竹楼都要反复炸上几遍。起初的爆炸还有人声惨叫，到后来再炸就无声无息了。

部队从三面逼近了堑壕，几枚手榴弹率先飞入里面爆炸。突然西侧堑壕的隐蔽部中传出一阵凄凉的歌声："越过大海，尸浮海面；跨过高山，尸横遍野；为大君战死疆场，义无反顾……"

这突然传出的哀歌，不禁令包围上来的中国兵放慢了脚步。

而就在那间隐蔽部里，幸存的日军盘腿围坐在一起。当中由负伤的小队长说道："现在正是北海道樱花盛开的季节啊。花开花落时，请诸君与我一起勇敢地凋零吧。"说完，他欠身向部属深鞠一躬，然后亲自拉响了手榴弹……

丘吉尔在战场上寻到陆枫桥，他正在给一个眼睛被弹片炸伤的战士包扎。丘吉尔哀鸣着靠在陆枫桥的腿上温顺地卧下，然后慢慢合上双眼……待到陆枫桥腾出手去抚摸它的时候，它肥胖的身体已经僵硬了……

陆枫桥连忙在它身上寻找伤口，血正从它腹部的皮毛下静静地流淌。刹那间陆枫桥突然感到一阵心悸。面部一紧，映着硝烟的双眼立刻泪如泉涌。然后他紧紧地将丘吉尔抱在怀里，跪在地上伤心地恸哭。这个胖墩墩的小家伙，连日来一直就这样趴在他怀中，彼此用体温交流着心灵的语言。可是这时候，陆枫桥的心陡然间变得空荡荡地跌入了一道不见底的深渊。这一路的艰辛，一路的风雨，这个来自大洋彼岸的小生灵就这样与陆枫桥相依相伴。然而，此刻这个数日来与他快乐相伴的小伙伴，在他怀中再也不能来舔自己的脸颊了……还记得它刚吃饭的样子，它胆怯地用小眼睛望着他，望着他手掌上的肉块，馋嘴地舔了一下嘴唇，然后怯怯地又来望他。陆枫桥就将那肉块搁在嘴里嚼碎，再递给它道："吃吧 baby，吃吧。没关系的，吃饱了我带你去找 your father, you mother, you grandmother。"于是，丘吉尔便开始去舔食他手上的食物，一口两口……

又下雨了，廖景阳在雨中呆呆地注视着陆枫桥跪地恸哭的侧影。这使他也不禁回忆起和丘吉尔玩儿的情景：

他蹲下喊一声："胖子过来。"于是那胖男孩似的丘吉尔便一扭一扭地跑过来，跑过来像公牛一样撞入他的怀抱，将他撞倒在泥泞的丛林路上。然后廖景阳爬起来道："嗨，立正丘吉尔，见到长官要问好！"于是丘吉尔立刻咧开大嘴向他汪汪汪地狂叫，引得周围所有士兵一阵大笑……

竹楼里本来为接应过往的车队，早预备好了饭菜。原是端端正正摆好在餐桌上的，倒是被爆炸的冲击波，搅得这里一片狼藉。锅朝天、碗朝地，大米饭撒了一地和着鲜血黏着人的碎肉。这惨烈的情形，令几个士兵不禁转身呕吐起来。

但是老聋子却煞有兴致。他捡起一个瘪盆，一点点地将还能吃的饭菜抓起来放进去。突然，彪子拾起一枚生鸡蛋"啪"地砸在老聋子的钢盔上。老聋子摘下钢盔,看仔细后说:"别糟蹋粮食,生鸡蛋大补。"

"有得是,带不走。"说着,彪子又拾起生鸡蛋接连朝老聋子掷来。

老聋子用胳膊招架道:"你阔气了。"

彪子说:"留给小日本浪费。"

老聋子随即嘟囔:"饱汉子不知饿汉子饥。"说着,他就去捅那未熄灭的军灶。

廖景阳走进炸得千疮百孔的竹楼,看到一部电台四分五裂地散落在地上,日本通信兵血肉模糊地扑倒在摞在一起的空弹药箱旁。他虽然还戴着耳机,但连接线已经无影无踪了。他不禁没好气地骂道:"谁他娘的把老子的电台炸了?"

金三阳在角落里捡起一部留声机。他摇动摇把上了弦,将唱针一搭,音乐就流淌出来。雄壮的日本军歌刚唱起来,紧接着彪子过来便将他一脚踹飞,然后骂道:"整啥呢?是鬼子的歌!"

金三阳倒下的时候拽了一把留声机,所以机器一倒音乐也就停了。他站起来抚弄着屁股,龇牙咧嘴道:"你干吗?老子是军官,别拿我当新兵蛋子。跑这儿欺负人来了?我在天津卫混的时候,你在哪儿啃草呢?"

彪子听了摘下头上的日本钢盔一甩手朝他飞了过去。

金三阳闪身躲开道:"你怎么嫩么腻歪人呢?来,今天二爷我好好德愣德愣你!"说着金三阳挽起袖子,从死人腰里拔出一把刺刀,一甩手插进脚边一个弹药箱上。然后他双手叉腰气势汹汹地一脚蹬上弹药箱,一手甩脱了军帽。

彪子哪儿怵这个,冲上去飞起一脚将他再次踹飞,然后自己掰着手腕子等着他起来。在3连,这个东北胡子除了廖景阳,谁也看不上。

廖景阳走上去将金三阳扶起来,然后对彪子说:"你太不懂天津卫码头的规矩了。架不是这样打的。"

"咋整?让这小子挑。"

廖景阳说:"他甩了刀子,是要让你先出招,然后他接着。"

"不用刀,老子照样削他。"

"我说了,你不懂天津人打架,那是让你先给自个儿随便来一刀。然后他跟着。斗得恨的话,自个儿削鼻子、剜眼珠子。谁不敢跟就是认尿。"

彪子说:"装哪?整死人是真的,干啥削自个啊?二虎吧唧的。"

"斗狠嘛。玩幺蛾子,样儿大了。"

金三阳接道:"对,看谁是愣子!"

"咋整啊？"彪子有点莫名其妙。

"二百五。"廖景阳说。说完他将军刺拿到手里又讲道："都是袍泽弟兄，至于这么死磕吗？小鬼子见你们俩来陪葬，乐得蹦起来屁颠儿屁颠儿的。你们俩没事儿吧？"

金三阳指着彪子说："他老跟我过不去。"

彪子说："是你他娘的把电台炸坏了，和大部队失散多久了？你说。"

金三阳说："我不炸小鬼子，这不白搭人命吗？"

廖景阳说："好了。没有就没有了。老子当独立大队还自在呢。仗想怎么打就怎么打，玩什么幺蛾子都成。我就随口那么一说，这不叫事儿。行啦，都别较劲啦。赶紧收集弹药，一排警戒，二排做饭。吃饱喝足，我带你们回家过端午节。"

金三阳气鼓鼓地对彪子说："咱骑驴看唱本——走着瞧。"

"骑驴，你骑猪去吧，骑啥也不好使。"

廖景阳他们几个依然穿着日军军装走在前面。他们从一片丛林中钻出来，整理了一下着装，然后大模大样地走上一条公路。哥几个东张西望了一番，就立刻向身后的林子里发出信号。随即，全连在他们引导下快速钻出林子，然后穿过公路，遁入对面的山林。

到部队全部越过公路以后，廖景阳他们才撤离。

撤离的时候，廖景阳随便朝天空望了一眼。只见午后的天空被满天的乌云覆盖着，只留下一小片湛蓝的天空。但风吹云卷，很快蓝天就被乌云吞噬。只留下几束虚射的阳光，惨白的光柱自乌云的缝隙中射出来。那一刻廖景阳突然倍感凄凉。想想当初，也是这样的天气吧。那时候入缅，兵强马壮军旗漫卷，熊熊声势立时横掠莽莽。但仅仅相隔两个多月，却已经是穷兵败寇，落魄荒山了。

"长官，长官。"鲍春叫他。

但廖景阳没在意，依然举头望着缅北高原的天空发呆。

鲍春望望天空转头问彪子："廖长官看什么呢？"

"嗯，可能是看为啥这嘎儿鸟不拉屎吧。"彪子说。

好半天，廖景阳才转过头冲蹲在半山的弟兄们说："我觉得我像一个被通缉的逃犯。浪迹天涯，好像一条丧家犬。"

"你是，我们就是。"彪子无所谓地说。

"是拍马屁吗？没这么拍的。"说着，廖景阳弃了公路，朝林中走去。

"不是，我也觉得离家越近就越孤独，感觉还是留在缅甸好。"

"好啊，这里寺庙多，小孩从小就出家。你个惹土匪，干脆立地成佛吧。"

"佛祖能结束战争吗？"

"佛祖法力无边，一巴掌拍下来排山倒海。"

"呵呵，那还是佛吗？是妖了！"

"佛和妖有分别吗？看这朗朗世界，佛还是一天到晚倍儿滋润地受尽香火，正事儿一点没干。替天行道的还是我们。炮灰，纯的！"

陆枫桥转头说道："长官，那是不是说我们就是佛祖派来结束杀戮的呢？"

"我们是委员长派来的，你说委员长是佛吗？"

"他？啊，不是。"陆枫桥摇摇头说。

鲍春问："战争什么时候才能结束啊？长官。"

"怎么？你有老婆孩子吗？"

"没有，长官。"

"那不就没事了？打吧，打到东京去，就像歌里唱的那样。"

一颗雨滴率先自天空落下，跌在厚厚的芭蕉叶上摔成八瓣；接着又是一颗。廖景阳望望天空道："没关系，这雨下不大，早看东南晚看西北，西北天是亮的。"可他话音刚落，"轰隆隆"一声滚雷，顿时大雨瓢泼。转瞬间大伙变成了落汤鸡。

冰冷的雨浇在人身上，便蒸发出一团团白色的气体。于是廖景阳便招呼大伙在芭蕉叶下避雨。军人们抱着头，蹲在芭蕉叶下，瑟瑟发抖。在雨中有人忍不住低声唱起歌来："君不见，汉终军，弱冠系房请长缨；君不见，班定远，绝域轻骑催战云……"歌声凄迷，飘散在风雨中。

彪子在雨中吼道："唱啥玩意儿啊，跟哭丧似的。"说着，他脱去上衣跑到大雨中央一边搓着身子，一边兀自高歌。这举动引得所有人都热血沸腾地跟着唱了起来。

廖景阳冲他喊道："嘿！小心雷劈！"

彪子斜眼看看他说："拉倒吧，咋不劈死你呢？你个挨天杀的炮火连长！"他刚说完，一个响雷便将附近一棵大树劈倒了。雷声惊得避雨的士兵一阵乱窜。

廖景阳笑着指着彪子说："跑什么？看看这才是军神，泰山崩于前而色不变。"

彪子说："拉倒吧，整一大姑娘搁这儿你试试。"

第四章　空降空降 | 137

老聋子蹲在树下，抱着脑袋先瞟瞟彪子，嘟囔道："疯子！"继而他又望着从天而降的瓢泼大雨沮丧地说："哎呀，要是天上下热水该多好啊！"

忽然远处传来一阵阵断断续续的"隆隆"炮声。

廖景阳一边听，一边叫停了歌声；而后侧着耳朵顺着炮声的方向仔细聆听。他用手指不停地记录着炮声。然后他忽然眼睛一亮下令道："出发！改变方向，朝3点钟方向穿插。快！快点！弟兄们我们上路了！"

"着啥急啊，那是鬼子的炮声。"彪子在雨中洗着澡说。

"我知道，我们的人正在和鬼子战斗。"

海边报告说："长官，两点钟方向是悬崖。"

"就是悬崖也不变方向。想办法下去！加快速度！快点，我们回家啦！"

停雨的清晨部队经过一片河谷。本该是雨过天晴，清新爽朗的早晨，但朝阳却惨淡地照着河谷中横七竖八的尸体。那都是中国远征军的尸体，一具具布满弹痕，尸体还没有完全腐败。鲜血虽然已经凝固，可用手一碰仍有血迹。于是3连一面警戒，一面在河谷的尸堆中搜寻。

廖景阳一边在河谷巡行，一边根据尸体倒下的动作和左右翼的地形判断道："昨天晚上，一个屠杀似的伏击，一个要进攻不要命式的穿插。倒下的没人拽，中弹的没人管，一声令下一个加强营的兵力，就这么跑没了。"

然后，他仰起头望向两侧山崖，依据尸体的弹着点指着山崖上说："这是重机枪，轻机枪在这儿。日军是轻装，除了掷弹筒没重武器。有……有一个中队。"

金三阳问："您了怎么知道？"

"你看，部队是跑步通过的，而伏击线大概从那儿到那儿，这段距离目测一下大概200米。在这一线的重机枪呢，看看尸体上的枪眼就知道了。不超过两挺。"

这时，海边搜过尸体的遗物后跑来报告："查过了，是我们的人，200师。"

彪子过来揪着身上的日本军装说："长官快到家了，把这身狗皮换了吧。"

廖景阳指指远山的炮声道："不行，越近日军越多。有这身皮能混一气。"

突然，河谷里传来陆枫桥地招呼："长官！长官！快过来，他还活着！"

廖景阳快步赶过去，一边走一边神神叨叨地说："谁这么不招阎王待见？大队人马都过去了，就他一个不收。真倒霉透了，想死都掉队。"

他走过去仔细端详着那张血肉模糊的脸。陆枫桥一边给那人胸腹之间包扎一边说："是11连的张连长。胸腹联合伤，肠子也炸出来了。"

廖景阳听罢，更仔细地辨认了一下说："张连长，张连长，我们是3连啊。200师呢？戴长官呢？啊？你说话啊！"

张志鹏吃力地抬起眼皮看了看周围，喘息着说："戴……戴长官……殉国了。"说罢眼泪就下来了。

廖景阳急忙问："什么时候？在哪儿？快说啊！"

"瑞……瑞丽……瑞丽江畔……"

廖景阳听罢，立即抬头急切地向周围士兵叫道："地图，把地图拿来！"

陆枫桥见到张志鹏又昏了过去，连忙道："长官，张连长可能不行了。"

廖景阳骂道："你不是医生吗？连个伤员都治不好，你干什么吃的？"

陆枫桥叫道："我，我尽力了！"

"我不管，我要他活着！活着！"

陆枫桥再次摸摸他的颈动脉，感觉已经没有心跳的迹象了。又一个他认识的人走了。自出国参战以来，他数不过来有多少他认识的人离别了。他突然感到一阵窒息，一阵阵心如刀绞的痛，仿佛自己也已经奄奄一息了。于是他站起来冷冷地说："他死了。你枪毙我吧。我也不想活了。"

"你有病啊？"

陆枫桥望着廖景阳说："我没有，我所有爱的人和爱我的人，在这场战争中都失去了，连小丘吉尔我都照顾不了。我没用，我不想活了！真的。"说到落寞处，陆枫桥竟转身朝着河谷的反方向一个人孤独地走去……

"你去哪儿？回来！"廖景阳望着他的背影叫道。

陆枫桥转头向他惨然一笑："我回家。"他干涩的笑容中又滑落两行泪。他仿佛又看到林茵的笑颜，又看到丘吉尔笨拙地爬上他的膝盖，去闻他的嘴。他的嘴里正嚼着巧克力。他对它说："小狗不能吃巧克力。"啊，如果，如果他们活着，假若他们都在，那么枪林弹雨的战争算得了什么呢？他想，他哭，他笑……他要去找她们，林茵该一定会非常喜欢丘吉尔的吧。而一霎时，他脑海中又什么都没有了。他所有的心绪与灵魂，仿佛在这凄凉的山谷间一下子全消失了。他的思维凝滞在沉寂的黑夜，他的目光游离在洁白的云端。可惜浮云太远，心无归处……

"笨蛋，这里是北回归线。家在那边！"

陆枫桥不理会，只是走。想走远点好没人拦着他死。他承认自己懦弱，但是他想一定是离别才使人懦弱吧。离别，是比穿透头颅的子弹、炸碎身躯的炮弹还残忍的东西。有爱才会有离别，没有爱你就不知道离别有多凄美。它像血红暮色中的一抹华彩,最绚烂也最短暂,让人生一下子便坠入黑暗。

廖景阳还是追了上去。他不相信他会做傻事,但他相信他若不管这个兵的话,他就得崩溃!于是他跑过去拽住他的脖领,脚下使了一个绊子将他撂倒在地。然后廖景阳冲他吼道:"起来!"

但陆枫桥刚站起来,又被廖景阳一脚踹翻。

"起来!"

陆枫桥有些怒了,他站起来叫道:"你干什么?"

廖景阳依旧不答话,扯起他的脖领又一个背跨将他丢进河边的泥沼。

"起来!"他又叫。

陆枫桥这回干脆跳起来,攥紧拳头怒目而视。廖景阳随即又向他甩了狠狠的一记耳光,再一脚将他踹翻。

这时,附近的兵闻声都赶了过来,但是受军规约束却没人上去阻拦。谁也不知道,他俩怎么了?

陆枫桥在地上打了个滚,一抬眼就看见自己掉落的冲锋枪。于是他一个箭步冲过去捡起枪,单膝跪地压上了子弹。

不等他举枪,廖景阳却忽地笑了!他指着陆枫桥的狼狈相笑道:"小子,还想冒犯长官吗?你这是第二次向我举枪了。"

陆枫桥立即醒悟,只得压下怒火将枪收了。然后他站起来咬着牙退出子弹,丢给海边,但却仍愤怒地瞪着廖景阳。

廖景阳低头若无其事地点了烟,然后随口说了声:"入列。"便转身走了。

陆枫桥有点不明所以。什么也不说就挨了一顿打,实在令他懊恼。于是他向廖景阳喝道:"长官!"

廖景阳转回头看看他说:"你不是想死吗?挨打算个屁。"

"你以为这样我就不死了吗?"

"笨蛋打一顿就学乖了。"

"去你的,您以为别人都是傻子,天底下就您一聪明人?"

"我们步兵有句话,好兵都是揍出来的。"

"可是对一个要去死的人,你能打回来吗?"

"我们一定会打回来。"说完,廖景阳扛起枪,头也不回地走了……

"轰!轰!轰!"日军炮兵不断地轰击着对面山头中国军的阵地,青烟在远山的山腰至山巅间不断腾起——那是催命式的伸缩射击。

炮手们机械地装填着炮弹，接着拉动火绳，每一次射击都转身去捂一下耳朵。火炮巨大的后坐力震荡着周围的空气，荡起一团团呛人的烟尘。每门炮的信号手都像标枪一样站得笔直，手旗上下挥舞。炮手随即从旗语上复诵出射击诸元："标尺325，向右032，两发齐射，放！"

炮兵阵地前沿观察校射的小队一面通过炮队镜观察射击效果，一面不时地修正着目标。

在他们背后的树丛里人影换动，那是廖景阳他们正在偷窥着这座日军炮阵地。只见这个日军炮阵地，共有92式步兵炮4门，摆明了是一个标准的野战中队。阵地上人头攒动、忙忙碌碌。

炮阵地前面有一道堑壕，中间架着重机枪。旁边就是一个挂着伪装网的指挥所。阵地左后侧的树丛里拴着数匹拉炮的战马，几个炊事兵正在埋锅造饭。

大体上就是这样了，于是廖景阳悄悄下令："一排向左，二排向右，火力班居中。"说完，他又用几个简单的战斗手势进一步描述了各自的任务。然后他和旁边的战士交换了38大盖，就带着那几个穿日本军装的部属，大模大样地钻出了丛林。他整理了一下着装，跟着又踹了彪子一脚道："子弹带挂错了，笨蛋。像我这样。"

于是，彪子连忙照着廖景阳那样将皮带上的子弹包调换好。然后又将步兵锹拎在手里。

廖景阳道："喂，老子带你盗墓来啦？"

彪子说："我削死他。"

这时，担任后卫警戒的两名日军哨兵发现了他们。他们本能地端起枪喝道："喂，口令。"说着，子弹已经上膛。

廖景阳向佩戴少尉军衔的陆枫桥使了个眼色，陆枫桥连忙领会，随即机智地笑道："喂，怎么不戴防毒面具。风刮过来怎么办？"说着，他将防毒面具从挎包里取出来戴在脸上。

哨兵有点莫名其妙，"什么？"他看着同僚。

他的同僚也有点糊涂："怎么没听说呀。"

廖景阳他们迎着哨兵继续往前走，只是走的步履谨慎而小心。廖景阳悄悄在背后用后脚跟甩了陆枫桥一脚。然后低声道："快说词儿啊。"

于是陆枫桥又说："芥子气飘过来，人就烂掉了。我们奉命在施放前检查各部保护措施。"

哨兵似乎被毒气的事吓住了，其中一个道："啊，这么重要的事情，片山队长怎么没有通知?"

而另一个则友善地向他们鞠了一躬。然而就在这一瞬,廖景阳他们突然出手了。彪子一个箭步跃过去抢起军锹"咔嚓"一下,削掉了那个鞠躬士兵的半个脑袋。廖景阳跳起来,一把勒住说话士兵的脖子,将他扑倒在地。接着他拔出腰间的军刺,照着他的心窝狠狠地捅了进去。

同时,鲍春端起歪把子机枪警戒着。老聋子麻利地从后腰抄出两枚手榴弹,拎在手里。

他们迅速放倒了阵地边缘的哨兵,并没引起前面炮兵的注意。于是廖景阳接着招呼一声:"走,去指挥所。"

几个人绕过阵地,跳进前面的战壕,然后直接钻进日军中队部的隐蔽所。不等里面的军士们发话,趁着开炮的轰鸣,鲍春抱着歪把子就突突上了。廖景阳和彪子顺手用刺刀将指挥所外的两个重机枪手从背后捅死,剩下的一个由陆枫桥用南部手枪毙了。紧接着,老聋子朝炮阵地甩出了两枚手榴弹。

手榴弹在炮阵地一炸响,3连潜入两翼的步兵就冲了出来。重机枪在当中扫射,掷弹筒在阵地中开花。

海边带着一个班冲进拴战马的树丛,毫不留情地将一班炊事兵就地射杀。然后他攀上树,举起狙击步枪,将远处观察所正不知所措的观察哨们挨个打死。

惊慌的炮手们仓促应战,有的还没摸到步枪就被机枪拦腰扫成了两截。五脏六腑碎了一地。他们左挡右拦,没放几枪又被掷弹筒炸得血肉横飞。剩下的人很快也被冲上来的中国兵用刺刀挑了。

一个被炸断胳膊的日军嘶喊着,捏着一枚手雷等着与扑上来的中国兵一起玉碎。但陆枫桥没偿他所愿,端起步枪打穿了他的心脏。

鲍春抱着轻机枪像使冲锋枪似的,以精确的短点射和着一种欢快的节奏,向顽抗的日军逐个点去。

终于本来步战就不行的日本炮兵崩溃了,顾头不顾腚地朝斜刺里的林子跑去。于是中国兵就以枪弹追随射击,接二连三地将敌人消灭。

一个没带枪的日军炮手,被枪弹贯穿了大腿,"扑通"一声栽倒在地。他趴在地上,眼睁睁地看着同僚们像靶子一样被一一射杀。他咬咬牙决定站起来,可是腿疼得要命。于是他掉转头,向中国兵一边爬一边招手:"来啊,杀我!杀我!"

于是陆枫桥端起枪,向他致命处射了一弹。这引起廖景阳的注意,他在隐蔽所惊叫道:"哎呀,变性啦!"

接着陆枫桥率先冲出去，冲到那日军面前。用脚踢踢他，然后他俯下身，合上了他死不瞑目的双眼。随即再端起枪，向另外的尸体走去。最后他向还在蠕动的人体无情地补上一枪。

于是廖景阳便扯住正向高地下的日军打重机枪的彪子说："来，快看军神。"

炮停了，山顶上的远征军在陈至公的呼喝下，抖落着身上覆盖的泥土，操起枪回到战位，伴着身边的横尸做好抗击下一轮进攻的准备。

烟幕，日军步兵借着烟幕的掩护又开始进攻了。他们拉开散兵线，踏着烽烟，一丝不苟地执行着《步兵操典》的战斗规范。机枪分段压制，掷弹筒轰击火力点，散兵线一边推进一边射击，400米、300米、200米……

陈至公左手扎着绷带，他用小臂弯过来搂住机枪托，右肩死死压着机枪等着日军再靠近一些。

在他的阵地上还在操枪的士兵此刻已经所剩无几了。一个胡子拉茬的老兵镇定自若地用步枪向日军射击，日军在他的射界内一个接一个地栽倒在地。他拉动枪栓不断地上弹、射击，直到被一颗子弹击穿头部。

一个负伤的老兵躺在散兵坑里，绝望地望着如井口般的天空问道："第几次了？"那时该是午后吧，但方寸的天空里却布满层叠的乌云，笼罩在本就阴霾的天际中。

小柯轻轻地对他说："14次，14不吉利，我们准赢。"

"放屁，中国人信4，小日本才不信呢。"老兵说完，便使劲地咳嗽。

"那他们信什么？"

老兵叹息道："信鬼啊。我死了就来救你离开这个鬼地方。你还小，该回家。"

小柯说："不小了，我17了。"

"……"

小柯听不到老兵的回音，一歪头发现老兵已经去做鬼了。

"哒哒哒——"陈至公率先开火了，接着阵地上所有可以战斗的人，一齐射击。但是日军的散兵线还在逼近，有人中枪倒地，但也有人伏身还击。日军射向高地的子弹，不断造成远征军越来越多的伤害。

掷弹筒射来一发榴弹，掀起的土块几乎将陈至公埋葬。当他挣扎着再次抬起头来，耳朵什么也听不见。他只觉得脖子上湿漉漉的，用手一抹全是血。恍惚间他看到小柯朝他跑来，他听不见自己的声音，但他还是叫他别过来。

但是小柯还是跑来了，他冲上来给陈至公的头部做包扎。陈至公的头像裂开似的疼，他想一定是头骨碎了。他听不见，但他还是推开小柯大声地喊："别管我，开火！开火！机枪不要停！"

他不知道小柯说什么，只看见他嘴动，看见他指向前面。他去看，去看他从没有看过的景象。日军已经冲到他的高地前沿，甚至已经在用刺刀向不确定死活的人狠狠地扎着；已经跪在堑壕边沿向这里瞄准；已经冲上战壕对着里面的伤兵射杀了。但是那一瞬，接连的炮弹爆炸，爆在日军散兵线左右。疾射的碎片瞬间就将一名日军的身躯扯成碎片！

廖景阳在隐蔽所用望远镜观察着弹着点。他转头高声叫道："三儿，打高了，打自己人了。去一个人再告诉他：修正坐标，高爆弹，表尺303，方向向左009，高度减2，4炮两发，急促射！"

接着，一个战士从隐蔽部跑来告诉金三阳。随即，金三阳一边自己操炮，一边向其他三门炮临时找来的炮手们下令修正了射击诸元，开炮射击。

炮弹呼啸而出，落在主峰阵地下面。廖景阳在望远镜中看得真切，炮弹正好落在日军冲击的散兵线上。炸得这一线步兵人仰马翻。他高兴地大叫道："好，告诉三儿，稳稳地打，设置一道火墙，看谁还他娘的敢上去？"

于是他临时找来的传令兵，又一次跑出去报告。可是刚跳出堑壕他突然就被对面的子弹射中，人一晃便栽倒了。

接着，海边的狙击步枪响了，高地下面突然冒出的一名日军旋即迎面中枪。这是从前方摸上来的日军尖兵啊。紧接着一道散兵线就从高地下面狂呼着"万岁"冲了上来。这是近距离冲击，连日军身上装具的碰撞声都能听得到。

旋即，现在由3连据守的堑壕和隐蔽部里的轻、重机枪一齐开火了。冲得最近的日军倒下时，甚至在惯性中直接扑倒在阵地前面。

廖景阳连忙从背负的日军背囊中取出自己的军装，一边在隐蔽部里更换，一边朝外喊："好啦，换衣服准备走人。"

这时，一队从左翼迂回的日军突然从树丛里向炮兵阵地射击，子弹立时便打翻了几名炮手。好在廖景阳留在这里一挺重机枪，此刻正好派上用场。重机枪一通扫射，将树丛里的枝杈、树叶和人打得七零八落。

虽然日军暂时被压制，但是现实情况却十分危急。方才冲击远征军山头阵地的日军中队已经开始后撤，山下另一个战斗减员一半的步兵中队，已经掉头从三面包抄上来。3连虽然还控制着这个射界良好的炮兵阵地，但左右翼是密林，日军利于隐蔽。几十人控制的小阵地随时都可能被日军吃掉。

廖景阳向周围的兵下令:"收集弹药,去一个人告诉三儿,大炮上刺刀!给我敲开左翼门户,我连就从那儿突围。方位幺伍两洞,距离200,急速射!"

于是一个战士在日军的冷枪声中,爬出堑壕奋力向炮兵阵地匍匐过去。但是才爬出30米,人就中弹了。周围火力虽然极力掩护,但还是理不清隐身在密林中的枪手。

"我去。"陆枫桥说着便爬了出去。

"火力掩护!"廖景阳叫道。

海边用瞄准镜快速扫描着丛林,接着一枪命中。一个隐藏在树上的枪手立即大头朝下,挂在了半空中。

金三阳拖开最左翼火炮旁的尸体,和炮组的成员一起转动炮身,摇动炮口照着左翼林带轰击过去。

接着,炮火轰掉了日军隐蔽在林中的机枪班组。廖景阳乘机带着前沿阵地的兵,飞快地撤回环形的炮兵阵地。临走的时候,老聋子还特意在堑壕和隐蔽部里布置了绊雷。

3连倾其所有炮火向左翼拼命猛轰着,炸得从林子里迂回过来的日军粉身碎骨。随后3连呐喊一声就一头扎入林子。那一刻唯有一挺重机枪还在压制正面上来的日军,紧接着一排呼啸的迫击炮弹重重地砸进这个小阵地……

3连冲进林子,撵着日军屁股打,一个炸断腿的日军军官满脸是血地靠在一棵芭蕉树上。他无力地看着3连从他眼前冲过,看着陆枫桥举起枪朝他的脸射击。那一刻陆枫桥简直就是一头咬牙切齿的野兽!军官到死也不相信一个戴着红十字袖标的军士会向他开枪。这就是战争,冤冤相报,以血还血!

对面高地上,小柯突然指着从右翼山下丛林中冲出来的一彪人马道:"长官你看!我们的人!"

陈至公赶忙端起望远镜,第一个映入眼帘的就是他再熟悉不过的廖景阳。只见他带着一班兵断后,边跑边向后开枪并不时比划着。那一刻,在他身边又倒下了一个战士。

子弹钻进廖景阳身后的树干,钻进他身旁战士的身体,钻进他的肩窝并穿出去老远。但他还在端着汤姆森冲锋枪,大声告诫着士兵们:"别光顾撅着屁股跑,先稳住一道后卫防线。"

于是,一些士兵们自发地留下来,或卧倒,或蹲在树后向身后还击。步枪手在补充子弹时饮弹,掷弹筒手在发射的同时扑倒,机枪手被追踪的掷弹筒炸翻，躺在地上痛苦地翻滚。

就在这时候，山顶上的冲锋号响了。在嘹亮的军号声中，友军从60度的山坡上顶着当面的弹雨像风一样刮下来。他们冲下来用步枪、机枪向追击3连的日军不停地射击。

于是撤退的3连不跑了，他们在廖景阳的召唤下返身杀了回来！3连杀红了眼，廖景阳高声叫道："弟兄们砍了尾巴，我们好回家！"说话间他头上的树枝被子弹击断掉了下来。接着他耳畔响起一声炸响，然后耳朵"嗡"的一下就串着耳鸣了。

中国军人在即将踏上祖国领土的时候，忽然又被追兵咬住。一路血战归来的士兵们在兵临绝境中，看到希望与绝望是并存的事情。这是士兵们面临生死抉择的时候，而每个人心底里反倒豁然开朗。他们决定将一切都豁出去，就在这里迎战敌人！于是3连人人火冒三丈！临兵斗者皆阵列在前，发疯似的掉头回来参加战斗！

彪子声嘶力竭地喊了一声："上刺刀！"说罢，拾起身旁牺牲战士留下的38大盖，掉头朝日军冲过去。他的子弹射穿了树干，再穿过日军的身体，然后钉进更远的树上。

鲍春攥着布伦机枪的提把，一面大踏步地进攻，一面有节奏地向日军射击。成片的飞弹将林中的灌木打得"哗啦啦"地落满树枝碎叶。

金三阳竖起掷弹筒"嗵"的一下将林子中后续的日军炸倒了好几个，其中一个脸上挂着眼珠惨叫着在林子里乱撞。

就是乱撞，打疯了的3连掉头杀回林子，在里面乱打乱撞，杀声震天！枪弹在对射，刺刀在对拼，树倒了，人倒了，子弹没了，刺刀弯了！所有的仇恨，所有的悲伤，所有的希望与祈盼一时间全化作了杀人的动力。就这样一下子几十人将尾追的日军中队生生地给撞回了林子；生生地将林中的敌人向后赶去！没有医护兵，没人去顾伤员，只要一息尚存，就拿起枪去厮杀！杀人与被杀是战争的定律。但狭路相逢勇者胜！

前面的日军溃退了，导致后面追上来的部队也跟着混乱。中国兵不断出现在日军眼前，冲锋枪在近距离作战中，将日军成片地扫倒，躲在树后的日军遭到手榴弹破片的杀伤。海边攀到枝叶繁茂的树上，当空对日军进行杀戮。瞄准镜中跑动的每一个日军身影，接二连三地被射倒。甚至于和中国兵拼刺刀占了上风的日军，来不及收拾对手就脑袋开花。轻机枪以轻快的节奏向林中的日军点射着。3枪杀1人，点射绝不空射！

这是 3 连最后的拼死一搏了。每个人都发出愤怒的吼声。虽然又有一半人在战火中倒下，虽然家就在眼前……

一条波涛汹涌的大江，从唐古拉山奔流直下。然后冲入中国西南部的高原，形成一条山高、谷深、险峰峻岭的大峡谷。这便是怒江！

江边滩头，士兵们紧锣密鼓地伐木扎筏准备渡江。廖景阳坐到陈至公的担架旁说："你欠我条命。我们不来，你们就玩儿完了。"

陈至公说："不是冤家不聚头。"

廖景阳将手里的烟塞在陈至公嘴里给他吸了一口说："就这么回去了？"

陈至公说："不管怎样，在这场战争中，为了民族的尊严，我们洒下了汗水和热血，过去是，现在是，将来也永远是。"

"你让我自诩英雄。可我们为什么流血、送命在缅甸？委员长早就应该整军北伐，收复失地了。"

"国民政府就是一盘散沙，从上到下都只关心自己的利益。日本人侵占了东三省，可南京、上海依旧莺歌燕舞，好像不痛不痒。雄兵百万，却没做出半点反抗。养虎为患，一眨眼山河破碎风飘絮，但凭一条滇缅路，西南偏安一隅。直到日本人横扫太平洋，委员长才发出最后的吼声，召集 10 万青年 10 万军，在缅甸用将士们的血肉筑起一道长城！"

"是啊，就算在此刻，从北平到南京、上海，再到重庆、昆明，照样是该吃吃，该喝喝，谁想过滇缅路完了？谁想过中国以后的危难？谁他娘的想过我们？"

"孟子说：'志，气之帅也。'而我们的将帅不仅无志，而且还丧失了军人的德行。又是罗卓英，又是弃三军于不顾。这样的将军与国贼何异？"

廖景阳拍拍屁股站起来说："管他娘的呢。我们行，我们有志气。不就是败了吗？可我 3 连上下一路孤军血战，战无不胜！消灭的敌军至少是 3 连的两倍！我们的戴长官不是也率领 200 师身先士卒，一路冲过六道封锁线吗？"

"好人不长命，戴长官将星陨落，可懦夫和汉奸仍然逍遥自在。"

廖景阳暴躁地说："一路上士兵阵亡，将军殉国。可我只看到我们在流血，英国人呢？美国人呢？都挨日本人大嘴巴抽了，可就我们跟这儿死磕，磕不过也要磕。掩护着盟军一路溃退。这场战争与其说是保卫滇缅公路，不如说是来给英国人当雇佣军。多少次了？多少次我们被暴露了侧翼？多少次我们在战场上做救火队？早知道是这样，老子还不如去长沙前线投军呢。"说到恨时,他不禁狠狠踢了一脚担架。

陈至公顿觉头部震得又是一阵痛,不禁眉头一皱。

廖景阳赶紧醒悟:"哦,抱歉,我不是冲你。"

"没关系。"陈至公忍着疼说。

"就这样吧,骂骂天、骂骂地。我也就跟你诉苦。回头哪个兵不爽,我还得捏着嗓子说好话。说我们一定能打回来。我成天听着他们跟我发牢骚,成天地糊弄他们。有的想走,有的想死。全靠我满嘴跑火车地来回应酬。我累呀!我也窝火!"

"弟兄们战死异域,战局却无可挽回。但自甲午战争以来,这是中国人第一次走出国门再与日寇决战。我们虽遭惨败,但我们无愧于国家养育,誓死与日军拼杀。200师在缅甸立下了赫赫战功!从而向全中国证明了我们军人抗击日寇的勇气!向全世界证明了中国人抗战到底的决心!一息尚存就要为国而战,虽死犹荣。历史会永远记录我们的功勋。"

"安慰我没用,你让我拿什么去告慰死去的忠魂?当兵的抱着日本鬼子拉响手榴弹,为的是胜利!可是现在日本人已经打到怒江边上了。我们这一票人费劲巴拉地杀出绝境,回到家门口。可是你让我拿什么过江去向那些当初敲锣打鼓,欢送我们入缅作战的老百姓交差?"

陈至公叹息道:"啥也别说了,待会儿一起去江边磕个头吧。"

"大爷的,磕头有蛋用?"说着,廖景阳丢掉烟蒂,将冲锋枪挎在肩上。

"没用也得磕!告诉死去的人,我们活着。为死去的弟兄们活着。只要还有命在就一定和日本鬼子血战到底。一定用鲜血和生命换来一个没有侵略、没有战争的和平中国,以此告慰弟兄们的在天之灵。"

"靠点谱儿行吗?就这么红口白牙地发个誓,拍拍屁股颠啦?"

"你我军人,怎不能恪守承诺,以尽军人本分呢?如果只是说话放屁,那我们有什么脸面穿这身军装呢?"

"是,这衣裳不是谁都能撑起来的。"

"看看你的肩上,每多加一道杠,一颗星就意味着承担了更多的责任。授衔的时候,别忘了问自己,你扛得住吗?"

"好吧,抗战的军人还没死绝。"

陈至公关切地问:"你的伤没事了?"

"没事了,打穿了好。不感染!友阪步枪弹射程远精度高,一出一进一个眼儿。医生用一颗子弹塞在伤口里,血就止住了。你歇着,我去江边看看。"

说着，廖景阳就要走开。

"站住！"陈至公挣扎着坐起来，整理着军装。

廖景阳歪头看着他道："怎么，这么会儿你就回光返照了？"

"我们不能像败军一样，垂头丧气地回去。"

"弟兄们都饿憋了。死的死伤的伤，说好同去同归的，可连兄弟的尸体都没掩埋。你还想叫我们昂起头？我们脖子疼啊！脑袋都快扛不住了。"廖景阳拍着后脖颈说。

"告诉弟兄们，别以为打了败仗脊梁就挺不起来了！兵败已经被人瞧不起了，但我们还有尊严！"

"屁。你看看这些残兵败将，就比要饭的多根儿枪，我们拿什么去赢得尊严？"

陈至公斩钉截铁地说："士气！百战不殆的士气！"

大路上，怒江东岸的集镇来往着少量百姓。蓬头垢面，衣衫褴褛的败兵们，挂着树枝相互搀扶着走过街头。他们有的倒端着钢盔沿街向店铺和住户乞讨；有的干脆抡起没子弹的破枪去商店中明抢。整个集镇闹得鸡飞狗跳。

这时候，突然一阵雄壮的歌声自集镇外由远至近地传来："君不见，汉终军，弱冠系虏请长缨……"

霎时，街头乞讨的败兵们纷纷不由自主地挺直了身子，向歌声处侧目。行抢的散兵游勇，也不由得丢弃了刚刚劫掠的食物，变了个人似的，整理好军装跑了出去，然后在街头持枪立正。街上的百姓驻足了，因躲避战乱而关闭的门户和店铺也纷纷有人探出头来张望。

"弃我昔时笔，著我战时衿，一呼同志逾十万，高唱战歌齐从军……"

歌声中由集镇外赫然开来一支军队，一支带着满身战尘却军容肃整的军队。他们的钢枪铮亮，刺刀夺目！他们的军歌嘹亮，队列齐整！他们雄壮的步伐，踏在集镇上的青石板路上像滚雷一般……

于是街头的败兵和百姓纷纷闪开通路。还有枪、还能走的败兵们纷纷整理着军装，让自己看上去像个正经八百的战士。然后他们一齐投身到那军中，加入那支雄壮的队伍，一起高唱着军歌浩浩荡荡地向东开去。

有个士兵加入抬着担架的后队，他问抬担架的小柯："你们是哪部分的？"

"200师的。你们呢？"

"我们从前不是，但现在是。"

# 第五章　东方直布罗陀

街角一间赌场里人头攒动。无视国难的赌徒们，吆三喝四地聚集一堂狂掷着骰子，过着有今儿没明儿的日子。

金三阳耳朵上夹着烟，一条腿登在凳子上，高高捂着两手使劲摇着手心里的骰子，好半天才丢进粗瓷大碗里。接着骰子滴溜溜一转，停在3个红彤彤的6点上。金三阳立即眉开眼笑，大喝一声："豹子！通吃啊！赢啦，拿来吧，全是二爷的。"说着，他贪婪地将赌桌上的钱全揽到自个面前。

赌徒们忍不住佩服道："当兵的手气真好。"

金三阳说："那是啊，二爷我这是打缅甸死人堆里爬回来的。"

"嘿，真有命嘿！"有人竖起大拇指赞道。

有人说："嗨，怎么着？咱也上战场走一遭，不死必有后福啊。"

金三阳轻蔑地说："嘛？你们还想打日本？玩去吧！枪一响就尿裤子了。"

有了钱，金三阳就去逛窑子。酒菜在屋里摆好，他便逮个女的作陪！那女的倒也温柔，一个劲地给他嘴里喂菜。金三阳怀抱女人，美滋滋地喝上一口小酒，不禁伸着舌头叹道："哎，熨帖，还是活着好啊。"

那女的等得着急，脱了上衣便坐到他怀里调情。金三阳边吃边喝道："哎，先别腻歪，让二爷垫吧垫吧。你可不知道啊，这趟可给二爷饿瘪了！"那女的也不理他那套，依然没完没了地亲热，把金三阳这心里撩得欲火喷张。索性他丢了筷子，抱着那白花花的肉身子一道共享洪福去了。

端午廖景阳在3连暂时的驻地与历经九死一生的患难弟兄们会餐。酒被满上，肉也端上了桌子。

酒斟满，但却没有一个人坐下，每一个人的目光中都饱含着伤逝与战火。

廖景阳端起酒杯道："端午节，不但是喝死人的酒，而且还是喝烈士之酒。我廖景阳许诺过，带弟兄们回来过端午。人回来了，可弟兄们四下看看。十之七八都战死在异国他乡。今天咱们活着的人给死去的弟兄们祭酒了。"说罢，他将一杯酒散在了地上。

随即，3连上下无不把酒泼地祭奠了同袍兄弟的在天之灵。

酒又被斟满，廖景阳再说道："当初同船同渡的弟兄，战场上亲得像骨肉一样。可只有我们回来了，他们的家人今后就是我们的亲人。他日荡平日寇，活着的弟兄要为死去的弟兄们尽孝。无论你们贫穷富贵，混得再厌也得去给磕个头。让我们一起告慰九泉下的英魂。干！"

全连干掉了第二杯酒。廖景阳又端起杯道："这酒，是上峰送来犒赏抗日将士的。可我们打赢了吗？"

"没有。"士兵们稀稀拉拉地低声回答。

廖景阳又厉声问："我们打赢了吗？"

"没有！"这一次士兵们回答得响亮，但眼泪却在好多人眼眶里打转了。

廖景阳敞开领口，猛地抡起胳膊将那碗酒狠狠地摔在地上道："仗没打赢，我们凭什么喝这酒？"

一时间士兵们也学着他的样子摔碎了酒碗。

廖景阳环视四周道："想喝酒吃肉，给老子打仗去。想混过这场战争，退下来偷着乐的，立马给我滚蛋！"

他说这话的时候瞪着金三阳，因为他最近发现金三阳常溜出去喝酒、耍钱。

海边说道："长官我们连誓写血书，再请上怒江前线。收复领土，荡平倭寇。"

廖景阳转过头说道："可有的人不是这块料儿！"

彪子说："谁呀？谁拔了盖立不直，我给他削利索儿的。"

廖景阳随即点名道："金少尉。"

"是！"金三阳一愣，连忙应声。

"你们暂55师与日军一触即溃，望风而逃，已经被委员长撤编了。可是杂牌军没了，你那杂牌的习气却带我们连来了。"

金三阳解释道："嗐，这不刚趁俩钱儿，赶寸了出去找乐儿吗！归齐我听您了话还不成吗？"

"扯淡。你看看我们3连，哪个出去耍钱了？哪个逛窑子了？"

"罪过罪过。您老别生气啊，我这不一时糊涂吗？"

"来人，绑了！"

顿时，彪子率先将他擒拿了胳膊，按倒在餐桌上。

廖景阳遂又下令："拖出去，打50军棍。然后扒了军装扔外边，让丫滚蛋。"

金三阳惨叫着被押出去，一路叫道："哎呀，别介，别介啊。哎呀，二爷，您老饶了我，下次再也不敢了。"

等金三阳被带走以后，廖景阳才换了口吻说道："坐下吃饭吧，弟兄们。今天是屈原的忌日。一个文弱书生，空怀一腔报国激情，却不能奋起为国血战，跳江自杀算什么英雄？在座的哪个没报国？哪个没流血？冲这个，我敬你们。"

可是酒碗刚才摔了，众人一时也不知所措。有人站起来想去再拿碗，被廖景阳拦下。他捧起酒坛说："是敬英雄之酒，得喝个痛快。"说罢，他一仰脖举起酒坛照着嗓子眼"咕咚咕咚"地灌了一大口，然后才用袖子擦擦嘴，递给下一个人。

很快大碗又送上来，酒再斟满。一声"干！"霎时全连一饮而尽。

廖景阳带着小柯乘车去医院。路上他问小柯："小柯，你跟陈长官多久了？"

小柯说："快1年了。"

"你觉得陈长官人怎么样？"

"好。可好了。"

"那你说我呢？"

"您？"小柯摇摇头说，"不敢说。"

"没事儿，说什么我都接着。"

"您有点儿厉害。"小柯怯怯地说。

"哈哈，打仗嘛，不要混蛋不行。"

"嗯，弟兄们都很佩服您，说您仗打得损。啊，不不不，是说您损会打鬼子。不是，嗐——您瞧我这嘴，怎么绕不过来了？"

"没关系，我懂。就是说我打仗坏水儿多对吧？"

"嗯。对啦。"小柯笑着答。

"对啦，你叫什么来着？"

"名字不好，像个女人。叫柯燕然。"

"嚯，好名字啊！'浊酒一杯家万里，燕然未勒归无计。'真是当兵的料儿。"

"啥意思？不明白。"

"就是说没有立下横扫匈奴，于燕然山下勒石立碑的功勋，断不还乡。"

吉普车开进医院后，廖景阳带着小柯直奔陈至公的病床。

廖景阳他们一来，正陪陈至公聊天的女护士向他们点头笑笑便转身走开了。廖景阳转头看着那姑娘的背影道："不赖嘛。你在这儿活得挺滋润啊。"

陈至公说："啊——她是我老乡，多聊了几句。"

廖景阳说："没关系，你不小啦。"

陈至公说："我发过誓，不打跑鬼子不谈感情。"

"扯淡。感情上来，什么洪水猛兽都拦不住。"

"那你很有经验喽？"

"我？我没有。咱天天打仗小命儿说没就没，哪有工夫想那个啊？"

"哎，营里怎么样？"

"士气差，都欠抽。过得糊涂，活得侥幸。"

"没关系，你带兵有一套。"

"我就会带着弟兄们作死。不打仗，基本没用。"

"好好干吧，1营迟早是你的。"

"不能够啊，你还没死呢。"

"昨天团长来了，说要调我回师部。"

"回师部？尿参谋烂副官，白给我也不干。"

"我说了，可是军令不允。也是为重振200师士气，团座要让我去新兵教导处。"

"有劲吗？成天跟一帮笨蛋较劲，喊破喉咙都不会向右转。"

"把新兵带成老兵不好吗？"

"那得真拉上战场，不见死人说破天也训不出来。"

"是啊，只有真看见子弹在飞，真看见身旁的战友倒下，才能体会到真实的战争，才能设法拼尽全力地生存下来。"

"不怕死的炮灰好找，但是竭力杀鬼子还能叫自个活下来的兵没几个。"

"不错，想死的兵不可怕，子弹总比活人多。只有那些在战争中想方设法去杀死对方，又能保存自己的军人才最可怕。战法圆滑，下手狠辣。"

廖景阳眨眨眼睛说："嗯，你这是夸我呢吧！我觉得我就是这种人。"

陈至公看看他说:"哦,对对对,你绝对算。真的,不带拍马屁的。"

廖景阳笑了:"得了,我受不起。我就是每次出击,没想着会活着回来。熬到现在也算是通神了吧。"

陈至公说:"你虽然运气好,但战术更不简单。"

"现代战争已由平面转立体。炮火覆盖的时候,战术再好,一样炸成末。我看一半得靠运气,然后靠战术素养和军事指挥。但是摊上个狗屎长官,就是军神也得成炮灰。"

陈至公痛心地说:"十万远征军哪,战略失误导致一溃千里。咱们200师撤退的时候伤亡比同日军作战还大呀。"

廖景阳岔开话题道:"嗨,算啦,当兵的就这命。古来征战几人回?说说吧,你走以后,会换什么鸟人来1营?"

陈至公想想说:"从昆仑关打到缅甸,你觉得200师的军官里,还有谁你看不上吗?"

廖景阳挠挠头苦想了一阵说:"没有,还真没有。该死的都死了,该活的也没留下几个。"

这时候,刚才那个护士托着药盘回来:"好了,该换药了。你们别打扰他了,他脑袋里的弹片还没取出来呢。"

廖景阳点点头,整理了一下军装站起来说:"得了,兄弟我走了。记住到时候有好兵,想着点儿我。"

"哎,你是对的。"陈至公忽然叫住他说。

"什么?"廖景阳没明白。

"还是子弹穿过去好。"陈至公指指脑袋说。

"哈。对,穿过脑袋就没事儿了。"

这时护士突然一瞪眼,对廖景阳怒道:"你还不走?"

廖景阳连忙摆摆手,一溜烟地带着小柯跑了。

望着他们的背影,陈至公责备护士道:"你怎么能这样?是他把我救回来的,本来我们就要全军覆没了。"

"我不管,是他嘴不好,没口德。"

"哈哈,他这人就那样。心直口快,但做人很有原则。"


廖景阳回到驻地。他刚一进营门就被哨兵告知:"廖长官,团座有令,要你立刻跑步前去报到。"

廖景阳点点头，径直赶往团部报到。

他进团长办公室之前，赫然发现团部门口肃立着4名非本团的士兵，个个腰挎短枪；一个穿中山装的人正焦躁地徘徊在团部门口。这令他心头陡然掠过一丝不祥的预感。

等面见了团长郑庭笈，廖景阳却发现他眉头紧锁，一脸惆怅。屋里大模大样地又端坐着一位穿中山装戴眼镜的年轻男子，他一边吸烟一边透过镜片冷冷地盯着廖景阳看。

郑庭笈直接讲出廖景阳的从军履历："廖景阳北平人，黄埔十三期毕业。在我一营历任排长、副连长、连长、副营长。追随戴长官血战昆仑关，浴血同古、奔袭腊戍，直至撤退回国。历经大小数十战，每战争先，屡建战功。我说得对吗？"

"对，多谢团座垂爱，卑职不敢受夸。"

郑庭笈望着他道："上级了解下级这是必需的。但是有一段时间我不了解。"

"请团座训示。"

"没什么好训示的，这位是军统局的徐队长。专门找你问一宗命案，你和他们去一趟，说清楚了就回来。"

"是。"廖景阳一边回答，一边就已经想到是什么事了。在曼德勒以北，那辆跑岔道的卡车，那个不杀不快的军统特务。

谁？是谁告发了这件事？不是已经都说好了吗？不是说是被日军击毙的吗？廖景阳一时心绪很乱，但他还是故作镇定地跟着那个特务往外走。

他刚走出门口，那个特务突然断喝一声："绑了！"

顿时，4个陌生的士兵猛地扑上来将廖景阳按倒，下了枪，绑了起来。这过程中廖景阳本能地还了一脚，踹得一个兵捂着裤裆，咧着嘴弯腰蹲了下去。

"住手！"郑庭笈出现在门口喝道。

姓徐的特务一抱拳就要向郑庭笈告辞，却听到郑庭笈说道："太放肆了！在我的部队里绑我的人。你们还想出去吗？"

那个特务说："长官，兄弟也是奉命而行。"

郑庭笈冷冷地说："把人放开，这里是200师。老子们打鬼子的时候，你们算个蛋。"

特务为难道："那，那人跑了怎么办？"

郑庭笈猛地提高了嗓门道："我说了，这里是200师。他要是跑了，我跟你去。"

于是，特务们识趣地给廖景阳松了绑。

接着，郑庭笈指着廖景阳说道："我要跟他单独聊聊。"

特务尴尬地说："这……这恐怕不合适吧。"

郑庭笈瞪着那个特务狠狠地说："你不给脸，老子一会儿就派兵到路上打埋伏。把人救走，把你们都活埋了。你来过吗？"

两个领头的特务被郑庭笈的一番话吓住了。俩人面面相觑，谁也不敢再说什么，只好眼睁睁地看着郑庭笈领廖景阳回了屋。那胆大的徐队长也想跟着进去，立即被郑庭笈的卫兵拔枪拦住。

进屋以后，郑庭笈皱着眉凝视着廖景阳说："我不管你在缅甸干了什么，但是此行恐怕凶多吉少。"

廖景阳说："团座，您放心，无论怎样我都没有做对不起200师，对不起抗战的事。"

"好，但求无愧于心。那个特务死了，怎么死的？说实话！"

"我毙的。"廖景阳没敢撒谎，如实地说。

"为什么？"

"车上拉的都是大烟。而我们中国就靠着这条滇缅路，维系着抗战的军资、粮草。您知道的，这么干是要杀头的。"

"明白了。我是你也不会饶他。"

"本来弟兄们说好了的，这小子让日军打死了。"

"好，就这么说。还有，决口不能提那批货，否则会被灭口的。"

"明白了。"廖景阳说罢，感激地敬了个军礼，拉开门出去了。

廖景阳被带进了军统局云南站的审讯室。审讯他的特务队长直截了当地说："我叫徐卿。找你来就是问问顾承杰是怎么死的？"

"谁他妈认识这孙子啊？不知道！"廖景阳没好气儿地说。

徐卿听罢，一拍桌子喝道："廖景阳你少跟我耍兵痞。我告诉你，少装糊涂。"

廖景阳歪着头说："别臭来劲啊，老子不知道就是不知道。这人谁啊？"

"我提醒你一句，他是我们军统的人。不但是军统的，还是重庆戴老板的人。"

"这和我有关系吗？你们死个人就受不了，我们呢？我们死多少弟兄？"

徐卿道:"廖景阳你会说人话吗?我看你是个抗日军人,已经给你留了情面。只是此刻,老兄,你必须如实回答我的问题。"

"你问的都是什么乱七八糟的?你问点儿靠谱儿的成吗?"

"好吧,就说说你们连在缅甸的战事吧。"

"在缅甸,我3连秉承我200师之光荣传统,一路过关斩将追随主力,攻无不克,战无不胜。虎牢关前战温侯;当阳桥前一声吼,喝断了桥梁水倒流。'他的四弟子龙常山将,盖世英雄冠九州,长坂坡,救阿斗,杀得曹兵个个愁。'"最后那句他是直接唱的京剧。

徐卿喝道:"行啦!我没让你唱戏,你说你在曼德勒干什么了?"

廖景阳回忆道:"我部为掩护百姓过江,效仿皇叔刘备刘玄德,孤军死战于江岸。后又受英军将佐托孤,收容了丘吉尔,啊,是条英国狗。然后偷袭了曼德勒以北的一座小城——抹谷。是我远征军自撤退以来,唯一收复的失地!"

"还有呢?要说实话。"

廖景阳努力地回忆了一下道:"那狗死了,挺可怜的。如果不是战争,它一定很快乐地和主人在一起。英国人也不知道是死是活了?这么大的事,我没给办好,有愧。"

"好,你还挺仁义。你记不记得在曼德勒你们遇到了一辆西南运输署的汽车。"

"哦,有。有过一辆破车。"

"好,就是这儿。说吧,车上的人呢?"

"死了!都死了。"

特务逼问道:"怎么死的?"

廖景阳说到此,心中暗暗盘算,当时在场的大都是3连的弟兄,原则上没人会泄露这件事。况且活着回来的也不多,唯一可能将这件事上报的就是陆枫桥。但他虽然好管闲事,却一直讲道理。面对这种冒充军需物资,在滇缅路上走私、贩毒的行径也是不齿的。那么还有谁会出卖自己呢?想到这儿,他将当时的情形匆匆过了一遍脑子。随后他得出一个结论:不是3连的人,是金三儿。对,一定是这个孙子。好,既然标定了内奸,就剩下死扛了。于是他平静地说:"被日本人毙了,为国捐躯,战死沙场!"

"事实恐怕不是这样吧?"徐卿看着他的眼睛阴阳怪气地说。

廖景阳不耐烦了,他说:"怎么着?不信啊?那你们回缅甸再找日本人问去啊。"

徐卿一拍桌子道："我告诉你姓廖的，你少跟我装蒜。你打鬼子，老子们也没闲着。"

廖景阳便针锋相对地说："好啊，那就大伙抄上家伙，咱们一块回缅甸溜达一圈。只要你有胆儿，我廖景阳奉陪到底！"

陈至公被提前从医院叫回来。他打报告步入郑庭笈的办公室。郑庭笈一见他就说："对不起，匆匆将你从医院叫出来。因为有一件棘手的案子要交由你办。"

"是。请长官下命令。"

于是郑庭笈将一摞卷宗从抽屉里掏出来，抛到陈至公面前："3连在曼德勒到底做了什么？我想知道真相。但是3连的兵好像没一个肯说实话。可是瞎话又编不圆。这件事只有你能办！廖景阳这个人，做人我谈不上喜欢，但是打仗我喜欢。你明白我的意思了吗？"

陈至公立正道："明白！"

"好。时间紧迫，拂晓前必须给我答案。"

金三阳喝得醉醺醺，跌跌撞撞地从窑子里出来。临走时他不忘和妓女们要两句贫嘴："二爷还来呢。你们把裤腰带都系好了啊，等着二爷我再来脱。"

妓女们说："军爷，有钱来啊。"

"有，二爷穷得就剩钞票了。"金三阳说完，哼着小曲溜溜达达来到巷口。突然，一个人从背后猛地勒住他的脖子，接着一支手枪把在他脑袋上狠狠一敲。他感到头部一阵剧痛，接着脚底下一软，人便昏厥了。

等他被人弄醒，发现自己已然身处一间灯光昏暗的小屋之中。

他揉揉眼，发现对面坐的是陈至公，旁边站着彪子、海边和医生。不等他开口，彪子率先道："小样儿你咋这埋汰啊你？知道你咋从缅甸那嘎回来的不？"

金三阳刚要开口辩解，即被陈至公打断说："3连的大米没养过你，可3连的兵和你流过血。一起流过血的算不算弟兄？"

金三阳辩驳道："我……我……我说的是事实呀。"

陈至公问："所有人都不知道死的是谁，你怎么知道的？"

"我看那小子那手表不错。撸下来的时候，他手里有张证件，我……我就……就随手揣起来了。"

陆枫桥问："那时候,你就想好了?"

"没。我就是稀里马虎儿地带回来了。"

海边说："你跑吧,500米外我可以一枪打烂你的脑袋。跑到天涯海角我们之间的距离还是500米。"

陈至公说："这个世界做人可以不要良心,但是有公理。如果我在,我也会像他那样。我们不妄杀一个好人,但是坏人终将有恶报!"

金三阳道："怎么啦,你说我不就揭了个短嘛。你说我为嘛呀?"

彪子叉着腰说："少废话。你不挺能整吗?"说着他从后腰拔出一把军刺,丢给他道:"老子今天陪你得瑟,你不是愣子吗?"

"谁是愣子?谁是愣子啊?这不逗乐吗?"金三阳偷眼看着插在脚边的刺刀,再看看众军士那一脸凶神恶煞的神色,不禁腿一软,忽地跪倒在地哀求道:"哎大哥,不,几位爷,你看我这臭嘴,我这不是打镲吗?我哪想给办崴泥之呢。您了看,我服软儿行吗?真的!归齐我把事摆平这不得了吗?"

陈至公走过去将他拽起来说:"起来,起来说话,像条汉子。亏你也是跟3连从缅甸打回来的。"

金三阳哪儿敢起来,屁股往下沉索性坐在地上耍赖。

彪子见了说:"你装哪?"说着,他上去飞起一脚将金三阳踹出一溜滚,又喝道:"起来。"

金三阳怕打,战战兢兢地站起来,但腰还是不敢直着。

陈至公拍拍他的肩膀说:"咱们都是军人,什么不敢面对?直说了,咱都是打过仗的,有什么比一起从尸山血海里滚出来的情分重?廖长官揍你,是恨你不像个堂堂正正的军人。我们承受着国土沦丧的耻辱,面对袍泽弟兄热血未冷的尸身,凭什么要为那些祸害抗战,中饱私囊的民族败类申冤?我们的生命本是甘愿为报国而抛去的。难道要为走私、贩毒的罪犯偿命?你自己想吧。"

说完,陈至公招呼众人径直离去了。临行时彪子侧着脸狠狠地告诉金三阳道:"麻溜儿的,远点儿删着去啊。别让我再瞅见你,瞅见你我就削死你!知道不?"

"你是军人吗?"海边走过时托托他的军装说。

"你是军人,但是你不是个好军人。"陆枫桥最后下结论道。

廖景阳被特务们结结实实地绑在椅子上。他的头被人猛力地扳向后方,这

第五章 东方直布罗陀

使他的面部完全仰了起来。接着一个大汉用力扳住他的头颅，然后将一瓢瓢辣椒水照着他的口鼻死命往下灌。这使他每一次濒临窒息的绝境时，不得不本能地呼吸，但一呼吸，火辣辣的脏水就顺着他的鼻腔冲进了脑袋，冲进了肠胃。任他的头如何挣扎、躲避，可就是避不过。

灌了好一阵，廖景阳才被放开。他顾不上喘气，只是一个劲地咳！咳得他肺都快碎了！辣椒水冲进脑袋令他的头颅火烧火燎般地痛楚。辣椒水滚到胃里，令他的胃肠如油煎刀绞般的疼。好半天他才渐渐止住了咳嗽，他皱着眉头冲身旁的大汉笑笑："小子，你有点蛮力，就是你活着真浪费！"

旋即，那大汉照着他的腹部重重地兜了一拳，直捣得他肠胃都快碎了！接着一标血水带着辣椒粒便从他嘴里"嘭"地喷了出来。

徐卿走过来托起他的下巴："我就要个口供，不就杀了个人吗？敢下手就得敢担当！"

廖景阳喘息道："老子还是那话，有种你去问日本人。"

"少拿日本人吓唬我。"

廖景阳笑道："好啊，我看你在眼镜片上画个十字，可以给当个对眼儿狙击手。要是闲得没事干。走啊，老子带你回缅甸。"

徐卿反手狠狠抽了廖景阳一记耳光道："少跟我耍混蛋。我告诉你，死的是戴老板驻缅甸的特派员，不说清楚了你我都交不了差事。"

"那你说戴笠叫他去干什么了？"

"他身负重要情报。"

"呸！放屁！你找姓戴的问清楚了再来问老子。"

"兄弟，别为难我们，我只要给戴老板一个交代。"说话间他用一把剃刀，贴着廖景阳的下巴慢慢地给他刮胡子。忽然他刀锋一转刷地在廖景阳的腮帮上自下而上，划出一道长长的血痕。旋即廖景阳脸颊上的肌肉顿时绽裂开来，鲜血顺着刀口滴了下来。

廖景阳咬牙强忍着从牙缝里挤出一句："老子给你的交代就是打回缅甸，让死人开口！"

徐卿收起剃刀，点点头说："好，还逗闷子是吧？来呀，给他上大刑！"

话音一落，烧红的炭火盆便端了上来。炭火盆里面插着烧红的烙铁，在炭火中冒着难闻的蓝烟。打手上前用湿毛巾垫着，抄起一支故意吹了吹。

"老兵油子，你少跟我耍混蛋！"说罢，徐卿一挥手，旁边的打手吹红了烙铁逼近廖景阳。

就在此时，走廊里突然一阵大乱。一阵嘈杂的人声从走廊中滚了过来，接着陈至公带着一队荷枪实弹的士兵闯进来。彪子当先一脚踹开门，一个箭步冲上去攥住那手举烙铁的腕子，一较劲将他的手腕硬生生搬了回来，然后重重按在对方胸脯上。顿时那打手发出杀猪似的一声惨嚎！一股烤肉的焦煳味，霎时弥漫在空气中。接着彪子手一松，那打手顿时疼得瘫倒在地不省人事了。

陈至公拉开公文夹，向徐卿出示了一份公文道："奉第5集团军军法处的命令前来提人。"

徐卿看到文件不满地说："这是我们军统的案子！"

陈至公冷冷地丢下文件说："这是我们远征军的人！"

回到第5军，陈至公亲自备了酒菜到禁闭室探望廖景阳。他给廖景阳斟满酒说："嘱咐你啊，什么拉鸦片的事可真不许说啊。就是军用物资！"

"戴笠干吗非跟我过不去？"

"战事失利，戴笠在缅甸折了一大批货亏了本儿。正愁找不着人撒气呢，偏偏金三儿这小子把你给告了。"

"死的那孙子是谁呀？"

"我们查过了，这人根本不是重庆军统的要人。不过是挂个名好办事，跟戴雨农是浙江江山的老乡。但此人又是上海杜月笙的门徒，你知道，这帮人之所以挥金如土，靠的就是相互勾结走私鸦片。"

"明白了，老子一不留神就成了林则徐了。"

"呵呵，你可比不了林大人。"

"那我也没让鸦片进来啊，而且我还将毒贩就地正法了。"

"戴雨农现在还兼着缉私总署的署长。你要是再敢提那批货，不等你上法庭就给你来个灯下黑。到时候你会死得很轻松。"

"操，这不是贼喊捉贼嘛！"

"你能回来，也多亏了金三儿去军部自首，说为报复长官毒打，故意栽赃陷害。"

"扯淡，他哪儿那么好心眼儿？"

"大义！"

"大爷的，是我大意了！"

"你放心吧，会没事的。"

"真他妈黑！"

第五章　东方直布罗陀

"你说谁?"

廖景阳一边吃喝一边说笑道:"都算上。我呢,明明宰了那孙子,还愣往日本人脑袋上扣。这叫死无对证!他们呢,折了本钱就得找个大脑袋来泄私愤!你呢,为了救兄弟,愣逼着金三儿自个抽大嘴巴!咱不是打仗的吗?怎么玩儿上政治了?"

"如果这叫政治的话,那政治就是流氓!"

廖景阳嘟囔道:"都是流氓!没好人!"

法庭上,主审法官传来证人。于是金三阳、彪子、海边以及陆枫桥等,无不绘声绘色地描述起来:他们将怎样遇到落单的卡车,又怎样遇到日军的伏击,怎样在乱战中看到军统长官的英勇牺牲。一个个说得有鼻子有眼儿;说得那个死鬼大义凛然,说得廖景阳忍俊不禁……

最后法官做出判决:"罪犯廖景阳,身为国军军官,战时玩忽职守,协同不力,致使友军军官顾承杰英勇牺牲,致使我军用物资遭日军洗劫。因此本法庭宣布:判处廖景阳有期徒刑3年。押送西南军人监狱服刑。"

廖景阳被押解出去的时候微笑着向他的战友们颔首致意。

望着他被宪兵押进囚车的背影,彪子不禁问陈至公:"这就完了?"

"这是最好的。"陈至公喃喃地说。

"不成,老子也得折腾折腾,好进去陪他!"

"别裹乱了。我再想办法。"

"着急了我劫狱去!"

"他不是宋江,你也不是李逵。"

"老子讲义气!"

"国民政府会跟你讲法制!这不是耍流氓的时代。"

"切,国民政府就是最大的流氓。"

"不,是流氓操纵了国民政府。"

"那咱还给他卖命干啥?"

"国难当头,共御外敌!"

海边忽然问:"那以后呢?"

陈至公笑笑:"中山先生说革命尚未成功,同志仍须努力。疾风然后知劲草,盘根错节然后辨利器。"

正说着,彪子突然一个箭步冲了过去,他拼命地跑着,终于在囚车拐弯的时候将车拦了下来。

司机和押车的宪兵立刻如临大敌。他们举枪对着他喝道:"你要干什么?闪开!"

彪子也不说话,平静地从兜里掏出一盒烟,举起来晃动着冲车里的廖景阳喊道:"哥,我啥也没有,就这盒好烟。你留着抽吧。"

廖景阳在后面听罢,不禁鼻子一酸,差点没掉下眼泪。

宪兵吼道:"快走!犯人不能给东西!"

彪子冲哨兵瞪了一眼,然后又从容地从裤兜里掏出一枚手雷。他用牙叼开保险啐掉,然后紧紧握在手里举着说:"小样儿的,我整不死你们。老子就这两样东西,你们自个挑!"

两个宪兵互相对视一眼,便放下枪。领头的中士说:"好吧,你给我吧,我交给他。办不到我的命就是你的。"

廖景阳被押进围墙,在这里服刑的士兵们对他没一个好脸儿。管教的军警推着他进了一间监室,锁好门就走人了。

于是,犯人头儿郭宝财晃着膀子走过来,不屑地打量着他。见到他穿呢子军装,郭宝财就说:"哟嗬,还是个当官儿的。哪部分的?"

廖景阳坐到炕上说:"200师。"

郭宝财没好气地说:"孬种吧?200师都是国军精锐!"

"老子是精锐中的精锐!"廖景阳冷冷地说。

立刻犯人们唏嘘起来。郭宝财说:"放屁!精锐就你这揍行?"

廖景阳也不在乎,他坐在大炕上,脱了鞋,盘上腿,从兜里掏出一支烟叼上说:"兄弟,借个火!"

"啪!"郭宝财甩手就给了他一个大嘴巴!

廖景阳倒没生气,反而说:"行,有股子爆脾气。像我的兵!"

郭宝财骂道:"少他娘的摆臭架子。管你是啥呢,这里老子就是最高长官!"

廖景阳看看他说:"这里没长官,都是患难弟兄!"

郭宝财见廖景阳刚才没还手,胆子便更大了。他抡起拳头忽地便朝廖景阳脸上打来!廖景阳没躲,只抬起脚狠狠地照他小肚子踹上去。直将他踹得撞到对面的墙上,再弹倒在地!

郭宝财疼得龇牙咧嘴地叫道:"弟兄们上!"

廖景阳不等众人扑上来，便跳起来站在炕上，指着众人道："立正，都给我站好了！看我先收拾了他，然后你们再一块上！只要老子没死，夜里给你们一个一个都掐死！"

郭宝财缓了一缓，跳起来道："好，我和你单挑！"

于是两人挥拳便战了起来。拳脚间，郭宝财虽然力大孔武，但廖景阳却避实就虚，以快打慢，每每在对方拳锋到处，总是先令对方中招。几招后他瞅个机会一俯身，让过拳脚，陡然抢进郭宝财近身，使个"插裆扛摔"将他扛到肩膀上猛地一甩，横着就抛到了地上。接着他趁势跳过去，照着他喉结狠狠跺了一脚，这一下令对方顿时窒息！直到他招呼大伙七手八脚做了半天人工呼吸，才将郭宝财从鬼门关拉了回来。

救醒了郭宝财，廖景阳才一一丢去香烟，松了口气说："弟兄们已经都够倒霉的了，还跟这儿互相掐，有劲吗？"

郭宝财坐起来说："来监狱里的都有火，不卸掉待着没意思！"

廖景阳说："有脾气怎么不宰了看守，出去跟日本人横去？"

"出不去不是。"

"那就老老实实待着，等着战争结束吧。全中国到处打仗，到处死人。能有幸跟这儿苟活着，你们就偷着乐吧！"

"没战争才打架呢。"

廖景阳点点头说："有理，但是无情。我不想弄死你们，省得老子罪上加罪。战场上怎么杀敌都没错，就是别和自家兄弟较劲。我要有一颗手榴弹，不会抱着你们死，我得炸开围墙自个跑腾冲去杀鬼子。"

郭宝财听罢说："说的虽然在理，可是真不斗了，几时能熬出去？啥时候再回战场逞英雄？"

廖景阳坐回炕上说："跟这儿熬着养人！没炮弹轰、没机枪突突。吃得虽然次了点，但是它不断顿儿。"

郭宝财从褥子下掏出一个火柴皮，划着火柴先给廖景阳点上烟，再自己点了烟说："这位长官，犯了哪条军令，跑这儿来和弟兄们混个热闹？"

廖景阳苦笑道："国土沦陷，战火连绵。一定要有公道来评说吗？"

郭宝财听罢，代表大伙说："这里边诸兵种的弟兄齐全。都是老兵油子！就是油不过当官的，官大一级压死人。谁摊上官司都冤，炮灰搁到哪儿都没人在乎。"

廖景阳说："能打的，非不叫征战死。你说是委员长爱戴呢？还是总司令藏着后手，攒鸡毛凑掸子，先伏一支奇兵跟这儿养着，等着翻盘呢？"

郭宝财说："在这里闲得不得劲，真想回战场去快活。"

廖景阳无奈地叹道："等着吧，也许有一天，日本人兵临城下，到那时候，每人发一根鸡毛掸子去和日本人拼刺刀。"说罢，他便躺下了。

第二天，廖景阳从囚室中不紧不慢地走出来放风，他懒洋洋地在阳光下伸了一个懒腰，呼吸着春城郊外的新鲜空气。

突然，监狱围墙上响起了警报："空袭！日本人的飞机！所有人就地疏散！"

廖景阳手搭凉棚向天空中望去，监狱狭小的天空中只能听到飞机的轰鸣，却看不见飞机的影子。

有些犯人盲目地四下跑动着，好像躲到哪儿都藏不下身。

廖景阳看着他们笑了："炸我们有意义吗？一群不用打仗的兵！"

郭宝财走上来，朝他晃晃手指要了一支烟道："长官，这是去炸昆明的飞机。"

廖景阳叹了口气说："云南现在全是从前线跑回来的兵，大半个中国都跑丢了。全他娘的窝在这儿扎堆儿，给日本飞机当靶子！"

说话间他注意到，他们对面西区监舍里的那帮人，正斜着眼看他。不经意间他与为首的一个军汉目光一碰，没想到那军汉突然脱下一只破鞋狠狠地朝廖景阳飞了过来。廖景阳闪身躲开的时候就听对方骂道："瞅啥？狗当官儿的！中央军没一个好东西！"

郭宝财俯身拾起破鞋，掷回去骂道："何风你他娘的在这儿咋呼啥？有种咱出去战场上见！"

何风还嘴道："牛啥牛啊？全美式装备仗打成这样？"

廖景阳低声问："这人谁啊？"

"监狱西区的老大。在这里东区关中央军，西区关杂牌军。"

"委员长倒是有心，连囚犯也分得这么清楚。那伙食呢？都一样吗？"

"这个委员长没关照过。"

"哈，一到花钱的时候就耍鸡贼了。"

"密度不一样，西区人多，睡觉翻个身都得排队。"

廖景阳点点头问："嗯，中央军犯罪的少？"

郭宝财晃晃脑袋："是，杂牌军军纪不行，打仗不行。就他娘的挨枪毙行！"

廖景阳吁了口气："我们算捡着了。中央军该死的也不少，就因为是委员长的嫡系，多少沾点儿光。"

空袭结束后，监狱大门一开，几名新囚犯被押了进来。顿时囚犯们开始起哄，指着那些新来的不是挖苦就是骂街。

廖景阳望着新来的难友，忽然认出了那些人里面竟然混着金三阳。

金三阳缩头缩脑，一副可怜相。等到被轰进人堆里，金三阳一抬头正碰见廖景阳抱着胳膊靠在牢房门口，笑眯眯地望着他，就好像见到一个漂亮的女人。而在他身边聚集着数名一脸横肉的老兵。

金三阳一咬牙，硬着头皮挤过去向廖景阳规规矩矩地立正敬礼："廖长官好！"

"金三儿咱俩有仇吗？"

"没有，长官！"

"好吧。"廖景阳拍拍他的肩膀接着说："咱俩扯平了。这里没长官。"

金三阳连忙说："哪能呢？您了一直就是我长官。"

廖景阳皱着眉说："别装了，都这样了，我恨你，但那又有什么用呢？你给咱俩和日本人都放生了。要是能熬到战争结束，我是不是要感激你呢？要是熬到日本鬼子来了，老子就陪你去挨枪毙。"

"怪我，长官！我糊涂。我不是人！"他说着竟当众抽起自己大嘴巴来。

突然，廖景阳抓住他的手腕，节制住他继续自残。然后他说道："把腰挺起来，像个爷们儿。"

"长官，对不住了。我的命就是你的。"

廖景阳叹息一声说："算啦，杀人不过头点地。"

押解的看守看到这里，莫名其妙地说："唱哪出啊？走啦，走啦。"说着看守搡着金三阳就往牢房里轰。

廖景阳看到金三阳是被押往西区的监室，就冲着他的背影喊道："三儿好好活。如果炮灰们都死绝了，我们将是最后的军人。"

金三阳闻听转身道："长官如果有机会，我还和你上战场。"

廖景阳说："别扯淡了，好好熬着吧！能从这儿出去，比说什么都好。"

金三阳能从廖景阳的语气中听出对他的宽恕，不禁将胸膛一挺远远地又敬了一个标准的军礼。随即当他看到廖景阳还礼的时候，不禁嘴角一颤顿时泪如泉涌……

这天早上出操，廖景阳转头去望望对面的队列。但看了好半天愣是没看见金三阳的人影。

廖景阳不禁对郭宝财说："宝财，那天来的弟兄，今儿怎么没在何风的队伍里？"

郭宝财说："八成又让那厮打坏了。上回他们就把一个兵腿打折了。"

正说着，就见到两个看守从牢房里抬出一副担架，担架上的人蒙着旧军装，一条手臂无力的耷拉在外面，看样子大概是死了。

郭宝财指着那边说："廖长官你看——"

廖景阳看着那一晃一晃的手臂，突然感到一阵心悸。于是他愤然冲出了队列，闯过去一把掀开盖在担架上的军装。一看之下他脑袋顿时"嗡"的一下，整个人都怔住了！只见金三阳的脑袋肿得像烂冬瓜似的，口鼻淌血，竟已不省人事。廖景阳连忙掐他人中，好一阵才令他苏醒。金三阳醒来看到廖景阳顿时泪流满面地呻吟："长官……您了，救……救救我……"

这时，带队的看守向廖景阳喊道："那谁啊？滚回去，入列！"可是廖景阳依然怔在那里，呆呆地望着看守将伤员抬走。那一刻，他有点发懵。他听不到人声，也听不到风声。任由看守向他抡起警棍，他只硬生生地挨着。旋即他不错眼珠地盯向对面杂牌军的队列。何风与他对视一眼，随即便转过头若无其事地继续跟在队伍里跑圈。

廖景阳猛地攥紧了拳头，撇下打他的看守，径直向对面杂牌军的队列冲了过去。冲到近前，他抡起拳头照着何风脑袋便砸过去！何风猝不及防，顿时被他一拳揍倒。廖景阳旋即迈步上前抬脚就踹！这时周围的杂牌军冲上来，有人率先从背后抱住他，但立即被廖景阳扯开胳膊一个背挎摔到地上。接着又有数人向他扑来，将他重重扑倒。

郭宝财在对面看得真切，猛然吹响一声尖锐的口哨，带头扑过去加入战团。旋即整队中央军的囚犯跳着脚都跟着冲了上去，那神情竟和向着日军冲击一样，勇猛而顽强。

顿时整个操场便沸腾起来，囚犯们赤手空拳地肉搏在一起。军人出手本来就毫不留情，甭管对谁都是拳拳见肉！周遭的狱警刚抡起警棍呵斥两句，顿时便被乱战的人群不分青红皂白地踹飞，然后连滚带爬地从众人的拳脚下爬出来。

旋即监狱的警卫在刺耳的警报声中荷枪实弹地冲上高墙，进入一级戒备！但院内的军犯们仍旧在如火如荼地斗争着。

直到监狱守卫不得不鸣起一阵阵枪声，才渐渐止住了骚乱。接着典狱长在狱警的簇拥下来到围墙上，他骂道："吃饱了撑的！还嫌不够乱吗？"

廖景阳分开人群走近高墙，冲上面回道："长官，我们都是军人！圈在这儿养老，糟践粮食！国民政府白养着我们，我们活着没劲啊！"

典狱长说："尔等军犯，无视军法，放出去更浪费子弹。知道现而今一发子弹多少钱吗？"说着他用手一比划，"18斤猪肉！18斤猪肉啊！"然后又说，"国家乐意养着你们，就给我规规矩矩地待着。省下的子弹钱足够给你们送终的。懂了吗？我奉劝诸位，小命儿留好了吧，掂量掂量值猪肉钱吗？"

郭宝财叫道："妈的，不值钱叫我们出去杀日本鬼子啊。够了吗？"

典狱长咳了咳道："这年头，没有怕死的兵，只有更不怕死的！留着吧，留得青山在不怕没柴烧。谁要是再闹事，本典狱长绝不手软！"

廖景阳道："西区的老号虐待新来的弟兄，没王法了吗？"

典狱长叹道："有！老子就是王法。"

"好！那我们瞧着你秉公执法！"

"好说，18斤猪肉我买不起，但省口生猪钱倒是合适！"说罢，典狱长挥手叫左右下去抓人！

廖景阳转念道："慢着。都是挺好的壮丁，换了猪头太可惜了。"

"那你的意思呢？"

"我们当兵的犯了罪，认罪。但是如今国家有难，兵就是兵！"

顿时院里的军犯们跟着一起起哄道："对！我们要上前线将功赎罪！对，与其当卧槽马，不如去当个过河卒！"

"好，好，好！诸位的陈情，我自当如实向上峰禀告。"

这时何风叫道："别是你为了吃空额，拖累了弟兄们的前程吧啊？！"于是军囚们跟着一起起哄，哄堂大笑……

典狱长被嘲讽得脸上一阵青一阵白，不禁怒声下令："去把带头闹监的关小号去。"顿时荷枪实弹的军警一齐朝人群扑来。

郭宝财叫道："谁怕谁？干吧！"

廖景阳摆手道："别莽撞，宁上战场当炮灰，也别在这儿跟猪头较劲。"

廖景阳和何风被上了刑具，一并被锁在一间阴暗狭小的号子里。俩人不能动弹，只能打打嘴仗。

何风说："算你走运，投了中央军。在我们西区，多少狗当官的都被老子治得跟孙子似的。"

廖景阳："就你这样的兵，在我的连里，老子第一个让你夹着炸药包往日本鬼子的坦克上撞；第一个让你抱着大枪打高地当排头兵！你不是能吗？别窝里横，找日本人叫板去啊！"

何风不屑地说："少他娘的臭转，在台儿庄老子真炸过坦克！你干过吗？切，别显摆。我打鬼子的时候，你不定在哪儿擦鞋呢。"

"吹呗，谁他娘的见过你吃几碗干饭？八成战场上的逃兵吧？"

"屁，别你干啥，我就一定得干啥了？老子是毙了临阵脱逃的官儿才进来的。"

"怎么没枪毙了你？"

"当官的该死，上峰开恩！"

"孙子，你哪个部队的？"

"叫爷啊，爷是新28师的。"

"哈，我当什么来头？原来是丢了腊戍的那个师！第一波跑回来的部队。"

"长官尿，没办法。不能怨当兵的怕死。"

"那是你们杂牌军，中央军的军官没犯尿的。"

"那你怎么来了？"

"我？我手欠。"

"哼，我看你就是欠揍！"

"老子是200师的。远征军全军上下，只有我们200师是一路打回来的。只有我们连是断后的。打得惨，死得多，可豪气足！"

"哈，200师英雄，我承认。你呢？尿裤子来着吧？"

"狗屁！不服咱俩出去杀鬼子啊！"

"别光放屁！有胆儿跑吗？"

廖景阳活动了一下被手铐勒得生疼的腕子，叹息道："要是能出去，老子自个带你回缅甸。怎么样？"

"你以为我不敢接着？"

"好啊，那就跟我越狱！"

"出不去，能出去我早干了。有不知死的，死了白死。"

"那还是你尿了呀。"

"去！少将我，着急了老子挖地道了。"

"哎，这是条道儿，咱俩出去就干！"

"切，你知道哪儿是哪儿吗？"

"笨蛋，高墙就是参照物。"

"君不见，汉终军，弱冠系虏请长缨；君不见，班定远，绝域轻骑催战云！男儿应是重危行，岂让儒冠误此生？况乃国危若累卵，羽檄争驰无少停！弃我昔时笔，着我战时衿，一呼同志逾十万，高唱战歌齐从军……"200师1000余名新兵扯开雄性的喉咙，在军旗下吼出激昂豪迈的军歌。歌声如催战鼓般沸腾着青年从军的热血。

歌声一停，伫立于军阵前的陈至公大声说道："弟兄们从今天起，你们即将结束新兵作训，正式步入国民革命军第200师光荣的作战序列。我们唱着战歌，盼着杀敌。但临行前高唱军歌时，可知这歌中的含义？汉武帝时有书生终军，向皇帝请缨荡平南越！班定候也是一介书生，他看到匈奴入侵便投笔从戎，轻骑催战云扬威异域！国有难正是我辈男儿报国时，古人曾说儒冠多误身，但而今羽檄起边亭烽火，正是我们男子汉以身死为国殇的时候。好啦，青年们跟我上吧！等打败了日本鬼子，我陈至公就脱了军装，走入课堂再教你们读书！读的是中国远征军青年从军，名垂青史的战书！"他的话讲完后博得新兵们一阵热烈的掌声！

接着，陈至公转身向右侧肃立的将军们敬礼，"报告长官，200师第3期新兵教导队集训完毕。请缨奔赴抗日前线！"

杜聿明还了军礼答复："出发！"

当杜聿明望着陈至公跑步离开，向军队下令的时候，不禁对周围簇拥的200师长官们说："这个军官不错，我要了！"说完，杜聿明高兴地背着手离开了。

数日后，陈至公带着小柯乘车来到国民革命军第5集团军司令部。他叫小柯在司令部楼前等候，自己径直向里面报到。

陈至公首先向值班参谋报到："报告，第5集团军200师少校陈至公奉长官命前来报到。"

参谋起立回了军礼忙说："长官已经交代了，请跟我来吧。"

两人走在楼道里时，参谋说："这两天伞兵团筹建，每天都是来报到的军官。"

"伞兵？"陈至公差异地问。

"对。你们还不知道吧？军座已经获得了委员长的批准。要在第5军建制内组建伞兵部队了。"

这话令陈至公心头不禁一阵昂扬，脸上立刻露出喜悦的神情。

参谋领他进了伞兵筹备处，在团长办公室向李汉萍少将报告："李长官，200师的陈至公到了。"

李汉萍热情请他坐下，可陈至公还是笔直地站着说："报告长官，我是来从军的，不是您的座上宾。刚才听说了，要组建伞兵部队，就请您下命令吧。"

李汉萍点点头先介绍道："新年刚至，由美国14航空队陈纳德将军和杜总司令向国民政府提交了组建伞兵部队的计划。现在已获委员长批准了。杜总司令亲自编组督训，建立陆军伞兵第1团，属第5集团军作战序列。"

"好消息啊！时不我待。这将是我们中国历史上第一支空降兵部队。"

"不错。听军座讲了，你在200师新训工作搞得不错。所以眼下伞兵团用人之际，军座点你的名，目的不言而喻吧？"

"长官过奖了，能成为中国第一支空降兵部队的一员，已经难能可贵。卑职不才，愿为这支部队的诞生做先锋。"

"伞兵不仅可以使中国军队摆脱抗战不利的局面，而且可以使中国军队与世界列强并驾齐驱，独立于20世纪的新时代！自缅甸作战以来，我军每每于关键节点上，总被日军伞兵节制。他们协同步兵大队，空地联合以奇兵制胜。打仗就是随机应变，小鬼子怎么打，我们就怎么还击。我们需要在下一场战争中，以空降对空降，协同对协同，打得日本鬼子满地找牙！"

"是啊。中国积弱。我军与日寇虽连年激战，但战术落伍，兵员素质欠佳，致使我军虽久战而不胜。唯有尽快实现现代化的军事革新，才能救国家于危卵。"说罢陈至公立正道，"请长官下令，卑职万死不辞！"

"我部为作战任务所需，特定于昆明郊外集中训练。而眼下，我这个伞兵团长还是个光杆司令。至于兵员组建，就要靠你们这些营长去各部队挑选了。"

"是。请长官训示！"

"我给你1营的番号，要求你迅速组建。兵员必须严格挑选。要求：出于中央军，有知识，年轻力壮，打过仗，有战功。黄埔系的军官优先。"

"明白。"

200师的训练场上，一群大兵在地面上匍匐着，人体在地面快速爬行所荡起的暴土像一场沙暴。士兵们已经来来回回地爬了很久，每个人的脸上都蒙着

第五章　东方直布罗陀

厚厚的尘土，一个个脏得像土猴一般。这时哨音一响，预示着部队停止前进。接着彪子大踏步走过来。一路上他在每个落后的士兵屁股上都狠狠踹上一脚。随后像狮子一样吼了起来："瘪犊子玩意，你们给我当兵呢？啊？！战场上动作慢一点，姿势高一点，你们立刻就完犊子了！"说话间他注意到不远处一个士兵正在悄悄地卷起袖子抹眼泪，泪水和着蒙尘将他的脸弄得好脏。

彪子立刻走过去叫那个新兵起立。

他面对眼前这张稚嫩的面孔道："哭啥呢？"

新兵卷开袖子给他看胳膊肘上磨破的皮肉。他本想博得一点同情或是赞美什么的，但彪子给他的确是左右开弓的一通耳光。

抽完这个新兵，彪子问："疼吗？"

新兵含着泪点点头。彪子说："疼就对了，战场上有时候还觉不出疼，人就死了。你以为哭鼻子子弹就能绕着你走了？一枪穿过脑瓜盖，哭都来不及！"

新兵懂事地点点头。

于是彪子忽然变得好温柔地用手仔细给他抹去泪痕，接着说道："兄弟，哥也不愿意揍人。可我真恨哪，恨那些上了战场不争气的兵。还没冲小鬼子放上一枪人就挂了。你说这样的兵整上去有啥用？报丧回了家，爹娘揪心不？"

他说话的时候不觉身旁的士兵相继站了起来。他顺着士兵们的目光看去，竟是陈至公带着小柯正在背后笑眯眯地望着他。

他连忙转身向陈至公敬礼。

陈至公还了军礼道："跟我走吧，我那儿的兵，正翘着屁股等着你踹呢。"

彪子很痛快地回答："不去。训新兵蛋子的活儿贼膈应！你瞅瞅，这从你那嘎刚分下的兵，就会齐步走，左右左。一整战术都长个驴脑袋，傻了吧唧的你不打他就不走。嗐——你说我能不急眼吗？"

陈至公笑笑说："我让你教训的都是老兵油子。"

海边面前卧着一班瞄靶的兵。他信步踩着每个士兵的屁股挨个走过，然后转回身将那些刚才被踩得动换的兵一一叫起来。接着他下令："射击瞄准，要纹丝不动。这时候你和枪要连在一起。射击玩得是境界，风声、雨声、枪炮声，甚至死人的叫声都不能动摇你。哪怕1秒钟的心跳失衡，都可能被对手干掉。人枪合一就是一块铁！知道小鬼子拿什么练射击吗？活人啊！你们比他们差远了！想杀人还想活命的，就给我跑到对面当靶子。去吧，感觉一下挨枪毙的滋味。学会死才能生！"于是那几个兵悻悻地放下枪朝靶场对面跑去。

海边目送着几个士兵跑开的时候，在视线外开来一辆吉普车。吉普车停下来的时候，彪子咧着大嘴冲他喊道："海子走啦，上西天啦！"

海边正莫名其妙间，陈至公就从后排跳下了来。海边连忙礼貌地向他打个敬礼。陈至公还了军礼向周遭山清水秀的地势看了看说道："这风景不错，只是缺少点硝烟。走吧，我带你去上前线！"

"好啊，快带我走吧。听说驻印军的新38师已经开始发起反攻了。"

"是的。我们的反攻将从天空中开始。"

"是什么？轰炸东京吗？"

"不，是空降！"

海边错愕道："天哪，是真的？"

"是的，一支崭新的军队，即将横空出世！"

一条蜿蜒曲折的溪流顺着山边涓涓地流淌。风吹拂着溪流，水面泛起一阵粼粼的波光，惊动着清澈河底的小鱼群，往来穿梭着在鹅卵石间乱撞。

陆枫桥独自坐在黄昏的溪边，一支口琴一支忧伤的曲子总在他口唇间缭绕，像一缕挥不去的风。

人生最挥不去的是离别。它们就像风一样，什么时候来，什么时候去都不容得你左右。而对离别的思念也像风儿一样，在心底飘扬。你说不好什么时候，心底的风会怎么吹。有时候好难过，那是狂风骤雨；有时候又好温柔，是清风飘雨。在那炮火纷飞的风云里，有时候容不得人去为风儿动容。但是现在，他正沉醉在那炮火纷飞的离别情境中。那时风清扬，是一曲离愁……

海边在远处指着陆枫桥沐浴在夕阳里的背影说："他就在那儿，他虽然活着从缅甸回来，但我们却无法带回他的魂儿。他好像只有半条命，每天人有一半时间都是恍惚的。"

陈至公点点头，走了过去。他安静地来到陆枫桥的身旁坐下，然后说："我想他们，可只能想，却见不到。"

陆枫桥没有理他，依然吹着那支忧伤的曲子《苏州夜曲》。

陈至公继续说："战争就像麻醉剂，不打仗的时候最难熬。活着的总比死了的难受。"

"……"

陈至公又说："这曲子很棒，多情动听。千秋家国，像梦一样。可惜是日本人的音乐。"

第五章　东方直布罗陀

"日本人唱的是桃花楼台烟雨遥,姑苏城外寒山寺。那是一场醉人的梦啊……"

"所以你不愿醒来。因为醒来才发现,一别竟已是生死两茫茫。"

"我没有梦了。我只听到鬼泣!"陆枫桥冷冷地说。

陈至公扬扬下巴说:"我听到你的心跳,我能给你你要的。"

"你知道我要什么?"

"你已经很久不像一个军人了。"

"军人是要赴死的,活着算什么?"

陈至公笑笑:"你变了。缅甸让你变成另外一个人。"

"可缅甸没有变。"

"缅甸事小,中国在巨变。"

"是啊,日本人在沦陷区到处扫荡,和共产党打得没完没了。国军在常德与日军会战,虽伤亡惨重但寸土必争。可我们呢?我们在这里看彩云,这里风光无限,好像什么也没有发生。"陆枫桥说话的口吻一直轻描淡写。而他所谈及的事情,确是在过去的1943年中国抗战史上最心惊、最激烈、最波澜壮阔的抗争!那时的中国,日军的铁蹄正在四处践踏。中国人正进行着殊死的抵抗。

"快了,不会再让你坐视了。"

"我已经不是医生了,如果是再看着那些伤员悲惨的嚎叫,我已经无法让自己镇定。"

"我知道。你已经是战士了,让你的手端着枪,比拿手术刀还下得去手。走吧,深呼吸,大战在即。"

陆枫桥霍地站起来,用充满渴望的目光望着陈至公道:"是吗?很多部队被飞机运到印度去了。我向上峰打了不下50份报告,却都毫无音讯。你要带我去哪儿?"

"我带你去飞。"说着,陈至公将一枚光滑的小石子狠狠掷向远方。

放风之前,何风让人从监舍的地道里将土一捧捧地传递出来,然后再一一分发给每个人。等到哨声一响,大家立刻起着哄跑出去。

在操场上,何风和廖景阳互相递了个眼色。随即郭宝财一声呼哨,东西两区的军犯们便立即分别集结起来。然后再一声呼哨,两队人马旋即以单脚支撑,突突地抱着单膝蹦对冲过来。两边一撞,顿时撞得尘土飞扬,新土和着旧土扬得到处都是，然后又被混乱地踩到一起。原来监狱中的军犯们，已经开始挖地道了。他们在西区的监室里用手和极其简易的工具悄悄进行着这一"浩大"的工程。而为了把土弄出来，他们便利用放风的时候，以撞拐这样的运动，来掩盖大规模卸土的行动，并且这种运动还使人充分享受了活跃的快乐！

等两方对冲的战斗结束，廖景阳便取出一只破罐头盒。开盖处，只见里面装着一只健壮的黑蟋蟀。接着何风走过来说："还是我们西区赢了。"

廖景阳笑笑，指着他的蟋蟀说："看谁笑到最后。"

于是何风便从兜里掏出一个纸筒，冲那罐头盒一弹，一只红头蟋蟀便蹦了进去。接着两只蟋蟀在狭小的空间里略一巡行，便迅即接触上了。它们凶狠地扇动双翅鸣叫着，然后张开大牙撞在一起，斗得你死我活。

没几个回合，何风的蟋蟀便斗败了，被追得围着铁罐来回地跑。他捞出那蟋蟀爱怜地装入纸筒，然后说："它没吃饱，养两天再来！"

看热闹的看守说："国家养着你们就是多余。瞧，你们活得挺美。"

廖景阳没好气地说："养他妈你们才多余呢！有枪不打仗，天天督着我们死耗。"

陈至公打报告进入李汉萍的办公室，然后递上一份档案道："报告团座，我还想要一个人，请团座批示。"

李汉萍感到很诧异："这件事已经是你说了算的，第5军上下没什么人你不能用。"

"有一个人。有一个人非得长官您出面才能搞定！"

"什么人要我三顾茅庐啊？来头不小。"

"他叫廖景阳，黄埔13期。曾任我200师598团1营3连连长兼1营副营长。北平人，在缅甸他战功卓著，战术运用灵活。实乃不可多得的指挥官。"

"好啊，那就赶快给他下调令吧。"

"不，他在云南军人监狱。"

李汉萍一听不禁一皱眉，随即他拿起那人的档案细细观瞧。

监狱的生活是悠闲的。虽然没有自由，但却少有训练。

放风的时候，何风带着金三阳来到廖景阳的监室，一进来就问："有吃的吗？"

"半个窝头。"

"金贵。比我们陕西泡馍金贵。"

"啊，泡馍。对啦，秦始皇登基的时候请我吃过。"廖景阳幽默地说。

"皇上就吃泡馍吗？"

"那怎么了？李世民长安登基的时候也请我吃的是这个。"

"嘿，我们陕西没别的了？"

"嗯，委员长在西安蒙难的时候，特意招待我吃的还是泡馍。"

"委员长真没出息。"

金三阳流着口水说："别说了，泡馍嘛味？我都馋死了。"

于是何风细细品味道："吃泡馍那可是功夫，一个馍掰成指甲盖那么点，再浇上热滚滚的羊肉汤。哎呀——嗬，这个香啊！"

"膻死了！"金三阳说。

"懂啥？不膻不好吃，知道不？"

廖景阳问道："哎，你们那边地道挖得怎么样了？咱什么时候能出去啊？"

"不好干，下边有火山岩，拿手根本抠不动。"

"绕开啊，地底下地方儿大了。"

"说得好听，你们中央军怎么不干啊？"

"我们不是就长在火山岩上边儿，挖都没地方儿下手。"

何风啃着窝头说："进了监狱中央军还是这揍行，就知道捡现成的。"

正说着，外边收监了。狱警们吹起哨子，驱逐着人群回到牢房。于是何风他们起身打了招呼准备回去。廖景阳叮嘱道："抓点紧啊弟兄们，甭管是打算回家，还是去抗日打游击，咱都得从这儿出去。"

何风临走时说："净你妈动嘴，你们也来一条啊。"

"通向自由的路有一条就足够。"

军犯们各自回了监区。这时狱警从忽然打开牢门，进来叫道："廖景阳，有人看你来了。"

廖景阳在探监室见到了陈至公。两人隔着铁窗握了握手。

陈至公见他第一句话就说："你好像胖了点。"

廖景阳说："扯，啃窝头能长肉吗？"

"这儿待着心宽吧？"

"想操心来着，但是国家不让。"

"快了，英雄总会有用武之地的。"

"我现在就是混吃等死。"

"说真的。我已经请求第5军军法处，向上峰申请对你从轻发落了。很快你会被获准提前释放，到时候我来接你。"

"军队还要我吗？"

"有一个崭新的连队在等着你。"

"怎么着？难道200师不要我了？"

陈至公骄傲地说："不，有一支比200师更能打的部队在等着你。伞兵！"

"算啦，我不想摔成肉饼，还是步兵打冲锋脚踏实地。"

"会飞的步兵。"

"步兵就是步兵。"

"是啊，飞得再高也总会下来。"

和陈至公见面以后，廖景阳感到异常兴奋。一回到牢房，他就情不自禁地倚墙拿大顶。

"见小姑娘去了吧？"郭宝财好奇地问。

"不，老子要出去了，官复原职。"

"是吗？还当你的炮灰官。"

"是啊，炮灰们需要个领头儿的。"

"那挖地道的事儿呢？"

"吹了，能挺着胸走出去，还钻狗洞干什么？"

"那我们呢？我们怎么办？我们也想去当炮灰，整天憋在这里无聊死了。真想出去听听炮声，看着鬼子一茬一茬地被机枪像割麦子似的撂倒。"

廖景阳从墙边翻过来，站定道："听着，外边招伞兵呢。我出去了，就给你想辙。要死一块死。走到哪儿咱都是患难弟兄。"

"随便吧，摔死都比在这儿闷死强。"

在欧洲，位于伊比利亚半岛南端的直布罗陀，因其扼守大西洋和地中海的咽喉，所以战略地位十分重要。而在东方，中国云南边境的松山，因东临怒江，西连龙陵，扼守于滇缅公路的咽喉，故被美国军事学家称为"东方直布罗陀"。

1942年夏季日军横扫缅甸后，逐从缅甸前出控制了松山。日军炮火可覆盖方圆100多公里的地区，从此迎头截断了滇缅路——那是中国唯一与世界相连的动脉。

1943年10月，为执行盟军魁北克会议关于在缅甸对日军发动攻势和打通中国西南国际交通线的决定，中国驻印军在史迪威将军的指挥下向缅北日军发起反攻。

为配合反攻，1944年夏中国远征军第11和第20集团军开始强渡怒江，向日军扼守的"东方直布罗陀"展开全面反攻。远征军以整营整连的战斗队形，顶着横飞的弹雨向日军碉堡展开一拨一拨的自杀性冲锋。前进的道路上，尸横遍野，血流成河。

军人监狱中，利用放风的当口，何风向廖景阳说："我听说我们新28师已经开上去和日本人干上了。弟兄们都着急了！"

廖景阳说："谁不着急？老子本来是该出去的，可还是窝在这儿享太平。"

"我看挖洞来不及了，咱集体越狱吧！"

廖景阳指着高墙上的机枪塔说："笨蛋，会被机枪扫死的。日本人该捂着嘴偷着乐了！远征军能打的全在这儿圈着呢。"

"那你说咋办？"

廖景阳想了想说："绝食，写血书，拿小命儿去换回痛快的。"

"好！"说着何风就要咬食指。

廖景阳连忙拉住他道："别急啊，干吗来真的？手指头破了影响扣扳机。再说野战条件下感染了破伤风，非战斗减员比越狱死的还冤！"

"你不是说写血书吗？不流血写啥啊？"

"笨蛋，逮老鼠啊。老鼠尾巴能画画。"

"成。"说着何风紧急吹响了一声口哨道，"全体都有，晚饭前逮光监区的老鼠。哪个号子交不出老鼠，甭他娘的吃饭！"

郭宝财乐着捅了捅廖景阳说："嘿，今晚上打牙祭了，明天绝食！"

廖景阳说："拉倒吧，我现在就绝食了我。"

就在这时候，监狱的高墙上突然冲出很多军警，一个个荷枪实弹。接着刺耳的警报声响起，看守长用大喇叭不断高声喝道："放风取消！全体立即返回牢房！放风取消！全体立即返回牢房！"

军犯们回到监舍，大伙正议论呢。忽然监狱警卫来到廖景阳的牢房前叫道："廖景阳你出来。"

"叫你爹干什么？"

"你可以出去了。"

"老子刑期还没满呢。我这儿正歇得美呢！"

"混蛋，现在满了。"

"大哥你自由了。"郭宝财听到这儿，激动地站起来和他伸手相握。

廖景阳握住他的手，然后顺势一使劲，将他拽入怀中抱住说："兄弟那我先走，出狱以后我一定想法儿把你们弄出来，咱们一块儿上前线。"

"好，上战场以后。我还听你的。"

廖景阳忽然道："不对啊。我刚进来的时候，你不这样儿啊？"

郭宝财不好意思地挠挠头说："我又不是混蛋。厌人我欺负，可打日本的英雄我敬重。"

廖景阳歪着头笑着说："我算吗？炮灰堆里扒拉出一没死的就算英雄？"

"长官，只要你去赴汤蹈火，我就跟你！"

"你有毛病吗？这儿活得不错……"

"是，我有病。我不杀鬼子就难受！"

廖景阳一个人走出监狱大门的时候，陈至公就坐在吉普车上等着接他。陈至公摘下墨镜从吉普车上跳下来，快步迎了上去。随即两人高兴地拥抱在一起。

片刻，廖景阳问："把我弄出来很麻烦吧？"

"嗯，费尽周折。我好容易才说服杜长官，恳请他出面向战区长官部给你申请下了特赦令。"

"好啦，带我上战场吧。我廖景阳无以回报，只有一条炮灰命。"

"不，现在还不行。"陈至公摇摇头说。

"为什么？滇西不是打起来了吗？"

"我们伞兵部队刚刚组建。等着瞧吧，反攻才刚刚开始。以后我会带你飞越日军防线，在敌人纵深实施突袭，到时候有的是恶战呢。"

"那就是说这次赶不上了？"

"嗯，你要先会飞。"

两人正说着，突然自监狱中传来一阵阵尖锐的哨声。接着监狱的喇叭中传出典狱长的讲话："国家有难，军人为先。尔等都是军人，虽未受俸禄，但依然受国家之养育。眼下正是国家用兵之际，本典狱长特奉长官命，放所有能拿枪的人，立即集合开赴前线。"

廖景阳听罢感到很诧异。他连忙问陈至公："怎么回事儿？"

陈至公顿时恍然大悟道："我说怎么给你办特赦那么难，原来他们是要将军事罪犯送上前线啊。"

"是啊，炮灰就是这么产生的。"

陈至公拉开车门道："走吧，幸好你还不该死。"

"不，你不该来。我有地方去。"

两人说话间一队军车突然驶来。接着从军车上跳下来几队全副武装的士兵。随即监狱大门突然打开。只见军犯们每6人1排被绳索穿在一起，排起纵队踏着整齐的步伐，"轰轰轰"地跑出监狱。纵队两旁紧跟着荷枪实弹的军警。

廖景阳随即一抱拳对陈至公说："陈兄，廖某感激你的搭救，但是请恕我不能与你回去。我和那帮弟兄约好了的，要共赴前线。"

陈至公连忙拉住他道："别过去，他们没几个能活着回来。"

廖景阳笑笑："我们怕死吗？"说完，廖景阳甩脱了陈至公，径直向那正在蹬车的队伍跑去。

陈至公连忙追过去骂道："混蛋，你给我回来。"

这时候正在被押上车的军犯们看到廖景阳跑过来，不禁向他招呼道："廖长官不用越狱了，我们这就上前线啦！"

何风骂道："嘿，姓廖的你他妈跑回来干啥？老子不用你送。"

金三阳道："怎么的？您了也来跟我们凑热闹去？"

廖景阳跑过去，冲进警戒线就朝卡车上蹿。当兵的立刻去阻拦他，但旋即被廖景阳一脚踹翻。然后他一个箭步蹿上卡车，和他的难兄难弟们挤到了一起。

在车上负责押解的兵看到廖景阳没上绑绳，立刻质问："哎，你怎么没捆着？"

"你眼瞎啦？他是自愿来的。"郭宝财骂道。

廖景阳却笑着背过手说："来来来，没关系没关系，绑上不就是一伙儿的了嘛。捆吧。赶紧的呀！"于是那士兵也不客气，三下两下将廖景阳单捆了起来。

这时候，陈至公跑到车前叫道："廖景阳你混蛋，老子费么大劲给你捞出来，你跑什么呀？"

廖景阳凑到车厢前说："老陈，你回去吧，等打完仗我去找你。"

"你不守信用,你答应跟我去伞兵部队的。"

"承诺有先有后,长官。我约了这帮哥们要上战场较较劲,我必须去。我们一起的。"

"那我呢?我他妈不是兄弟吗?"陈至公大声嚷。

"是,可我们走的路不同。"

"我怎么了?我带你去飞难道错了吗?"

"没错。但你们不上战场,而我们去!"

"厚积薄发你懂吗?"

"不懂,我们军人只懂得击发!"

犯人们都上车了,士兵们扣起车厢板。一个中尉向陈至公敬礼道:"长官请让让,我们要开拔了!"

陈至公陡然间突地拔出手枪,猛地顶着中尉的下巴道:"把那人放了。"但顿时与中尉同来的士兵,一齐向陈至公举起了枪。

见到这突然的变故廖景阳说:"算啦,我已经决定了,别让那哥们儿为难啦!"

陈至公依然固执地拿枪顶着中尉道:"我不管,你给我下来。这是命令!"

"歇菜吧,你再多顶他1分钟,你就能和我们一样了。走啊,我带你去飞!"

"少扯淡。廖景阳你给老子下来。这是命令!"

"老子还不是你的兵。真的,我答应你,打完仗我就回来。"

"你这是去找死。"

"当兵的就是找死的。"

"我又建起了3连,我需要一位连长。"

"8很吉利。第8任没死,第9任就死不了。"

这时候,中尉劝道:"长官算了吧,他不会下来了。"

陈至公见此情形无奈地放下枪道:"对不起,我有点着急了,请照顾好他。"

"这个你放心。"说着中尉敬个礼,就蹬上车朝司机下令,"开拔!"

于是陈至公独自目送着军车一辆接一辆地开走。转瞬间监狱前的空场上只留下他自己。面对这些开赴疆场的军犯们,陈至公端端正正地敬了个军礼,算作最后的道别。而军犯们却在军车上嘻嘻哈哈,全然不像是上战场的样子。

"咱们去哪儿?"郭宝财在车上问。

廖景阳笑着说："押到江边让日本人枪毙！"

"好吧，看谁有种。"郭宝财咬牙道。

何风笑着说："如果我判断得正确，前线死人肯定不少，兵员急需补充！"

金三阳说："怎么的？那哥儿几个还是跑吧！"

"跑？机枪比你跑得快！"何风扬起下巴指指后车押车的机枪手说。

运送军犯的卡车来到昆明火车站。在进站之前，成群的难民拥堵在车站口的警戒线外。荷枪实弹的军警竭力劝阻着吵吵闹闹的人群。

忽然汽车喇叭一响，一队军车开了进来。有眼尖的看明了车上押解的军犯，不禁高叫道："看哪，他们连犯人都转移了，却让我们老百姓留下等日本人！"

执勤的军官大声回答道："他们都是上前线的，你们去吗？"

有人叫道："看，连犯人都上前线了，这仗还能打赢吗？"于是难民们更是拼命拥上去，想赶紧离开这危城。

1944年8月间是中国抗战史上最危难的时刻。桃花正红时，日军便长驱直入，打通了平汉线，铁骑横扫中原。接着日军进攻湖南，打通了粤汉铁路，8月8日衡阳失守。在大西南日军发动桂柳会战，前锋逼近桂林、柳州沿途城镇相继沦陷。于是逃难的百姓就像热锅上的蚂蚁似的团团转。他们跑到哪，仗就打到哪，仗打到哪，哪的国军就溃败。所以当听说国军又与日军在滇西开战了，早就对国军抵抗丧失信心的难民们和那些自认为在战乱中跑得比较有经验的人们，便又打算离开昆明了。

军官对骚动的人群喊道："别往前挤了，日本人离昆明还远着呢！"可是他越说百姓们越往前挤，心急如焚的妇女们甚至对警戒的士兵又抓又咬。男人们推倒卫兵，冲过铁丝网，趁着军车正好驶入车站，跟着一拥而上。情急之下守卫的军官不得不朝天鸣枪，子弹打了半梭子，才止住乱哄哄的人群。顿时感到无望的百姓们捶胸顿足，男人、女人、老人、小孩哀嚎一片……

廖景阳在军车上目睹了火车站上的这一幕，不禁说道："看吧，我们倘若再败，中国就容不下人呆了。"

何风说："老百姓就这样，天下越乱就越跟着裹乱。"

郭宝财说："这次上阵杀敌，要是不能胜，我们就算有命在，也没脸回来了。"

"我们不回来了！"廖景阳冷冷地说。

军犯们下了卡车。刚集合准备乘车，他们就看见等候在车站的闷罐子列车上被抬下一批批的伤兵，一个个身上包扎着血染的绷带。侥幸活着的缺胳膊少腿，奄奄一息血肉模糊。

军犯们看着这些面如死灰、目光呆滞的伤兵们，顿时人人心头都笼罩上一团团沉沉乌云。而此时高原的天正蓝。

火车满载着开赴前线的军人一路向战区驶去。

"打回缅甸有啥用？缅甸还是缅甸。"何风叼着烟说。

廖景阳鼻孔里喷着烟说："我那连的弟兄们一大半都把命搁在那儿了。我得回去看一眼，跟他们打声招呼。"

"有啥说的？我们好多弟兄也在那儿没了。没了就没了吧，人死了啥也不知道了。"

"我得给他们都凑齐喽，然后立个碑，告诉他们没白死，我记得他们。我们活着的没忘了他们。"廖景阳说。

郭宝财骂道："娘的干回去，我们93师在穿越胡康河谷的时候，死人死太多了。开始还有人埋，后来连埋人的都死光了。"

何风说："我们师也不是孬种。我们也和日本人干过仗。"

金三阳凑过来说："哎列位，你说我们师怎么就那么点背呢？人都死了，委员长为嘛还把我们番号给撤了？"

郭宝财说："缅甸战局就是从你们师开始溃败的。你们师长呢，他娘的最该进监狱。"

廖景阳说："这孙子就该枪毙！他在哪儿呢？"

"不知道。我管他呢？他跑，我们跟着跑不就结了吗？"

他们正说着，忽然从天际间的云层里钻出两架零式战机。两架战机像饿鹰一样朝着喷着蒸气的军列飞扑下来，旋即一串串橘红色的航弹从天而降。子弹打穿了车厢的铁皮，然后将车厢里的军人们成串地射穿。20毫米的机炮弹穿过人体就是一个血亮的窟窿，胳膊被打飞了！内脏被打碎了！脖子连着脑袋就剩一截皮！一个军官刚发一声喊，立时被子弹掀掉了头盖骨。一时间闷罐车厢成了屠宰场，人们躲无可躲，避无可避，只能睁大眼睛看着血染的弹道在车厢里乱窜。火车拼命加速飞驰，行进间从车厢上滴落一串串鲜血。子弹将封闭的车厢打透，廖景阳透过那一串串弹孔向外望去。后面板车上的高炮正在拼命拦阻着敌机，直到炮手被飞机打成碎片，直到火车一头钻入隧道……

经过连日颠簸，军犯们终于辗转来到炮声隆隆的前线。

在前线的山脚下军犯们被驱赶下卡车。他们向周围看去，只见左右翼高地上架着重机枪，机枪黑洞洞的喇叭口正虎视眈眈地瞪着他们。

列好队以后，一位大腹便便的上校军官乘着吉普车风尘仆仆地赶到军前。他跳下车，整理了一下军装，然后在随从的帮扶下，狗熊似的爬上了车头。他在车头站稳，但似乎觉得有点恐高，不禁猫着腰向左右看看，然后才勉强站直了。他接过话筒喊道："弟兄们，你们都曾是身经百战的军人，只是违犯军纪暂时被押。现在国家正是用兵之际，所以在此刻尔等受委员长之特赦，无分军衔，无分罪行，皆获自由啦！"

他的话引起军犯们一阵骚动。

接着上校又说道："前面就是日本鬼子。现将你们编成敢死队戴罪立功，冲锋在先！前进一步者英雄也，畏缩不前者就地军法从事。好啦，下面发枪！"接着他一挥手，一队士兵冲上去将绑在一起的军犯们，一列一列地解开绑绳，然后带到前方野战军械所，一一登记发枪。

廖景阳登记完，领到一支汉阳造。他拉开生锈的枪栓说道："怎么不给子弹？"

"上战场就有。"军需官说。

郭宝财领到一支破枪道："啥破枪啊？连膛线都磨没了。"

"要好枪，从日本鬼子那儿夺去！"发枪的军需官说。

何风摆弄着一支破枪道："好家伙！连标尺都没有，打屁啊！"

金三阳握着他的那支步枪道："您了那枪不打不响，看我这枪不打都哗啦哗啦了。"

郭宝财骂："你妈的，真是炮灰待遇！弟兄们，多挨几枪再死啊！"

正当军犯们骂骂咧咧的时候，突然"啪"的一声，廖景阳将那支破步枪随手扔在了地上！

"怎么枪还没响，就尿啦？"说着那胖上校冲廖景阳霍地掏出了手枪。

廖景阳扬起下巴朗声道："长官，这仗没法打，摆明了叫弟兄们去送死！"

"身为军人，国家有难，怎不去慷慨赴死？"

"去。但死也得有点价值，这么上去除了让日本人高高兴兴地拿活人练枪法没别的。"

郭宝财响应道："就是，不能让小鬼子拿弟兄们的脑袋去冒功。"

廖景阳又道："我们本没有军籍，死了既无名也没数。可日本人那儿报战果的时候有我们的脑袋！我们不想像宰鸡一样地被屠杀，我们是当兵的！"

"对。我们不死了。死了也不作数！"说着，何风也丢下了步枪。

"哎，不死了。要死也死个明白！"郭宝财跟着丢下武器说。

金三阳随即也丢了枪骂道："这你妈是打仗吗？这不拿我们弟兄打镲嘛！"

"违抗军法者，就地正法！"胖上校见状挥着枪气势汹汹地说。随即两旁的高地上的机枪哗啦啦地纷纷子弹上膛！

廖景阳冷静地说："长官，军中虽有法，但上阵杀敌有战术。我们与其就这么上去接受日本人92式重机枪的洗礼，您不如干脆在这儿就把我们都突突了。好歹临死还能给自己人练练杀人的胆儿！"

军官脸一沉，挥手道："来人，把放下武器的都给我捆起来，就地正法！"

"妈的，这死胖子算老几啊？"郭宝财嘟囔道。

不等左右的士兵冲上来抓人，突然所有的军犯几乎同时一齐丢下了武器，挺起胸膛迎了上去。刚冲上来要抓人的军人们，见到这么多丢下武器的人，一时真不知抓哪个好了。

上校见军犯们齐心冒死缴枪，一时也不知所措。他掏出手绢，不停地擦着一脑门子的汗，气得好半天说不出话来。

廖景阳向前迈步道："长官，我们送死不要紧，可这样我们能打赢吗？日军从东北打到华北、苏北；从缅甸打到云南、贵州。人不多但装备好，兵员少但战术好。我们不是义和团，可为什么还总是义和团似地打法？死多少人？死多少人可以换来胜利？这仗明知是死，但我们打！可是打仗的家伙您得给我们装备好。只要能豁出命打赢这一仗，我们这300人的敢死队宁愿替800人去送命。临兵斗阵，上阵者绝不退后一步！"

何风吼道："对。拼了！正正规规给我们武装，开开心心跟日本人干。好赖每个弟兄上去杀一个再死，绝不活着回来一个！"

上校犹豫片刻，道出了他的顾虑："发了你们正规武器你们战场哗变咋办？"

"长官，炮灰是向前进的。目标东京！"

上校听罢，叹了口气道："好，我就信了诸位义士，我用炮弹为你们开路！"

郭宝财叫道："痛快！请长官像送自己人的敢死队一样，赏弟兄们一碗酒喝！"

## 第六章　带血的伞绳

望远镜中是一片风景秀美、起伏叠翠的山峦。在树丛掩映中，钢筋水泥的碉堡散布在山冈上。它们看似错落，却在方向射界、交叉火力协同配合上都绝佳配置。在碉堡与碉堡间，隐蔽着唯有久经阵仗的军人才能发现的暗堡火力点和"A"形工事。长满茅草的山坡上纵横着层层叠叠的交通壕。这里的战斗已经整整持续了半个多月。中国军队凭着一腔热血，一次又一次地发起冲锋。整营整团的建制打光了，又整营整团地补上去。屡战屡败，却依然屡败屡战。尸体填满了山沟，血水顺着山谷的坡度往下淌。血泊滋润着山坡上的花草，炮火犁遍了浸血的红土地。

廖景阳在前线观察所放下望远镜，向 103 师的那位胖参谋长道："长官，我既已领命，战法分三步。一大部队佯攻，全面掩护我们穿插；二我们将趁势从 762 高地与 791 高地间的鞍部中间穿插过去；三为保障我军完成穿插任务，请用炮火和烟幕弹对我提供支援。"

"好，然后呢？你们要潜入缅甸吗？那可不是一个打游击的地方。"

"不，直插 791 高地主峰。"

"好。我答应你。记住你穿插后的任务。别跑了不回来。"

"请放心，我们穿插过去就是剩下一个人，也会把阵地交给你。"

"也请你放心，我会兑现我的承诺，活着给自由，死了给名分。"

于是廖景阳唰地一个立正，向那位胖上校敬了军礼，转身就离开了前线指挥所。

回到军中，廖景阳同他的患难弟兄们道："打仗不讲交情。我们打穿插，我只有三个要求：一快上；二不管什么原因，倒下的谁也不救；三必须服从命令，多一枪都不打。谁要是乱战暴露我战术目的，死的不是你一个。"

金三阳问："二爷怎么的，能赢吗？"

"你们想活吗？炮灰之所以总有人去做，是因为活要见着胜利！死要听不见枪声。"

何风赞道："对，冤有头债有主。用一条命换一个结果。"

"过瘾，干了！"郭宝财叫道。

廖景阳问金三："赌钱凭什么赢？"

"没把握，靠运气。"

"错，去算计！"

何风问道："你咋算计的？"

"我们从日军两高地间穿插上去，一旦绕到日军背后，他们必然分兵后援。我们一贴上去短兵相接，叫他炮兵作废。消灭回防的日军，兜击主峰。"

何风问："二呢？"

"如果可能的话，找个地方藏起来。让日本人找不到我们。"

"躲到战争结束吗？"

"不，避过搜剿，然后出其不意地从日本人背后杀出来。直插主峰！"

郭宝财问道："受到夹击怎么办？"

"我们只有一个后方，那就是791高地主峰！"

集合的时候，廖景阳对部队说："弟兄们，我们不可能再回来了。"说着他指着一块小高地说，"或许那可以看见家。去招呼一声吧！"

于是队列中有人率先走出来，三步并作两步地跑上高地冲着家乡的方向喊着爹娘！随即又有数人冲上去，向家乡跪拜。此情此景使那些操着重机枪督战的国军，也不禁潸然泪下……

就在这时候，一声呼啸，国军的炮火准备开始了。旋即，即将离别人世的战士们那撕心裂腹般的望乡之别，便淹没在隆隆的炮声里了。

国军炮火刚一延伸，廖景阳即刻向部队倒数道："全体都有，准备冲击，上刺刀！五……四……三……二……一，好啦，弟兄们我们上！"

顿时，敢死队的弟兄们一跃而起，向着日军高地迅猛冲击！旋即他们即被卷入密集的弹雨里。胖上校在望远镜中看着敢死队在交叉火力间穿梭。他看到不断有人饮弹倒下，就像风吹落的树叶一样，无声无息。而进攻的部队，却没有丝毫迟疑；他看到有几个贪生怕死的掉转头往回跑，旋即便被自己人督战的机枪无情地射杀……

战争本是如此的残酷。在敢死队冲锋的道路上，到处散落着他们支离破碎的尸体。有的身子被炸成两截,有的身首异处,有的四肢如五马分尸,人的肠子挂在树上,黏在岩石上……

伤员炸残了四肢,像海豹一样在高地的山坡上蠕动着,悲鸣着。高地上的日军则像打靶子一样向任何一个还在移动的目标射击。

廖景阳在弹雨硝烟中时而跃进纵跳,时而匍匐滚进。身边的兵一个接一个地栽倒,不知是死是活。他的心在一下下收缩间急速跳动着,他不是怕,是心疼。原本还在监狱中享受和平、沐浴阳光的难兄难弟,转瞬间生死两隔。还能活下几个?还能杀敌多少?

终于他们顺着山坡一头钻进了一片密密麻麻的丛林。这里表面看是一道天然的绿色屏障,而实际上却是一片杀人的雷场。土里埋的、地上插的、树上挂的全是雷!压发雷抬脚就炸;刮上绊雷的钢丝连大树都能炸碎;连环雷踏响了造成成片的杀伤。

跑在前面的人触雷被炸飞了,后面的人也被破片炸伤。一时间丛林颤抖,空气燃烧。硝烟不断在丛林中升起,爆炸的火光忽明忽暗……

郭宝财叫道:"有地雷!"

廖景阳喊道:"搜索前进!"

金三阳喊:"没东西排雷啊!"

何风踹了他一脚道:"别愣着,迈腿上,伸头一刀,藏头还是一刀!"

郭宝财朝前面丢了手雷叫道:"炸开通路啊!"

就在这时"咻"的一声,一发红色信号弹自空中坠落到树林里,它落地后兀自"噼噼啪啪"地在地面上闪动着红色的光芒。

有个兵纳闷道:"啥意思啊?"

廖景阳一见立即高呼道:"散开,有炮击!"

他话音刚落,"轰"的一声,一颗炮弹便落在树林中间炸开了。顿时将周围杀伤半径的树枝和人体炸得纷纷扬扬。

紧接着,一片片带着鬼叫的迫击炮弹一片一片地像倾盆暴雨般从天上砸下来。"轰!轰!轰!"地爆响,将整片树林炸成了一片如晚秋般的破碎、萧瑟。浓浓的硝烟遮蔽了太阳的光芒。

呼叫炮火是日军的拿手好戏,他们将迫击炮直接配置给一线步兵。射击反应快,呼叫使用不受上级干涉。尤其山地作战,它弹道曲折,射界开阔,覆盖面宽。步兵把信号弹往哪儿打,支援炮火马上就能通过目测向目标覆盖。

金三阳被破片炸断了胳膊,躺在地上捂着断肢疼得大声哭叫:"哎呀!哎呀！疼死我啦！疼死我啦！"

廖景阳被爆炸的气浪掀进一个弹坑，接着一截树枝从天而降，砸在他的钢盔上。紧跟着爆炸溅落的尘土、树叶一起落下来。一只仍攥着半截步枪木柄的断手，直接甩在廖景阳的脸上。他从脸上丢开那只断手，揉着被砸痛了的面部。看着渐渐停歇的炮火喊道："快！前进，耗在这儿都得死。"

郭宝财滚到廖景阳身边，帮他掀开树枝，拽着他上来说："活着的不多了。"

廖景阳喊道："前进！不前进死了毫无价值！"

何风拾起步枪招呼道："弟兄们，有命的跟我上啊！"

这时候，金三阳突然第一个站了起来。他信手揪掉了那支连着一点皮肉的断臂。然后随手一扔，接着便大踏步地朝前闯去："怎么的？啊！看看谁是愣子？谁是愣子？这算吗？这你妈不是打镲吗……"他就这样大踏步地向着前进的方向，走进硝烟，走进丛林深处。沿路趟起一阵雷鸣……


"过来！都过来，快到这边来！快！"廖景阳站在一处山坳前，向九死一生穿插过来的士兵们招手道。于是士兵们便跟随他一头扎进由荆棘树丛遮掩的山坳。

廖景阳继续指挥道："快都进去，躲起来。蹲下，藏好了！"

郭宝财问："怎么，不是敢死队吗？"

"对。但不是送死队。"

何风进去四处观察着地形说："都钻到这里，一颗手榴弹就能把我们都炸死。"

廖景阳反问道："没死呢？"

何风说："有命就搏，没命认命。"

廖景阳说："日军现在会在后方到处围剿我们。"

"你不是说，打他前出一部吗？"郭宝财不解道。

"打！想赢吗？杀人谁不会？不被杀你会吗？"

这时，山坳外面突然响起一阵枪。那是日军正在四下清剿那些穿插过来，但跑散了的兵。有一个战士就扑倒在廖景阳他们隐蔽山坳的树丛外，他垂死挣扎着翻过身，上了子弹，但不等开枪还击，即被乱枪钉死。

何风看在眼里，不禁大怒。他腾地就要一跃而起，但旋即被廖景阳死死地按住。郭宝财低声叫道："杀出去拼了吧！"

廖景阳做了一个噤声的手势,然后低声向大伙说:"忍着,刺刀扎到眼前也得忍。不忍全军覆没!"

刺刀真的扎来了。透过荆棘丛,他们看到日军从高地上冲下来清剿了,一个日军一脚踢开最近的死者。然后又将刺刀狠狠地朝那具血未冷的尸身上扎下去。他们彼此呼喝着,向四下放着冷枪,也不知看到了什么。

有一个日军逼近他们藏身的山坳,并观察到似曾有人走过的痕迹,甚至他俯下身去捻了捻那曾被人践踏的青草。

山坳里的人紧张得都屏住了呼吸。何风将枪刺悄悄卸下来,反手贴着手臂,擎在了手里。杀过人的一看就明白,这是一个老练的刺杀动作。

那个日军开始逼近了,他举起枪瞄在眼前。扳机一抠,"砰"地朝山坳里打了一枪。顿时这一枪将山坳里人挤人的人堆瞬间洞穿,子弹一下子穿过了好几个人。这时所有人都在看着廖景阳,但他还是按着何风,用手势告诉大家别动!

就在这时候,不远处传来一声怒骂:"日本鬼子!我操你姥姥,我靠——"那是中国兵最后一声怒骂。原来他藏身处,被日军发现,所以干脆跳出来挥着步枪拉开架式和日本兵拼刺刀!但只一个回合他便被日军捅透了心脏……

刚才逼近山坳的日军,闻声不禁突然转身朝那边赶去。但临行时,头也不回地朝里面抛了一颗手雷!

手雷"啪"地落在人堆里。一爆炸,所有人都会死,所有人都会暴露。然而就在手雷落地的一瞬间,郭宝财突然扑上去,用腹部死死压住"哧哧"冒烟的手雷。接着手雷在他身下闷声炸响,而那时那名日军已经头也不回地跑远了……

日军似乎很快清剿了后方,随即刻不容缓地在哨音中匆匆集合,返身回高地上去了。

廖景阳抱着郭宝财的头悲恨交加。他的脸绷得紧紧的,牙都快咬碎了。他想喊,他想骂,可是情况却不允许……

一滴眼泪在他眼眶里打了个转,然后被他生生地绷住了。他一字一字地坚决下令:"好啦,准备冲击,上刺刀!目标791高地主峰!五……四……三……二……一……好啦,我们上!"

有人怯声问:"不……不等……不等天黑吗?"

何风狠狠地瞪了那个兵一眼道:"老子是敢死队!"

胖上校不断用望远镜端详着对面的高地,不耐烦地转来转去。他看看表,终于向周围发问:"死啦?全他娘的死啦?"

周围没有人回话。

他在前线指挥所继续转圈,转得周围的人都眼晕了。

他愤愤地说:"又他娘的,300人哪!冲上去连个屁都没放!"

此刻廖景阳他们已经踩着日军的尾巴,悄悄摸上了高地。后卫的日军炊事兵正在给每个饭盒分发着野战灶,然而不等他起身,脖子就被人从背后勒住,然后一把刺刀在他脖子上一抹,气管顿时便冒出了血泡。

后卫的哨兵不知为什么,被长官骂出了战壕,刚走出来就被人捂着嘴扑倒,接着一把刺刀直刺进了后心。

碉堡的门被人用枪托敲开,日军开门处率先进来的竟是一把带血的刺刀。碉堡中的日军未及操起枪,就被一群中国兵乱刀扎死。扎个七进七出!

一个游动哨发现了廖景阳,他迅速拉开枪栓。突然何风一抖手"刷"地将那带血的刺刀飞掷了出去,旋即刺刀直没进了哨兵的心窝。何风赶过去,拔出滴血的刺刀,又向另一个哨兵摸过去。他一扬手,又一个游动哨被无声无息地杀了!

在后卫隐蔽部中休息的日军,正开心地捉弄一名倒霉的新兵。他们让新兵表演日本女人的舞姿。忽然隐蔽部射击口滑落了一片尘埃,接着一枚枚手榴弹接二连三地丢了进来。

廖景阳他们开杀戒了!起先还尽量不用枪。短兵相接处用刺刀干死敌人。可后来遇到的日军愈来愈多,干脆便鼓噪而进……

枪炮声在日军后方越来越激烈。轻重机枪交织的火网中倒下的竟是向后卫反冲击的日军。

高地上日军在反扑,中国军在冲锋。机枪、手榴弹往来厮杀。

廖景阳身边的机枪手在和日军机枪对射中阵亡了,他连忙滚过去,搂起机枪继续向日军压制。中国兵和突然冲出碉堡的日军抱在一团肉搏。打到难分难解处,最后也不知是谁,干脆拉响了手榴弹,一起滚下悬崖。

"主峰,主峰插起了白旗!"突然山下的士兵指着高地上的变化惊叫。

胖上校一个箭步蹿上去,夺过望远镜观瞧,"哪里?哪里?"

他身旁的士兵立即指给他看:"两点钟方向。高度800。"

上校终于看得真切了。在那里日军正在向主峰运动，然后突然人仰马翻。在那里机枪冲着主峰狂吼，然后突然被一团硝烟轰掉！日军在匆忙地调动兵力，沿着山脊向主峰冲击，转瞬间却被一路上居高临下的火力打得落花流水。在那里一块白布被枪托挑着来回晃动，但旋即被日军将白旗打飞。看到这样的情景上校断定，那里一定有中国人在战斗！

上校干脆丢了望远镜愤声疾呼道："给老子，给老子吹冲锋号！"说罢，他转身拿起电话向后方兴奋地报告："报告军座，我们冲上去啦！冲上去啦！请求军炮火向敌纵深拦阻射击，拦阻射击！"

廖景阳带着他那帮赴汤蹈火的弟兄，在主峰的碉堡群之间蹿来跳去。他们时而匍匐，时而跃起。每一次纵身总能将一个碉堡炸得硝烟滚滚。未死的日军从碉堡的火焰中"哇哇"惨叫着冲出来，冲出来就成了中国人的靶子！

敢死队以少部分兵力扼守主峰阵地，然后迅速向周围发展进攻。他们从碉堡后面绕过去，然后再向射击孔里丢手榴弹。等日军冒死从里面冲出来，便立刻遭到冲锋枪和机枪的截杀！

高地下军旗挥舞，国军主力在催战的冲锋号声中向着高地发起总攻！火焰喷射器吐出数十米的火舌，将地堡内的日军活活烧死。发起冲击的中国军，踏着同伴的尸体正在一寸一寸地向791高地逼近。

守卫高地的日军指挥官在烧军旗了。他看着那太阳帝国的旗帜在火焰中一抖，旋即便灰飞烟灭了。那军旗上写着：武运长久，来栖良君。那是对出征将士的祝福。意为希望战事顺利，你能长久平安，实现自己理想，凯旋！但这一刻那些故乡对出征战士的祝愿，竟刹那间成为灰烬。还记得出征时的样子，陆军开赴吴港码头，一路上鲜花鼓掌！登上战舰，举头望着那主桅杆上猎猎的军旗，骄阳似火。忽然刷拉拉一队战斗机从桅杆上一掠而过。军旗下的武士有20万，八方聚集80队……

然而此刻，敌人的机枪就在门外骤然响起，眼前的战士就倒在那儿。从射击孔中丢进来的手榴弹炸伤了他的左肋。但是这位指挥官还是从容地拔出军刀，长叹一声，反手将军刀刺入腹部，然后横着一拉，肝脏就破裂了……

他的介错不是军人，是在战场上与他相伴的慰安妇。那是一个自愿来自九州的姑娘。姑娘在这最后一刻，用南部手枪打爆了他的头，也算偿了他临终所愿……

一阵枪响，最后的守卫牺牲了。慰安妇回头的时候，就看见廖景阳披着满身战尘，平端着机枪杀气腾腾地闯了进来。

他见到最后的武士，那是一个持枪的女人，穿着一身带血的白色和服。和服上绣着柔美、精致的菊花。

廖景阳将96式机枪的枪口指向房顶，然后淡淡地说："你走吧，我们不杀女人。"

"嘿，说你呢。"何风跟在他身后大声喊，提醒她将手枪放下。

但是事与愿违，那穿和服的女子突地举起南部手枪，毫不犹豫地朝廖景阳射来，一连三枪都打在他身上。旋即不等她开第四枪，何风就开火了。

穿和服的女子几乎是同廖景阳一起倒下的。倒下时她眼角有一滴泪，在那生命失落的瞬间扬起……

8月天云南酷热，但心却好冷。心冷的不是死人，是军医。他在紧张地为廖景阳做手术。他额头上汗滴一道道地滑落，因为一支枪，一支压满子弹的步枪，正顶着他的脊梁。那是何风。他带来的不是风，是一个濒死的伤者。军医记住了他的话："救不活，老子崩了你！"他信，战场上杀人杀红了眼的兵，什么都干得出来。

病床上躺着的是一位英雄。他来到这里已经7天7夜没有睁眼了。医生说手术还算成功，但是接下来就不好说了。也许，也许他永远也不会再醒。

陈素问是这里的护士，连日来她奉命一直守候在他床前。是夜，她来到廖景阳的病室，忽然发现这个人怎么不在了？她定睛一看，原来他跌到了地上。她连忙赶上前去搬他，却听他用微弱的声音说："别动，歇一会儿，歇一会儿我自己起来。"

"天哪，"她惊喜地叫道，"你，你怎么醒了？"

"不醒就死了。"说着廖景阳就要翻身起来。

陈素问连忙去搀扶他，但是那人身子太沉，又不让自己动手，结果两下一折腾将两人都弄倒了。

陈素问跌倒在他怀里，触到了他的伤口，那人不禁疼得"哎哟！"大叫了一声。

次日，廖景阳一睁开眼便问："这是哪儿？"

陈素问说："医院。"

"我知道。我不信耶稣，因为世上本没有天使。"

"是医院，昆明陆军医院。"

"我怎么回昆明来了?"

"是长官部派人把你送来的。"

"切,死人多了,怎么就我回来了?"

"不知道,你得问他们。"

"哪个疯子?可真神通。"

"子弹取出来了,医生让你好好休息,不许说话。"

"你……你有烟吗?"

她怒道:"你不想活了?子弹把肺都打破了。"

"不是还在吗?"

"我告诉你,要是感染了,神仙也救不了你,"说着她走去开了窗子,又说,"少抽烟,多呼吸新鲜空气,这样才能好起来。"然后她走回来给他掖掖被子。

"热。"廖景阳一脸无辜地说。

"不能着凉。"

数日后陈至公带着他的伞兵弟兄们来到医院。他们等在病房外面,待医生查完床,就一拥而进。

还留在病房的陈素问率先看见他们。于是异常兴奋地告诉刚吃完药的廖景阳:"快看谁来了?"

廖景阳一抬头,只见陈至公、彪子、豹子、医生、海边还有小柯他们穿着崭新的美式军装精神抖擞地走了进来。他们一进来便齐刷刷地向他立正敬礼。他们个个裤线压得笔直,军靴擦得锃亮,那样子既神气又英武。

廖景阳赞道:"嚯,好帅的军装啊。搁谁也不信,你们是当初跟我从缅甸遭了难回来的。"

陈至公笑道:"你也有份儿,快好起来吧。"

廖景阳正色道:"说说前线怎么样了?"

"整个松山战役打了3个月。先后上去10个团,伤亡接近十分之一。"

"好啊,不算多!"

"但是敌我伤亡比,据说接近1比7。阵亡统计已超过4000,你算命大的。要不是我们护送杜长官和卫立煌长官赴前线观战,你早就进阵亡名单了。"

彪子说:"你那兄弟老够意思了,他用枪顶着医生给你动手术,正好让杜长官撞见了。听陈长官说你是200师的旧部,军座当即派车就把你送回来了。"

鲍春说:"你那兄弟真横,两位长官都劝不住他,医生手术不完成,他就不收枪。两位长官都发火了,可全靠陈长官劝说。有我们在,没人去下他的枪。"

陆枫桥说:"否则你知道的,有多少人躺在野战救护所等死!"

廖景阳对陈至公说:"好极了,咱俩算扯平。以命抵命,你不欠我的了。"

"哪儿的话?非要用过命来论交情吗?我们是兄弟!"

"对,都是一个战壕里滚出来的。"

"呵呵,你好像是说我们生在那里?"

廖景阳感伤道:"不是吗?就那里边暖和,有人疼,有人爱。死了还有人埋。军人生于斯亦死于斯。对了,我那兄弟呢?"

海边说:"是我将他移交军部的,听说他现在在昆明监狱。"

廖景阳叹息道:"好啊,没死就好。回监狱是天堂。"

陈至公继续说:"现在我军正在向龙陵、芒市攻击前进,不日即可光复腾冲。战线正在移出国境线。"

廖景阳兴奋道:"什么时候我们可以并肩作战?下面该重返缅甸了。"

陈至公继续兴奋地说:"史迪威凭借手中的中国驻印军,在缅北杀出了胡康河谷,昨日已经收复了密支那。与我军对瑞丽江两岸之敌形成夹击之势。"

"嚯,美国光杆司令翻盘了。"

陈至公拍拍他的肩膀激动地说:"嗯,快了。等我们伞兵一旦成军,就会深入敌后,神兵天降收复曼德勒,收复腊戍、同古,然后一鼓作气将日寇赶入大海。"

廖景阳听到这儿高兴得冲他比划道:"哎,有烟吗?急了。"

不等陈至公掏烟,陈素问立即娇声制止:"不行,不能给他,你想让他死啊?!"

廖景阳委屈道:"就一颗,高兴!"

陈素问生气道:"那也不行。"

陈至公看看陈素问,对廖景阳说:"不成啊,你的指挥官不同意。"

廖景阳突然看着他俩说:"哎,我想起来了。上回,就是你住这儿那回,也是她吧?"

陈至公点点头:"不错,我老乡,上海人。"

"哦,我说我怎么老觉得在哪儿见过她呢?难怪这么受关照。"

"对啦,给你们介绍一下,这位护士小姐和我是同乡同姓。今后你们谁住进来，提我，绝对长官待遇。"

陈素问说："去你的。我希望你们谁也别进来。"

廖景阳接口道："那不成，进来还能活，进不来就歇菜了。"

陈素问好奇地问："歇菜是什么意思？"

"歇菜不是一种菜，就是说不长了！歇了，怎么浇水也没戏。"

看着陈素问还是莫名其妙的样子，陈至公翻译道："就是死了。"

陈素问低头哀怨地说："别，我希望你们都好好的，多杀鬼子。等你们胜利了，我就可以回家了。我妈妈还在沦陷区等我，也不知道怎么样了。"

听她这么说，所有人都被她那略带伤感的语调讲得心中好不惆怅。大家沉默了好一阵，陈素问才说："陈长官你的头还疼吗？"

陈至公苦笑道："怕静，静下来疼，忙起来就没事了。"

廖景阳忽然说："我知道天下间只有一人可以取出他脑袋里的弹片。"

陈素问听罢顿时雀跃起来，她问："快说，快说，谁呀？"

"可惜啊，他让曹贼杀了，要不然——"廖景阳故弄玄虚地说。

陈至公接道："你是说那位要拿斧子劈开曹操脑袋的华神医吗？"

"不错。这曹操忒不是东西了，你说自个不想活吧，还不让人家行医了。"

陈至公笑道："哈哈，要换我也不干！"

这时，陈素问突然做了一个停止的手势说："好啦，时间到。病人需要休息。你们回去吧，以后一块耍贫嘴的时候多着呢。"

彪子说："妹子，别呀。我们哥几个还没唠呢。"

廖景阳也说："就是啊，这几位弟兄我还没招呼呢。你看光跟这当官的聊了，来来来，弟兄们，我廖景阳不是专门巴结长官的主儿。他完事了，咱们开始。"

陈素问嗔怒道："11床，我现在命令你。睡觉！你们走吧，真的。"

于是不等廖景阳开口，陈至公立即招招手道个别，带队匆匆离开了。

看着众人走了，廖景阳不悦地说："没你那样对人家的。你看就好像我瞧不起人家似的。都是兄弟。"

"是啊，是兄弟才应该体谅你啊，你有伤。休息，睡觉！"

"我什么时候能走啊？"

陈素问将两手插起衣兜说："现在。"

"真的？那我走啦！"说着廖景阳就要穿衣下床。

陈素问认真地说："走啊，我扶你上战场。刀山火海我和你一起闯。"

廖景阳听到这番话，心头不禁一振。多少次枪林弹雨间搏杀，生命就好像是别人的。死或不死，都没所谓。可是这一刻，他突然感到一种对生命的热爱，因为，因为从没有一个女子要说陪他一起上战场！那是怎样血雨腥风的险境啊？那又是怎样的生死与共的情愫啊？

廖景阳止住了动作，他的心底里忽地感到一种融融的暖意，望着那秀眉下明若秋水般的眸子，他的心海里不禁蔓延起一片朦胧的涟漪。他默默地坐回床上，然后突然倒下蒙头大睡。也许他疲倦了，但也许他怕，怕让姑娘看到了他的心海。

陈素问不禁一笑，转身悄然走出了病房，然后轻轻带上房门。

廖景阳从被头的缝隙中看到她走后，忽地又坐了起来。然后他低声告诉自己："坏了！"说罢，他的脸上泛起一种从未有过的喜悦，然后倒头美美地睡去……

李汉萍将陈至公叫到办公室说："找你来两件事，第一杜长官批准了你的报告。那个廖景阳出院后，就做你的营副。说实话，那人怎么样？"

"没问题，比我棒。就是他率领敢死队拿下松山791高地的。"

"好。第二件，团里给每个营6个去中央训练团深造的名额。你去选拔一下，然后报上来。自抗战以来，基层军官损失太大，现在重庆非常重视军官的培养。"

"好啊，我那儿倒是人才济济。"

群山环抱的滇池，像大海般宽阔。浮云映水，草长莺飞。暮色中苍穹浸染，夕阳倒映在水天一色。就在这暮色中，一曲口琴声悠扬地伴着徐风飘扬在水面上。

陆枫桥倚靠在湖畔的杨柳下，用幽怨的目光望着悠远的苍茫。他的口琴声亦如他的神情一样，充满忧愁与凄怆。

海边跟小柯开着吉普车匆匆赶到湖畔。他跳下车快步来到陆枫桥身边说："医生，我找了你半天了。"

陆枫桥放下口琴冷冷地说："我说了，别再叫我医生，我不是！"

"那叫你什么？军神吗？"

"你见过哪个医生能医治得好中国人的伤痛？"

海边望着昏黄的暮色说："治不好，只有去战斗。"

"又是找我去填那什么破表吧?"陆枫桥问。

"是啊,陈长官说你是大学生,应该好好去深造一下。"

"他也是,他怎么不去?"

"人家是中校了嘛。"

"我来抗日没想升官发财。刚上阵的时候我怯懦过,因为我发现打仗不是我想象的那样。那里每时每刻都充满恐怖,1个生命乃至1000个生命,不过是弹指间就惨死了。可是后来我和你们在一起,我不怕了!因为廖长官说每多活1分钟就离战争结束近1分钟。我要和这场战争一起结束,我不能离开军队。"

"这是机会,当大头兵你能当多久?你喜欢打仗,你就要去。中央训练团会有好多机会。像我们这样的农村娃,一辈子也捞不上。"

"我不喜欢打仗,我只打鬼子。"

"一样的。"

"不一样。"

廖景阳的伤已经好得差不多了,但是他还是装得很像的样子含着胸,让陈素问搀着漫步在医院的草坪间。

他念着她的名字问她:"素问,你想问什么?"

"笨蛋,那是《黄帝内经》里面的。《素问》与《灵枢》同为《黄帝内经》的组成部分,是一部最早、最重要的医学著作,也是中医学理论的奠基之作。"

廖景阳忽然诧异道:"哎,你怎么学我说话?"

"没有啊?笨蛋就是笨蛋嘛。"

廖景阳站定皱着眉头想了想,最近他好像很久没这么骂人了。这女孩竟和自己说话很像,就是嘴还不够损。想到这儿,他心里不禁产生一种天意般的庆幸。

素问关切地问道:"哎,你怎么?又疼了吧?"

廖景阳笑笑:"哦,没事,没事。"他的笑是笑给自己的,所以看上去有点不怀好意。

"你笑什么?就是这样的,素者,本也;问者,黄帝问于岐伯也。"

"于岐伯是干什么的?"

"笨蛋,岐伯是一位上古的医学家。"

"那你是出自中医世家了。"

"嗯，猜对了。"

"那你干吗学了西医？"

"淞沪会战打响，父亲便送我到武汉大学念书以避战乱。可是接着上海、南京就相继陷落了；后来日军逼近武汉，于是我们就跟着学校一起西迁到四川乐山了。"

"怎么想起当兵了？"

"周恩来在武大发表《现阶段青年运动的性质和任务》演讲后，我们好多同学都报名参军了。后来等到了四川，我想自己长大了，该是为国家做点什么的时候了。于是就决定从军参加抗战了。"

"是吗？周恩来他说什么了？"

"他说：到军队里去；到战地服务去；到被敌人占领了的地方去。"她想了一下又说，"对，还有到乡村中去。"

"是啊，国家都这样了，青年该去的地方太多了。读书已经不能自强了。"

她腼腆地笑笑说："远征军入缅后，我就向上峰请求上前线。后来就从重庆调来昆明了。可是这里离前线还是很远，连敌人长什么样都不知道。"

"远吗？腾冲、龙陵就是前线。没问题，想去我陪你。鬼子我见多了，都是俩肩膀扛一脑袋，枪打出去照样一窟窿俩眼儿。"

"听说那里马上就要光复了。"

"那伤兵多，待在昆明岂不是贪生怕死吗？"

"你胡说你！"当下陈素问挥起小拳头朝廖景阳身上一连贯地捶来。

她捶了几下，忽然感到廖景阳好像一点也不疼，于是说，"你装蒜，你好了！"

"哎哟！"廖景阳一看露出破绽，连忙捂住胸口又装了起来。

"你再装！"陈素问撅着嘴望着他。

"真疼了！"廖景阳皱着眉头继续装着很疼的样子。

"真的？"陈素问连忙关切地拉开他的衣襟，忧虑地轻轻抚着他仍系着绷带的宽阔胸膛，道歉道："对不起啊，我是无意的。你别疼了。"

"没事！我跟你逗着玩的。"他嬉皮笑脸地说。

"好啊你，廖景阳，明天就叫你出院！"陈素问说着抬手又要打他。

廖景阳抬手捏住她的手腕，笑着说："来呀，使劲。"

陈素问见打不动他，干脆猛地挣脱手臂，一转身径直朝病房走去。

廖景阳怔在原地道:"嘿,你还真生气啦?"

陈素问走远些后,突然转身回眸笑道:"不生气。看到你好了,比什么都好!"

她那回眸微笑的样子令廖景阳一辈子也忘不掉。

廖景阳出院后前往伞兵团赴任,他在陈至公的陪同下来到队列前。他一一检查着士兵们的枪械,看到清一色的美式装备不禁啧啧称赞:"都是好东西啊。现在这样的火力,一个班,可以顶日本鬼子一个小队。"

陈至公笑笑,向身旁的小柯示意了一下,于是小柯立即将准备好的武装带和配枪恭敬地递给廖景阳。

廖景阳从枪套中拔出手枪掂了掂说:"呵呵,点四五。长官们的最爱。"那是一支崭新的枪,阳光下闪烁着幽蓝的光芒。

"对,纯正的柯尔特M1911美国原装。以前有的长官用的是走私冒牌货,结果连子弹都配不上。现在咱们人手一支,想不要都不行。"

廖景阳含笑点点头,然后大声下达口令:"跳过降落伞的向前一步走!"

"……"没有人出列。

廖景阳纳闷道:"怎么?没有吗?"

彪子回答:"报告长官,兄弟们虽是伞兵,但连降落伞啥样都没瞅见过。每天只能进行基本的步兵战术训练。"

廖景阳看看陈至公道:"这就是你说的伞兵吗?那飞机我就更别问了。"

陈至公说:"惭愧。杜长官虽然获委员长批准组建伞兵团,但抗战之艰难,必要装备迟迟未到,就连武器还是杜长官从第5军序列中抠出来的。"

廖景阳叹息道:"明白了,这就是你们迟迟不去上阵杀敌的原因。"

陈至公说:"杜长官视这支部队为掌上明珠。训练不出来,是不会草率投入作战的。"

廖景阳问道:"那你叫我来干什么?你看看现在的中国,宝庆沦陷;福州沦陷;柳州;桂平;还有南宁、桂林。我们中国已经叫人家给包了饺子了,你们还按兵不动?"

"你说得对,但200师已经收复了龙陵。在缅北,孙立人将军攻克了八莫,兵锋直指曼德勒。长官们此刻比你我更迫切地需要一场胜利。"

"屁!老子不干了。"说着廖景阳解开武装带,走过去塞在小柯手里,转身就要离开。

"廖景阳你给我回来！"陈至公叫道。

他站住："干什么？我们远征军已经开始向缅甸推进了。我走了，我是军人。等打完了缅甸我再回来。"说完他继续走。

"咔哒。"廖景阳听那声音很熟悉，那是手枪打开击锤的声音。他转身看着向他举起枪口的陈至公道："干什么？你不抗战，别妨碍别人啊。"

陈至公道："本人奉命组建伞兵第1营。把你从大牢里捞出来，不是让你看我们的笑话。你敢走，老子认你，枪不认你。"

"老子是从松山打出来的。受委员长特赦，官复原职。你敢开枪吗？"

"只要妨碍中国军队建设的，军法无情。"

"你知道有多少军队上赶着叫老子去带兵打仗吗？"

"我不管，你答应我的。"

廖景阳走回来骂道："你他妈不打仗，叫老子来干什么？"

陈至公收起枪，突然迈步一把拽住廖景阳的衣领大声说："伞兵是会飞的步兵，执行重要任务。虽不能飞，但步兵的活儿得比全中国任何一支军队都要玩得好。"

"你放开！"廖景阳掰着他的手说。

"不放，老子看你是人才，绝不放你离开。"

"我只是个炮灰连长。我的使命就是上战场！"

"你那个战场算个屁！进攻有协同，逃跑有掩护。你知道伞兵有什么？"

"空投啊。"

"我告诉你，一旦弟兄们被投入战区，那就是一着弃子。没增援，没补给，没友邻，只有兄弟！兄弟！你懂吗？"说罢，陈至公狠狠地将他推开。

"我懂，打仗就靠有一帮好兄弟，才能置之死地而后生。"

"我没有。这里的兵都是你的，你的3连。"

廖景阳被陈至公说动了心。回到办公室他说："你是3连第8任连长。"

陈至公笑笑，递上一支烟说："你是3连的魂，打缅甸3连损失惨重，但弟兄们说要不是你，他们恐怕活不到今天。"

廖景阳摆摆手说："我戒了。"

"还和我较劲是吧？"陈至公热情地搂着他的肩膀晃着说。

"真的，你老乡说了，不许抽烟。"

"呵呵，你好像学乖了。这不是你的风格，你最不怕死的。"

"我没什么风格，只要说得对就听。现在我听你的。"

第六章　带血的伞绳

"真的?"陈至公闻听便伸出手去和他相握。

廖景阳和他紧紧握手说:"真的,我干了。我要让这个连无论空降到哪儿都是一根钉子。"

"不,是尖刀。"

"是什么都好,总之弟兄们以生命相托,重返前线!"

"好,你没让这帮弟兄们失望。"

"老聋子呢?他怎么没来?"

"他?他又聋又瘸,我让他留在200师当3连司务长了。"

"就他,10个手指头都数不过来。他能当账房先生?"

"做不来,但可以给他养老。"

"我们呢?我们也要吃饭对吧?"

"是的,你还是想要他?"

"兄弟,知道什么是兄弟吗?就是我有一个窝头,得分他一大半。"

"可是你现在吃肉了,他活得也不错。"

"老陈,我那帮弟兄上阵列兵我用顺手了。"

"明白了,我办。"

廖景阳点点头,然后忽然神秘地看着他说:"对了,老陈,还有一个兵。"

陈至公看着他的眼睛,然后点了点头说:"我明白。"

廖景阳诧异地望着他说:"你真懂吗?"

何风光着膀子,肩上搭着他的旧军装彷徨地走出云南陆军监狱的大门。他看着监狱门前的那显示威严的石狮就心烦,不由地狠狠拍了一掌。

就在此刻,一声清脆的汽车喇叭声响起。他抬头望去,是廖景阳穿着潇洒的美式军装,佩戴着少校军衔,戴着墨镜,坐在副驾驶位上冲他按喇叭。

何风咧开嘴笑了,他扯下军装拎在手里迅速朝廖景阳跑去。

一见面,何风率先道:"奶奶的,你又活过来了?"

"对,用不着等18年,80天痊愈。"

"呵呵,我就知道你能耐不小。"

"上来吧。我这儿正缺个排长。"廖景阳挥挥手说。

"排长就给我打发了?老子过去在新28师就是连副儿了。"何风不悦地说。

"是上尉排长,只差一步就列入校官。"

"这一步很远。"

"不走差得更远。"

何风一上车,陈至公立即驾车驶离了监狱。

廖景阳说:"敢死队的弟兄们恐怕就你回来了吧?"

"可不,又进来的时候那帮看守都看傻了。"

廖景阳叹息:"也好,有个回来报信儿的,让弟兄们没白死。"

陈至公边开车边说:"把衣服穿上,这里是高原,太阳毒。"

于是何风一边穿外衣,一边指着陈至公说:"这位长官好面熟啊。"

"对,在松山前线是我下了你的枪。当时你可真倔啊!"

"是,要不是你说和廖长官是兄弟,我就是叫你崩了也不放下枪。"

陈至公对廖景阳说:"这位兄弟真是胆大包天了。杜长官和顾祝同长官都下令了。可他呢,眼里只有一个人,就是你啊。我记得他当时说:'只要你活着。'"

廖景阳出神地凝望着自乌云的缝隙间洒下的几束日光喃喃地说:"300装备精良的老兵啊,有的一枪没放就挂了。本是无忧无虑的,在监狱待着挺好。风吹不着,雨打不着,吃饱了就混天黑。可是只用了半天就都上了西天。炮灰真是这么容易当的?"

陈至公安慰道:"你们打得很漂亮。在你们之前还有300人,就横尸在高地的山坡上,尸体都烂了,就是抢不回来。"

"一个高地真的需要600条人命去换吗?可是换下了,终究还是一座无名的山峰。仗打完了,谁又能知道那埋在山前的忠魂呢?"

"战争总要结束。到最后什么也不存在,只有和平。"

"如果有一天真的和平了,你说谁会记得那倒在山前的600个男子汉?"

"历史。"

"历史上会写下他们的大名吗?就算写了,谁知道他们长什么样?就算知道,谁又会在乎呢?"

"会的,和平鸽的眼睛是哭红的。没有血就没有泪。"陈至公说罢,就将目光望向地平线上的远方。远方青山依依……

许久以后,陈至公说:"好啦,让我们说说伞兵吧。一个古老的兵种,跨入一个新的时代。放眼世界,德军、日军、美军、英军都在发展伞兵。越来越多的陆军英雄从天而降。这样的战争将会没有后方,无论是对伞兵还是步兵。"

第六章　带血的伞绳

"呵呵，你看看这东拼西凑的，都弄得是什么人啊？攒鸡毛凑掸子，一会儿还要接一个老聋子。杜长官能再信任你就出了鬼。"

"我只看结果，不看过程。"

"结果您招的兵一个比一个没谱儿。"

"我招募了3个连的兵，就3连的兵不靠谱儿。"

"这就对了，伞兵作战本来就不靠谱儿。"

"咋，去伞兵吗？"早就想插话的何风终于打断了他们的谈话。

"对，让你架着风，从两万米高空坠落，嗖儿——啪！"廖景阳兴高采烈地比划道。

"那我下车吧。我恐高！"

"好啊，那你最好离开云南。别的不说，光昆明海拔就1900米。"

"那也是陆地。天有多高？"

"有一种恐惧比高还可怕，知道是什么吗？"

"是死吧？切，那不叫恐惧！"

"错，比高还可怕的是人背着降落伞从天上下来，却找不到地方降落。"

"为啥，下面就是大地！"

"不，是高射炮！"

廖景阳走进营部。一进屋看到陈至公正聚精会神地阅读简报。于是他信手从桌上的烟盒中抽出一支点上问："看什么呢？"

陈至公丢下简报叹息道："盟军刚刚在荷兰进行了一次大规模的空降作战。结果伤亡惨重。英军第一空降师几乎全军覆没。"

廖景阳信口说道："这帮倒霉孩子。不听牛顿的吧。在万有引力作用下，空降兵最后还得干步兵的活儿。降落伞只是暂时的！会飞没什么了不起。"

"问题出在协同上。装甲部队没有按时赶到预定目标前去会合。致使突袭敌后的空降兵被德国人包围。"

"深入敌后本来就是被包围的。"

"我是说，连盟军在步空协同上都存在那么大问题，那么我们呢？我们大多情况下连步兵与步兵之间的协同都做不到。各部畏缩不前，保存实力。我在想，如果我们参战后，来自地面的支援迟滞或是丧失，我们该如何面对？"

"投降或者战死，就这么简单。"廖景阳无所谓地说。

"那你的选择呢？"

"要么突围，要么死守待援。"

"我要告诉你的是，你带的兵越多，面临的抉择越艰难。无论怎样，带好你的弟兄，你所做的一切都将被载入战史，毕竟我们是中国第一批空降兵。我们将留下什么样的战例给后人看？"

"血！"廖景阳不加思索地说。

3辆美制斯蒂贝克十轮卡车缓缓地围着伞兵团的操场行驶。车厢两边的挡板都被打开，而在车厢上面却多摆了一张特制的高脚板凳。它像跳台一样安置在车上，使一个又一个的士兵从上面不间断地纵身跃下。接着还来不及站稳脚跟的士兵，又被督训的长官呵斥着从另一头翻上卡车，然后在"跳台"后继续排队。显然这是在模拟飞行中的运输机。

在辅助3连训练的卡车上，廖景阳找来何风说："老兄该你了，这可不高。"

"别老动换啊！"他说。

"没动。是风在动。"

"胡说，这车不在走吗？"

"我说了是风在动，人凭什么能飞？是风。"

"跳这个有啥呀？"

"老兵，我再说一遍，跳！不跳就踹！这是命令！"

"这算啥呀？跟猴儿似的，上蹿下跳。"

"是风！"说罢，廖景阳将他起跳的姿势扶正，然后在他耳边低声道："跳吧，跃出去像风一样。"

"这，这能行吗？"

"飞吧！"说罢，廖景阳抬起脚"当"的一下，一脚将何风从汽车上踹了下去。何风猝不及防跌倒在路上，顿时摔得鼻青脸肿。

廖景阳站在车上，看着他站起来皱着眉去揉腿，便大声叫道："就差这一步。来啊，人和人比就差一步！"说罢，他随即纵身跳了下去。

教室里，陈至公手执教鞭，在降落伞挂图上指点着："这是美军的T－7型伞兵伞。它由操纵带、伞绳连接环、肩带、胸带、备份伞、腿带、伞顶孔和网状绳，还有收边带、鼓风袋、伞绳、打开的主伞、座带、32片伞衣幅、环形加紧带、纵向加紧带，共计15个部分组成。大家看下面这架飞机，这就是

第六章 带血的伞绳 | 205

C47运输机，我们将从这里跳出舱外，在气流正常的匀速下，降落速度是每秒钟6米。降落伞打开的时候就像雄鹰在蓝天上张开双翼。"

这时，忽然小柯急匆匆跑到近前报告道："陈长官，团座请您过去。"

于是陈至公只好作罢，同时示意廖景阳上来讲课。

廖景阳目送陈至公离开后说："降落伞我没见过，抱歉我讲不了。我来说说当兵的。古时候，当兵的没名没姓，历史上只留下将军们的名字。就像关二爷，百万军中取上将首级如探囊取物。可那时候当兵的，是真刀真枪对着砍，顶着滚木礌石登云梯。两军一个对冲，几十万人死掉不过是一个数字。决胜千里靠的是将才、谋士。刻碑立传、流芳千古的英雄没一个是小兵卒子。但是今天的战争，两军对垒，枪炮对轰，靠的还是当兵的。而主导战争胜负的天平，已经偏向了士兵。和平是我们打出来的，活着有勋章，死了有碑文。没人会默默地死掉，这个时代正在将为国家民族浴血奋战的士兵，光荣地载入史册。请大家记住彼此的姓名，有一天当战争结束，请活着的弟兄来给那些为国捐躯的英雄，烧一炷香，洒一碗酒。别让九泉之下的弟兄难受。我讲完了，下面各连带回，准备训练。"廖景阳的话既让士兵们感到自豪，又带着一丝难以抹去的惆怅。士兵们没喝彩，不是不愿死，是总觉得心里好矛盾，也不知道是该悲壮一下呢？还是该去痛快打一场。但这就是廖景阳的风格，不是嘴损，是真话说得太真。真到让人又爱又恨……

李汉萍团长将陈至公叫到办公室说："今晚我同杜长官要去赴一个重要的酒会。我想带你随行，一来当翻译，二来也作个标致的花瓶。你不介意我这么说吧？"

陈至公立正道："不介意，现在伞兵就是花瓶——一支没插鲜花的花瓶。"

李汉萍幽默地说："我看用鸡翅膀来形容，好像更准确。"

"呵，鸡翅膀就是摆设吗？我们不愿在起飞之前就被吃掉！"

"好，我带你去做雄鹰，杜长官今晚要给我们插上雄鹰的翅膀。"

这是一个别开生面的酒会，与会者都来自国军上层与美军高层。会场上悬挂着中英文的条幅，上面写着："庆祝盟军取得阿登战役之大捷。"

李汉萍带陈至公首先向杜聿明报到。陈至公穿着笔挺的新制服向杜聿明敬礼。杜聿明高兴地举起香槟酒杯道："来，为我们国军骄傲的伞兵小伙子们干杯！"

李汉萍说:"是啊,士兵们衣着很光鲜。小伙子们一个个都很帅。"

"是的,看到他们令我也羡慕不已,好像又回到了当兵的时候。"

陈至公道:"长官,恕我冒昧。如果国军需要一支威武的仪仗部队,没必要加上伞兵的头衔吧?"

杜聿明笑笑:"如果仪仗队能背着降落伞从天而降,伞兵就不需要上天了。"说完他抛下陈至公去向美国军官举杯。

陈至公独自坐在角落里,他望着舞池中抱着美女翩翩起舞的将军们,不禁感到一阵恶心。他转过头,不再去看舞池里醉生梦死的人们。他解开领口,焦躁地喝着香槟,狠狠地吸着烟。

这时候,有个漂亮的舞女来邀请他:"这位长官,我们来跳支舞吧。"

陈至公冷冷地看看那美女道:"谢谢,我不会。"

"我可以教你。"

"谢谢,如果没有战争我也许乐意,但现在不行。"

"瞧你,不是已经取得大捷了吗?"

"那是美国人的,而我们的家园已经沦陷了许多年。"

正当美女拂袖而去的时候,李汉萍回来说:"至公怎么一个人喝闷酒?"

陈至公愤愤地说:"商女不知亡国恨,隔江犹唱后庭花。"

"啊哈,我不是带你来萎靡的。歌女们对这个国家虽然没有义务,但中国军人有。来吧,杜长官叫我们过去。"

陈至公跟着李汉萍走向不远处的吧台,在那里杜聿明正与几位美国军官寒暄着。待到李汉萍他们走来,杜聿明立即向喝得满脸通红的美国人介绍道:"这是我的伞兵团长李汉萍将军。这是他的部下,一位英武的伞兵军官。"

为首的美国将军听罢,略微打量了一下李汉萍他们,举杯道:"啊,中国人的伞兵——战场上的蒲公英。"

杜聿明又向李汉萍介绍道:"这位是美国陆军第 14 航空队,陈纳德将军。"

等李汉萍他们向这位美国将军标准地敬礼后,杜聿明向他诉苦道:"陈纳德将军,在欧洲美军的胜利是空前的。消灭德国法西斯的时间看来可以进入倒计时了。而中国也正如你所看到的那样,我们正在竭尽全力进行反攻。我们也建立了伞兵部队。然而你知道,一个新兵种的诞生,并不是为了好看才建立的。"

"是的,但是你的伞兵的确很好看。"

"好看有用吗？我们需要真正的武装，需要将他们投入到关键的战役环节。就像贵国的伞兵那样，让步兵们飞跃蓝天，然后出其不意！"

"我懂你的意思，在欧洲美国的空降大兵们正在用一场又一场的胜利，证明着他们的勇气。从诺曼底到巴斯托涅。他们太棒了！"

杜聿明诚恳地说："在过去的7年间，中国士兵以极大的伤亡不断向世界证明着我们反法西斯的决心和毅力。所以在这里，我迫切地希望将军阁下能够再次伸出援助之手，把我们的小伙子们送到天河的彼岸，去奋勇杀敌。"

听到这里，陈纳德将军欣然点点头道："是的，我知道你需要一张王牌。"然后他指向坐在不远处沙发上正与美女们斗酒的阿尔伯特·科蒂·魏德迈将军说道，"嗨，你看他刚刚晋升了中将，瞧他春风得意的样子。去吧，祝你好运。要知道这得他说了算，当然剩下的事由我来办！"

杜聿明连忙抓住陈纳德的手谢道："承蒙关照，请阁下同我一起去祝贺好吗？"

"当然，我明白，乐意奉陪。"

于是，杜聿明和陈纳德一起来到中国战区美军总司令兼中国战区最高司令、蒋介石的参谋长魏德迈将军身旁。杜聿明高举酒杯朗声祝贺道："诸位，让我们一起举杯感谢魏德迈将军为国际反法西斯联盟做出如此卓越的贡献，恭祝将军阁下光荣晋升，来干杯！"

魏德迈将军在音乐与掌声中由美女们簇拥着第一个举杯一饮而尽。他喝得似乎有些醉了，坐下的时候身体有些摇晃。但他红光满面的脸上，笑容像盛开的黄玫瑰。

随即陈纳德将军带着杜聿明坐到他身旁，陈纳德低声道："长官，中国人想建立一支像我们101空降师那样的部队。但是他们只有热情，而缺乏装备。我想我们能做到。不是吗？"

魏德迈将军看看旁边的杜聿明，然后举起香槟道："在阿登森林，双方都使用了空降兵。德国人想重振雄风，但在巴斯托涅他们遇到了我们的空降兵。对了，你也很需要这么来一下。好吧，这不是问题。你需要的一切我会让第14航空队负责办理。来，干杯。"

那一晚，陈至公做了他平生最重要的一次翻译——那是具有历史意义的一次。随后就在那一晚，杜聿明将军高兴得醉了。

廖景阳急匆匆来到营部。他找到小柯说："营部的汽车呢？我已经找遍了。快点兄弟，帮我看看还有什么？"

小柯问道："报告廖长官，营里的卡车还在的。您要带部队出去吗？"

"你见过谁会女朋友会带着一卡车兵吗？"

"那怎么办？我只有一辆自行车，长官。"

廖景阳挠挠头，忽然想起来："对啊，团部后勤有战马。"

"是的，是刚从龙陵前线运来的东洋马。"

于是廖景阳跑到团后勤，自己从马厩里牵了一匹漂亮的战马出来。随后他找来鞍具，匆匆备好。看马厩的老兵连忙道："长官，这是前线刚缴获小鬼子的牲口，烈得很，不能骑啊！能骑的是那个。"廖景阳顺着他手指的方向一看，那是一匹矮小的栗色滇马。

廖景阳道："老子就喜欢烈马。"说罢他翻身跃上。

廖景阳一上马，那马立刻就长嘶一声立起来，然后就是左一下右一下的乱蹦，一心想将乘客甩下去。幸好廖景阳本是黄埔骑科毕业的高材生，只见他缩短缰绳，牢牢控制住马头，双腿夹紧马鞍，和那马费了好一阵功夫才将它驯服。

接着他一纵缰，催动着这匹神骏的青花战马高高兴兴地出发了。一路上他轻快地驾驭着坐骑，乘着云南沐春的清风，飞快地疾驰。他奔过开满鲜花的乡间小道；跨过流水潺潺的小河；经过一座座小村庄；绕开大路，直插陆军医院。沿途上他骑马的英姿引得当地的男人惊羡，女人侧目……

接近医院的时候，廖景阳放慢了马。他认真地整理了一下军装，然后放开缰绳，使战马以轻快步的姿态沿着医院的围墙巡行。骑在马上，他高兴地向围墙里张望着。他看到那些曾和素问一起走过的草地，不禁心中充满无限遐想。拐过墙角，就离大门不远了，忽然他发现院墙内两个熟悉的背影。

那是一条绿竹掩映的青石小路，陈至公和陈素问两人牵着手漫步在其中。他们走得很慢。两人只是牵着手，没有话语，彼此随着走路的节奏轻轻晃着手。廖景阳怕是不相信自己的眼睛，连忙"吁"住了战马，隔着墙大瞪着两眼，仔细去分辨两人的背影。他好怕，怕他看到的是真的。

但是世间的镜像除了脑海里浮想联翩的东西以外，看到的都是真实存在的。无论欢喜、悲伤……

陈至公笑着说："开始只是一个伞兵团。没想到那次酒会之后，杜长官立刻开始扩军。从打过滇西会战的部队中选拔了大批的青年军，一下子扩编成了3个团。等陈纳德将军来了一看，他的第14航空队哪担负得起这么大规模的空降装备?据说现在正在将原本运给印度军队的空降装备,紧急调拨给了我们。"

"陈纳德,就是那位飞虎队的陈纳德将军吗?"

"不错,第14航空队就是以前的飞虎队,是第一支在中国与日军交战的美国军队。他们保卫滇缅路,飞跃'驼峰航线',令日本人在天空上闻风丧胆。"

陈素问点头道:"是啊,去年有一个美国飞行员,受伤后死在我们医院了。当时我们都哭了。"

陈至公叹息道:"美国英雄值得我们尊敬。曾经和八国联军一起的掠夺者,终于回归了人的本性。"

"人的本性是善良的,就是因为受利益驱动才变得凶残。"

"这个世界有它自己的法则,那就是血债血偿。只是美国人选择了另一种流血的方式,那就是救赎。"

"他们西方人是信基督的,基督教义就是拯救世人之道。"

"天下间只有一种道是相同的,那就是人间正道。"

廖景阳骑在马上,在墙外看了半天。直到两个人的背影走出竹林,拐得再也看不见。直到看不见,他才忽地觉得自己好像不该来。他心中不禁感到一阵没着没落的凄怆,令他茫然四顾。犹豫了片刻后,他才决定拨转了马头。他纵缰直向来路奔去,去时倒比来时还要骑得飞快……

半夜里,伞兵团1营3连的营房区突然响起了一阵紧急集合的哨子。

尽管部队立即进行了快速反应,但廖景阳还是不满意。他蹲到队列前,给前排的士兵们一一整理着装具。然后他猛地向左转,厉声道:"明天美国顾问团就要来了,你们能不能让美国人看得起?"

"美国人算啥?打仗他没咱经验多。"彪子率先回答。

何风说:"美国人不过是用肥肉和面包揣起来的笨牛。这种牛娇气,没吃草的牛有长劲。"

"好,我们没人老美吃的肉多,没人长得瓷实。但是我们有种!有种就别给老子掉队,全连都有目标长虫山,跑步走!"于是部队在他的带领下在漆黑的夜间跑了起来。

美国顾问团的军官一共来了300人。分到一营的有9个,其中有两人分到3连助教。

美国军官来的第一天就是打靶。他们用卡车拉来成箱的子弹，然后依次按照训练科目进行一轮轮的射击考核。射击距离在不断延伸，但尽管如此，负责训练3连的美国军官却没有找到一枪脱靶！

于是在射击间歇的时候，其中那个腰上斜插着一支威伯利左轮手枪、金发碧眼的美国上尉乔治·威特斯，大摇大摆地走到前面。他让他的助手——那个长着黑头发、古铜色皮肤的史宾德少尉在前面50码的地方立了两个胸靶。

接着他突然肩膀一沉，手枪转着圈地就到了手里。随即他迅速扣动扳机，扳机一扣下，食指便不再动弹，但左手顷刻间飞速拨动机锤，使那支单动射击的左轮手枪像全自动的一样连续击发。每一枪都打穿了靶心的木板，弹着点正好画了一个圆。这种美国西部牛仔的手枪速射，令在场的中国官兵们惊得目瞪口呆。

威特斯射击完，便向廖景阳做出一个请的动作，指向另一个靶子。

廖景阳笑了笑说："花拳绣腿，左轮手枪6发子弹打完了你怎么办？"他说话间向前踱步，突然话音一落，肩膀一抖拔出佩枪。只见他双手握枪，连续向目标射击。开枪射击这本没什么稀奇，但他那支只有7发装弹的M1911手枪，却竟像20响的驳壳枪似的能够不间断地连续射击。原来他不等子弹打完，就去拔出腰间弹夹；不等手枪空仓挂机，便按下弹夹扣，在旧弹夹滑落的瞬间顶进新弹夹，继续射击。这样当最后一发子弹打完，新的弹药正好跟上，套筒就能自动回复。他以持续的射击，不间断的火力一口气将弹着点全部压在胸靶的脖颈部，然后横着用子弹生生地将"脖子"撕碎，直到"头部"落地。

待到廖景阳射击完毕，威特斯情不自禁地用蹩脚的中文喊道："唔，太棒啦！太棒啦！"

廖景阳笑着回答："你也很棒，牛仔！"

威特斯骄傲地挥着他的手枪说："左轮是好东西，他不会在关键的时候卡壳，最原始、最致命。"

廖景阳针锋相对地说："开枪杀人，持续火力才是王道！"

一架报废的飞机被高高地凌驾于地面上，所有人依次坐好。然后他们挂上伞钩，检查伞包，接着在美国人"Go! Go! Go！"的指令声中跃出这个模拟机舱。当跃出"机舱"的时候，何风还是犹豫了。但美国人和廖景阳使用的方法一样，就是大皮靴猛踹！他几乎每次都被狠狠地踹到地上，摔得满嘴泥沙。有时候他甚至想发怒，当他站起来的时候，总想转头去骂娘。但是每一次都被廖景阳以不轻不重的小嘴巴扇了回去。

终于他实在忍不住爆发了，他揪住廖景阳的衣领挥起拳头吼道："老子，老子干不来这个！你让老子走，算咱们扯平。"

廖景阳冷冷地回答："谁也不欠谁，我们只欠中国人的鱼米。你可以走，伞兵少了谁都照样降落。只是战争不会按照你的兴趣而改变。但是你可以改变战争！"听到这儿，何风将本来要砸到廖景阳脸上的拳头，无力地放下来，然后愤愤地说："好啦，扯平！我们继续！"

彪子看在眼里，走过来说："看我削那玩意啊！"

廖景阳拍拍他的肩膀说："不用啦，如果他下次没被美国人踹出来的话，我可以挨他10下。"

每天清晨美国教官们都率领着各自的连队，奔跑在军营左近的长蛇山上。上山、下山，一天好几个来回。美国军官喜欢带队唱歌，他们教会中国人用蹩脚的英语随声附和，尽管中国兵们大多不知道歌词的内容，但他们用英文唱起歌来，似乎还挺像那么回事。

歌曲的名字叫做《伞绳上的鲜血》，大意是形容一个倒霉的新兵如何由天空飞往地狱的过程。歌词写得很惨，却又让人忍俊不禁。要知道世界上只有美国人才会将军歌这样恶搞。

这些必要的体能训练对中国士兵来说，早已成了家常便饭。即便没有现在这样高营养的伙食，他们也一样能吃苦耐劳。总体上美国人对这样一支训练有素、身经百战的中国陆军是满意的。

廖景阳喊着"报告"进入陈至公的营部办公室。陈至公觉得他好像和自己疏远了，他责备道："来坐，都是一个战壕的兄弟，别那么别扭。"

廖景阳依然立正道："不是长官，军队要有军队的样儿。我和我的弟兄尽管生死相依，但也有尊卑。"

"你太教条了。兄弟是手足，一个人如果将大脑和手足分得太清楚就成了机器。"

廖景阳不去看他，只是站得笔直地说："是，长官。"

"还这么见外，请坐吧。"

"不，长官，卑职奉命向您报到，请长官训示。"

"行啦，别将美国人那套用在这儿。我们不陌生。"

廖景阳依然跨立并扬起下巴大声回答:"不是,长官。如果您没正经事儿,我要去训练了。"

"好啦,别闹了。说正经的,我找你来想请你帮我改改歌词。"

"我不是作家,长官。"

看到他一直像个新兵蛋子似的站着,陈至公不得不站起来问:"你知道我们唱美国军歌的意思吗?"

"听医生提过,真他妈的,那也叫军歌。"

"没错,我无法一本正经地唱着搞笑的歌词去打仗,所以我找你来重新填词。"

"不会,长官!"

"别跟我逗了,来快坐,帮我想想。我们来改变它。"

于是廖景阳终于一屁股坐在椅子上,然后掏出一支雪茄兀自点上吸了起来。

"你不是戒了吗?"

"我好了。"他喷吐着呛人的烟说。

"忘了护士的忠告了?"

"我出院了。"

"你出院的时候不这样。"

"我本来就这样。"

"好吧,注意了,最好少抽点!"接着陈至公指着笔记本上的歌词说,"歌名被我改了,叫《带血的伞绳》怎么样?"

"不错。有点血腥味,下面呢?别照猫画虎啊,弄得连狗都不如。"

"你听我给你说。第一句:一群神兵从天而降,去捍卫祖国的山河英勇杀敌。"

廖景阳哼了一句便说:"什么破词儿啊,一点都不靠谱儿。比英文还费嘴。再说,你以为天上下来的是义和团哪?"

"是。我正为这事头疼呢,所以找你来策划。"

廖景阳使劲吸了一口烟,将思绪带回了曾经炮灰纷飞的缅甸。在那杀戮战场,最要好的兄弟一转眼就死了;最胆怯的新兵终于像勇士一样挺起胸膛;血肉模糊的人形、断肢残臂的伤兵在废墟里哀嚎;中日双方杀红眼的士兵,在尸山血海里寻找对方的幸存者然后狠狠地杀掉;高地上人与人用最原始的方法相互搏命;人的牙齿可以咬开对手的喉咙,一双手能令敌人窒息……想到这里,他忽然意味深长地说:"浴血的兄弟同我共赴国难,向着炮火向着硝烟永远肩并肩!"

陈至公立刻照着歌谱唱出来,然后一拍大腿说道:"好!绝配!下一句。"

廖景阳咽咽吐沫说:"没词儿了。"

"你平时挺能说的。"

"一点正经没有成。"

"你算得上一个读书人,就是把书念歪了。"

"你见过教授当兵吗?那些狂生就是卖嘴可以,他能毙了鬼子吗?你跟胡适说我跟他换换。战火春秋嘴值钱吗?老子命都不值钱。"

"好吧,我来!"于是陈至公略一思考,立即奋笔疾书:"雄鹰的翅膀是空降兵的伞,脚踏蓝天身披彩虹。浴血的兄弟同我共赴雷霆,带血的伞绳使我们肩并肩。你看那晚霞它血一样的红,可曾记得我曾来过。"

廖景阳拿起陈至公的填词看看道:"就这么多了?"

"对,美国人就4段旋律来回唱。我们写了8句够唱的了。哦,不不,合唱部分,合唱部分是这样的:'多少伞兵转身离去,战斗的号角是离别的歌。穿越战火飞跃地平线,展翅翱翔我是白鸽。'"

"嗯,有点悲壮。"

"不悲壮就不是空降兵了。"

"空降兵不一定要死绝吧?"

"不抱着慷慨赴死的信念,怎能勇敢地跳出机舱?"

廖景阳叹道:"是啊,下面都是高射炮!"

很快,这支歌在伞兵一营里唱了起来。每一次出操美国教官起了头,士兵们便都唱着中文和声。后来美国人干脆就不领唱了,只是用母语和声。

收操以后,威特斯上尉找到陈至公问道:"陈,为什么你的士兵不再唱我们的歌?"

"威特斯先生,因为文化不同。如果我们的士兵每天高唱着:一个胆小鬼第一次去跳伞,害怕得浑身筛糠。那么真的就没有人敢往下跳了。"

"不,这支歌很有趣。没有人会像你说得那样,因为他们已经习惯了。"

"真的不是。我们中国军人受儒家思想影响,讲究的是:立丈夫志,平天下事。而贵军的幽默与玩世不恭,我们却学不来。"

"为什么不?我是说战争很讨厌,很残忍。那么沉重的东西为什么还要压在心上?为什么不可以乐观地、顽皮地去看待它的存在呢?"

"我明白您的好意,但是中国文化重视'气',气概。年少万兜鍪,坐断东南战未休。奋发自强,战斗不息,何等英雄气概!军人如果没有气概与百姓何异?我们不在乎刀山血海,只要赢!赢了可以安天下。"

"OK,我明白了,这就像日本人喜欢剖腹一样。"

"日本人的武士道和西方的骑士精神有相似之处。崇尚正直、坚毅、简朴、胆识、礼节、诚实、忠诚等美德,但最重要的是勇武和荣誉。他们喜欢樱花,不是因为樱花绽放得美丽,而是因为它会在最美的时刻一夜凋零。"

"是的,很动人。"

"是啊,所以日本军人很能打,至死不退。每战必战至最后一人,或者是面对失败能勇敢地以切腹的方式来捍卫荣誉。就像樱花一夜怒放,一夜凋零。就像中国儒学中提到的:'志士仁人,无求生以害仁,有杀身以成仁。'"

"嗯,听起来不错。可是国民党军队并没有日军善战,相反总是败得一塌糊涂,跑得像受惊的乌鸦。"

"中国自鸦片战争以来,由于落后屡遭列强欺辱,使得国不自立,民不自强。腐败的朝廷和与它一丘之貉的国民政府,将中国人像猪一样地糊弄着。一不重教育,二不与民休息,三不思进取。不崇文、不尚武、不革新、不变法,这样下去再伟大的民族也没落了。如果不是日本人的入侵,中国还停滞在你争我夺的内战之中。乱!怎能振兴民族?不是到了最危险的时候,委员长断不会发出最后的吼声。"

"美国也有内战,但是内战后换来的是独立自强。"

"对了。南北战争的伟大之处是换取了人民的平等、自由与博爱。中山先生毕生游历世界各国,最终也想创造一个这样的中国。但是那只是一场梦,春梦了无痕……"

一张血肉模糊的脸,缠满绷带,然后被一条白色的被单轻轻地遮盖上。廖景阳和彪子站在那尸体前,脱下军帽,叹息一声,然后转身匆匆走出医院急诊室。

他们走出来的时候,正好在楼道里碰到陈素问。素问率先招呼道:"廖景阳你怎么来了?"随即她看到廖景阳军服上的血迹,连忙吃惊地说:"呀,你又受伤了!"

廖景阳沉着脸说:"干吗说'又'?不是我,有个弟兄。笨蛋,投弹的时候给自己炸死了。"

"怎么会这样？你们当官儿的训练的时候也太草菅人命了吧？"陈素问不快地说。

"我说了，是笨蛋啊！站在战壕里投手榴弹，能扔到自己眼前，不是我的错。"

"真是的，太不可思议了。"

"不新鲜，新兵蛋子什么都干得出来。在缅甸由于我们自己人紧张，枪走火打死战友也不稀奇。你以为从战场抬下来的都是英雄吗？"

这时，彪子对廖景阳说："长官，我去车上等你。"

看到彪子走后，廖景阳突然用一种很温柔的语调说："最近累吗？战线在向前推进，伤员后运少多了吧？"

陈素问一笑："还好。滇西那边打了胜仗，我们医院好多人都支援保山去了。现在伤员不多了，我真希望有一天一个都不来。那样就胜利了。"

"都死了！还谈什么胜利！"

"你又胡说。你就是嘴不好，要不早升官了。"

"听陈至公说的？"

"啊，就是。他说你人很好，很勇敢，善于作战指挥。就是爱说怪话。"

"是实话。如果有一天我受伤了，我绝不再回来。"

"为什么？"

"我不想让你看到我倒霉时候的样子。"

"我看过了。"

"哦，对。我在你手上活过来的。"

"就是，你那时候好惨哪，当时真想不到你是现在这个样子。"

"你都看到什么了？"

"你什么意思？"

廖景阳不知所措地低声说："我的衣服呢？谁给我换的衣服？"

"你说呢？你来的时候跟死狗一样……"说到这儿，陈素问连忙捂了一下嘴巴，然后摆摆手说，"啊，对不起，我只是打个比方。"

廖景阳倒不生气，他笑笑说："没关系，咱俩挺像，你好像也缺点口德。"

"谁像你啊？你最不正经了。"

"我怎么了？我很客观，真的。"

"你老问谁给你换衣服干吗？坏蛋！早知道不救你了。"说着陈素问就转身走开。

廖景阳追上她说:"我不是流氓,我就是觉得不好意思。"

"那你好意思问吗?"素问边走边说。

"我就是不放心我的丑态被曝光。"

"你不丑啊,大英雄。"

"你说什么?"

"我是说你是英勇杀敌的英雄。你正经点前途无量。"

"不是吧?"廖景阳知道自己勇敢,知道自己能打,但是被冠以英雄之名却还是第一次。所以他既兴奋又害羞,感到有一点手足无措。于是他匆匆敬了个军礼,就跑开了。

"哎!"她叫他。

"什么?"他怔怔地转身望着她。

"训练小心点儿!"她笑着说。

"知道了。"

"受伤了就回来。"她又说。

"知道了。"说这句话的时候,他忽然感动得都快哭了,甚至那曾有的暖流又一次激荡在他胸中。

廖景阳高高兴兴地回到驻地。当时部队正集合准备开午饭,于是他拉着彪子直奔伙房。

一进伙房,他便掀开锅盖看看锅里香喷喷的炖肉就对老聋子说:"老曲,来,咱几个一块喝点儿。"

老聋子听罢,拿着烟袋怔怔地看着他问:"啥?"

彪子说:"你咋啥时候都装呢?"

老聋子连忙摆着手说:"不,不是不是,刚才叫我啥来着?"

廖景阳笑眯眯地又说:"曲长官咱喝点儿?"

老聋子曲凤山真有点丈二和尚摸不着头脑了,他知道廖景阳这人平常不这样。于是他伸手摸摸他的额头,再摸摸自个的,诧异地说:"长官你没病啊?"

"对呀。我很好。"

"不,你怎么今天想起找我开涮了?"

"想你了,平时老训练顾不上你。哦,你好像胖了。"

"这得谢谢您,这伞兵团比200师吃得还好。"

彪子说:"你就知道吃。赶紧整点小酒,弄两口。"

第六章　带血的伞绳

廖景阳自己去盛了一大碗肉说:"我跟你说啊,全军就这儿吃得最好,不光因为咱这儿有美国人。"

"还为啥?"彪子问。

"因为上边要让美国人知道,从美国人那儿借的钱都花到当兵的身上了。我们一个团浓缩着全军的粮饷。明白了吗?"

彪子说:"可实际上别的部队都是和尚连,当兵的个个都一脸菜色。"

"还有窝头连、野菜连呢。"老聋子说。

"嗯,不能一概而论。有的杂牌军人家做生意,开金矿、种鸦片,部队是富得流油的双枪连。"廖景阳一边说一边自己盛菜,老聋子要帮忙,却被他拦了回去。

彪子在伙房里到处翻着说:"你说的一杆烟枪、一杆步枪的是桂系白健生的部队,那样的兵不打仗也是个死。"

"管他呢,来坐过来喝点儿。"

老聋子拿过酒搁到桌上,刚想走开,却被廖景阳起身拽住:"来来来,老曲大哥,哥几个坐下喝点儿。"

老聋子坐下给大伙倒上酒问道:"您捡金子啦?"

"没有啊?哪有那么好的事儿?"

"我觉得你今天好像吃错药了,怪怪的。"

廖景阳笑笑说:"不奇怪,一点也不奇怪。就是想你了。你看,我老忙。说真的,从缅甸活着回来的就咱们这哥几个了。"

老聋子狠狠呷了一口酒说:"长官您错了,应该说3连从昆仑关一直打到现在,还有命在的就我们仨。"

彪子说:"不,还有海边那小子。"

廖景阳喝了口酒说:"不,我最清楚。他是后来补充过来的。是,他打过昆仑关,但他不是老3连。是吧,老曲大哥?"

"我看你今天就是有病,我记得你只是刚从军校来的时候这么叫过我。"

廖景阳说:"我还记得,打昆仑关的时候,我被炮弹震伤了,你过来给我一翻身,我噗地就喷了你一脸血。"

"嗯,当时我以为你完了。"

"我也是这么想。可是你说:血窝在心里,喷出来就没事了。从那以后我就记住了你那句话。所以再坏的结果出来,我想那不就没事了。"

彪子说:"哈,整完犊子了啥事都没了。"

于是三人便相视大笑了一阵。

彪子喝着酒吃着肉忽然说:"哥,你发情了吧?你瞅那女的时候,我看你装得跟唱二人转的似的。怎么样?叫那女的给勾上了吧?"

"是吗?那女的一定很漂亮吧?"老聋子问。

"是,他一见那女的就走不动道儿。"彪子说。

廖景阳说:"不,我只是跟她聊得不错。"

"聊着聊着就聊到床上了,男人和女人不就这样吗?"老聋子说。

"随你们怎么想,我只是觉得和她聊天很愉快。"

"拉倒吧,你别装了哥,王八看绿豆啦。"彪子坏笑着。

廖景阳笑着说:"不是,你怎么也一点儿正经没有了,越来越像我。"

彪子说:"我凭啥像你啊?我又不是你儿子。"

老聋子突然问:"听说你们要跳真伞了?"

廖景阳点点头:"嗯,下星期。能飞了!"

老聋子叹了一口气:"我就是瘸,不瘸我也想上去转转。"

彪子说:"你上去?回头把那条腿也给你整折了。你哭爹去吧。"

廖景阳轻轻地说:"人家有老婆孩子嘛。当爹的都怕死。"

老聋子黯然地说:"是啊,我完了,打不动了。等打败日本鬼子我就回家。时间真快啊,抓了壮丁出来一晃就七八年了。想想当年,好像就跟昨天似的。"

"是啊,时间真快。有时候想想好像我才刚到3连报到呢,就是弹指间。"

老聋子说:"我有家,你们也该有个家了。都老大不小了,趁着现在不打仗,找个中意的女的结婚成家吧。"

"不行,一旦会飞了,就离上战场不远了。"

彪子说:"我不着急,我得回东北。在俺们那嘎达女的老漂亮了。"

老聋子说:"快点胜利吧,要不然老百姓都拖垮了。"

彪子说:"你看那逃难的,跑到哪儿,鬼子打到哪儿。让鬼子撵得日日的,越逃越不安生。"

老聋子说:"知道现如今100法币能干啥吗?"

"吃碗米线。"廖景阳说。

"那算好的,我记得刚开战的时候,我们东家用100法币在集上买了一头大黄牛。哎呀,那时候我就想我啥时候能有100块啊?可是昨天我出去买菜,100块买一个鸡蛋,还得是硌窝儿的。所以啊,你们吃皇粮的,真不知道老百姓的苦。要是打仗打得没完没了，饿死的比前线战死的还多。"

彪子轻描淡写地说："不打下东京，咱和小日本的仗就打不完。"

老聋子叹了口气说："反正我就是盼哪，盼着战争赶紧结束。"

廖景阳说："你让日本天皇投降吧，明儿咱就不打了。"

正说着，外面突然响起一阵乱枪，接着人声嘈杂。廖景阳他们连忙放下筷子跑了出去。

他们跑出去一看，只见操场上很多美国教官都抱着枪，朝天上一个劲儿地乱放！有的人甚至拥抱哭泣，又有的干脆跪下向上苍划着十字架。成箱的香槟酒被士兵抬上操场，美国大兵"嘭"地晃开瓶塞，向周围的人身上喷射。那愉快的场面就像云南傣族的泼水节。就是泼水节，酒在泼，水也在泼！乐疯了的美国人从楼上向楼下使劲泼水。有些中国伞兵也不禁端起水朝美国人泼。

操场变成了娱乐场，军人们在操场上追逐着，拥抱着，歌唱着。当然欢笑的角落里也有悲伤，有一些大兵只是默默地在角落中祈祷。祈祷什么呢？

廖景阳跑过去随手揪住一个欢天喜地的伞兵问道："嘿，你美什么呢？"

"长官，胜利了！"

"放屁，哪儿他妈胜利了？"

"真的长官，德国法西斯无条件投降了。"

"扯淡，那跟我们又有什么关系？"

"咋地了？"彪子过来问。

廖景阳点上一支烟淡淡地说："穷欢乐，是德国人投降了。"其实廖景阳的心底也正在不经意地涌动着一股暗流。不是喜悦，是着急。

老聋子叹息道："嗐——真好！法西斯又完一个！"

廖景阳递给他一支烟说："如果你在欧洲服役，如你所愿，你可以回家了。"

彪子叼着烟离开人群自语道："真闹心。整啥玩意啊？真憋屈！"

就在这时候，陈至公驾着吉普车驶出了营门。

当晚霞满天的时候，一缕夕阳红从窗外洒进了楼道。将医院楼道里照得红彤彤的。就在楼道的走廊尽头，两个人的身影沐浴在金色的霞光里。他们紧紧拥抱在一起，彼此热烈地亲吻着。楼道里有人曾驻足，一瞥之下赶忙善意地一笑走开。那是一名伞兵军官和一名漂亮的女护士。这一天是1945年5月9日。受时差影响，在欧洲，德意志第三帝国于5月8日灭亡了。和平的曙光正映照在清灵透彻的朝露上，闪耀着希望的光芒……

第一次登机的跳伞之前，廖景阳这样对他的兵们说："弟兄们，在起飞之前我要告诉大家天底下什么都有，就是没有后悔和害怕。因为我们是空降兵。"

威特斯则风趣地说："没关系，上帝在天上保佑，而地面上有我们。"

彪子一脸不屑地嘀咕道："小样儿的，砸不死你。"

廖景阳说道："你们可以在天上尿裤子，但一旦着陆必须要让我看到裤子是干的。否则下一次我就让他托着那条裤子往下跳。"

威特斯又接道："如果裤子没有张开，那他可太走运了。下降的速度会非常快，就像一枚炸弹。如果这样就能消灭日本人，那可以省掉很多钢铁。"

陈至公说："你们将是中国第一批从空中俯视滇池的人。看吧，它真美！"

廖景阳说："最后说一句，控制好伞绳，我不希望有人跳进滇池里喂王八。"接着他下令，"好啦，全体都有，向右转，准备登机！"

C47在跑道上一蹿，陡然间腾空而起。士兵们面对面坐在舱壁旁固定的座椅上。

飞机在隆隆的噪音中跃升爬高。陈至公问大伙："感觉怎么样？"

"没什么，很爽！"海边率先说。

"啥玩意啊？忽悠一下，咋又没感觉了呢？"彪子说。

何风说："有点耳鸣，有点没着没落。"

"我听说，我听说，飞机降落比起飞难受。"陆枫桥说。

"不会有降落的，空降兵没有机票。"廖景阳说。

"你又忽悠我们，空降兵为啥不买票？"彪子很认真地说。

"笨蛋，是跳下去啊！"廖景阳笑着说。

陈至公说道："对。空降兵坐飞机从来都是有去无回。好啦，检查降落伞。"

与此同时，飞行员向机长报告："高度600英尺。"

"保持高度，接近目标。"

机舱内伞兵们最后检查了一遍自己的伞包，然后大声报告。

突然，红灯闪烁。接着一股强大的气流扑面袭来，机舱门打开啦！"全体起立！"陈至公下令。伞兵们齐刷刷地站起来，然后在口令中挂上伞钩。

廖景阳站在第一个，他一眼朝下望去，山川、河流、村庄，都成了分外渺小的静物。他感到头皮一阵发麻,太阳穴上青筋直跳。

陈至公就站在舱门口。他大声说:"1分钟之前,你们是地上爬的步兵。1分钟后你们将是展翅翱翔的雄鹰!好啦,绿灯亮了。默念一遍要领。开始吧,弟兄们!"

说罢,他示意廖景阳开始跳。廖景阳没有再废话,他来到舱门口喊了一声:"我去!"接着一纵身就蹿出了舱外。

士兵们大多没有犹豫,依次鱼贯而出。只是到了何风的时候,他扶着舱门顶着呼呼的风声一个劲地头晕。他拼命回想着那些平时天天背的要领。可是刹那间竟什么也想不起来。

陈至公大声叫道:"要我帮你吗?"

"不用!"

"好,把手把在舱门外。好,快跳!快!别让美国人看笑话,你是中国伞兵!"

"好吧,走!"说罢,何风一纵身飞入云端。

待到所有人跳完,陈至公向舱内最后扫了一眼,接着也跳了下去。作为高级军官,他端端正正地控制着伞往下飘。生死与共的伞兵们,在天际间化成一朵朵洁白的云彩,绽放在云贵高原蔚蓝的天空上。天地间蒲公英的种子飘满天涯……

成功跳伞的喜悦,战胜了对高空的恐惧。一跳下来,大家的话就特别多。每个人都抑制不住内心的狂喜,彼此抱着一大堆伞走过来交流心境。

廖景阳问:"嗨,老兵,你不是恐高吗?你怎么下来的?"

何风得意地说:"靠自己,我从来都是靠自己。"

海边过来问:"长官我们什么时候再来一次?"

"哎呀,这么快就下来了,我想应该要飞一阵呢。"陆枫桥高兴地说。

彪子骂骂咧咧地说:"哎呀妈呀,有啥啊?不就这吗?之前费了那么大劲折腾,真扯犊子。来,来接着整啊。我整死他!"

"长官,你看我跳得咋样?"机枪手鲍春过来问。

"不错,要是能抱着轻机枪凌空扫射,能顶一架飞机。"廖景阳说。

陆枫桥指着不远的半空说:"哎,陈长官下来了。"

突然,彪子抱着降落伞怔在原地叫道:"哎呀妈呀,那谁啊?咋掉湖里去了?"他丢下伞说,"哎呀,哎呀。完了,完了!"

当大家顺着他的目光看去,已经什么也看不到了。

陈至公自由降落后，正收伞的功夫，一大帮人从他旁边急匆匆地跑了过去。接着美国教官也驾着吉普车冲向湖边。

湖边的救生快艇将落水的伞兵救了回来。当廖景阳他们赶来时，落水者身旁已经围了一圈人。

很快，人们就听见被围在核心里做人工呼吸的医护兵说："可能够呛了。"

"妈拉个巴子的，躲开点儿。"彪子说着分开众人，抢步上前，蹲下身使劲去按那落水伞兵的胸部，可是任凭他怎么按也不起作用。于是他又摘下钢盔，扑上去嘴对嘴地进行人工呼吸。可是折腾了半天，那个兵还是一动不动。彪子望着那苍白而稚嫩的面孔道："这，这咋整啊。医生！你过来啊！"

陆枫桥无奈地轻声说："呛水了，肺部功能丧失！"

彪子无奈地站起身，一回头忽然看见威特斯站在外面。他立即问："咋整的啊？你说话呀！"

威特斯无奈地将两手一摊："我告诉过你们，存在危险。"

"你这美国伞啥破玩意啊？"说着，他将地上的降落伞抱起来朝远处狠狠地丢去。

"嘿，你，你不能这样抛弃装备，你将受到严厉的惩罚。"

"我削死你！"说着，彪子一个箭步扑上去照着老乔迎面就是一拳。随即他被周围的伞兵拼命拉住。尽管如此，他依然在怒骂："我削死你个美国破玩意儿我……"

这是中国伞兵历史上第一个牺牲的战士，他的名字没有被载入史册。他年轻的生命就像飘零的伞花一样，在最美的瞬间落进尘埃……

# 第七章 弃 子

陈至公突然穿了一身长衫，压低了礼帽，匆匆在这条街上走了一个来回。他一边走，一边对周遭的地形、地物和过往的行人谨慎地观察了一番。突然他在经过一个叫昭通旅社的小旅店前时，二话不说一拧身便迅速走了进去。

他按照事先约定直接来到三楼走廊尽头的房间。他敲开门，开门的是一位中年男子。陈至公问："是姨夫吗？对不起，我以前没见过您，我阿姨可在里面？"

"哦，她刚下楼去了。你们没碰见？"那中年男子带着一口浓重的云南口音说。

陈至公笑笑："啊，没有。差不多7年没见了，冷不防见了，一下子怕不敢相认。到处都在打仗，还是回这里好一些。"

"不错，从广东几经辗转才回到彩云之南。"

接着，陈至公被那人让到屋里。

陈至公一坐下，那中年男子便说："至公同志，周恩来副主席让我问候你。"

"谢谢，我以为你们不记得我了。有时候，我觉得自己像个没娘的孩子。"

"不会，每个孩子都在母亲的目光中茁壮成长。"说罢，那人给陈至公倒了茶。

"你们再不来，我真以为自己是国民党了。"

"抗战救国，无分界线。"

"组织上有什么指示？陈某赴汤蹈火在所不辞。"

那人喝了一口茶说道："这次我们获悉，国民党陆军总司令部决定：要动用伞兵在粤北进行一次空降行动，以配合第四战区对日反攻，阻止日军沿着北江撤退。"

陈至公惊喜道："是吗？可我们还没有接到命令。"

"现在还属保密，据悉你们一营将担任此次行动的主力。"

"好极了，早就想打回去了。插到敌人后方试试这把利剑。"

"中央已经决定，根据《波茨坦宣言》实施全面对日作战的战略大反攻。同时为实现中央'南北发展，两翼牵制'的战略构想，上级冒险将你唤醒。组织上要我转告你：到了那边，我们在华南的东江纵队会积极配合你们行动，协同正面战场歼灭敌人。这是组织上转交给你的联络方式，给你3分钟，请你牢牢记住。"

"那么任务完了呢？"

"你永远是你。"

当陈至公从旅社出来的时候，左近一个小贩打扮的特务突然悄悄跟上了他。他尾随陈至公来到巷口，然后向着对面阁楼，朝陈至公虚指了一下。于是对面楼上的特务立刻对着陈至公按下了照相机的快门。

照片很快冲洗出来，接着就被送到当年审讯廖景阳的军统云南站站长徐卿手里。那时候1942年他还是行动处的副队长，而此刻已经大权在握了。

他反复端详着照片意味深长地说："这人生啊冤家路窄，真是太有意思了。"

他身旁的特务问："站长您认识这个人？"

"没错，1942年因为戴老板交代下来的一个破案子，我们打过交道。"接着，他甩下照片说道，"查，一查到底。把他给我挖出来！"

特务领命后，徐卿又刻意嘱咐："注意，别惊动了军方。"

一架架军机满载出征的伞兵，在人们充满期望与祝福的目光中腾空而起。望着飞上远天的编队，陈至公喃喃地说："开始了！"

"什么时候是我们？"廖景阳问。

"我说了，开始了。"

"要不是白崇禧瞎指挥丢了桂林，今天我们的伞兵将被投入到更有意义的地方。"

"是啊。听说桂系军队与日军交手一触即溃。原定坚守桂林3个月，结果刚1个月就顶不住了。"

"中国伞兵的用途似乎是到处擦屁股，而丧失了伞兵突然、迅捷的作战风

第七章 弃 子

格。还有,我们为什么不集中使用空降兵,进行具有战略意义的作战呢?仅以200来人去填窟窿,那不是送弟兄们下地狱吗?"

"你转头看看,看看我们的伞兵。现在这里全部完成伞训科目的营,除了我们还有谁?"

"我不想看家。"

"知道我最难受的是什么?"

"活着没劲呗。"

"是在地面上目送自己的弟兄飞上蓝天,却不知道他们能不能活着回来。"

"那就去试试。"

"这恐怕是抗战的最后一滴血了。"

一滴血从廖景阳的手指上滴落下来,随即他挪开刀尖,以手代笔在全连签名请战的血书上划拉上自己的大名。他写好后交给彪子说:"跑步立刻送营部,不,团部!"

"是。可是——不找陈长官签名了吗?"

"他要是不报呢?"

"不会吧?"

"他最近变得越来越看不透了。有时候我看他,就像看到一位老人,沧桑而深刻,变得心事重重。"

这时何风乐呵呵地进来说:"喂,怎么这回来真的了?不割老鼠尾巴啦?"

廖景阳笑笑:"时不我待啊,德国鬼子完了,日本鬼子也快了。现在争的不是当炮灰,是做最后的赢家。"

乔治·威特斯上尉在训练场上特意设置了一个火圈。这将使伞兵们在快速匍匐过低桩网后,要迅速纵身从火圈中飞跃过去;然后再登上独木桥,翻过板墙折返跑。

彪子看到这样的设置后说道:"大老乔真能整,瞧把他能的,要耍猴啊?"

廖景阳说:"猴子跳过去不难,就是怕人不敢跳。"

"好吧,那我先来。"彪子摩拳擦掌地说。

"人不能总像猴子一样!"

"啥意思啊?"

"你给我去拿一支步枪,装空包弹。"

廖景阳接过步枪，便拎着它来到队列前说："钻火圈耍马戏不新鲜。我要在你们每个人起跳的瞬间开枪射击，慢了打断腿。战场就是这样，子弹乱飞的时候必须快过子弹。跑、跳间逼出人体极限。枪再快也是三点一线，眼有多快？腿有多快？要和子弹抢夺生存的空间，就必须跑出瞄准基线！"

接着廖景阳开始给步枪上子弹。子弹推上膛的时候，他举起一枚实弹说："都是兄弟，我没那么狠！但我这支加兰德步枪，每弹匣子弹中我都会放一枚实弹。谁走运？我廖景阳先说声对不起了。好，全体都有向右转，跑步走！"

廖景阳站在射击位置的时候，威特斯问他："廖，你真的装了一发实弹吗？"

廖景阳看看他说："勇气有时候也要靠欺骗。"

"哦，太坏了！每个人都会信以为真。而这场赌局你却是赢家。"

"不，他们是。没有人会受伤！"廖景阳一边说一边操着步枪射击，加兰德步枪每次射光了子弹，退弹机会自动将弹托弹出，然后发出一声清脆悦耳的金属撞击声。

威特斯忍不住说："你好像玩得很开心。"

"是的，一把好枪。但我更得意的是我可以借此锻炼向移动目标精确射击的能力。"

"你认为你打中了吗？"

"是的，无人生还。"

"哈哈，你在自欺欺人。"

"射击凭感觉，杀人在指尖。如果你愿意试试的话，我让你中头彩！"

"上帝啊，我可不是疯子。"

"只有疯子才会让我的人像猴子一样地钻火圈。还得让我陪他一起疯。"

这时候，小柯突然跑来小声对廖景阳说："廖长官，陈长官请诸位长官立即回营部开会。"

廖景阳一皱眉说道："好，要来真的了。"

"喂，要怎么了？"威特斯问。

"这种打空包弹的游戏结束了。"

"哦，该死的，我讨厌来真的。"


军统云南站站长徐卿仔细翻看完卷宗以后，猛地丢到桌上，断然道："抓人！"

负责行动的特务问:"要请示战区长官部吗?"

"不,先抓人,把口供做瓷实了。到时候我要他第五军的好看。"

"是。是立即集合所有人去伞兵团吗?"

"你有几个脑袋?敢去伞兵团抓人?"

"那……那我们怎么办?"

徐卿沉思道:"现在证据还不够有说服力,如果按程序办,第5军会骂娘的。这样啊,你带上最得力的弟兄盯死他。瞅个机会给他按了!"

特务领命刚要离开,却又被徐卿叫回来。他说:"记住,一旦抓住机会,立即向我报告。有时间我会亲自到场。对付这种人,一开始就得让他丧魂落魄!"

"是。您放心吧,除非他老死在里边。"说着,那个特务就要离开。

徐卿挠挠头又叫道:"哎,还有,回来回来,记住啊,要绝对保密。"

"明白了。"

廖景阳骑着战马沿着小路向昆明的方向快速疾驰。他穿过一片树林,突然间他一把勒住了战马。在出征之前,他想再去向素问道个别。他从未如此心重地惦念过一个人,可是当他离医院越近心中便越彷徨。他想:如果遇到陈至公该怎么办?如果看到两个人在依依惜别又该怎么办?想到这儿他索性跳下马,垂着头牵着马向回部队的方向调转头。可片刻后,他忽然又改变了主意。他告诉自己:"当兵的连死都不怕,还怕这个?"于是他再次翻身上马,拨马朝医院的方向奔去。

他纵马飞驰过一座小山,然后拐上通往昆明的公路。当时正是中午,公路上行人、车辆都少,所以他索性策马扬鞭在公路上狂奔。

突然,他背后响起一阵急促的汽车喇叭声,他带马一让,两辆黑色轿车立时轰着油门从他身旁疾驰而过。两车驶过荡起一片烟尘,使廖景阳不得不让马慢了下来。片刻后,背后又是一阵喇叭响,廖景阳不禁产生一阵反感。他回头刚要骂街,却看到是小柯驾着营部的吉普车从背后追来。

廖景阳便勒住马让到一旁。可是当小柯驾车擦肩而过的时候,突然气急败坏地喊道:"快追!快追!陈长官,陈长官。"

廖景阳纵马追上去问:"怎么了?"

"陈长官被人劫了。快追!"这时他才发现小柯军装不整,脸上青一块紫一块,额头上还带着血迹。

廖景阳不禁一惊："哪儿呢？"

"在前面，两辆车！"

"把枪给我！"廖景阳说。

"被他们下了！"小柯喊。

"笨蛋，你后排座不是吗？"原来在他的吉普车后座位上正横陈着一支 M1 加兰德步枪。

小柯连忙取了步枪递给廖景阳。接着廖景阳背上步枪，双腿一磕战马的肚带，催动坐骑便追上去。他手指在马缰上轻轻一弹，那马便立即领悟，离开大路直向斜刺里奔去。廖景阳骑着马一路蹿沟过河越野奔腾，远远地瞄着那两辆车疾速包抄。终于他从一片竹林里钻出来，然后迅速跳下战马，找个粗竹子拴好。接着穿过公路，三步并作两步跃上对面的一道土岗。随即他摘下步枪选了一个射击位，刚一举枪瞄准，两辆车便从公路尽头风驰电掣般开了过来。

他来不及调整急促的呼吸，立即果断地打响了第一枪。第一枪打爆了头车的左前轮胎，这使得那辆车一边发出刺耳的刹车声，一边向路基下滑去。当第二辆车的司机紧急打方向准备绕过前车的时候，一发铮亮的子弹撞破风挡玻璃，直钉入司机的脑门。于是失控的车一头撞向了土岗。

接下来，廖景阳便以沉稳持续的火力，对车内的黑衣人展开逐个狙杀。

廖景阳心中暗暗数着，7发7中，击毙6人，还有呢？根据推测，两辆车至少8个人才对。啊，第7个就躲在第一辆车的后车门后面，刚刚闪了一下眼睛就缩回头去了！于是廖景阳干脆将步枪照着那车门开了一枪，接着"乓"的一声脆响，射光子弹的步枪弹托便弹了出来，马上一个死人将半截身子从车门后扑了出来。血顺着他垂下的手臂"滴滴答答"地很快就流了一地。廖景阳会心一笑，旋即拔出手枪冲了过去。

突然，最后那辆车的右后门被缓缓打开，然后陈至公非常缓慢地迈步下车，在他的太阳穴上赫然顶着一支手枪。接着从陈至公背后冒出一张廖景阳再熟悉不过的脸——那是徐卿。

徐卿躲在陈至公背后道："姓廖的，没想到我们又见面了。"

"你不来，我差点把你忘了。"

"哈哈，我早该想到的，你们是同党。"

"我是他兄弟。"

"真可惜啊，当初没弄死你。"

"是啊，一步错步步错！"廖景阳与他对峙的时候，却没忘记眼观六路——实际人数有点出乎他的意料。两个特务正悄悄从那辆车左后门爬出去，然后他们握着手枪，一左一右从车后小心翼翼地钻出来。廖景阳看在眼里却不露声色地淡淡说了一声："看，你被包围了！"

就在徐卿眼角略一斜视的时候，廖景阳突然开火了！手枪速射一气呵成，动作干净利落，旧弹匣落地的时候，两个准备偷袭他的特务已身中数枪。电光石火间徐卿只觉得眼前一花，一个新弹匣便已经被廖景阳换上了，然后那黑洞洞的枪口依然指向他。这快速射击的动作看得他错愕不已，而陈至公心里则也由衷地钦佩。

这时候小柯也驾车到了。他从地上拾起死人的手枪，一步一步逼近徐卿。徐卿一听到停车声，迅速押着陈至公调整了位置。他使自己贴身在土岗上，然后紧紧拿枪指着陈至公的头说："死共党，大不了一起开枪。"

廖景阳说："扯淡，老子不是共党。你们这种人天天抓共党都成毛病了。"

"你不是？那你为什么劫我？"

"为兄弟。"

"可他是共产党，证据确凿。你现在悬崖勒马还来得及，如果你真不是，我这些弟兄死了可以白死。"

廖景阳依然笑笑："我说了，我不是！"

"你——"就在这一刻，廖景阳在谈笑间毫无征兆地开枪了。子弹擦着陈至公的太阳穴直射进徐卿的脑门，不是一枪是三枪——三枪一个洞。

徐卿连一点反应都没有便忽地一下倒下了，而陈至公却惊出了一身冷汗。他摸摸被疾射的弹丸烧焦了的发鬓说："你差点打死我。"

"对，只差一点儿。"廖景阳说话间，来到每一具尸体前从容地补射了数枪。即便是对着死人射击，他还是那么干净利落地单手换弹匣。这一幕已经将小柯看傻了，连陈至公也有点意外。他想不到廖景阳现在会变得这么残忍，又这么淡定。

等一切结束，廖景阳吩咐小柯："快，把弹壳都捡起来，动作快！不留痕迹！"说罢他别起手枪，转身去刚才射击的地方捡弹壳。等收拾完现场，廖景阳走过去将尸体一一塞回车上。然后他寻了一把特务的手枪，再去牵回战马。上马后，他用那把枪朝油箱处连开数枪。紧接着两声冲天的爆响，旋即两车便被烈焰吞噬。廖景阳的战马被惊得嘶鸣一声，腾地原地立了起来。就在这时，廖景阳发现土岗后藏匿着一个人影。他立即抽枪纵马追了上去。

那是一个吓傻了的农夫，年纪有40来岁。手里攥着一只破提篮，浑身颤抖地仰卧于廖景阳的马前。

就在廖景阳要开枪的时候,陈至公突然赶了过来:"别,别再杀人了。"

"他看见了。"廖景阳举着枪狠狠地说。

"他什么也没看见。"

"有一个活的我们前功尽弃。"

"你就当他死了,你那么凶,他知道后果。"说完,陈至公便用目光示意那人表态。于是那农夫立即跪倒,又是磕头求饶,又是对天发誓,直到廖景阳拨转马头跑开。陈至公临走掏出兜里的钱塞给那个惊魂未定的农夫,然后跟小柯驾车追廖景阳去了。

陈至公和小柯驾车跟着廖景阳来到远处一条寂静的溪流边。在那里,廖景阳跳下战马,将缰绳递给小柯去遛马。

陈至公一上来就说:"谢谢你。我知道这时候'谢谢'这两个字有多么苍白和无力。可我只有这两个字了。"

"你还有命!"说这话的时候,廖景阳猛地转身冲陈至公举起了枪。

"廖长官。"小柯叫道。

"你别说话。"廖景阳狠狠地对小柯下令。然后他瞪着陈至公的眼睛一字一字地说,"如果你当我是兄弟,你一定说实话,你是不是共党?"

面对他的枪口,陈至公坦然地点了点头。

"什么时候?"

"当兵前。"

"怎么不早说?"

"没必要说。要知道有时候我已经忘了我是谁,因为我的任务就是抗日。"

"就这些?"

"是的,我被派入国军内部,做一名地地道道的军人。跟你们一起打鬼子,抗战守土。就这些。"

"当兵的对着枪可别说假话。我不是拿枪逼你,是枪对当兵的来说最公正。"

"是。我们虽政见不同,但抗战之热血相同。凡为国家,军人皆有守土御敌之责。"

问到这儿,廖景阳收起枪轻声问道:"现在你准备怎么办?"

"你把我带上飞机。我刚才想过了,就藏在空投箱里。你能帮我。"

"可以,但是你会摔死的。"

"在箱子里给我准备一套伞。"

"你是共党,你下去所有人都将会受牵连。那时候我们或许会被自己人率先歼灭。"

"下去以后我就自行离开。在你最需要的时候,我会回来。"

"真要国共合作吗?委员长三令五申,彻查共党,宁可错杀不可放过!"

"我们只抗日,至于蒋介石,随他怎么想。"

"素问呢?你带她走吗?"

"你说呢?她什么都不知道,这样简单。"

"你不去看看她?"

"来不及了。但是……但是你可以,也好证明你不在现场。去看看她吧。我们都走了,也不知道什么时候能再回来。"说到这里,陈至公竟感到一阵黯然。

廖景阳看着他落寞的样子不禁断言:"你爱她。"

"是的,我爱,但是现在不行。"

"我让她等你。"

"我说不了,我想我会辜负她了。我不能承诺什么,因为我知道我自己的事。"

"战争快结束了,苏军已经出兵东北,美军将日本岛炸成一片焦土。你躲几天就没事了。带素问走吧,还俗吧,以后做个普通老百姓。"

"战争可能真的就快结束了,但是我最后的一滴血还没有洒。"

"胜利只是时间问题,然后就不再有战争了。"

"那要看蒋介石怎么想。"

"委员长许诺赶走日本人就还天下人以和平。"

"是的,我也希望这样。中山先生曾提出'联俄、联共、扶助农工'三大政策,蒋介石一条也没有做。为了排除异己,独裁统治,他杀人如麻,从'四一二'一直杀到现在,你以为他会改变吗?"

"无论怎样,我都会遵循中山先生的遗言:和平,奋斗,救中国!作为军人,我一直在这样做。我深深地爱我的国家,我流血,我牺牲,我不后悔。好啦,时候不早了。何去何从你自己选择,入夜我们就要出发了。"说罢,廖景阳就去向小柯要来战马。

"廖景阳。"陈至公叫道。

"怎么了?"廖景阳整理着马的肚带问。

陈至公极认真地说："我忽然觉得和你说再见很难。"

廖景阳说："可惜你是那边的。中国有句古话叫'道不同，不相为谋'。娘的，为什么发生在我们之间？"

陈至公笑笑："无论怎样，我坚持我的信仰，也尊重你的选择。但愿我们还能走到一起。"

"嗯，走着瞧吧。"说话间，廖景阳已经跨上战马飞驰而去。

看到廖景阳离去，陈至公将小柯叫来说："我也一直当你是好兄弟。我走以后，你要跟着廖长官好好干，做一名正直勇敢的军人。"

小柯问："陈长官，国民党好，还是共产党好？"

"天下间没有谁最好，只有道。3000年前夫子就定下了这天地人的道：'修身，齐家，治国，平天下'！即是做人之道也是君王、政权之道！但凡事开头最难，修身即是做人。"

廖景阳策马奔驰，一溜烟地来到医院。随即他迅速在医院里找了一圈，却没有看到素问。于是他到处向别人打听，然后再去病房、药房、宿舍、花园跑上跑下地找了好一阵，却依然看不到素问的半点影踪。看着天色已近黄昏，他不能再逗留。他只好转身跨上马，迅速朝军营驰去，夕阳下人马的投影拉得好长好长……

廖景阳一到营房区，只见伞兵们都已经全副武装地站在户外，等待集合的命令。与此同时，一直焦急地徘徊在营区等候他的小柯立即跑来报告道："报告长官，您的装备已经整理完毕。还有，连部有人找。"

"他呢？"廖景阳问。

"已经登机了。"小柯沮丧地说。

廖景阳点点头，接着便直奔连部。连部门口彪子他们正小声地议论着什么，见到他回来，先是一愣，然后立即喊了一声："立正。"

廖景阳也无心还礼，推开门就闯了进去。

一进门他顿时怔住了，是素问。她穿着一身漂亮的军装，见他回来便站了起来。廖景阳见到素问，先是一怔，继而心头一颤，只觉得胸中有一股热血奋力向头面部冲击。随即他快步朝素问迎上去，陡然间将她拥在怀里。他紧紧抱着她低声说："我找遍医院每个角落，我以为再见不到你了。"门本是敞开的，但与此同时彪子却在外面轻轻将门带上。

片刻后，素问轻轻推开他问道："我听说了，你们今晚就要起飞。"

"你怎么来了?"

素问低声说:"至公他,他说要来和我告别。可是,我等不到他。我怕,我怕见不到他最后一面。"

廖景阳听罢,心中好不是滋味——他原以为她是来给自己送行的;可是,她要找的人却不是自己。于是廖景阳沮丧地说:"你见不到他了。他已经去机场了,和长官们在一起。你不能去!"

"你们还回来吗?"她问。

"当然,伞兵离不开云彩。"

"会……会有危险吗?"

"没有,日本鬼子会望风而逃。"

"那好,既然见不到了,我得回去了。你代我转告他保重!"

"好。你等等我安排车送你。"说着廖景阳便拿起电话。

没想到素问却突然按住他拨电话的手道:"不麻烦了,我自己走。"

廖景阳随即温情地反手将她的小手捉住道:"天快黑了,路远。"

素问不自觉地低下头,想掩饰她面上的忧伤。随后她抽出手说:"好吧,你也保重。"

廖景阳亲自送素问来到军营门口。在那里,他向团部要的车正在等着。

廖景阳驻足道:"不能相送了。我们要出发了。再见吧!"

"嗯,那好。"素问乖巧地点点头,然后礼貌地伸出手和他握了握说:"祝你们一路顺风。"说完她独自向等候的汽车走去。就在两人双手相握的时候,廖景阳忽然感觉到她的手心里有一点点湿润。那是什么?她紧张什么?她嘴上不说,但那一定表明了什么。

廖景阳站在原地,默默地看着她的背影离去。突然,素问站住了,蓦然回首。那一刻,廖景阳的心颤得几乎要从嘴里冲出来。

在门岗昏黄的灯光下,素问转回身,然后以一个标准的立正,向着廖景阳端端正正地敬了一个庄严的军礼。那一刻,站在黑暗中的廖景阳忍不住鼻子一酸,眼泪差点就流了下来。然而不等他还礼,集合的号角便吹响了……

直到午夜,所有准备出征的伞兵依然在机场上静静等待着出发的命令,然而这个命令却迟迟不到。廖景阳知道为什么,他默不做声,只是在安静地等——等着那个迟来的命令。身边的弟兄们没完没了地发牢骚,他却充耳不闻。他只是默默地抽烟,一支又一支。他没在想什么,他整个大脑一片茫然,准确地说，他还迷失在与素问分手的那一瞬。

终于团部的传令兵到了。他来到机场，在别人地引导下叫了廖景阳好几声，才将廖景阳茫然的思绪唤了回来。于是他跟着传令兵来到机场指挥室。在这里廖景阳向李汉萍将军规规矩矩地敬礼并大声报告："报告长官，1营副营长兼任3连连长廖景阳奉命前来，请长官训示。"

李汉萍问："少校，你知道你们营长去哪儿了吗？"

"不，我一直在等候他的命令，长官。"

"你最后一次见到他是什么时候？"

"吃早饭，长官。"

"他没留下什么话，或者对你说什么吗？"

"没有，长官。"

"他忽然失踪了，这事有些蹊跷，你怎么看？"

"不知道，长官。"

"好吧，你回去稳住军心。等候命令。"

"是，长官。"廖景阳转身出去的时候差点笑出声来。

廖景阳走后，杜聿明将军突然赶到机场。他一进来立即召开了一个紧急会议。会上李汉萍向杜聿明报告："卑职以为有三个可能。一、陈营长可能是日伪奸细，此刻已经潜逃了。二、陈营长可能遭到了日伪奸细的绑架或是杀害。三、可能根本没有什么奸细，只是一个意外。"

杜聿明说："不管怎么样，今天下午在郊外北校场的山冈下有10个人被枪杀。现场被烧成了灰，尸骨难辨。但根据车辆特征却查明是军统站的。而那边今天正好有10个人外出执行任务，任务内容不详。两者间有什么必然联系吗？偏偏就发生在我们伞兵出征之前。"

李汉萍恳切地说："我以为不管怎样，这次粤北之战我军已盼望许久。现在12集团军各部已经箭在弦上，一旦我军切断日军后路，战役即可全胜。现在日军已成过街之鼠，在太平洋美军已经攻占硫磺岛、冲绳岛，登陆日本四岛指日可待；昨天东北苏联红军150万大军从东、北、西三个方向越过边境，于4000多公里的战线上向关东军展开全面进攻。若我们再不动手，恐贻误战机啊。"

杜聿明忧虑道："如果等待我伞兵健儿的是日军的一场屠杀怎么办？这样我们将前功尽弃。"伞兵团是杜聿明一手组建的部队，也是他在国军中积攒实力的又一张王牌。他想，宁可不帮杂牌军抗战，也不能伤了自己的精锐。

李汉萍思量全局后说:"如果您再不下命令,那么飞抵战区时天光大亮,那时候日军对我威胁将会更大,造成的伤亡会比您所顾虑的要更现实。"

杜聿明摆手道:"不行,宁可不去,也断不可冒这个险。"

"可这是委员长交代下来的任务。粤军抗战反攻,中央军总得做个姿态吧?"

杜聿明原地转了几圈,费劲地思考着说:"战前指挥官突然失踪,从我来说,这盘棋已经没法下了。可是——"想到这儿,他又想不下去了。

"要不请示一下委员长?"李汉萍试探地问。

杜聿明立刻摇着头说:"不行,找挨骂呢。"随后他想想又说,"对了,问问何应钦。他是陆军总司令,飞与不飞由他定夺。"

"太晚了,快半夜了。"

"哦,那么委员长呢?你刚才不是还说要打给他吗?"

于是,国民党陆军总司令何应钦被深夜从设在南宁的行署叫了起来。他听完李汉萍的汇报后疲倦地说:"支援余汉谋不就是做做样子吗?要是有顾虑少去点人就是了。"

这时,在旁边听电话的杜聿明抢过电话说:"如果是这样,那么空降的部队岂不是一颗弃子?"

何应钦在床头摸出眼镜戴上说:"哎呀,光亭兄,弃小子赢大局,方寸间显谋略嘛。再说你不也一直要我给你机会锻炼一下部队吗?"

"这是拿弟兄们的命在赌。"杜聿明在电话那端说。

"老兄现在已经很晚了。我很忙,也很累,你知道吗?你觉得为了一个营或是一个连的命运,有必要请我来定夺吗?好啦,你看着办吧。说实话,余汉谋要在粤北折腾,我这边真是鞭长莫及啊。"说罢,何应钦就挂上了电话。然后他裹上被子,关了台灯睡去了。

然而就在指挥室里忙得透不过气来的时候,窗外淅淅沥沥下起了小雨。廖景阳披着雨衣站在外面,叼着烟忐忑地注视着指挥室彻夜长亮的灯光出神。忽然彪子走到他身旁低声问:"哥,他们磨叽啥呢?"

"他们在算计空降区有没有日军。"

"算啥啊,跳下去看看不就得了。"

"他们不是你。"

"我不需要他们为我料理后事。"

"我需要飞。"

正在此刻，团部传令兵再次赶来叫廖景阳。随即廖景阳被带入临时的作战会议室。一进会议室，杜聿明不等他报告完就问："少校，请重复一下你的任务。"

廖景阳立刻回答："我3连于11日拂晓前空降于粤北平峪，而后开辟着陆场，引导全营后续空降。"

"嗯，然后呢？"

"全营会合我粤北第5游击纵队于12日拂晓前占领丰宁渡以东之诸高地，然后凭险据守，断敌退路，阻敌增援。配合我12集团军歼灭日军于北江。"

杜聿明点点头道："好。不过任务要做一点调整。"

"抗战杀敌建功之时，我以不变应万变。长官！"

"好！我加强你步兵1排，迫击炮、重机枪、火箭筒各1班。后续空降计划取消，仗怎么打，你3连自己说了算。怎么样？敢上吗？"

"习惯了，从缅甸撤退的时候我们就是孤军，现在空降敌后不过是回归本色罢了。"

"好，有胆色，不愧是我第5军的精锐。你现在被晋升为中校啦。祝你马到成功。"说到这儿，杜聿明热情地伸出大手。

没想到廖景阳反倒一撤步，立正敬礼道："昔日老长官救我于松山前线，今日卑职寸功未建，不敢莫名领衔。"

杜聿明见此也来了豪气，他大声说道："好！也罢，昔日关云长挂印封金千里走单骑。今日我也与你挂印封金，只待凯旋之日，授你军人荣誉。"

登机的时候，廖景阳带着小柯径自来到一排的队列前，准备与彪子他们同乘一机。于是彪子问："哎，你不是跟连部一起吗？"

"哪架都一样，我让通信班和迫击炮班跟连副去了。我们是兄弟，一起飞一起死。"

"好，没啥说的，一块儿得瑟去。"

这时，威特斯也赶来了。廖景阳转头道："不，老兄你应该去坐那架。"

"不，我要和指挥官坐在一起。"

"上尉先生，您就是啊。"

"不，你才是这里的指挥官。这儿你说了算！"

"好吧，跟我来。"于是廖景阳点点头招呼他上了飞机。

夜幕中，当飞机离开跑道掠向茫茫夜空的一刹那，杜聿明亲率将校列队，默默以军礼相送。旋即,一架架运输机闪烁着编队航灯蹿出跑道直上夜空。

就在起飞的瞬间,机上突然爆出一阵欢呼!仿佛这一去竟是一场愉快的假日旅行。

C47 的机舱内噪声很大。威特斯用生硬的中国话和士兵们大声开着玩笑:"你真得瑟。对,真得瑟。"

彪子叼着烟鼓掌道:"好,学得不错。还会啥?"

"孙子,对,孙子。你很孙子!"

廖景阳说:"那是一位古人,别说得跟骂街似的。孙子是一位著名的兵法家!"

于是威特斯问:"哦,你喜欢在发怒的时候,以兵法家来教育士兵吗?"

廖景阳说:"哦,对。他们有时候确实挺孙子的。不过,你真可爱。"

威特斯很高兴:"是的,我也爱你们,我的中国同僚们。"

陆枫桥说:"好啊,别走了。当兵的哪儿不是家。"

威特斯用英语说:"不,一旦战争结束我就要回去。在我的家乡有个小妞已经等我 3 年了。她棒极了,我要和她生一大群小崽子。知道吗?一大群。"

海边问:"他说什么?"

陆枫桥翻译道:"她说有个女的,在等他回去结婚生孩子。"

海边忽然道:"要是不打仗我也该结婚了。"

"你?是啊,农村娶媳妇都早。"

"是。但仗一打就是 8 年。等回去了,一边大的都生好几个孩子了。"

陆枫桥忽然黯然道:"我也想结婚。可惜她死了。但是她永远在。"

彪子突然问:"哎,医生还记得那条胖狗吗?"

"怎么不记得?那是我的孩子。"

彪子说:"要是那小胖子在多好!整个降落伞扔下去老有意思了。"

不知不觉天已放晴,黑暗的夜空中月亮已跃出云海。鲍春随意地从飞机舷窗向外望去,不由地惊叫:"哇,飞上月亮了,看它多漂亮。"

如雪的月光下,两名在换岗的国军哨兵忽然听到空中机群编队的轰鸣。他们望着天际线上远航的飞行编队,指点道:"看,鬼子的机群!"

刺耳的防空警报在黑夜里陡然响起高炮兵严阵以待,炮手们迅即飞快地摇动高低转轮,一排排炮管刷地便扬起来,箭指苍穹。黑暗中,炮长们在一遍遍朗声复读连长的射击口令,炮手们紧张地校定射击诸元。随即暗夜中传出一声断喝:"放!"

炮手猛地踩下射击开关,"嘭嘭嘭嘭"顿时炮弹连珠般地急速射向夜空,整个阵地火光冲天炮声隆隆。大口径高射炮在月光下展开齐射,旋即在天空中织出一片爆闪着橘红色光芒的火网。高炮弹的破片擦着飞机而过,忽然,一架飞机被炮弹打中尾部,迅即它怪叫着拖着浓烟和火光从夜空中徐徐朝下栽去。

"打中了,打中了。"中国炮兵们异常兴奋地大声了叫了起来。然而被高炮击落的却是运输中国伞兵的C47。

机群编队并没用混乱,它们保持着编队队形,在高空强忍着一拨拨炮弹的袭击。飞机在爆炸冲击波和杀伤碎片中艰难飞行。伞兵们在颠簸的机舱内惊恐地瞪大双眼,透过舷窗目睹着黑夜里不断炸开的闪光,目睹着被自己人炮火凌空打爆的友机瞠目结舌。

廖景阳对照着地图疾呼道:"天哪,是我们的防区!"

好容易挨到天光大亮。天空晴朗,蓝天如海。战机编队在波涛般的云层上平稳飞行,像茫茫大海上远帆的舰队。由于起飞时间延迟,经过6个小时的航行后机群在白天渐渐接近目标上空。

威特斯抱怨道:"中国军队若不是保密得太好,就是通信太差。不然这事情不会发生。"

廖景阳说:"不,是中国军人认为天空只属于日本人。"

这时候,彪子说:"哥,连部那架飞机完犊子了。哎呀妈呀,你歹亏没搁那上面。要不真白瞎啦。"

廖景阳望着舷窗外的编队说:"对不起啦,本来你可以因此而掌握指挥权的。"

彪子说:"哈,拉倒吧,说啥来着?8就是吉利。"

"可是这回死的是副连长。"

突然,担任护航的P40战斗机猛地加速横滚,一歪头脱离机群向左侧掠去。随即,便与背着太阳冲来的日军零式截击机队展开一场殊死的空中格斗。

往来的弹雨掠过运输机编队,厮杀的战机凌空穿梭纠缠,呼啸而过。这一幕令中国伞兵们不由地站起来望向窗外。

"No,No,都坐下,保持冷静。一会儿就没事了,美国战斗机是世界上最棒的。"威特斯说着,便装作若无其事的样子吹起轻快的口哨——那是《带血的伞绳》。

第七章 弃 子

但旋即他话音刚落,一架 P40 便拖着浓浓的黑烟,翻滚着一头栽进了山谷。

彪子嘟囔道:"这大老乔真能扯犊子。美国大鼻子都整啥破玩意儿啊?咋不削小鬼子的飞机呢?"

说话间,一架日机被一架从云层中高速俯冲下来的 P40 击碎了驾驶舱,飞行员顿时毙命。失控的飞机拖着火焰翻滚着,"轰隆"一声撞到机群编队刚刚飞越的山峰上。

运输机群掠过一片巍峨的群山,然后钻入了云层。10 分钟以后,机群忽地钻出云层,开始降低高度向一片苍翠的山谷盆地飞去。时间正好是早上 8 点。"嘀——嘀——"机舱内突然红灯闪烁,伞兵立即全体起立挂起伞钩。接着舱门被威特斯上尉打开,飞掠的晨风把他的脸都吹变了形。就在这时候,廖景阳却用目光示意小柯来到后舱。廖景阳撬开一只空投的装备箱,然后和小柯合力将已经手脚麻木的陈至公从里面拖出来。

威特斯望过去不由地吃惊道:"阿里路亚!"

"是,圣诞快乐!"陈至公笑道。

"哦,上帝啊,你从哪儿来?"

"天上。"陈至公笑笑,然后在廖景阳他们的协助下,背好伞包。

这一下,令机舱中全体伞兵都大吃一惊。廖景阳随即下令道:"你们都是我最信得过的弟兄。现在你们什么也没看到,好啦,全体准备!"

突然,就在机群继续盘旋下降寻找空降目标时,陡然间自地面爆起一片弹雨。一团团高射炮弹顽强地穿过空气阻力向云端的机群编队撞去。橘红色的火焰在蓝天上到处飞蹿,突如其来的小口径高炮齐射,密集而迅猛。弹丸不断地穿过运输机的铁皮,钻进待机的伞兵身体里;钻进驾驶舱打烂仪表盘。机群编队顿时陷入混乱。各机纷纷拉高,争相夺路。混乱间突然"轰隆"一声巨响,两架运输机顿时撞到了一起。空中立时爆起一团火球,黑色的硝烟弥漫着整个空域,飞机和人体、枪械的碎片在硝烟中四处乱飞。伞兵们看着这幕悲剧,惊得目瞪口呆。

机舱门口的排头兵立即报告:"长官,我们有两架飞机爆炸了。"

威特斯叫道:"快快快!高度再下降一点,我们就能离开这该死的地方了。"

"有人跳伞吗?"廖景阳帮陈至公挂好伞钩转头问。

"没看见,长官。"

威特斯失去冷静地咒骂道:"哦,上帝啊,所有的不幸都被我们赶上了!"

廖景阳说:"见过背的,没见过像我们这么背的。"

海边冷冷地说:"也许只是开始,长官。"

这时,前舱机长给驾驶员下命令道:"快!快上升高度!加速!加速!快离开这儿!"

领航员叫道:"长官,没错,空降地区就在这儿。"

"不,我们不能丢下尸体。快飞!该死的!"

飞机在弹雨中颠簸,机舱内"隆隆"噪音伴着舱外"隆隆"的炮声,令人异常焦虑。

在倾斜的机舱里威特斯安慰伞兵们说:"不用担心,这是一架全金属外壳的飞机。请相信美国,相信科技。"

他话音刚落邻近的一架运输机突然被炮弹削掉了水平尾翼,机身顿时失去稳定。它像醉汉似的一晃,然后一头栽下去。没等伞兵们跳出机舱又一串追踪而至的炮弹钻进了铁皮,随后它当空爆开一团火球,几个人形翻滚着直坠入尘埃。

就在驾驶员全神贯注地操控飞机的时候,突然一发炮弹穿过机身把方向舵打掉了,接着又一发敲掉了右舷发动机。

飞行员惊慌地叫道:"长官我们撑不住了!"

于是机长果断地拿起机舱内的对讲机用英语说道:"先生们,我们将脱离编队。减速后,请大家各自逃生。再见,我们地上见。"说罢,他按下了机舱内的绿灯开关。

威特斯立即冲伞兵们高高竖起大拇指:"太棒了!我们终于可以离开这狗娘养的地方!"

8时3分,伞兵们做好了最后的准备。这时飞机机身前倾,颠簸得越来越厉害了。廖景阳倒数:"三、二、一,跳!"说罢,他毫不迟疑地将全身在机舱门口奋力一悠,纵身跃下!

风,巨大的风,从他耳边"呼呼"吹过。"嘭!"主伞张开,伞花怒放长空!就像雄鹰在蓝天上张开双翼。飞在蓝天上,他回首一望,一朵朵伞花飘满天涯。接着只见他们刚才搭载的那架C47一头扎进脚下的一片土岗上,接着失控的飞机在地面飞速滑行着,然后"轰"的一下撞断了一棵大树,旋即冲下土岗,"轰隆"一声起火爆炸了。湍急的河水瞬间便冲走了幸存者。接着一阵破空的枪弹自地面飞蹿上来,贴着廖景阳的耳畔,一声声刺爆了空气,发出尖锐的啸声。

一队日军步兵在地面上追着空中的降落伞射击。虽然栓动式步枪打伞兵显得很无力,但蒙中的概率,还是对空中无遮无拦的伞兵进行了一些杀伤。一个伞兵,在空中被击中了腹部,这使他的肠子随着下降的速度迅速流了出来,惨不忍睹地挂在半空。

廖景阳幸运地落在一片青草地上,然后他奋力解开伞绳,拔出手枪便去支援队友。

很快,同机的伞兵相继落下,有的坠落在稻田里,滚得满身是泥,有的落进河里被冲走,还有的人向树林中降落。这时,有人在附近高呼:"救救我!救救我!长官!"廖景阳循声望去,那是一个同机的伞兵,他被挂在了一颗高高的白杨树上。

廖景阳闻声正要赶过去解救,突然同方向传来一阵激烈的枪响。追踪而至的日军一阵乱枪,顿时将那挂在半空中的伞兵打成了筛子。

廖景阳上去迎击的时候,正好碰见陆枫桥自树林中跑出来。他屁股后面拖着长长的降落伞。

廖景阳将他拉到树后,然后用手枪向他身后的日军追兵射击。逼近的日军立即拉开散兵线朝他们压上来。廖景阳一边掩护着陆枫桥解开伞绳,一边以精确的速射,压制着逼近的敌兵。就在这时,海边赶来了。他以狙击步枪快速精确地射向日军,将冲在前面的敌人一一击毙。

很快,这股日军便被逼到树后不敢冒头了。接着,彪子也带着几个伞兵冲过来,掩护着廖景阳他们,迅速退到一处开满鲜花的小高地上。他们在廖景阳的指挥下,迅速建起一个小型的环形阵地。这样一来,便很好地掩护了散落在附近的伞兵向这里靠拢。

战士们冒死在敌人火力下,抢回了散落在附近空投的武器包,过程中又有一个年轻的伞兵饮弹。他们迅速取出步枪、机枪武装,然后构成了一道临时防线,将日军死死压制在高地下的树林里。但是日军仍然在远处以38大盖向他们打冷枪。廖景阳便呼唤狙击手,对树林中的日军进行狙杀。

这时候,陈至公满身是泥地从附近的稻田里跑来说:"还有没有人了?"

陆枫桥说:"大老乔不见了。"

廖景阳当即下令:"彪子带两个人跟我走。"

"我去吧。"陈至公说。

于是,廖景阳让彪子带两个战士跟着陈至公从这座无名高地右侧滚了下去。

　　他们压低身子,爬过泥泞的稻田,然后从侧翼迂回到树林中。接着树林中传来一阵日军"叽里咕噜"的讲话声。他们便立即顺着声音搜索过去。逼近以后发现一名日军正躺在地上兀自呻吟,而附近却没有人。陈至公他们迅速冲上去包围了伤者。那竟是一个一脸稚气的孩子,他腹部受了枪伤,鲜血染红了身下的青草。他惊恐地望着这些从天而降的中国大兵,吓得竟不再出声。彪子立刻压低了枪口就要解决他,陈至公连忙示意他住手。

　　接着,陈至公低声指示两个士兵道:"抓活的,带回去。"

　　两个兵上去捆了伤员的双手扛起来就走,这样一来那伤员又开始大喊大叫了。他的喊叫终于得到了响应,两名日军迅速从林子里冲出来。他们跳出灌木丛,绕着树林直追过来。猛然间从他们面前的树林中突然跳出两个手提冲锋枪的中国伞兵。陈至公和彪子迎着敌人就是一阵短点射……

　　陈至公在降落区寻了好一圈,就是没再找到失散的弟兄,只好带着彪子悻悻而归。回到小高地众人不敢久留,立即交替掩护着朝附近的山林里钻去。

　　他们跑了好一阵,终于在山林中找到一架坠毁的C47残骸。彪子上前寻了一番,除了几具烧焦的尸体,什么也没看见。

　　"俘虏呢?"陈至公突然想起来。

　　陆枫桥说:"下肋骨骨折,脾破裂,失血太多了。"

　　"还愣着干吗?就地审讯!"

　　于是陆枫桥赶紧蹲在那少年俘虏身旁用日语问道:"你的部队番号是什么?为什么来这里?"

　　那大男孩子闭着眼只是吃力地呼唤:"哦卡桑……哦卡桑……"

　　彪子急忙问:"他说啥?"

　　"他在叫妈妈。"

　　"装哪,叫啥也不好使,叫他快说。"

　　"你别急,好好说。他是孩子。"

　　"算啦!不说拉倒。遇佛杀佛,遇神杀神。谁挡我路我整死谁。"

　　陆枫桥解开俘虏再次轻声问:"喂,兄弟,你是哪支部队的?叫什么名字?"

　　于是伤员皱着眉,将手轻轻抚在胸上,闭上眼忍着剧痛说:"104师团……园支队,二等兵花谷治秀。"

　　"你们为什么来?"

"是……是命令。"

廖景阳听着翻译突然问:"问他什么时候来的?"

"3 天前。南部……南部军曹说中国人要……空……空降。"他断断续续地说到这里,突然睁开眼凝望着天上的流云喃喃自语:"妈妈……妈妈啊,我……就要死了……早晨的风……会带我回到您的窗前……"说到这里,他竟瞪着空洞的双眼气绝了。而在他的眼角上,有一滴泪久久未曾滑落……

看着这个十几岁大的孩子就这样死去,众人也不免叹息了几声。就连彪子也说:"妈拉个巴子,谁把这孩子忽悠到这嘎儿送死来了?"

"东条英机呗。"

"妈的!"

就在大伙正在发泄不满的时候,廖景阳已经合上了这少年敌兵的双眼。然后他缓缓站起身,拨开手枪套,突然猛地拔枪,黑洞洞的枪口直指陈至公。

"又咋啦?"彪子转身问。

"你问他!"廖景阳怒不可遏地说。

陈至公似乎明白了廖景阳愤怒的缘故。他平静地说:"如果你认为是我或者是我们的人出卖了你们的话,你开枪吧,我没意见。"

"我有意见!为什么?为什么最好的兄弟是共党?为什么跟你来这儿,我们就遭埋伏?"

"我怎么知道?但我坚信共产党决不会做这种下三滥的事。"陈至公无奈地叫道。

"听上去有点道理,但是现在这里只有你不是同路人。你告诉我,还能回来吗?"

"你知道,不可能了。但我的心从未离开。"

"好吧,你该走了。我不想让你连累弟兄们。否则这仗就是打赢了,我们也洗不清通共的罪名。"说着廖景阳收起枪,向大伙招呼道,"都听好了,我再重复一遍:陈长官没和我们在一起。谁要是将来说出去,大家都得被枪毙。好啦,出发!"接着他率先大步流星地走在最前面。于是士兵们相继跟着离开。陆枫桥经过陈至公身旁的时候,特意拽了拽他,意思是一起走,但是随即被他甩脱了胳膊。陈至公目送着伞兵们在树林深处走远了,才转身低着头离开。

"你们怎么了?"彪子在路上问。

"你知道共产党吗？"廖景阳问。

"知道。听说他们也抗日。"

"可他们和我们不是一路。委员长已经下了结论：共产党就是搞武装割据妨碍统一。苏联的共产国际都解散了，中国的共产党也长不了多久。"

"打鬼子的就是一路人。"

"我们是中央军，青天白日朗朗乾坤的国之栋梁，国民革命军的主力，民族复兴的根本。委员长手著的《中国之命运》已经说得再明白不过。"

"那又怎么样？陈长官不是也和我们一样吗？"

"可惜他是共党奸细。"

"我看不出来他哪儿不好？他没有做对不起兄弟们的事！"

廖景阳点点头说："我他妈也不信。我一直当他是我兄弟。可是过去共产党就是敌人，直到现在新四军的军长叶挺还关在监狱里呢。"

陆枫桥问："现在不是国共合作了吗？"

"貌似，但深层的东西我们也看不透。反正军统局一直在抓共产党。"

行军中，陆枫桥对海边悄悄说："我觉得廖长官变了。"

海边说："他没有，他在这儿。"

"可是我怎么觉得他来伞兵以后和在缅甸不一样了？"

"不打仗他没精神。"

"我是说，他好像开始在乎自己了。有一点自私或者是别的什么，反正我说不好，就是觉得他哪儿不对劲。"

"知道长官们最怕什么吗？"

"不知道。怕死吗？"陆枫桥想想问。

"最怕和共党沾边儿……"说到这儿，海边咬着嘴唇寻思一阵接着说，"你说如果陈长官是共党，他也没干啥呀？"

就在这时候，山林外传来一阵又一阵激烈的枪声，廖景阳连忙率部朝枪声传出的方向赶过去。

临近目标的时候，他特意站定，安静地听了一阵枪声道："两点钟方向一挺 92 式；38 大盖有一个小队；歪把子 2 挺。"

这时海边插嘴道："日军对面是我们的人，M1 汤姆森。"

彪子说："汤姆森对射不行。"

廖景阳突然示意众人噤声道："别说话，听勃朗宁轻机枪。听那节奏是豹子。"

彪子说:"快点的别磨叽了。哥,快下命令吧!"

"分两队,彪子一队从当中杀过去。我迂回。"

分好兵以后,廖景阳带队沿着山脊运动,很快他们就摸到日军阵地侧后。一看之下,只见山岭下就是宽阔的北江,背水一战的伞兵们被日军居高临下压制在河滩上。于是廖景阳选了个射击位置对海边说:"我们不暴露,你别开枪。一旦打响照死了干。"

海边点点头,就去瞄准半山腰下的日军。接着,廖景阳自己带着人朝日军背后快速逼近。

彪子他们从山林中钻出来率先打响。顿时山腰上的日军有一半火力朝他们横扫过来。38大盖的弹丸,穿过山谷的云直钻入对面伞兵的身体。彪子靠在树后换弹匣时,教训他的部下说:"散开打,别死一个害两个。"就在这时,一颗子弹穿过树干,生生地钻进了他的脊背,这使他不由地一跤坐倒。

正当日军对新冒出来的伞兵疯狂射击的时候,廖景阳他们趁机跃进,从山上丢下一片手雷。手雷落在山坡上,"哧哧"冒着烟又从岩石上弹起来,然后跳到日军重机枪阵地里。正在搬弹药的副射手见了,连忙附身拾了起来,他想一扬手再丢下去,但就在这时候手雷"轰隆"一声爆炸了。

廖景阳带队从山冈上跳下来,他们以冲锋枪、步枪近距离向日军射击,将日军的后背打得稀烂。日军轻机枪手慌忙转身的时候,便叫海边第一个给崩了;接着第二个,第三个。旋即对面树林中伸出一支瞄准镜步枪,握枪的射手迅速朝海边这边搜索。由于对方逆光,海边当即透过瞄准镜率先看到了对方枪镜的反光。他冷笑一声,"你完了。"话音未落便扣动了扳机。

山下被压制在河滩的伞兵,见到援兵到来,立即从河滩上跳起来加入反击。但是有些人刚刚弹起身子,便被对面的步枪撂倒,失去重心的尸体一个趔趄扑倒在进攻的方向。血从弹痕中涌出,一点一点渗进了土壤,于是那滩头开满的野花便更娇艳了。鲍春抱着机枪,跃进几步,找个顽石依托,迎着日军的急射,用欢快的节奏向日军对射。每一个点射消灭一个敌人。

16具伞兵的尸体被"一"字排开横陈在血染的河滩。活着的伞兵围在战友的尸体旁默默不语,每一个人都沉浸在悲伤之中。

廖景阳蹲在彪子的担架旁低声问:"怎么样?很疼吗?"

彪子狠命地抽着烟说:"没关系,我背上肌肉厚实。"

陆枫桥说:"幸好子弹先穿过树,要不然他就完了。"

"让海边给你拍个 X 光怎么样？"廖景阳尽量显得很轻松地说。

"算了，他那是死光。我不想让他给我照相，老子不是孤魂野鬼。"

"需要医院，需要把他后背的子弹取出来。"陆枫桥说。

廖景阳点点说："是的，我们在这儿不是孤军奋战。不是还有个什么第 5 纵队吗？这帮兔崽子，按计划应该在空降区守候。死哪去了？"

陆枫桥忽然问："长官你说负责接应的人，会不会就是奸细呢？"

"不会吧，粤北会战打响只是弹指间的事。谁会在这时候袖手旁观呢？"

"那你为什么怀疑陈长官？"

"我并不怀疑他，但他必须离开我们。我不想再上军事法庭，也包括你们。也许根本就不用上军事法庭。战场上随便下个炮灰命令就能把我们集体清除。"

彪子说："你竟忽悠我们。胡咧咧啥呀，国共合作了，都是打鬼子的兵。"

"皖南事变已经证明了委员长没忘记旧恨。"

"切，数狗脸子的。"

"没错。但是一旦共同的敌人不存在以后，会不会又回到原来的样子？当然我也希望打完鬼子，国共合作能真正建立起来。但委员长的主，我做不了。我只能做主让我们远离麻烦。我讨厌政治。"

当天下午，廖景阳一行遇到前方的一个村落。随后海边带着侦察兵回来兴奋地报告："找到了，找到了。3 排……3 排齐装满员就在村子里呢。"

进了村子，那些广东人纷纷出来围观他们，甚至胆大的小孩还走过去摸摸战士们的武器。在那里，廖景阳和三排长何风碰面了。何风说道："当时运输机全乱了，但是我们排的那几架飞机真不错，一直带着我们飞出地面火力射程才放绿灯。"

廖景阳说："好啊，现在七拼八凑大半个连是拉出来了。可是重火力呢？"

"我们排还有几支巴祖卡，和一挺 30 重机枪。好几个空投箱都在山里飘没了。"

"你们有电台吗？"

"有是有，就是空投下来的时候摔坏了。"

"嗯，连部没了，通信班也完了。"

"还有一个加强的重火力班。他们的飞机撞山了，当时我就在机舱门口看见的。"

廖景阳听罢叉着腰原地直转圈，一抬脚踢飞了一枚石子。然后他叹道：

第七章 弃 子

"这回算瞎了,又他妈失去联络了。"接着他又问,"这儿人怎么样?"

"老实,我们最早来的时候都不敢出来。"

"你找个听得懂话的过来聊聊。"

廖景阳摘下钢盔垫在屁股底下,靠着墙坐着,疲倦得有点想瞌睡。他尽量让自己保持清醒,于是他唤来两个士兵将水壶中的水一齐浇在他头上,"啊好!"他说着甩甩头站了起来。这时何风带着一位中年男子过来报告:"他是保长,见过点市面。"

于是廖景阳客气地请他去坐自己的钢盔。那人连忙摆手拒绝,吓得直哆嗦。"好,站着说。"说着廖景阳从何风手中接过钢盔戴上问道:"有个第5纵队听说过吗?"

"知道。"那人点点头。

"他们怎么样?"

"不好说。"那人唯唯诺诺地讲。

"别怕,我们是中央军,是国民政府派来收复失地的正规军。"

"哦。好吧,长官这个第5纵队坏透了,他们不打日本,专祸害老百姓。谁有钱就说谁是汉奸,打人、抢东西,还烧房子。在我们这里一提第5纵队没人不恨,没人不怕啊。你们……你们是来打他们的吧?哎呀,上面总算发兵了!"

廖景阳听罢与何风相视一阵苦笑。他问:"日本人坏?还是第5纵队坏?"

"日本人就来过一次,我们都跑了。回来一看,啥都没少。可是这第5纵队来一次啊抢一次,还把人吊在树上用火烤。那个狠啊,我们可都是中国人啊!"

"明白了。那么第5纵队在哪儿?我是说他们的窝儿在哪?"

"在西坪山上,他们人可多了。方圆百里的流氓地痞都入了伙。哎呀,简直是贼窝。"

廖景阳将保长打发走。然后他朝小柯要来地图,就地和他的几位排长们谋划起来。

"啥抗日游击纵队啊?整个就是土匪!"何风气愤地说。

"干他,老子削死他。"彪子说。

廖景阳分析道:"这就对了。这个第5纵队既然是当地名副其实的土匪,那么就说明他们最不想让国军光复。由此可以判断他们有通敌嫌疑。"

鲍春说:"那就索性端了他们的老窝。"

廖景阳想想说:"不行。我们有任务,多一枪都不能放,我去谈谈。"

彪子说:"哎呀,别跟他扯犊子玩啦,土匪啥样我最清楚。老得瑟了!"

廖景阳说:"先把伤员安顿了。轻伤不算,19个伤员要留在这儿。"

"我算啥?我能打仗!不就背后叮个窟窿吗?"彪子说。

"你留下,带着伤员就地隐蔽。伤员也需要指挥官,等打完仗我来接你。"

"不行,我得削那帮小子去。"

"服从命令,别让我找人抬着你行军。"

部队集合的时候,廖景阳将陆枫桥喊出列说:"医生你留下,别让重伤的死了。"

陆枫桥不悦地说:"我不留,有医护兵干吗找我?"

"你是行家。"

"我早忘了,就只会杀人不会救人。"

"好吧,随你的便,小心点别让人家给杀了。"

陆枫桥提醒道:"长官你忘了,威特斯教官现在还生死未卜。"

廖景阳沉思了一阵说:"对了,兵分两路吧。何风现在是副连长了。你带上1排、2排沿最近的据点扫荡,但只许侦察,不许恋战。我和豹子带3排找第5纵队。天亮前在这集合。不见不散!"

清冷月夜,一江碧水无声地流过水牢。忽然一阵军靴声响,威特斯被日军从水牢里揪着头发拖了上来。接着两个日本兵押着他来到江边的一座竹楼里。在那里一名国军中尉和一名上士被倒吊在房梁上。日本兵轮番用棍子在两人身上像摇鼓一样地敲着。一名日军狠狠地用脚上的皮鞋踢在中尉脸上。中尉顿时发出一声哀嚎;而那名上士似乎早已失去了知觉。

威特斯被日本兵按在一名少佐面前跪下。少佐用蹩脚的英语问道:"从美国来?来了多少人?"

威特斯怒目而视地说:"是的,我漂洋过海来这里踢你的屁股。"

少佐听罢立即给了他一记响亮的耳光,他问道:"你的那群中国小兄弟在哪儿呢?"

"在看你娘跳脱衣舞。"威特斯又骂。

少佐愤怒地吼道:"混蛋。你们这些该死的美国佬,用重型炸弹杀死了我们那么多人。广岛、长崎!你知道杀死了多少无辜的平民吗?"

"战争就这样,以牙还牙,以血还血。"

第七章 弃 子

少佐沉着脸不再回话。他慢慢掏出手枪，推上套筒，然后信手朝那两名战俘连开数枪。立时死者的鲜血顺着倒吊的尸体汩汩涌流。血未冷，但人已死。接着少佐猛地提起威特斯的脖领重重地将他摔到那一摊血泊中。然后少佐将皮靴用力踩住威特斯的脸，这使他闻到了那血腥。威特斯能感觉到他的脸已经沾满黏稠的血浆，同时他最不能忍受的是那皮靴正在狠狠碾压他的面部，这使他极端痛苦和恐惧。

少佐说："尝尝吧牛仔，这就是血的味道。"说罢，他猛地拔出军刀，忽地高高举起，然后夹着寒风直劈下来。

"哦，不。"威特斯发出最后的嘶吼。

少佐的刀挥得快，收得也快。一柄战刀竟在触及威特斯的面颊之际，突然停住了。威特斯盯着眼前锋利的刀尖紧张地说："哦！不，根据《日内瓦公约》，你不能杀我！"

"你错了，中国没有加入。"

"我是美国人。"

"这里是中国。"说罢，少佐再次挥起战刀，战刀在空中呼地画了个圆，接着直直地劈下去！旋即那刀锋一偏，便斜斜地插入地面，插在威特斯眼前。然后一阵血雨便从威特斯头顶落下！威特斯惊恐地睁大双眼，看着眼前的刀锋。

这时，何风从外边掂着枪一闪身钻了进来。他随手拔出刚才飞掷在少佐喉咙上的匕首，然后就势一推，少佐的尸身便瞪着眼侧身歪倒在威特斯身旁。接着何风用匕首挑开威特斯手上的绑绳，扶起他低声叫道："长官没事了。"

威特斯仍然惊魂未定。他张大嘴巴，瞪着何风竟然口吃起来。

"你怎么样？你还能动吗？长官。"何风问。

"……"

看着眼前这个满脸是血的美国人痴呆的神情，何风不禁照着他连抽了几个嘴巴道："没事了！没事了！你醒醒！"

威特斯感到疼痛的时候，才慢慢恢复知觉。他问："我还活着？"

何风哪儿听得懂，干脆将少佐的南部手枪塞进他手里，然后拽着他就往外走。原来就在今夜，何风将大部队留在据点外埋伏，自己率一支小队沿江偷偷摸近日军据点侦察。他们避过探照灯，从水路秘密潜入，正好跟踪了押解威特斯的卫兵。利用少佐的枪声，他们干净利落地杀死门外的日军，而后在千钧一发之际何风甩出飞刀救下威特斯。

在突击小队的掩护下，威特斯刚拐过营房，就被日军游动哨发现。狭路相逢，何风不等对方开枪就甩出匕首。但日军临死还是鸣枪报警了。接着营房里闪出的日军打中了一名伞兵。顿时日军军营大乱，哨音四起，高高的炮楼上探照灯刷地如雪般扫过来。海边迅即举枪打掉灯光，然后众人交替掩护在机枪盲射的火力下遁入北江快速撤离，但一个断后的伞兵却被机枪扫倒。

随即，据点外埋伏的伞兵立即投入战斗，他们用火箭筒袭击了碉堡，用机枪压制着追兵。借着火光的闪亮，海边沉稳操枪，将反冲击的日军逐个击毙。

直到何风他们冒死从敌人火力下冲回来，部队才乘着夜色掩护撤退了。

廖景阳此刻正站在第5纵队的司令部门前。这是一个典型的山寨，当中的司令部门上高悬一块聚义厅的牌匾。门口排开一队身着黑衣的壮士，一个个叉着腿横端着一杆38大盖。他们刚走进纵队司令部，旋即一阵爽朗的笑声便自内堂传出来。接着一个个子不高、身材精瘦的广东汉子手里"叮铃咣当"地捏着一对铁球，由一队腰插双枪的保镖簇拥着迈着方步走出来。只见他穿一身没佩戴军衔的国军呢子制服，脚登皮靴，晃着身子，一步三摇地来到厅上。他见到廖景阳双手一抱拳道："兄弟邹敬儒，不才，第5纵队司令官是也。"

廖景阳先声夺人："别臭拽了。我不管你是谁，我奉国防部之命，前来粤北抗日。是敌是友你来声痛快的。"

"哈哈，你说我是谁，我就是谁，谁是我都行。沦陷区里讨生活是敌是友，本来就忠奸难辨。"邹敬儒笑着说。

"呵呵，你也不怕闪了舌头？直说了吧，我军预定空降区域，只有你邹司令知道。为何当我们到达之时却不见贵军接应，反遭日本人的埋伏？"

"哈哈，林子大了什么鸟都有。"

"别废话了。这件事我可以不再追究。下面你当听我的指挥，按时赶到指定位置，修筑工事克敌制胜。"

"你深夜到此就为了跟我说这几句屁话？"

"别来劲啊！国军已经收复了南宁，又克柳州、龙州、凭祥。广西即可平定，张发奎的主力说话就要南下了。你还是识时务吧。"

"余汉谋就是草包，你问问他敢南下吗？"

"12集团军粤北行动不过是南下序曲，就算余汉谋不行，可后面还有中央军。"

"老子是粤北的王。什么国民政府？日本人？谁来老子也不怕。我且在城楼观风景。马谡上山就是个死!"

"好,既然你谁也不帮,那么我要借你的丰宁渡口运兵过江。"

"哈哈,不成。"邹敬儒非常气人地说。

"那好,你既然唱空城计,下面词儿我帮你唱。"

"喂,要不是老子还不想惹蒋介石,你们走不了。"

"好。咱们走着瞧!"说罢,廖景阳一抱拳带着小柯走了。

　　回到集合的小村,廖景阳紧急召开军事会议。他展开地图说:"按原计划我们该从丰宁渡过江,然后迅速占领制高点。但是第5纵队不靠谱这个节点得换!"

"换就换,备不住过江半渡之时,就又遭了日军埋伏。"何风说。

"嗯,等当了战俘,咱还得帮那孙子点钱呢。"廖景阳点头道。

威特斯突然说:"不行,行动必须取消。我们的意图已经暴露了。"

"为啥?这还没真干上仗呢。"彪子问。

"我们已经失去三分之一的兵力,失去重武器,失去通信联络,失去友军支援,继续作战已经毫无意义。"威特斯摆着事实说。

"那你滚犊子,我们中国人的仗,中国人打。"彪子突然拍桌子怒道。

廖景阳立刻约束道:"怎么说话呢?给我闭嘴!"接着他说,"按计划拂晓余汉谋的12集团军将从北、西、东三面向韶关的日军发起攻击。如果我们不阻援,广州日军一到,12集团军将被迫放弃攻坚。这样收复粤北,前出广州的作战计划就彻底失败。要是等广西张发奎的第二方面军南下,至少还得耽误1个月。那时候日军有了防范,深沟壁垒,国军攻坚的伤亡就要成几何增长。我们伞兵打的就是出其不意的仗。其目的无外乎是出奇制胜,减少大兵团伤亡。如果我们放弃了,那么这次空降就毫无意义。早知道这样,大伙在昆明就该洗洗睡了。"

"你怎么能确定12集团军会按时发起进攻?"威特斯问。

"我们是军人。军人有军人的本分。"

鲍春说:"现在战场情况不明,如果能和12集团军取得联系就好了。"

"我是有心灭了这个第5纵队,然后缴获电台收编部队。但是时间来不及。"

"嗐——要是全营都来就好了。"何风叹息道。

廖景阳听罢摘下钢盔望着众人郑重地说:"最坏的结果是我们守不住阵

地，但我们必须尽全力发挥战役作用。每坚持一秒钟，就可以让战争早一分钟结束。这可能是最后一战了。"

何风点点头道："好，没二话的，我跟你！"

海边抱着胳膊冷冷地说："没最后，除非死。"

陆枫桥点点头说："够了。一分钟可以打死十个鬼子。"

"我已经完全站在军事要素的角度阐述了我的观点。你是指挥官，你要为士兵的生命负责！"威特斯说。

廖景阳却强调："首先我要为我的国家负责。然后才是炮灰们的命运。"说罢，他当即下令，"任务改变：全连即刻沿北江逆流而上，从花溪渡过江。根据地图从这里过江后有 655 和 527 高地，扼守要冲。两个高地是双子峰，一旦拿下制高点，就可以更近距离地控制粤汉铁路和江面。缺点是敌情不明和距离曲江日军较近。"

何风说："我赞成！人挪活树挪死，随机应变。丰宁渡倒是死地。"

威特斯说："我亲爱的少校先生，你什么都不清楚，怎么能投入作战呢？如果按你所说，那里那么合适，我想日本人肯定会有布防。"

廖景阳说："那就更好了，说明我们可以获得现成的防御工事。"

"这样太冒险了。"

"我们中国有句古话叫'不入虎穴焉得虎子'。"

"我反对！"

"没问题教官，你可以留下。你是美国人没必要参加我们的战争。"

"带我去！要不然憋屈死。"彪子说。

廖景阳看看他笑着说："你去了就没命回来了。"

"你啥时候说过正经玩意儿啊？忽悠得我啥都不信了。后背钻个窟窿砍人不好使，但趴着打枪总成吧？兵力本来就少，你应该需要我！"彪子解释道。

"好吧，所有还能开枪的弟兄全上。轻伤员集中起来作 3 连的预备队，等前边的人死绝了，你们再死扛。"这就是说 3 连准备死磕了。

彪子笑笑说："好啊，你死了我就是第 9 任连长，还是八吉利。"

"嗯，我巴不得让位。"

"我也去。请带上我。长官！"威特斯郑重地说。

"算啦，美国那妞儿还等着你回去繁殖呢。"

"不，我首先是一名军人。然后是美国人，然后是他妈的死人。"

廖景阳认真地看看他说："老乔，如果你非要来，那无论怎样都要活着，

第七章 弃 子

活下来以见证中国人浴血抗战的决心。"

"OK，我可以保护自己。"

"好，请阁下一定服从我的命令。"

"是，长官。"他说着高兴地立正敬礼。

次日夜，3连在花溪利用自制竹筏悄悄渡过了北江，然后迅速向目标插去。当接近目标时，前面尖兵回来报告："高地有鬼子，有碉堡。"

廖景阳点点头简短下令："好，3排包打655，1排埋伏在两山鞍部伏击527增援之敌，2排隐蔽接近527伺机夺取！都听明白了吗？"

待各排长受领任务后，廖景阳低声下令："各就各位。行动！"

就在伞兵们当夜奇袭日军高地的时候，国民党第7战区12集团军司令部里司令长官余汉谋也正在作战室开战前会议。

余汉谋正襟危坐，专心听着作战参谋的敌情汇报："4日前，日军104师团主力突然北上，沿粤汉铁路扫荡前进。今天白天发现该师团园支队于英德、平峪一带与我空降兵激战，后去向不明。"

他的参谋长说："什么去向不明，一定就在沿江的据点里。"

余汉谋说："继续，继续，别打断他。"

"我空降兵于今日8时许在平峪以东清水坡附近相继空降，曾遭日军突袭，后去向不明。"

"切，什么去向不明，肯定躲进山了。"参谋长又说。

余汉谋一脸不悦地假装咳嗽了两声，然后摆摆手示意参谋道："继续，继续。"

"我160师前沿傍晚开饭的时候，突遭日军炮击，958团3营9连伤亡过半。955团阵地前日军有明显增兵迹象，据报见到有坦克装甲车编队于阵前巡防。"听到这里，余汉谋突然举手打住，然后看看众将校说："看出来了吗？日军增兵了。104师团主力都开过来了。"

参谋长说："这个104师团和我军屡次交手，曾和独立步兵第8旅团联手攻取我韶关。这次他们突然再次北上，很可能是冲我们来的。"

余汉谋沉着脸，双手捂着茶杯说："这是他21军的主力啊。数次窜犯粤北，装备精良，打仗不要命。真是个不好惹的对手。"

参谋长说："依我看暂时按兵不动，看看动静，或者佯攻一下试试深浅再说。"

余汉谋为难地说："何应钦这次特意给我派来伞兵支援，我若是不打岂不是落下话柄吗？哎呀，前有豺狼后有虎豹，你说我是什么？"他摇着大脑袋一时也无良策，晃了好一会儿他忽然说："去赶紧问问邹敬儒那个王八蛋，问他动不动。不是说由他配合伞兵行动嘛。"

3排的伞兵乘夜攻进655高地，他们冲进一座碉堡，迅速用冲锋枪全歼了敌人。随后操起机枪向邻近的日军阵地扫射。一名日军抱着炸药包滚出堑壕，低姿匍匐拼命爬到碉堡附近。他正要拉火的时候，突然被碉堡附近的伞兵用冲锋枪击毙。

655高地若失去，527高地就会暴露侧翼，所以这一着是攻敌必救。果然从527匆匆赶来两小队日军，他们行动敏捷，队形密集，正好进入一排伏击圈。中国伞兵的一排手雷齐刷刷甩去。爆炸未停，树上的机枪、草丛中的冲锋枪便一齐开火。

前去驰援的日军一遇袭，2排立即成前三角队形从山后侧冲上去。鲍春一马当先抱着机枪扫出一条通道。左右翼攀山而上，以手雷开路，以冲锋枪扫射。他们抵近阵地上的交通壕，迅速清除抵抗，而后绕到日军碉堡后面安放炸药。一声爆响将碉堡炸成碎块。

战斗到最后，3连与敌进行逐屋、逐壕的争夺。他们用火焰喷射器袭击战壕的拐角处，将闪身在角落中的日军化为焦炭。他们向营房里投掷手雷，将悬挂的马灯炸成了粉末。一名日军抱着露出白骨的断腿，躺在地上痛苦地哀嚎。鲍春闻声闯进去提起机枪照着营房里一通狂扫，旋即便结束了那伤员的痛苦。

随后伞兵们开始在各自攻坚的高地上清剿。附近的草丛里还有一些敌人打冷枪，伞兵们不得不在黑暗中肃清他们。

伞兵们押着两名战俘来到碉堡前。何风惊奇道："怎么？还逮着活的了？真新鲜。去叫医生来审问一下，然后就地枪毙。老子只要数字，不要俘虏。"

这时，一名右臂炸断的日军仰面躺在草丛中。他喘息着用左手从腰间吃力地掏出掷弹器固定在步枪口，然后取出枪榴弹套上，最后用牙齿咬开枪栓塞进空包弹，听声辨位，便向何风那边射击了。一枚枪榴弹斜着飞来"轰"地炸响，破片的杀伤旋即将何风等人连同两个战俘一齐炸翻。

陆枫桥闻声立刻带着几个伞兵迅速散开，很快他们在没膝的茅草丛中发现这名日军。但见他紧闭双目，貌似呼吸已绝了。但陆枫桥还是发现他紧紧抱着的步枪，手指搭在扳机上的战备姿势。于是他果断地补上两枪，这才让那日军死绝。

廖景阳走进主碉堡，踢开电台旁的死尸，对威特斯说："看看这个。我唯一想要的。"

威特斯走过去看看那被炸裂了的电台说："哦，该死。他们毁掉了它。"

这时，陆枫桥轰开众人，拖着浑身血肉模糊的何风进来说："快，快让让。"

大家推掉电台将何风抬上桌子。陆枫桥立刻撕开他的军装，可一撕开所有人都愣住了，只见他胸腹间弹痕累累血肉模糊，连肝脏都炸出来了。陆枫桥翻开他的眼睑看了看，然后无奈地摇摇头。

忽然围观的士兵中有个上等兵不禁突然呕吐起来，这使本来就气急败坏的廖景阳勃然大怒，他揪住那个士兵的脖领按在何风的创伤前吼道："吐，接着吐。老子见过屄的，可没见过你这么屄的。"众人连忙过去将他拉开。他没处撒气，索性朝地上的电台踹去。

12集团军作战室里的会议一直开到天明。不过与其说是开会，不如说大伙是在一块熬夜。余汉谋将两肘戳在桌上托着腮帮已然许久，许久未曾说一句话。窗外的鸟儿叫得比往常还欢快，警卫部队出操的口号似乎也比往常还响亮，但这一切仍然令余汉谋无动于衷。陪着受罪的将校们已经个个无精打采，可就是没人敢走。这种寂静比死还可怕，因为你怕他一旦爆发就是尸山血海的将令！

终于一个参谋闯进来报告："报告长官，第5纵队回电了。"

余汉谋两手使劲抓抓头皮说道："念吧。"

"伞兵亦曾来访，但料日军之势大，我已劝其返。日军数倍于我，战法犀利，如今人方为刀俎，我为鱼肉。我军何敢妄动？请余总司令示下。"

余汉谋听罢气得直撇嘴。这意思就是说，他若下令攻击他第5纵队可能一触即溃，然而这个黑锅却得由他来背。于是余汉谋吸吸鼻子说："这个邹猴子长了毛比猴还精。烫手的山药又丢给我了。好，回电：望兄照办！"

参谋长不懂。连忙问："什么照办？"

"听不懂中国话？哈哈，我也不懂。中国话就这样，无限玄机。将来让国防部自己去琢磨吧。散会！"说罢，他长长地伸了一个懒腰。如释重负。

160师师长问道："司令，部队怎么办？"

"全线鸣枪开炮，往来调动，并不攻击。若日军能退避三舍亦是大捷。"

"要是日军进攻呢？"

"我退避三舍还是大捷！睡觉。"说着，余汉谋哈欠连天地迈着方步走出了作战室。

参谋长叫住他问："要是总司令部来电怎么说？"

"啊，就说我军正在与日军血战，战况惨烈。"说罢，余汉谋背着手扬长而去。

真的是战况惨烈，战至中午廖景阳率3连于双子峰两高地上，已与日军血战半日。他们凭借占据日军的坚固工事，据险而守不断向冲击的日军倾泻着弹雨。日军步兵退下去，炮兵就开始轰击。炮弹临空而降，将高地上炸得飞沙走石。

"轰"的一声巨响，将廖景阳震得两耳蜂鸣。他缩起头蜷缩在堑壕内高呼："别进碉堡，那是死地。"话音刚落堑壕东端的一座碉堡顿时腾起一片硝烟。接着惨叫声响起，未死的伞兵倒在废墟里痛苦地挣扎。医护兵冒死冲进坍塌的碉堡从里面扒出人，匆匆为伤者注射了吗啡。

炮声一止，伞兵们又各就各位，拉开枪栓等着步兵上来。廖景阳大声喊："都听好喽：300米机枪，200米步枪，100米冲锋枪，别打乱了！"

日军排开散兵线攀山而上，但是由于山势陡峭冲击的日军行动既缓慢又难以射击。山上夹着石头滚下来的是手雷，滚到半山腰炸开弹片横飞。向上攀岩一露头就被机枪打碎脑门，翻上山梁步枪弹当胸袭来。前面的人倒下，后面的人抢上一步，终于摸着尸体冒出来。而顷刻间冲锋枪密集的弹雨像扫帚似的将人从山坡上一股脑地赶下去。日军的冲锋好容易踏过了尸山血海。他们退下子弹，挥起刺刀高呼着万岁，冲上去拼命。而对方却拔出了手枪……

在日军进攻的间歇，3连一面忙着救护伤员，一面忙着收集弹药。廖景阳告诉陆枫桥："医生给你个作死的差事。"

"干什么？是去东京吗？还是杀四大家族？"

"不。何风死了他那个排归你啦！"

"我不会带兵！"

"带头儿死总会吧？"

彪子半卧在一片废墟间晃着个烟蒂叫廖景阳过去。

廖景阳过去问："伤员多了一倍，你的预备队又壮大了吧？"

第七章　弃　子

彪子笑着说:"不多不少,旧的不整死了,新的不来。"

"怎么拼光了?"

"这仗打得过瘾,预备队都死两拨了。没关系,反正我老有补充,啥时候你们都死绝了,我这嘎才完犊子。"

日军突然放起烟幕弹,白色的烟幕飘满山谷。胆小的士兵不禁匆忙戴起防毒面具,彪子便一把扯下来骂道:"丢人玩意,看好了那是烟幕弹。"

"长官,日本人……日本人会放毒气吗?"一个伞兵问。

彪子的回答很简单,就是一个大嘴巴,然后他骂道:"放他娘的屁。"

士兵感到委屈就有点掉眼泪,彪子又是一个嘴巴,然后说:"哭啥啊?咋那闹心呢?再哭,站到阵地上给鬼子看看。丢人玩意,你妈生你算憋屈了。"

日军迫击炮发射的烟幕弹弹幕正在徐徐蔓延。很快半山如云拦腰,接着山顶上也似进了云海一般。

廖景阳观察着推进的弹幕,默默数着弹着点在各地的分布。突然他醒悟道:"敌主攻方向在我两高地中间方向。"说罢,他高声叫道,"来一个班!手枪上子弹,步枪上刺刀,跟我上!"

廖景阳带着兵冲下655高地,向双子峰的鞍部快速前进。这时彪子已经带着他的伤兵预备队率先赶来掘壕固守。

山坳里不透风,所以烟幕像雾一样堆积在这里散不去。当廖景阳从山上跑下去的时候,迎面自迷雾中撞见的正是日军。他手疾眼快,刺刀落空就势甩过枪托重重砸在对方腮帮上,然后再一脚将对方踹翻。待到再需补上一刀时,那敌人已经跌进深渊去了。

彪子和他的战士们已经和日军近距离交上了火!他们用冲锋枪和手枪与日军短兵相接。

但是日军乘着烟幕的掩护,来得又多又快。好几个伞兵都是未及防备便被从迷雾中突刺的三八大盖捅死。彪子抡起冲锋枪用枪托拍倒一个日军。再转回身大吼一声砸飞了另一名日军的步枪。由于力大,使对方的步枪连同汤姆森的木托一起磕得不知所踪。

迷雾中负伤的伞兵杀红了眼。一个伞兵被三个日军用刺刀逼到石壁下,危急中他双手握紧两枚手雷,用牙叼开了保险,然后狠狠地瞪着日军啐掉了拉环……

接着此起彼伏的爆炸声在白雾中相继炸响。绝望的伞兵们和疯狂的日军彼此都在做着最后的了断。于是白雾间腾起一阵阵幽幽的青烟和血红的雨雾……

突然，斜刺里猛地又突入一把刺刀，它狠狠地扎进彪子的左肋。彪子负痛用左手死死攥住那支继续突刺的步枪，任那日军怎样用力，刺刀却捅不动。接着彪子左手攥紧步枪，右手扣开枪套拔出手枪，然后顶着那日军脑门叩响了扳机。

廖景阳带增援从乱战的迷雾中冲过来。当彪子听到动静挥手朝来人举枪射击的时候，手枪弹打完了。手枪空仓挂机的瞬间，彪子终于看清了来人，那是廖景阳。

廖景阳赶来的时候，彪子的手枪正指着他的眉心。看到枪没响，廖景阳骂道："笨蛋，看清楚了，你差点打死我！"他一边骂一边向视线内的人影有选择的开枪，而且绝不打错。

他又叫道："你们怎么来了。快带你伤兵跟我走，这儿不要了！""哥……你回吧。"

"听见了吗？守不住啦！收缩阵地！"说话间廖景阳闪身避过一名哇哇怪叫着突刺的日军，复一枪结果了他的性命。

而就在这时，彪子突然怒吼一声冲前几步，毅然从背后卡住一名日军中尉挥刀的右臂。而中尉竟立即伸出左臂握紧战刀反转刀锋，用力将军刀捅入自己的腹部，直到没刀柄，穿透自己再穿透背后的叶彪。"我削死你！"说罢彪子出手握住对方的刀柄，先向左再向右用力拉动军刀，直到将两人都剐得肝肠寸断……

廖景阳转身见了，连忙喊道："别！不要啊！"

彪子望着廖景阳喷着满嘴鲜血惨笑道："哥，我要……走了！"说罢，他抱着身前的死尸，迎着面前的敌人，拉开挂在胸前的手雷挺身扑了上去……

日军切断了双子峰之间的联系，便集中兵力向主峰袭来。对面 527 高地不断以侧射火力向日军背后打击。鲍春藏身在坍塌的碉堡里稳稳地操着重机枪点射，准星内的人影不断倒下。

日军很快就摆脱了这种被动局面。他们一面以炮火向 527 高地覆盖，一面从三面冲击 655 高地主峰。

威特斯操着重机枪朝山下扫射，爬山的日军成片成片地栽倒。日军指挥官战刀一挥，立时数支掷弹筒一个齐射，榴弹呼啸着朝重机枪阵地砸去。威特斯和他的副射手们顿时被气浪掀飞，摔在身后被炸毁碉堡的废墟上。当威特斯甩甩头准备爬起来的时候，却突然感到下身一凉。他抬头去看时，大半条右腿竟已经不知去向了，残留部分是血肉模糊的碎骨。威特斯不禁绝望地大吼道："哦！不！上帝啊！"

海边用瞄准镜锁定挥着战刀的指挥官，一枪爆头。然后他再沉着地瞄向下一个。两名日军交替掩护，交叉着向高地跃进。海边沉着地据枪瞄准。就在两人运动的交叉点重合的一瞬间，突然击发！旋即超音速的弹丸撕破硝烟陡然穿透了两人的身躯。随即人的身体便象风中的飘叶般，翻滚着跌下山坡。抬眼间他忽然发现阵地上活着的人竟只剩他自己了。于是他甩出一颗手雷，转身向后且战且走。他的狙击枪似乎不用瞄准，他总能随便扫一眼枪镜，然后甩手一枪，每一枪都能将日军射倒。突然一发榴弹带着呼啸风一样地扑来。当海边从爆炸腾起的烟雾中坐起来的时候，却发现自己的右手臂连同狙击步枪已经离开了他的身体。他挪过去想用左手去拾起枪，但是他失去的右手却死死攥着枪柄，食指仍搭在扳机上。

这时，陆枫桥冒死从斜刺里冲下来，他揪起海边的衣领一边拖着他走，一边夹冲锋枪扫射。但随即日军的乱枪便将两人都打倒了。廖景阳见状操着轻机枪一边朝山下射击，一边大喊："去，把人给我救回来。"

两名伞兵冲出阵地曲身向海边他们靠拢。他俩一个掩护一个救人，可日军的冷枪专打救人的。一个倒下，另一个再上，然后再倒下。

无需廖景阳再下令了，因为背后爆响着一阵雷鸣。那是日军冲上主峰正在爆破最后的暗堡。廖景阳被迫转身以手枪速射，近距离杀伤着逼近的日军。

一名日军刚被打中，立即引起一声震耳欲聋的爆炸。原来那日军满身缠着炸药，就是一枚移动炸弹，爆炸的气浪瞬间将廖景阳撞倒，他倒下的时候只看见扑面的暴土……当他从土里钻出来，神情恍惚。他两耳灌满了蜂鸣声失去了听觉，但他还是那样从容地快速射击然后装弹。伞兵们在主峰高地和日军展开最后的拼死搏杀，他们拉开挂在胸前的手雷，一边射击，一边大踏步向攻山头的日军逼近。他们抱着冲上来的日军一起滚下悬崖，然后在半空中爆炸，炸出一片碎肉血雨……

断腿的威特斯上尉靠着沙袋不断用左轮手枪射击，小柯从乱战的战场上闯过来，扯起他就往后拖。两人刚挪开，方才的沙袋就被炸上了天，随即满天尘沙铺天盖地地落下，宛如沙暴。

廖景阳满眼都是血，因为顺着额头流淌下的鲜血已经冲过了他的眉毛。他在血红的高地上不断射击，虽然什么也听不见，虽然眼前是一片血色苍茫。小柯跑来拉他，冲他喊什么他听不见，但是他拒绝离开。小柯便干脆在他身旁紧握步枪护卫。廖景阳揪住小柯在他耳边狂吼:"别管我,去保护美国人。"

说完,他拾起一支汤姆森夹在腋下,以手枪配合冲锋枪左右开弓交替射击。他迎着冲上高地的日军,一阵快枪将血红视线中的敌人一一撂倒。残存的士兵迅速在他周围组成一个环形防御圈,他们打光了子弹,甚至干脆掷出了匕首。直到日军再度冲击上来,直到一群全副武装的农民挥着刺刀、砍刀从他们身旁跑过,直到那些突然冒出的农民和伞兵们肩并肩地战斗,直到他们付出了莫大的伤亡将日本鬼子彻底赶下了主峰,直到陈至公攥住廖景阳的手枪冲他大喊:"好啦!好啦!别打了!"

这样廖景阳才渐渐回过神来,接着他的耳朵中塞满了爆炸声、枪声、喊杀声。那些跟着陈至公一起冒出来的武装农民,将重机枪重新架起来向日军追踪。一个农民扛起火箭筒"轰"的一声向日军射出一团火……

陆枫桥和海边被陈至公的部下用担架抬了上来。陆枫桥用微弱的声音说:"别管我……快救海边。"

海边只是一声声追问:"我的手呢?我的枪呢?"

廖景阳头上缠着绷带蹲下来,对他说:"兄弟没事儿,左撇子也有神枪手。我见过,真的。"

海边忽然笑笑,小声说:"你见过右手挂个铁钩子的神枪手吗?"

"见过,打过淞沪会战的老兵都这样。"

"哈哈哈……哈哈……哈……"海边笑着笑着血就一口口地从嘴角撞出来。廖景阳紧紧攥着他的左手说:"海边振作起来,我带你回家。"

海边用尽最后的气力说:"我的家在……海边……"说罢,他漂亮的大眼睛便无助地望着高地上正在徐徐飘散的硝烟。他想起了海边,那时候他还是海边一个无忧无虑的孩子……

当廖景阳含泪合上海边的双眼时,他忍不住猛地站起来揪住陈至公的衣领吼道:"你不是说来配合我作战吗?你不是说带共军来吗?你他妈死哪儿去了?"

"我来了。"陈至公难过地说。

"你来收尸吧!我们都死绝了。我的弟兄……3连……3连的弟兄们全死了。"说到这儿,廖景阳猛地推开陈至公,提起枪恶狠狠地向阵地前沿走去。日军的冷枪擦着他的头顶"嗖嗖"飞蹿着。

陈至公连忙将他按倒,然后委屈地解释:"你临时更换了狙击阵地。我们没料到。"

"我有毛病吗？已经被人摆了一道，还不长记性？"

"没错。那儿确实有鬼子埋伏，我们遭遇了一仗。后来听到这儿在战斗就赶来了。"

"你现在来还不如一枪把我给毙了！"说着，廖景阳飞快地拔出枪掉转枪柄交给陈至公。

陈至公将那支手枪重新交付到廖景阳手上说："你的弟兄在看着你，你厌了弟兄们怎么办？拿起枪，带他们走吧。"

廖景阳甩甩头，痛心地说："老子不走，哪儿打仗都会死人。"

"撤退吧，12集团军没动。"

"你胡说！"廖景阳叫道。

"我没骗你。今天早上12集团军只是进行了一阵佯动，就再也没了下文。"

听到这个消息，顿时使廖景阳的心头感到一阵剧痛，他噌地站起来，不由破口骂道，"我操！"说着他抡起胳膊将手枪重重摔在地上骂道："妈的，老子不干了！去他娘的，爱谁谁！"

这时候，一发迫击炮弹带着鬼叫，嘶吼着朝这边扑来，陈至公立即将廖景阳扑倒。

陈至公率游击队掩护着伞兵们且战且走。子弹打飞了他的军帽，在他的头顶上烧了一道焦痕。小柯架着伤员往后撤。突然他听到身上发出"嘭"的一声。但他没觉得哪儿疼，在身上一摸竟是腰际扎紧的子弹带被38大盖射穿了。

他身旁的伞兵羡慕地说："你真命大。"话音刚落，一发流弹便击穿了那伞兵的脖子。小柯连忙扑过去搀起那伞兵撤离，但只跑出几步，那人便瘫倒了⋯⋯

游击队留下一个小队的战士，他们架着机枪和山顶上的日军对射。日军的38大盖打得极远，担任阻击的战士相继被射杀。但尽管如此，他们还是迟滞了日军的追击，使撤退的部队终于跑出了射界。

陈至公便带着游击队员们一路帮扶着伞兵和伤员们直奔渡口。

这里是丰宁渡，守卫渡口的是身穿黑衣的第5纵队。在老远他们就放枪了。陈至公喊话道："第5纵队的弟兄们，中国人不打中国人，借条道过江！"

对面的队长挥着手枪叫道："借你奶奶。开火！这是司令的命令。狠狠地打!"顿时第5纵队的火力更猛了。

廖景阳旋即下令:"端了他!"于是伞兵和游击队将轻重火力一齐朝渡口宣泄。一通压制,陈至公手一挥带头冲锋了。对面的第5纵队在对方冲锋线逼近的时候,开始慌了手脚。他们甚至看也不看就胡乱开枪,有紧张的竟好半天塞不上步枪子弹。子弹"嗖嗖"地在冲锋者眼前飞着,步枪、轻重机枪、冲锋枪同时从各个方向响起。

突然,陈至公觉得眼前一个黑糊糊的影子一闪,接着一个东西便砸到他的额头上。等那东西掉在地上定睛一看,竟是一枚没拉弦的手榴弹。它砸得陈至公头部生疼,额角立刻肿起一个大包。小柯上前捡起手榴弹,咬开拉环甩手便丢了回去,顿时炸得渡口土木飞溅。

待冲到近前的时候,第5纵队的蠢兵们已经举手投降了。廖景阳怒不可遏地下令:"全毙了,王八蛋一个不留。"

陈至公扶着刚受伤的左肩膀阻止道:"算了,都是中国人。"

"呸,有他们这样的中国人吗?"

小柯见到陈至公负伤,就来为他包扎。陈至公点头致谢,然后又说:"有好人就要有坏人。"

"坏人就不该留。"

"有更坏的。"

鲍春过来报告:"长官在那边的竹棚里发现了电台。"

廖景阳问:"能用吗?"

"能,我检查过了。"

"好极了,立刻带走。"

士兵们协力将渡口沙滩上的一艘木船推入北江。陈至公望着渡口说:"好了,过了江就是我们的游击区,鬼子轻易不敢过去。你们走吧。"

"回家吧,素问还等着你呢。"廖景阳说。

"我回不去了,你好好照顾素问。"

"别傻了,上边现在还没搞明白你怎么回事儿。"

"我说了,我知道自己的事。"

廖景阳诚恳地说:"你可以接上她远走高飞。"

"苟利国家生死以,儿女情长固然缠绵,但是国家兴亡却是男人的责任。"说到这儿,陈至公向游击队下令:"船坐不下了,让国军先上。"

"等战争结束了,你回来吧,她等着你呢。"说着,廖景阳点了一支烟交

第七章 弃 子

给陈至公。

陈至公接过来叹道："中国不是蒋介石一个人的。他需要公平地对待这个国家的国体和政体。我们的职责不是等到战争结束，是要看到中国真正的和平和富强。"正说着，远处的公路上，日军的车队正疾驰而来。

廖景阳催促道："别唠叨了！走啊，老陈。"

陈至公笑笑："廖兄，我们两个只能回去一个。你可以，再见吧。"

廖景阳上前拽住陈至公的胳膊道："不行，一起走。"

陈至公吼道："廖景阳别婆婆妈妈了，追兵上来了。我掩护你们过江！快啊！"

廖景阳放开他，随即换了弹匣，将汤姆森子弹上膛道："算啦！我陪你一起打到最后。看谁先死！"

陈至公深深吸了一口烟，然后深呼吸。突然他掉转枪柄，猛地在廖景阳后脑重重地一击便将他敲晕。然后他告诉小柯："小柯，快带他走！"

"陈长官我想留下。"

"走，再不走我毙了你！"陈至公举枪吼道。

小柯流着眼泪说："我留下，真的。我还跟着你。"

陈至公毫不迟疑地照着小柯脚下连开数枪吼道："走，带他走！快！"

伞兵们在船上接了廖景阳，然后扯起了白帆。小柯含着泪凝望着江岸，江岸上陈至公指挥着游击队员们正在紧张地掘壕布防。日军转眼即到，成群的步兵跳下卡车投入了战斗。小柯站在船尾，远远望着那已经燃起战火的江岸郑重地敬了一个军礼。这动作感染着那些九死一生的伞兵们，随即他们不约而同地含着热泪向江岸致以军人最崇高的敬意。

就在陈至公带着游击队在江岸上同日军打得热火朝天的时候，帆船正顺江而下。突然逆江而上开来一艘日军巡逻艇。它拐过前方的江岔，迎头冲了上来。船上的大口径机枪顿时将船上的伞兵扫倒了一片。鲍春立即组织机枪火力还击，日军的机枪手倒下一个，后面的便又补上来。日军掉转船头，将巡逻艇横在江心，从而使全部火力充分展开。接着巡逻艇上的日军全部冲上甲板，朝木船疯狂射击。霎时木船上两位重机枪射手便都牺牲了。日军船上20毫米机炮威力极其强悍，穿甲弹将木船打得千疮百孔，打得船上血肉与碎木乱溅。鲍春抱着轻机枪英勇还击，这时机炮横扫过来，刹那间疾速的弹丸狠狠地撕断了他的脖子，接着他的人头便滚落江中。望着扑倒在船头的无头尸，伞兵们的内心无不感受到死亡逼近的气息。

慌乱中，小柯从船上拾起一具火箭筒。他趁失控的帆船在江心打横的瞬间，瞄准巡逻艇毅然扣下扳机，于是火箭弹呼啸着扑向巡逻艇，随后引起猛烈的爆炸。

猛烈的爆炸同时也在渡口响起，那是日军正以重炮轰击江岸阻击的游击队。炮火中破碎的枪支和残缺的人形被崩得老高……

4天后的傍晚，廖景阳在临时驻扎的小村中，终于接到了上峰的电报。电报上说："令你部即刻开赴韶关接受日军投降。"原来就在一天前1945年8月15日，日本天皇通过广播向全日本乃至全世界宣布日本无条件投降了。

望着这封迟来的电报廖景阳哭了。他哽咽地说："我们打了8年了，就是为了等这一天。可是这8年我们死了多少弟兄？我带的连队一拨拨死光，一拨拨补充。总有人当兵，总有人赴死。我们拿着自个的小命儿向着炮火前进，我们拿着一辈子去拼刺刀。不是非要赢，而是一定要让全世界都知道中国军人有能力收复祖国的每一寸领土。不管付出多么大的牺牲，也绝不屈服！山河可以给我们作证，当兵的把尸体都留在那儿了，连座坟都没有……"说到这儿他已泣不成声。

小柯站在他身旁轻轻地安慰道："长官一切都过去了。"

廖景阳抹了一把眼泪诚恳地说："好啦，和平了。我们回家吧。"

小柯哽咽道："那是最后一战吗？陈长官他们都殉国了。"

廖景阳转头看着满天晚霞的火烧云，幽幽地说："都死了。我的兄弟们为这个国家流尽了最后一滴血。"

小柯望着夕阳下的满江红，忍不住低声吟唱起了那首《带血的伞绳》："浴血的兄弟同我共赴国难，向着炮火向着硝烟永远肩并肩；雄鹰的翅膀是空降兵的伞，脚踏蓝天身披彩虹……浴血的兄弟同我共赴雷霆，带血的伞绳使我们肩并肩。你看那晚霞它血一样的红，可曾记得我曾来过。多少伞兵转身离去，战斗的号角是离别的歌，穿越战火飞跃地平线，展翅翱翔我是白鸽。"他唱到动情处竟已泣不成声……

廖景阳又记起了伞兵训练的情形，仿佛，仿佛就在刚才……

廖景阳和余汉谋一起乘车来到韶关城前。城门开启日军列队走出城外。全副武装的士兵们含泪高歌："万朵樱花是你的裙裾，吉野的花儿被山风吹拂……"失败的情绪令歌声不再响亮，每个士兵都充满惆怅。带队的军官突然声嘶力竭地命令："停，唱得不够响，要大声唱！"于是军歌嘹亮了，耀眼的刺刀和太阳的军旗最后一次飘扬在异国的土地上。"军旗下的武士有20万，八方聚集80队。奉天而战是日本步兵的精髓，勇敢踏入敌阵吧，军队的主力在这里……"

队伍开到近前，军官一声令下，全体立定。然后在一连串的口令声中，日军以一板一眼的队列动作整齐地执行着转向、枪下肩的命令。随后带队的军官转身跑步上前卸下佩刀，恭敬地献上。

余汉谋请廖景阳接受这一受降的荣耀。于是廖景阳绷着脸走上前，按捺着怒火收起了军刀。

顿时，在场的记者和当地政要们一起报以一阵热烈的掌声和欢呼。

受降仪式刚一结束，一队快马飞驰而来。为首跳下战马的正是邹敬儒。他迎上余汉谋双手抱拳笑道："司令，哈哈，兄弟来迟了！"接着他一瞥看到廖景阳就站在余汉谋身旁，不禁面色一变。随即他马上又换作笑脸，抱拳向廖景阳问好。

廖景阳一见到邹敬儒，霎时眉毛便刷地倒竖起来，马上伸手便去掏枪。余汉谋连忙将他的手按住，然后一声令下："来人，绑了！"旋即余汉谋的警卫"哗啦"一下冲上去，将邹敬儒按倒在地捆了起来。随即他的随从也被缴了械。

这时，余汉谋才放开廖景阳的手，指着邹敬儒道："现已查明，邹敬儒暗通日寇，名为汉军实为汉贼！武装割据一方，欺上压下，背叛国家。把他给我押下去，送交军事法庭。"

等邹敬儒一路喊着冤被卫兵押下去以后，余汉谋才一脸惭愧地说："廖老弟啊，实在是对不起啦，都是这个畜生破坏了反攻大计。你多留几天回头我让你亲手崩了这个兔崽子，给伞兵弟兄们报仇。"

廖景阳沉着脸说："不必了，明日我就要启程赶往广州准备接应张发奎将军入穗。"

"也好。你放心，我一定给中央一个交代，还伞兵弟兄们一个公道。"

廖景阳冷冷地道："你的屁股，你自己擦吧。"

余汉谋听到这儿，忽然醒悟了。他转身立即又下了一道命令："来人，传我命令将邹敬儒立即就地正法！这个败类！"

# 第八章　千秋家国

回到昆明，廖景阳出席了专门为他举办的酒会。会上李汉萍将军当场宣读了陆军总司令部授予他的嘉奖令，然后由杜聿明亲自为他授勋。他说："诸位，为表彰廖营长捍御外侮，迭歼巨寇之忠勇战功，委员长特意委托我授予他三等宝鼎勋章一枚。"待到掌声过后，他继续说，"下面请廖营长发表感言。"

"我没什么好说的，今日战功实为上峰对我部将士浴血杀敌之褒奖。活着的人立功受奖，而死去的人依然曝尸疆场。廖某实感愧对死去兄弟，却不敢受功。只恳请国家收殓阵亡将士尸骸，均厚葬以慰英灵。今天你们以为活着的人是英雄，那么死去的呢？他们要的不多，就是要让历史记住，那些年轻的小伙子们曾光荣地来过，在这个中国最悲壮的时代。"廖景阳的话又引起一阵热烈的掌声。随后廖景阳匆匆走下台，挤过人群走出会场。

李汉萍追出来道："景阳，长官们还要给你开香槟庆祝呢。"

"我谢了，请洒酒祭奠死去的弟兄吧。"说着他就走下台阶。

"你去哪儿？"李汉萍问。

"去赴一个生死之约。"说罢，廖景阳登上吉普车告诉小柯，"去医院。"

廖景阳轻轻推开医院值班室的房门时，素问正伏在案头记录病例。听到门响她猛然回首，便看到廖景阳一脸怆然地站在门口。

"我回来了。"他轻声说。

素问站起来打量着他问："你，你还好吧？"

"很抱歉，你等的人没有回来。"说着，廖景阳摘下军帽满怀歉意地鞠了一躬。

素问的眼泪刷地一下便涌了出来，但她还是尽量牵强地笑着说："不，只要有人回来就好。战争……战争结束了。新的……新的生活充满希望。"

"我们……我们有希望吗？我是……我是说我想娶你。"廖景阳不加思索地说。

素问听到这儿先是一惊，继而低下头说："谢谢你的好意，可是我不能答应你。"

"为什么？我在战场上拼了8年，好容易从枪林弹雨里熬出来。对于和平的理解，我只渴望同我爱的人一起幸福牵手。这点奢望难道错了吗？"

"你很好，真的，你很好。可是……可是现在，我已经是别人的遗孀了。"

廖景阳皱起眉头惊问道："遗孀？谁的？是他吗？"

素问轻轻点了点头，继而转身去拭那决堤的泪水。

廖景阳惊问："你……你们……你们结婚了？"

素问转回头时已经坚强了一些，她含着泪说："还没有。"

"那不就没事了。"廖景阳如释重负地说。

素问怯声道："可是……可是我……我已经怀了他的孩子。"

"天呐……"廖景阳听罢已经来不及去妒忌了。他连忙一把抱住素问的肩膀道："妹子，你快说，这事都谁知道？"

"还需要别人知道吗？他已经不会回来了……"说完，素问哭得更伤心。

廖景阳转身到楼道里左右看看，然后关紧门说道："素问，你听我说，有些事，你不懂，我也不信。可是……可是它的确就是这样。"

素问抹了一把眼泪问："你要说什么？"

廖景阳恳切地说："我跟你说，从现在起无论如何你要相信我的每一句话。这对你，对孩子，都极其重要。如果你不相信，"说着，廖景阳取出佩枪，顶上子弹放到桌上说，"你可以立刻打死我。"

素问一脸狐疑地望着他："你到底要说什么？"

"陈至公是共党。"接着，廖景阳便一五一十地将所有的事和盘托出。

廖景阳将老聋子曲凤山亲自送到军营门口。他深情地问道："凤山大哥，你真的，真的就这样走了？"

老聋子说："长官你还是叫我老聋子吧，那样亲。"

"'十万青年十万军'，活着熬到战争结束的人不多了。"

"长官，胜利本来是拿人命换的，你别太伤神了。"

廖景阳的目光凝望着天际喃喃自语："一个兄弟也不给我留下吗？"

"天下没有不散的宴席。我又老、又聋、又瘸，我拿什么再跟你去出生入死?"

廖景阳突然用无助的语气说:"我寂寞。"他接着手足无措地讲道,"我……我一个人的时候老想着咱们在一块儿的样子。那时候多痛快啊,就是枪林弹雨也不怕。可是现在我怕,我很怕啊。因为我一闭上眼所有人就都回来了。可是他们带给我的不是开心,是痛啊。真的,真疼。"

老聋子说:"长官该走的都要走,兄弟们不能陪你一辈子。"

"你留下吧,算我求你。我知道我以前对你不好,可是现在我看到你,我还能觉得我不孤单。"

老聋子叹了一口气说:"小鬼子打完了,年轻人也死光了。我留在这儿,我他妈心也疼啊。你让我,你让我看着新来的小伙子们无忧无虑的样子,我受不了。"

廖景阳点点头道:"想老婆孩子了?那就接过来。我给你想办法,在这儿安顿他们。要是,要是实在不想在军营待着,我给你弄点钱,你就在这儿安家吧。"

"这样吧长官,我也不把话说绝了,我先回去看看家里边。毕竟鬼子来了多久,我就出来多久。我怕我儿子忘了我长啥样。"

"嗯,应该。应该回去报个平安。8年了!8年抗战当兵的死太多了。"

"那……那我走啦。有机会到沂蒙山找我。"

"送你儿子来当兵吧,我会照顾他。"

"算啦,上辈子人的仗,我不想让下辈子人打。"

"已经和平了,叫他来谋个一官半职吧!"

"庄稼人本分比啥都好。既然已无国难,就该守家带地。地好了,啥都能长!"说着老聋子扛上行李向廖景阳道别:"长官,多保重啦。咱们后会有期!"

"你也是!哎,你等等,我叫车送你。"说着,廖景阳就去门岗值班室要电话。

就在这时候,老聋子走了。等廖景阳出来的时候,看到老聋子一瘸一拐的背影已经走出很远了,他不禁大声叫道:"凤山大哥,记得回来啊。"

曲凤山的背影不禁一震。他的脚步停顿了一下,接着偷偷抹了一把泪,然后挺起脊梁一瘸一拐地走了。他不敢回头,不是怕舍不得什么,是那段烽火岁月,让他难以释怀……

老聋子刚走,一辆军车便从营门外开了进来,然后陡然间在门岗停下。接

第八章 千秋家国 | 269

着陆枫桥便从车厢上跳了下来。他向司机一挥手就要回营房。

"医生。"廖景阳认出他,喜出望外地叫道。

陆枫桥见到他也是一喜:"廖长官!"

于是两人情不自禁地在军营门口紧紧拥抱在一起。

晚上廖景阳在宿舍里和小柯、陆枫桥三个人一起喝酒。酒桌上他说:"老3连的兄弟就剩咱仨了。仗打完了,咱谁也别离开谁。要不然咱老3连就没了。"

陆枫桥喝了一口酒说:"子弹钻进人的身体,比用手术刀取出来容易。我已经习惯了这种简单的、不动脑子的工作了。我没觉得这有什么魅力,但是真的要放弃吗?我办不到。作为男子汉,在枪林弹雨间里活着很真实,我想不出还有什么能再令我血脉贲张的事了。"

"是我害了你,你本来是一个挺好的书生。不打仗也很有用。"

"战争的魔力在于它让你没完没了地面对太多离别。人本善良,但善良的本性在离别面前一次次变得不堪一击。当我脆弱到极限,我只能选择更加坚强。否则生不如死。手术刀太沉了,我已经不敢去碰了。看着刚才还好好的人,转眼就奄奄一息。我宁愿给他一枪,也不愿再见到他承受痛苦的样子。"

廖景阳理解道:"嗯,看着自己弟兄垂死挣扎的样子,谁都受不了。"

"枪是好东西,上西天真快。"

"是啊,唐僧本来可以用不着仨徒弟。"

小柯说:"反正我对自己人下不去手。你们这些老兵都练成心黑手狠了。"

廖景阳点上烟说:"谈不上,我们杀人是为打赢战争,但我们不是战争贩子。"

陆枫桥说:"你身上有那么种劲儿,它能支撑着我们活着,再可怕的仗也敢上!"

"带兵不带种,不如卖红薯。我也不想拿人命去填机枪眼儿。可是非要去的时候,自己就得当第一个。否则谁和你去并肩战斗?我凭什么让人相信不折不扣地执行一道军令,他可以改变国家的命运。"

陆枫桥突然发问:"长官,陈长官有消息吗?"

"我怎么知道,共党没给我战报。"廖景阳玩世不恭地说到这里,突然揪住小柯的袖子问道,"兄弟你跟哥说实话,陈长官后来真的……"

小柯点点头说:"当时我看见日军炮火向滩头覆盖,炮打得可猛呢。我们当时清楚地看到炮火把河滩上的鹅卵石都炸碎了,连人都抛起来了。"

"那共党游击队呢？"

"隐蔽，还击，死战。就这样。"

廖景阳叹道："老陈是个好人啊，可惜他不该跟共党走。"

"陈长官是共党，我相信。"陆枫桥掰着鸡翅忽然心不在焉地说。

"你？你凭什么？"

"凭直觉，他有一身正气。"

"那我呢？我一身邪气？对，没错。我是这样。"廖景阳自语道。

"您也不是邪气，您就是不正经，您好像干什么都不正经。可您这不正经的劲儿我们喜欢。"

"哦，你们喜欢这样的。"

"当兵打仗就要人去赴死。谁生下来也不是混蛋，可是跟什么人学什么。军队毕竟是一个群居的团体。我说的那种混蛋，不是装的，你懂我的意思吗？"

廖景阳笑了，笑得很开心，他说："我懂，我混蛋，而且还不装孙子。"他笑完了突然正色道，"眼下就一个特孙子的事，我得请教二位。"

"你说吧，我们听着。"

"陈长官不管是姓共也好，姓国也好，反正他为抗战捐躯了。这个你们知道，对吧？"

两人一齐点点头。

"他是大英雄吗？"

"是。"小柯肯定地说。

"好，既然他是大英雄，又是咱兄弟，他的老婆孩子是不是就是咱自个儿的？我是说，我该不该管？"

"他有家室吗？"陆枫桥疑惑道。

"嗯，他有一没过门儿的媳妇，肚子里还怀了他的孩子。可是这女的我本来也看上了，就是没他动作快。现在人死了，老婆孩子留下了。我想接班儿，你们说怎么样？这叫兄终弟及，对吧？"

听到这儿，陆枫桥一拍大腿道："好！有情有义，真男人。"

廖景阳乐不可支地问："真的？你没跟我逗吧？"

"嗯。真的。我什么时候说过瞎话。我不会拍马屁，你知道。"

"不好吧？"小柯挠挠头怯怯地问。

廖景阳眼珠子一瞪道："有什么不好？"

"她有了……她有了别人的种。"

"我廖景阳做人真的那么孙子吗?我在乎吗?本来我就爱她。看她跟了咱兄弟,我虽然痛苦,可我说什么了吗?现在我那兄弟死了。当我回来再望着她的时候,我忽然觉得她比任何时候都值得我爱。她难受,就是我难受。真的,我要让她好起来。竭尽全力!"

陆枫桥说:"长官,我是这么看的。"

"别叫长官了,都是兄弟。"

陆枫桥继续说:"陈长官殉国令人惋惜。现在他的亲人正是最伤心、最不幸的时候。如果我是你,我一定娶她。不是为朋友有交代,是不要让她再承受战争之后的痛苦。战争已经让这个世界痛不欲生了,我不会让我爱的女人再流眼泪。我不管她怀了谁的孩子,我会摸着良心告诉自己说,我爱她。因为她是我爱的女人。如果你真这样想,就去吧,反之你最好挥挥衣袖,算作道别吧。因为你有的只是怜悯和同情,而不是爱!"

廖景阳来到医院的时候,正看到素问在楼道拖地板。他连忙赶过去劈手夺下拖布说:"你怎么还干呢?为什么那么不爱惜自己?"

素问直起腰抚摸着腹部说:"我们这儿好多人都托关系,朝南京、上海调了。现在医院人少,不干怎么办?"

"我带你走。我可以带你们娘俩回故乡。我们部队要往南京调动了。"

"不,我要等孩子生下来。等他长大了,带他去腾冲远征军忠烈祠去给他父亲扫墓。他父亲是为国家而牺牲的。"

廖景阳遗憾地说:"陈长官不在那儿。他在我们心里就足够了。"

素问忽然流着泪说:"我不管,我要带着孩子去给他立碑。他是远征军,不是共产党!"

廖景阳叹了一口气说:"你这人真倔。好,那我也不走了,就地退伍。反正战争已经结束了。只要让我陪着你,在哪儿都一样。"

"不。我不想拖累你,你走吧。"

"你听着,我廖景阳不是乘人之危的人,但我必须要留下来陪你。我想明白了,我依然坚持要娶你,不管你是谁的女人,就这样。"

"笨蛋,你别犯傻了。我求求你,让我一个人过好吗?"

"我不是笨蛋,我比任何时候都知道我现在想要什么。我还知道你喜欢我,如果没有老陈,可能是另外一个结局。"

"你胡说,谁喜欢你了?"

"我这人打仗过来的，连对面的鬼子心里怎么想我都知道，别说你了。"

"你走吧，别再胡思乱想了。我谢谢你，对我好。真的，我一个人也挺好的。"

"我不走！我得留下来，就这么一直陪着你，对你好。那什么，没关系，你一辈子不嫁，我就一辈子等着你。我不放弃。什么时候你嫁人，一定就是我的新娘。"

"早晚有一天，你会为你一时的怜悯和冲动而懊悔的。我们这一代人经历了太多的离别和苦难。我不想让你下半辈子看着一个别人的孩子叫你父亲，而感到不开心。战争既然结束了，你走吧。祝你一切幸福。"说着，素问低下头便去抢廖景阳手里的拖布。

廖景阳和她争抢了几下，然后突然甩掉拖布，一把将素问紧紧拥在怀里。他接着一个热吻便亲上了她的嘴唇。素问拼命挣扎了几下，然后便在他热烈的亲吻下，情不自禁地接受了。于是这一个长吻彻底融化了她的心。但尽管如此，当廖景阳放开她时，素问还是本能地给了廖景阳一记耳光。但随即，她又对她的举动感到一阵惊惶失措。她不禁再次伸手去抚摸他被抽红的脸颊，但是廖景阳却本能地将头一闪。他以为他又要挨抽，没想到素问却心疼地说："对不起，打疼你了吧？"

这句充满关切的话，竟说得廖景阳心花怒放。他虽不会谈恋爱，但她这一举动对他来说多么重要。于是他欣然一笑，然后再次抱紧素问长长地吻了起来……

10月2日，廖景阳和素问在昆明举办了一个不算小的婚礼。而且出乎意料的是本来只请了老长官李汉萍，没想到他将杜聿明和新来的马师恭将军也带来了。

席间杜聿明举杯道："诸位伞兵弟兄，今天一杯酒说三件事。第一廖营长和素问小姐成亲，真是英雄配美眷。第二你们的老长官李汉萍将军，光荣离队，赴任第5军。在此我向新郎新娘借一杯酒，给李将军饯行。第三你们的新长官马师恭将军走马上任，为精诚协作，我们干杯！"

众人听他这么一说，无不得痛痛快快。

接着李汉萍和马师恭又轮流举杯致辞，气氛搞得很热烈。廖景阳见到这么多长官捧场自然也喝得不亦乐乎。这一天廖景阳真喝多了，直到晚上素问请了几个伞兵弟兄帮忙才将他架上了汽车。廖景阳的洞房花烛夜，醉得就像一头死猪。

第八章 千秋家国

然而这一天，杜聿明却借这个婚礼使了个障眼法。他一面为部下庆祝婚礼，一面紧急调动三军。就在廖景阳醉生梦死的时候，彻夜守在军部的杜聿明突然拿起电话一声令下："开始！"刹那间，昆明城外火光冲天，大炮轰鸣，机关枪嘶吼，坦克发疯似的奔驰着。履带轰鸣就像从沉睡的人们头顶上压过去……

凌晨，廖景阳突然被一阵激烈的交火声惊醒。他凭着职业的敏感，猛地跳了起来，一个翻滚已侧身立于窗前。他向外一扫，只见满街都是荷枪实弹的伞兵在戒严。满载士兵的军车拉着火炮，一辆接一辆地穿过街道朝北门外驶去。一辆宣传车穿梭在街道，用大喇叭一遍一遍地警告市民们不要外出。

这时，素问也被惊醒。她担惊地问："怎么了？出什么事了？"

廖景阳一边飞快地穿起军装，一边侧耳听着外面的阵阵枪声道："街上都是我们的人。你别怕，我去看看。"说罢，他蹬上皮靴，猛地推开窗子喊了一声。没想到楼下的伞兵，被突如其来的声响惊得本能地"砰"地朝楼上开了一枪。子弹打到屋顶上，惊飞了屋顶上看热闹的麻雀。

听到枪声，小柯和陆枫桥立即带着一队士兵跑过来问："怎么回事？哪儿打枪？"

这时，廖景阳已经匆匆下了楼。他敞着怀来到街上说："没事儿，枪走火了！"接着他劈头便问，"什么情况？哪儿打起来了？"

小柯说："先是东门响枪，后来北门也打起了。我们半夜紧急集合。临时奉命在此戒严，事先毫无预兆。"

廖景阳咬着嘴唇略一琢磨，判断道："东门，还有北校场，那是龙云的部队。"

陆枫桥接口道："不错，委员长对龙云动手了。"

廖景阳皱着眉问："不是说毛泽东还在重庆和谈吗？怎么国民党自己人先打起来了？"

陆枫桥叹道："树欲静而风不止，看来又要起风云啦。"

廖景阳听罢低声自语道："嗯，'醉里挑灯看剑，梦回吹角连营。沙场秋点兵！'"

来华支援抗战的美军要撤离了。送别那天，廖景阳在昆明机场推着轮椅将独腿的威特斯一直送上飞机。临别廖景阳抱歉地说："对不起，让你用一条腿返回祖国。"

"这是战争，我们打赢了。比起那些送命的人，这结果不算坏。"

"是啊，战争结束了。感谢你威特斯上尉。真的，感谢你为中国人付出的一切，感谢你的那条腿。"说罢，廖景阳立正以军礼相送。

威特斯坐在机舱门口还了军礼道："我走了伙计，我的战争结束了。很抱歉不能再和你并肩作战。不过，我想你一定能见到和平。"

"谢谢，如果等到战争结束，我还活着的话，我就去找你当牛仔。"飞机螺旋桨带起的风掀动着廖景阳衣角，他目送着威特斯上尉坐到舷窗前，目送着飞机冲出跑道跃上蓝天。

威特斯上尉回到美国西部后，因为伤残所以爱上了骑马。他曾独自骑马穿越了美洲大陆。越南战争爆发后，他将唯一的儿子送去当了空降兵。

不久，伞兵团奉命调离。廖景阳带着素问一起离开了昆明。他们随部队转到南京。刚一到这里，廖景阳便带着妻子驾车来到战前的家。开到下关时他说："当年我就是从这里去的黄埔军校，从此一路烽火，一别就是 8 年。不过现在看这里已经和从前大不一样了，不知道家是不是还在。"

走到绥远路的巷子里，廖景阳望着这熟悉而又陌生的街道，不禁忧心重重，就这样转了很久他还是找不到家。素问问："是不是离家久了，变样了？"

"整个都变了。原来这里很繁华，我家就在商埠街做生意。"等廖景阳一打听才知道，整个下关地区，南京失陷期间房屋十之八九毁于战火，死者填满了扬子江。

素问说："是不是他们回北平去了？"

廖景阳摇摇头说："不会。我四叔还在家，要是回去了，早联系上了！"

最后，他只好站在一片破败的街头黯然兴叹！那一刻素问紧紧依偎着他伫立在街头……

转眼一年多过去了，失散亲人依然杳无音讯。

这天早上廖景阳还没有出门，小柯急匆匆地跑来敲门。一进门他便欣喜若狂地说："廖长官，找……找到了！找到了！"

素问刚喂完孩子，在里屋听见，连忙高兴地跑出来说："真的？快说，在哪里？"

廖景阳则又惊又喜之余，反而有点发懵。他说："你别告诉我找到坟地了啊。"

素问忙责怪道："你又瞎说。快说！呸呸呸！乌鸦嘴。"

小柯接着说："长官，是嫂子，嫂子的娘我找到了。他们此刻就在南京。安然无恙。"

廖景阳先是好一阵失望，继而又欣喜地抓住小柯的肩膀道："好！好消息。那什么我刮刮胡子，你去开车咱们1分钟后集合。"

素问问道："那我爹呢？"

"不知道。是早上警备区来的电话，打到营部了。他们没说，只说了您母亲的名字。"

廖景阳说："好，有一个算一个，'攒鸡毛凑掸子'，一会儿就合家团聚了。"

素问笑骂道："廖景阳你那嘴真没治了。"

廖景阳带着素问乘车高高兴兴地赶去与亲人团聚。汽车经过中山路附近的时候，被游行示威的学生队伍挡住了。他们高举"反饥饿，反内战"的标语，学生们情绪激昂，振臂高呼："反对内战，要求和平……"口号声、歌声此起彼伏。

素问便说："你看学生们都起来反内战了，就你们打起来没完没了。"

廖景阳回答："内部消息：前两天整74师3万多劲旅，全美械装备，在孟良崮全军覆没了。和平这时候根本已是不可能了。昔日抗战的英雄之师，正在同自己同胞厮杀搏命。今日国共之战不争个你死我活，恐怕难以安天下。"

"不对，电台里不是说包围了共军几十万吗？"

廖景阳指着远处说："听中央电台那帮孙子说话，你得上那边听去！"

"老蒋就是小心眼儿，拉共产党一起执政有什么不好？战乱了那么多年了，应该让老百姓安居乐业。不能为他自己的权力欲，让你们替他卖命。"

廖景阳牵住素问的手说："我的夫人，我知道你的意思。老陈他们的确都是好人。可那是政治，政治你懂吗？我都不懂！这种话以后少说，委员长现在清共正在兴头上，别让特务给你当共产党逮起来。"

素问发火道："凭什么抓人？反饥饿，反内战，难道错了吗？你看看现在的物价，比抗战时期高出了几百倍。我们胜利了，可胜利后就是为了赢得这样的民生吗？"

廖景阳一听连忙去捂住她的嘴道："别说啦，我的姑奶奶。你为我和孩子想想。打仗是我的事，治国是委员长的事！你呢，就是管好家，做贤妻良母！

咱们一会儿就和老丈人、丈母娘见面了，你说点爱听的。别一天到晚牢骚个没完。"

素问拨开他的手正色道："廖景阳我问你，你真的在乎我和孩子吗？你真能好好地爱我们吗？"

"又来了，我说了多少次了？"说着，廖景阳含着盛满泪水的眼眶，指着远处的鼓楼道："你看，我的亲人就埋在这座城市下面。抗战8年，我赴汤蹈火提着脑袋干了8年，就是为了打回来一家人团聚。可是，当我回到这里的时候，却是生死茫茫。现在我唯一的心愿就是和我爱的人一起相爱相伴，永远都不分开。战争打赢了，可我什么都没有了。我只有你，只有孩子。我们一起不管会遇到什么，我都会义无反顾地保护你们，爱你们，宁可牺牲掉我自己。"

听到这里，素问不禁紧紧攥住廖景阳的手，然后将头靠在他肩上幽幽地说："嗯，不分开。我们永远也不分开。"

就在汽车调头绕路的时候，廖景阳看到大批军警正手持棍棒、盾牌开始大规模集结。见此情景，他有意无意地转头向车后看着，直到再也看不见为止。

这一天国民党第四届第三次国民参政会在国民大会堂开幕。京沪苏杭地区16个专科以上学校学生6000余人，在南京举行联合请愿大游行。当游行队伍经珠江路口时，遭遇集结的大批军警、宪兵的拦截。就在廖景阳的车转向另外一个路口后不久，爆发了震惊全国的五二〇血案。

过了几天，廖景阳陪同素问母女和孩子乘火车回上海省亲。火车在镇江停留片刻，廖景阳一家在包厢里幸福地逗着孩子。突然有人在外面敲门。敲门的是一位年轻的中尉，他礼貌地说："请问您是廖景阳长官吗？"

廖景阳放下孩子整理了一下军装问："我是，怎么了？"

"哦，我是国军镇江警备司令部的。奉命前来通知您，休假取消了！"

"谁的命令？"

"南京方面。"

一声令人心跳的汽笛响起，火车卷着蒸汽慢慢开动。廖景阳伫立在站台独自目送着火车开走。妻儿老小在车窗上遥遥挥手。等到火车走远，不等他心烦，一辆吉普车便风驰电掣地闯进了站台！来人正是小柯和陆枫桥。

在车上廖景阳问："干什么呀？这么风风火火地把我召回去。"

陆枫桥说："我们要开拔了！"

"上哪儿啊?"

"这一次来真的了,去徐州,上前线!"

1947年5月,伞兵部队扩充成3个整编团,5个直属营的整编师。配属了坦克、炮兵、工兵、汽车和空中支援大队,组成第3快速纵队。整编74师被歼后,蒋介石恼羞成怒。他调集了9个整编师,向共产党山东解放区推进。第3快速纵队随即离开南京,奉命协同友军向鲁西南解放区进行扫荡。战前廖景阳又被提升为伞兵1团的副参谋长,兼1营营长。

一路上,第3快速纵队在雨季的泥泞中与共产党鲁南游击队展开一场猫捉老鼠的游戏。

廖景阳率1营乘着卡车在泥泞的道路上行进。部队不时地要下来推汽车。道奇卡车深陷在泥里,越加油陷得越深,甩得官兵们身上全是泥点子。当每一次成功地将失陷的卡车推出来,总能令大兵们感到一种成就感。但随即新的失陷便又开始了……

廖景阳见此情形便下令:"停止前进。我们得等工兵上来。"

小柯过来抱怨道:"走了一天了,才开了20来华里。照这样下去,共产党早跑了。"

"跑就跑吧。共党的游击队都是一帮泥腿子。这儿最适合他们了。"

当夜,共产党的军队的步兵穿着草鞋悄悄地爬上黑暗的山坡。他们迅速而无声地将廖景阳设在制高点上的机枪阵地拿下,然后便又消失在夜色中。等廖景阳率部队赶去时,只看到十几具尸体。他们大多是死于匕首和刺刀,很多人没有来得及发出警报便丧命了。廖景阳在攀登高地的时候,连靴子也被泥浆吸走了。当勤务兵将他的靴子送来时,恼羞成怒的廖景阳随手便将皮靴丢进黑暗中。随后他将陆枫桥叫来说:"平时怎么训练的?一旦宿营,名哨、暗哨、游动哨一个都不能少!你知不知道?共产党比日本人还狡猾。"

"白天推车,弟兄们都累坏了。我以为游击队都跑了。"陆枫桥嘟囔道。

"放屁,他们就在这儿,这是他们的地盘。"

正说着,突然在他们背后传来几声轰隆巨响,旋即便响起一阵枪声,紧接着负责运兵的卡车便被接二连三地炸毁了。夜色中燃烧的汽车像巨大的火炬一般,从很远的地方都能看得到。

等廖景阳率部赶过去,枪声已经停歇了。火光中他的部下拖着一个负伤的男孩走过来。只见那孩子光着脚,衣衫破烂,流着鼻涕,是个标准的农村娃。

士兵报告："游击队袭击了我后卫车队。"

廖景阳没好气地说："我看见了。都离火光远点，小心成了靶子。"

接着，士兵们将那个男孩拖过来说："报告副参座，我们打死两个武装农夫，还抓了一个活的。这小王八蛋身上还有手榴弹呢。"

廖景阳问道："是你干的？"

那个男孩奄奄一息地说："狗日的反动派……可惜……可惜没……没多弄死你们几个。"说罢他便失去了知觉。

陆枫桥连忙便要去施救。廖景阳看着那男孩道："别发善心了。你不是医生。"

"可他还是个孩子。"

廖景阳撩开那孩子敞怀的破衣裳道："你自己看，子弹打穿了肝。他活不了了，除非现在所有人不停地给他输血。"

陆枫桥急切地说："那……那还等什么？"

廖景阳叹息道："可我不是医生，你也不是。"

第二天廖景阳的部队弃车沿沂河搜索前进。沿途发现河面上漂浮着许多解放军和老百姓的尸体，道路上也散落着不少解放军及当地民众遗落的行李、物品。

廖景阳率1营接近一座小村庄的时候，忽然听到前面传来一阵零星的枪声。接着前边侦察兵跑回来报告："报告副参谋长，前面是还乡团的部队。"

廖景阳："是和共军交火吗？"

"没有，他们正在村里杀人呢。"

廖景阳率部进村一看，却见村内一片狼藉。还乡团的团丁此刻正气势汹汹地将老百姓捆成一串一串地押往村中心的麦场集合。村里的大树上吊着死人。他们带的黄狗不停地吠叫着。顺着一片哭喊叫骂声，廖景阳来到村中心的"杀人场"。

团丁们杀气腾腾地挥着皮带和步枪，将一批批群众揪出来。然后用绳子穿成一串，男女老少统统押到一道土墙下，命令他们跪下。接着刽子手们上来，照着每人的后脑恶狠狠地一齐开枪，随后再将下一批人押上来如法炮制……

廖景阳见状立即下令："来人！把他们枪都给我缴了。"

一声令下，伞兵们如狼似虎地冲上去，将还乡团的枪全下了，然后集中看押起来。一个抗拒的团丁险些被伞兵开枪打死。

第八章　千秋家国

接着廖景阳叫道:"把领头儿的给我带来。"

就在这时,一间祠堂的大门突然打开,一个一脸横肉的汉子提着裤子钻出来。小柯往里一看,屋里一个女人光着白花花的身子,刚受过凌辱。

这个团长被小柯带过来。他一见到廖景阳便满脸堆笑地抱拳说:"长官辛苦,兄弟已经杀了99个共党分子,还有一个就成就了100。兄弟我只有多杀共党,才能为国分忧不是。你们83师周师长是我表舅。在下刘世耀正奉委员长之命清剿共党余孽。请长官行个方便!"

廖景阳训斥道:"少给我拉大旗扯虎皮。老子是第三快速纵队、委员长的御林军。什么83师?不就是那支停滞不前,坐视整编74师全军覆灭的部队吗?"

刘世耀正挠头间,突然祠堂内冲出一个赤身裸体的女人。她光着身子破口大骂,提着一截板凳冲过来和刘世耀拼命!

就在众人迟疑间,刘世耀抬手一枪便将那女人毙了。然后他转头笑道:"好,满百了!别人都说杀一儆百,我说是杀百儆一!如果都像兄弟我这样杀掉100个共党,我保证共党能被杀绝了。"

廖景阳绷着脸看在眼里,突然大喝一声:"绑了!"

待到抓了刘世耀,廖景阳喝道:"谁他妈给你的权力叫你滥杀无辜?"

刘世耀听罢连忙解释道:"长官你不知道啊,这里面藏着共党分子。他们举枪抗租,弃枪为民,我老丈人的家产、田亩、房子,还有驴就是让他们分的。这还不算,结果他们还把我老丈人活活地给打死了。60多的老人家了,真狠哪!您说这仇能不报?您看着他们都跟个人似的,戴上红箍全他妈是土匪!"

廖景阳说:"冤有头债有主。惩办元凶就是了,干吗牵连那么多人?"

刘世耀抱怨道:"长官这是个赤匪村啊!个个都是刁民!"

"哼,党国的民生就是被你们这帮打便宜手儿的地主武装毁的。"

"嗐——长官,这儿的刁民都坏到脚后跟了呀!"

"好了,再没完没了,老子把你们全宰了。你们不是土匪、汉奸对吧?"

"那可是——这个——我怎么面对九泉之下冤死的老人家啊?"

"总要面对,我送你去。"说着廖景阳一摆手。陆枫桥赶上前揪着刘世耀便推向一旁,没出10步便将其就地正法!

随即,廖景阳叹息一声下令放人!小柯他们立刻将一干被俘的百姓一一解开绑绳。但是没想到这些百姓一旦获释,非但不领情,反而一齐向伞兵们骂娘、吐口水。有些胆大的干脆抄起家伙朝被缴械的民团冲去。伞兵们上去阻拦，愤怒的群众便一齐拥上来。更有甚者竟然攥住伞兵们的枪口往自己胸口上顶，大有拼命之势。这令伞兵们感到很委屈。于是陆枫桥走过来叹道："民不畏死，奈何以死惧之啊！长官，咱们一天到晚不是打游击队，就是帮着民团祸害老百姓。这算什么中央军？有种的咱跟共军主力轰轰烈烈地对战。我们再这样帮着地主杀平民，会毁掉国民政府的。"

廖景阳叹道："你以为我愿意祸害老百姓吗？可是咱们出来一个多月了，共军主力在哪儿呢？一支机械化部队却要扛着汽车，打游击队。纯粹瞎耽误工夫儿。战争再这么拖下去，国民政府的德行就得被这帮地主老财丢尽了。"

陆枫桥忽然低声说："长官这是屠杀！这些家伙都应受到严惩！"

廖景阳叹道："我知道你有良知，可这并不能代表你可以改变什么。这场战争在这里显出前所未有的丑恶和卑劣，但是它还在继续。"

"我忽然发觉我们作了可耻的旁观者。尽管亲手枪毙了首恶，但我依然不能掩饰内心的痛恨。我们不是国民军吗？"

"你问过根源吗？恐怖的杀戮延续着战争中的革命。奶奶的革谁的命？都是中国人。而历史却一直在被重复着。你可以流泪，但不能继续用杀戮来完成救赎。"

"义无反顾地和敌人去战斗，我绝不退缩。但……但理智告诉我人生不能总是悲剧。我是国家军人，我必须代表正义。"历经抗战血与火的洗礼。陆枫桥从一个医生蜕变成一个纯粹的热血军人。他忽然发现医治国家的伤病，似乎比医治一个膏肓病人更有意义。于是他开始热衷去那样做，让这个国家好起来。用他自己的方式。他在理想与现实之间，来回挣扎。可心越挣扎便越痛苦。那是怎样的纠结啊？

而廖景阳却是这样理解的。他说："内战把一切都搞糟了。射杀那些败类或许可以释放积怨，但不能真正化解人与人之间的立场。这个世界有阶级就有矛盾，平时还将就，但在战争中便会爆发。你好像还沉浸在抗战中，像一个迷茫又受伤的战士，记住当兵的不是什么都杀。"

"可是——"陆枫桥想再说，可一时又没词，弄得好不尴尬。

1948年6月的一天，徐州街头突然开来一队军车。军车突然停在闹市，接着从车上跳下成队的士兵。他们在廖景阳的指挥下，分头冲进街边的饭馆、旅馆、舞厅和电影院，一声断喝："当兵的出来！"然后一股脑地将正在到处休闲的军人们一一召集起来,随即那些军人们被带上军车拉走。而此时报童兀自在街头举着报纸高喊道:"看报,看报,国军英勇光复开封。看报!看报!"但任凭他喊叫,买报纸的人却寥寥无几。

当晚,廖景阳开完军事会议,匆匆回到营部对各连长们说:"共军主动撤出了开封。邱兵团正在追击。而区寿年兵团由于畏敌,行动迟缓。与邱兵团之间形成一道40公里的间隔。被粟裕抓住战机,反手将区兵团围了。委座命令:各部齐头并进,铁壁合围共军于豫东地区,彻底歼灭之。我部将划归黄百韬兵团指挥,天一亮便开赴黄泛区。"

陆枫桥说:"那么说我们就要和共军主力对决啦?"

廖景阳点点头道:"对。正好发挥我机械化部队机动、迅速之所长。将共军赶进黄河!"就这样豫东战役的大战序幕拉开了,此役也是国共双方逐鹿中原的第一场大决战。

第3快速纵队凭着机械化的优势,首先单骑突入解放军的阵地。廖景阳亲率先锋营一马当先,气势汹汹地朝解放军的阻击部队扑来。

廖景阳看到自己的部队,在炮火掩护下突破了共产党的部队防线,随即便在吉普车机器盖上,摊开地图与身边的军官们说:"现在我与区兵团仅相隔10公里。邱兵团已经推进到过庄、张阁一线。这时候,区寿年应该向东突围,正好与我各兵团对共军形成夹击之势。仗打到这个份上,共军也只能撤退了。"

陆枫桥问道:"如若共军一意孤行,集中力量吃掉区兵团怎么办?"

廖景阳得意地合上地图道:"逐鹿天下,谁将问鼎中原,就从这一战开始。"


傍晚,先锋营在炮火掩护下攻入一座小村庄。廖景阳赶到时见到阵地上横七竖八倒着十几具解放军战士的尸体。伞兵们排开散兵线在村庄中到处清剿。他们用火箭筒、火焰喷射器对那些仍在墙角或者屋檐下顽抗的解放军予以聚歼。廖景阳率伞兵们追杀至村外,立即召唤M3A3轻型坦克以枪炮尾追逃跑的解放军一阵猛打。这些坦克是蒋介石二儿子蒋纬国指挥的战车一团配属的,它们在白天的进攻中发挥了很大作用。

陆枫桥的连跟坦克率先突入村庄。一名满身是血的俘虏刚被伞兵们从一间破屋中拖出来,立即便被陆枫桥开枪射杀。接着他带着几个伞兵又扑向下一个院落。

伞兵们老练地拉开散兵线,交替掩护着向一座围着低矮篱笆的院落逼近。

忽然一支步枪陡然从窗口悄悄捅出来。枪声响起，一缕硝烟自枪口飘散。枪响处打头的伞兵顿时中弹倒地。他横卧在血泊中，用求救的眼神凝望着后面的兄弟。紧接着那步枪再响，负伤的伞兵便魂归西天了。

陆枫桥和伞兵们当即集火向屋里压制。密集的枪弹打得破屋摇摇欲坠。随后一个伞兵攥着手雷在掩护下率先跃进。但不及投弹，便又在一声清脆的枪响中扑倒在地。

于是陆枫桥呼叫来坦克。在坦克炮轰鸣声中，破屋轰然倒塌。不等硝烟散尽，陆枫桥便一马当先怒冲冲地冲了上去。

他端着枪冲到那残垣断壁前一看，只见废墟间竟横卧着一个身负重伤的女战士。看她的样子不过十七八岁，断臂上戴着血染的红十字袖标。那女战士一见国民党的军队闯进来，立即便挣扎着用残缺的断臂去摸身旁那支步枪，这一动她才发现右臂已然失去。她的样子看上去既痛苦又愤怒。陆枫桥本已是杀人不眨眼的老兵了，但是面对这个负伤的姑娘，他不禁本能地收起枪，扒开瓦砾附身去查验她身上的创伤。只见她的气管已经被弹片切开，血肉模糊的双腿被压在房梁下。那女兵突然抬起另一只手去打他的手，并瞪起眼，用冒着血泡的喉咙低吼道："狗……狗……滚！"见此情形一个伞兵顿时将头转了过去。

陆枫桥小心翼翼地上前给她止血包扎。但那女兵却吃力地用手去比划着让他给自己来一枪。那时候她突然用一种充满乞求的目光望着陆枫桥，尽管她痛苦，她说不了话，但陆枫桥看得懂她眼神中那求死的渴望。她紧紧攥住他的军装，渴求着，渴求一死。冒着气泡的血在她美丽的颈部上呼吸着，抗争着……

陆枫桥周围的伞兵们都在看着他，看着他要怎样做。他看在眼里，终于决心去掏出手枪。手枪举到那女战士眼前的时候，她轻轻放开陆枫桥，然后安静地合上眼，像睡着了一样，等着死神的降临。嘴角掠过一丝不易被察觉的遗憾或者说是苦笑。然而就在这时候，陆枫桥崩溃了。他举枪的手在剧烈地颤抖，突然他举起枪朝天空连射数枪，接着猛然跳起来转身跑了出去。但旋即，他又似乎像被谁呼唤，忽地转身跑回来。接着他侧过头，闭着眼朝着那个女战士头部迅速开了一枪，然后便颓然坐倒了。他用颤抖的双手抱起那女战士未冷的尸身痛不欲生，透过模糊的泪眼，他似乎辨认出那怀中抱着的女尸竟是当年那个爱之深的女兵林茵……

攻占村庄后伞兵们继续进发。而在对面的田野里的草丛间，却埋伏着一个个精心伪装的机枪工事和星罗棋布的散兵坑。田野后的白杨树下，一门虎视眈眈的战防炮正盯着射界。

伞兵的前锋排开散兵线向对面的田野搜索前进。突然迎面打来一排排密集的枪弹，旋即像风一样地席卷了一营的前锋。

廖景阳立刻指挥两辆坦克前出，对被压制的步兵进行支援。但接下来解放军埋伏的战防炮开火了。头一炮打偏了，远远落在一营后队的伞兵群里；另一炮却径直贯穿了一辆M3A3的坦克。

廖景阳站在后面的M3A1装甲侦察车上，急忙下令全速倒车。随即他用无线电呼叫空军支援。片刻后，两架战机超低空掠过伞兵群，直接扑向解放军阵地，将解放军的阻击阵地变成一片火海。

但是空袭过后，当伞兵再度冲击的时候；却依然遭到解放军密集火力的袭击。就在这时，小柯带着一队官兵来报告："长官，40师38团开上来了。"

廖景阳随即将望远镜交给38团团长刘胜道："你们来得正好。我正需要一支劲旅。我们已经对103和104号目标连续发起了三次进攻。而我真实目的在那儿。你看，两点钟方向上的106号目标。共军处于洼地，防线薄弱。我估计共军预备队已经被我调出来了。所以第四次进攻我要你们突然打他们的软肋。怎么样？"

刘团长说："好，既然如此，那刘某就捡了这个便宜。"

"不客气。精诚团结，齐心克敌。"

战局果然如廖景阳所料的那样，38团一上来便以炮火支援，坦克协同一鼓作气地在既定目标上突破了解放军的防线。就在廖景阳得意地泛起笑容的时候，突然解放军后阵响起一声嘹亮的冲锋号。紧接着一支解放军从后阵扑了上来，他们以猛烈的射击和集束手榴弹向38团发起短冲锋。将刚刚打开突破口的敌人生生地给砸了回去。

廖景阳万没想到，这支突然冒出的生力军，令他功亏一篑。

经历险象环生的解放军，激动地拉住及时赶来增援的友军问："同志谢谢你们。你们来得太及时了。对了，你们是哪个部队的？"

这支解放军部队的指挥官回答道："我们是1纵2师的。奉命前来增援你们。"

不等双方互通姓名，突然从方才坚守阵地的两广纵队的部队中，迎出一位军官。他热情地招呼着对方的名字道："老陈，陈至公！哈哈，你还活着啊？！"

陈至公立即向老战友们敬礼道："谢谢两广纵队的同志们。我陈至公能活到今天，多亏当初东江纵队的支援。"这支部队就是由当初广东人民抗日游击队——东江纵队发展起来的。内战之初,他们奉中央命令北撤山东。而后编为两广纵队隶属华东野战军。在此役中,担负打援任务。

那个同志抱着陈至公笑道:"嚯,一进一纵就挂上小枪了啊。怎么样,当多大干部了?"

陈至公被说得有点不好意思,腼腆地笑笑说:"团长。"

一直战至黄昏,廖景阳也未能前进一步。通信兵焦急地用电台不停地向区兵团呼叫。终于嗓子都喊出血的的通信兵,总算联络上一个波段。廖景阳知道后赶忙拿起送话器说:"我是黄兵团,我是黄兵团。你们是哪部分?你们是哪部分?请立即向我突围。向我突围。"

这时,解放军战士押着大队的俘虏,从军用帐篷外走过。一个战士听到里面有人说话,立即一个箭步冲上去大喝一声:"不许动!缴枪不杀!"

廖景阳在送话器那边听罢,沮丧地将耳机丢到了一边。

夜幕降临以后,廖景阳静静地站在屋顶向几公里外连天的炮火眺望着。他非常缓慢地吸着烟,非常平静地望着黑暗的地平线上,那如星火般闪耀的炮火之光。此刻解放军华东野战军正在对区兵团进行最后的清剿。星依然布满夜空,星光闪烁夜却未眠……

半夜,陆枫桥忽然垂头丧气地走进廖景阳的指挥所。一进屋他便拔出佩枪拍在桌上道:"我不干了。我要复员。"

廖景阳反问道:"走得了吗?共军一直在坚持。我们越接近,他们打得越凶,离战争结束还差得远呢。"

"对不起长官。我的战争结束了。"陆枫桥失落地说。

廖景阳诧异道:"怎么?你有毛病吗?"

陆枫桥愤愤地说:"当初我们青年从军,为的是救中国于水火。那时候只要能挺起中国人的脊梁,死多少人都不怕。现在呢?现在我们打得这叫什么仗?为什么日本人被打跑了,我们中国人自己却自相残杀?"

廖景阳喉头动了动欲言又止。

"你说啊?为什么?为什么和平对我们来说总那么渺茫?是,那是一个希望。多少年来我们为了这个希望义无反顾地流血、送命!可是希望呢?我的希望在哪儿呢?你告诉我。"

廖景阳无奈地摇摇头说:"天下!没有一个统一的天下就没有和平。面对这个苦难的国家,总要有一个人赢得天下才能换来真正的和平,就像秦始皇横扫六国那样。大道之行，天下为公。"

"天下？哼，可笑。他们争天下和我有什么关系？"

"我们是军人，是征战天下的棋子。"

"狗屁，我是人！不是战争机器。"

"谁都不是，但我们没得选择。这个世界战也好，和也好。全靠当兵的去效命沙场。这个职业既然存在就得有人干！死不死是机枪、大炮说了算，干不干是天下说了算。"

"我不干！我再说一次老子不干了！我要回家，去他妈的天下。他妈的！"

"没有和平的天下，你回家也是受煎熬。看看外面的百姓吧，一麻袋钞票换不来一斗米，为一斗米不得不去折腰。就算陶渊明在这儿也清高不起来。"

"我没想做陶渊明，我只想做一个正常人。我原是一个医生，我要尽我的本分。"

"可以吗？现在中国比抗战还乱，你能置身事外吗？你的副连长呢？你的兵呢？"

"副连长死了，士兵伤亡过半！"

廖景阳训斥道："那你最好先尽到你连长的本分，再来跟我扯淡！"

正说着，突然一发炮弹带着尖啸掠过屋顶，落在村落里，顿时将刚睡着的士兵们惊醒，接着四下里枪声大作。廖景阳看看外面然后淡淡地说："区兵团完了，现在是我们。"

次日，村庄里战尘弥漫，硝烟滚滚。经过一夜的激战，先锋营已经被解放军团团围困。通信兵在弹雨中对着报话机不断催促着援兵。廖景阳指挥着他为数不多的预备队在村庄里东挡西突地到处堵口子。他们依靠着犀利的美式装备和一波一波的空中支援，利用房舍和散兵坑的掩护，拼命地抗击着解放军的冲击。

包围廖景阳所在部的，正是他昔日的生死搭档陈至公。历经九死一生的陈至公在望远镜中远远注视着敌军阵地。只见对面的国军伞兵布阵严谨，火力配备齐全。他们以十几挺机枪封住了整个正面。向村庄逼近的解放军官兵虽然英勇，但由于冲击地域为村外开阔地缺乏掩护，所以冲上去便成了靶子。看到这儿，陈至公放下望远镜叫来通信员道："去，查一下驻守村子的是敌人的哪支部队？指挥官是谁？"

廖景阳来到坦克旁边吼道："上啊！你怎么不支援啦？你不动，40师的孬兵就不敢上！"

坦克车长说："没炮弹了！"

"没炮弹也得上，当个机枪碉堡。再不然就摆到前边顶子弹！"

接着他气急败坏地到38团临时指挥所对刘胜喊道："刘团长，你们40师的兵都是窝囊废。我们伞兵付出那么大代价把村北小高地夺下来交给你。不到1小时你们就把阵地丢了！"

刘胜诉苦道："老兄啊，抗战期间我们把老兵都跟日本人拼光了。现在全他娘的是一帮抓壮丁充数的屁蛋。谁他娘的肯卖命啊？"

廖景阳说："我们干不动了，你的2营再冲一次，我配属两挺重机枪给你。"

刘胜说："1营的防线刚刚被共军突破了。我让2营去堵口子了。现在我手里只剩下半个警卫连，我这个团长已经改营长了。"

这时团通信兵来报告："报告团座，黄长官要和你讲话。"

刘胜赶忙接过送话器说道："喂，哎，长官，喂……喂……啊黄长官……我听不清啊……啊……黄长官请您快点来增援吧，我这边实在撑不住了。"

黄百韬在那边回答："我这里也是孤立无援。我命令你必须守住每一寸阵地，我军3个兵团正向共军压过来。只要坚持住，就能聚歼共军于眼前。"

廖景阳在旁边听罢便骂道："放屁，再耗在这儿，就是下一个孟良崮，下一个区寿年。老子用后脚跟都想得到。"

电台那边传来黄百韬的怒骂："谁他娘的在那儿？谁说话呢？"

廖景阳接过送话器说道："是我。我是伞兵1团副参谋长廖景阳。我现在正式向您通报：天黑前，如果我得不到增援或者是突围的命令，那么你我这是最后一次通话。"

"你少给我耍混蛋。你们不想活了？我告诉你，只要你离开坚固防御，立刻就会被共军吃掉。"

"黄长官我郑重地恳请您，等我们熬到天黑，让我军突围吧！否则部队真的就崩溃了。你来听听，共军的手榴弹都快扔到我鼻子上了。"说着廖景阳举起送话器，让四周暴风骤雨般呼啸的枪炮声直灌入黄百韬的耳朵。

送话器那边沉默了好一会儿才传来黄百韬松动的口气："好吧，天黑以后你们向108师东皇庙阵地靠拢。"

战至深夜，廖景阳和刘团长召集连以上军官紧急开会。会上廖景阳说出了他的方案："需要一次亡命徒式的佯攻，需要有人顶这个雷。两支部队都有了，哪个连敢上？"

"……"带着满身战尘的军官们一个个左顾右盼，就是没人吭声。

"关乎全军安危，是爷们儿的站出来吼一声。"

陆枫桥忽然挺胸而出道："报告。我，我们连干！"

廖景阳脸上的肌肉不禁一颤，是3连。是他廖景阳从缅甸打出来的3连。都是他最亲的弟兄，他真不忍心将他们抛弃。于是他找了个借口说："不行，你们连伤亡太大，干一轮儿冲锋就死绝了！"

突然，刘团长将军服领口一把扯开，然后将配枪往桌上一拍，像个输红了眼的赌徒似的说："妈的，豁出去了。老子把警卫连全押上，够吗？不够抽调1营、2营的老兵全押上！"

散会后，廖景阳和陆枫桥走出会议室，他交代道："所有重火器会支援你打完最后一发炮弹。"

陆枫桥坚定地说："放心吧，我一定战至最后一兵一卒。只要是打冲锋，绝对朝着前边栽倒。"

廖景阳细心地将他的军装整理了一下说："只要达成目的，就投降吧。你的战争结束了。"

陆枫桥忽然激动地看着他问："这是最后一战吗？"

"即便我们殉国了，中原决战也不过才刚开始像点样儿。"

忽然，陆枫桥流下两行热泪，但嘴角却依然含着笑说："从缅甸一路跟着你打到豫东，3连的弟兄死了好几茬儿。终于，终于我可以去看他们了。有的丢在缅甸，有的埋在广东。一时真不知道先去看谁了。"

廖景阳感到鼻子一酸，于是连忙眯起眼，好努力不让眼泪掉下来。他喃喃地说："我在3连从排长干到连长、营长、团副参谋长。从昆仑关打到这儿，一路上弟兄们再苦再难，就这么从枪林弹雨里趟着血走过来。我没抛弃过我的弟兄，没放弃过抗争。可是这一次我觉得我变了，真变了。不是怕死，是没了豪气。你说我怎么了？是有了老婆孩子人就孬了吗？我为什么没有勇气和你们一起留下来？"

陆枫桥笑笑："你说过天下，天下还等着你呢。我相信你会拯救和平的。"

"扯淡，只要能带着这帮弟兄突破共军防御，逃出炼狱就已经是大功德了。"

"你看，您没变啊。还是那么糙。"

"说真的，内战不同于抗战，任务达成就投降吧。我看得出你心太重。其实你骨子里还是个医生。你一直在战争中痛苦煎熬。它不仅让你失去了兄弟，还赔上了自己珍贵的爱情，但最重要的是它让你迷失在战火中。你是谁？你该是谁？离开军队你也许会更有用。现在，炮灰不是你这种人该干的。"

"你只说对了一半。不错，曾经我是个文弱书生，我胆小，我怕死，可我还活着！我活着，就得干书生干不来的事儿。我一直在这样干。你知道。"

"男儿何不带吴钩，收取关山五十州。"

陆枫桥接口笑道："若个书生万户侯。呵呵，我没想过。我只做好自己，做好一个军人。恪尽职守，浴血沙场。"

"得啦，别扯淡啦。所有的坚持，都是在一种边缘下的摇摆。这时候只有书生的高调可以绘声绘色地描述出那不可能实现的希望。就像夜晚照明弹的光芒划过黑夜却留不下影子。步枪可以射穿心脏，却穿不透心灵的纠结。我说了，你是人，不是军神。谁都不是。你有良知，有医者之心。其实你爱所有人。这场战争已经不属于你了。走吧，去做回你自己。做个好人，真正的好人，真正的医者。去包容吧，战争中的人们。"

"好吧长官，在我选择抛弃步枪之前，我还是一个战士。你放心，我知道我该做什么。谢谢你跟我说了这么多。这场战争无论胜负是谁，我依然和你一样盼望着天下太平。"

"是啊，我们尽力吧！"

"你看天空中的星星，它们总在黑夜里燃起更多的希望。好啦，我该动身了长官。保重吧！"说着陆枫桥就准备转身。

"等一下。"廖景阳叫住他。

陆枫桥回眸道："怎么？还舍不得？"

"有机会，但愿我还想听到你的琴声。真的，那是这个世界上最美妙的声音。"

陆枫桥笑笑："哈，《苏州夜曲》，真是这般时候。我走了长官。"在划过天际的照明弹下，他的笑容是那样从容而潇洒，仿佛就像去赴一场异性的约会。接着短暂的笑容在他面上稍纵即逝，随即一个庄严的军礼胜过千言万语的离别……

当国军全力将最后一发炮弹打出炮膛的时候，陆枫桥带着敢死队冲锋了。他拎着手枪俯低身子，带着部队向着共产党的阵地快速突进。他们踏着双方在战场上留下的尸骨，交替掩护着向前跃进。突然解放军阵地上打出了一串照明弹，接着阵地前沿的解放军机枪便开火了。战壕里成队的解放军从防炮洞里钻出来，踏着血染的泥泞迅速跑向阵地。照明弹照亮的夜空下，国军的钢盔上反射着幽幽寒光。

就在两军阵前打得不可开交的时候，陈至公的指挥所内频频传来前沿阵地的告急："报告，3营2连的阵地被敌人突破了。3营长带着预备队上去了。"

陈至公盯着地图用笔勾画道："廖景阳啊，廖景阳啊，老子这里可不是缅甸。你这佯攻的小伎俩，骗得过别人，可骗不过我老陈哪。"说罢，他丢下笔果断地命令道，"敌人要跑了，命令全团严阵以待，扎紧口袋。不许放走一个敌人。哦，还有，要活捉廖景阳。"

说罢，他又去端详地图。他的政委忧虑地说："敌人正在全力向东突围，摆明了是要向主力靠拢嘛。"

"我的政委，你可不能小瞧这些从缅甸打回来的远征军啊。这个廖景阳打仗从来是无拘无束！"

"你说你当初要是把他争取过来，还会同室操戈吗？"

"情况不允许。那时候我和他一起抗战，只想着打鬼子，以血捍卫民族尊严，哪会想到会有今天。对，你可以说我没觉悟，但是远征军在那个时候是一支地地道道的抗日军队。我怎么争取？我所能争取的就是一切为了抗战的胜利！"

"那你说下一步他会往哪儿突围？"

"一南一北都可以取道向东杀。我看命令西面的部队从他屁股后面捅上一刀，逼着他往火上扑！"

而和陈至公预料的恰恰相反，此刻廖景阳却突然临阵改变了主意，他在部队出发前对刘团长说："改道，向西杀！"

"为什么？区兵团完了，那边可是共军的战略纵深。"

"没那么简单，粟裕刚吃掉区兵团，掉头又来吃黄兵团。可是你想过吗？西线还有邱兵团呢。共军三面拒敌，兵力一定捉襟见肘。我朝他肚子上踹一脚，一定让他防不胜防。没错儿，就朝西北方向突围。"

"那……那上峰命令，不是向108师靠拢吗？"

"你看看地图吧，东皇庙是死地，被歼灭只是时间问题。"

"可是……那……这个……"刘团长纠结着，一时竟语无伦次。

"别犹豫了，当年南京保卫战，第74军残部就是从正面实施突围逃出生天的！"

当陈至公的西线部队向东突击前进的时候，正好和廖景阳的突围部队遭遇了。两军顿时短兵相接。廖景阳他们凭借一辆坦克和一辆装甲车的支援，用机枪扫射着对冲的解放军。但只一瞬间两军便撞在一起，旋即展开了白刃战。

廖景阳在装甲侦察车上拼命吼道："压上去！压上去！不准后退！"

虽然解放军设法炸毁了坦克，但还是被国民党军队不顾一切地逆袭，给撞开了一个口子。虽然后卫的解放军隐蔽在散兵壕里用步枪、机枪打死了不少敌人，但是伞兵们还是拼死踏着尸体冲了过去。突围中38团遭到截击，但廖景阳又率领勇敢的伞兵，顶着迎面的弹雨杀了回来。他们冒死再次突破解放军的阵地，救出了38团。然后丢弃了装甲车一道向西去了。

当天夜里，整个豫东战场的解放军正在根据战局的变化，匆忙调动着。整个晚上，为了胜利东奔西走的解放军，像武装大游行似的在夜色中狂奔不止。这就是毛泽东军事思想的运动战。至半夜，廖景阳他们与整整一个纵队的解放军在黑暗中走了个照面。但解放军误以为对方是自己友邻部队，竟连口令都没问一声，就放过了他们。事实上，这一夜廖景阳他们从解放军三个频繁调动的纵队间幸运地穿了过去。

黎明时，小柯跑来报告说："报告长官，前面村庄发现国军。"

"再看！"说着廖景阳一挥手，部队刷拉一下散开，荷枪实弹地向那座外围布满铁丝网的村庄逼近。接着小柯带着对方联络官跑来见廖景阳道："长官，他们是整编72师的。"

廖景阳一听顿时惊叫道："见鬼，你们还活着？"

那军官道："我们一直在包围圈中。整75师已经完了。你们是伞兵？"

"对，黄兵团的第3快速纵队。"

那军官欣喜若狂地说："天哪，那我们得救了。"

廖景阳侧着头说："不错，我们是唯一一支穿过包围圈完成救援任务的部队。"

而就在此刻旭日东升的时候，陆枫桥满身是血地靠在半截炸断的树桩上。硝烟散尽，美丽的田野成为了尸横遍野的杀戮战场。借着天明，他用呆滞的目光凄迷地望着血腥的阵地。他深深呼吸着清晨爽朗的空气，目光扬起向正升起在地平线上的一轮红日，绽出一个带血的微笑。只一笑，一腔血便从嘴边淌了下来。他看到四下里解放军正在打扫战场，医护兵和步兵穿梭在乱尸中寻找幸存者。

忽然，他看到远处一队警卫簇拥着一个当官的朝这面走来。陆枫桥连忙吃力地摸起手枪，检查了一下枪膛，然后慢慢上好了子弹，静静地等着那共产党的长官过来。霞光里走来的那个目标越来越清晰了，他突然发现那人好眼熟。对，没错！他是陈至公！陆枫桥先是一愣，随即张嘴便喊，但是他喊不出来。子弹已经打穿了他的肺部，他一挺身便血流如注；一张嘴就是一口血……他无力地低下头去看那冒血的弹孔，不禁一阵苦笑。于是他丢弃了手枪，抬起手去衣兜里摸口琴。就在这时，陈至公的警卫机敏地发现了他的动作，旋即抬手就是一枪！陆枫桥中弹后身子弹了一下，可无力的手还是将口琴取了出来。

陈至公闻声便向这边看来。随即他发现那沐浴着朝阳金色光芒的人影，便是他昔日同袍的弟兄。于是他连忙赶了过去。陆枫桥看着他又是一笑，一笑血便从嘴里流了一身。他缓缓地将口琴举起来，还没来得及交给陈至公的时候口琴便掉了下来……

陈至公拾起口琴，无奈地合上他空洞的双眼，然后紧紧地攥住那支口琴，哭出了声。不知不觉地，他耳畔仿佛又传来那悠扬《苏州夜曲》……

"是《苏州夜曲》。"廖景阳回到南京的时候，一个人沉浸在那委婉的歌声里。台上的旗袍歌女正用低调的女中音如泣如诉地唱着那支动人的歌。而舞池里军官们正抱着舞女们翩翩起舞。

一口红酒含在嘴里，就像含了一口眼泪又酸又涩。那酒滚在廖景阳的舌尖，就像士兵的血流淌在大地上，安静而又细腻。咽下去五味杂陈令人怆然……伴着歌曲的几分感动夹杂着一阵心悸，令他忽然间迷失在音乐中。

就在这时候，已经升任第2兵团参谋长的李汉萍中将举着高脚酒杯来到他面前。他唤了好几声才将廖景阳的思绪叫回来。他问："怎么了老弟？醉了？是啊，红酒喝醉了头容易晕。"

廖景阳看看他叹道："没有，没醉，就是心里不是滋味。都死了就我活着。活着没劲。"

"都这样，'一将功成万骨枯。'诗人作诗很容易，可是谁能懂这些刀山血海里边爬出来的将军心有多苦？我也常常不理解，是我运气好吗？不，是弟兄们齐心，是当兵的敢死。"

"我搞不懂，为什么对一个战败的指挥官还授予功勋，并委以重用？"

"战略上的失败不能掩盖战术上的成功。否则士气会一蹶不振。"

"我只是侥幸逃了出来而已。"

"不，黄兵团只有你光荣地完成了任务。"

"呵呵,逃命都能逃到点儿上。福兮祸兮啊。"

"这叫瞎猫碰死耗子,共军眼里整72师就是死耗子。所以你们才得以幸存。"

"人生真有意思啊,当年我从200师出来,天上地上的绕了一个大圈子,没想到又回到了200师。"

"我看你是员福将,必死的仗都能立下战功。真是好命!"

"我活着有什么用?物是人非,今天的200师与过去不可同日而语。"

"对,装备换了好几茬儿。人也走了好几拨。"

"能打仗的老兵都死了。就剩下一副响当当的骨头架子。"

酒会结束以后,廖景阳疲惫地回到家中。妻子素问还在等他。一见他满身酒气地回来,她便不满地说:"真是的,你今天怎么这么晚回来?"

廖景阳带着醉意说:"历史就是这样会开玩笑,终点总是连接着起点。"

"嘘,小声点儿。孩子已经睡了。"

提到孩子,廖景阳立刻绽开笑脸。他露出笑容,蹑手蹑脚地来到里屋去看那熟睡的小女孩俊俏的模样。他欣然地看了好一会儿,然后悄悄转回身关上里屋门出来道:"小妞妞长得真像你,但鼻子像他。"

"怎么?你吃醋了?"素问撅着嘴说。

廖景阳调侃道:"没有,我们是兄弟。兄终弟及,他的就是我的。再说我们自己的不是也快来了吗?"

素问不禁羞答答地轻抚着隆起的腹部说:"我告诉你廖景阳,有了你的亲骨肉以后,你将来可不许厚此薄彼。"

"我知道,这是做人问题。"说着,廖景阳坐下脱下皮鞋。于是素问随手给他拿来拖鞋,又倒了一杯热茶递给他说:"给你解酒的。"

廖景阳不禁欣慰道:"活着真好啊。老婆孩子伺候着。枪林弹雨里边,我做梦也想不到会有娶老婆、生孩子的这一天。"

素问不悦地说:"你以后打仗小心点儿,多想想我们。别傻了吧唧地给老蒋卖命。"

廖景阳点头道:"眼下国共正打得你死我活。豫东一战下来,国军9万多人叫共军包了饺子。这样的阵仗,就算师长、军长小命儿也是风中残烛,说灭就灭。"

素问忽然想起廖景阳回家时说的那句话,便问道:"对了,你刚才说什么

第八章 千秋家国

历史啊？终点的？又发生什么事了？"

廖景阳道："我被老长官调回200师了。即日离开伞兵，荣升200师上校副参谋长。从哪儿来回哪儿去，因为地球是圆的。即便南辕北辙，终点还是连接着起点。这就是道。"

"嗯，道可道，非常道。"

"哈，老子！带兵的都是老子天下第一。"

是夜，廖景阳忽然在梦中被一阵熟悉的口琴声惊醒。他猛地跳起来，果断地推开窗子。然而街面上却静悄悄的，连个人影也没有。一轮冷月惨淡地挂在夜空。

素问被吵醒了，她惊讶地问："你怎么了？"

"《苏州夜曲》——我听到《苏州夜曲》了。是医生，是医生回来了。"

素问披上衣服走到窗口向寂静的夜望了望说："你做梦了！"

廖景阳望着夜空坚持道："我没做梦，我听到了。我听到他的口琴声了。他活着，他回来了。"

素问从背后温柔地搂住他说："景阳，不管仗打得怎么样，我一定要你活着回来。不管战争有多残酷，你一定不要忘了我和孩子。你不在的日子里，我也有过这样的感觉。感觉你上楼，感觉你就在床前看着我们熟睡的样子。我好怕啊。真的，怕有一天再也见不到你回来。"说着素问将脸贴紧他的脊背潸然泪下……

1949年初冬，杜聿明所在部3个兵团30万人马，被解放军团团包围于河南永城陈官庄地区。时值腊月，几十万大军无衣无食地在风雪中已经苦熬了1个多月。援军无望，突围亦无望。

廖景阳竖起大衣领子，缩在200师598团指挥所的一座民房里沮丧地烤着火。此时200师隶属于第2兵团第5军。窗外马嘶人语间，士兵们正在杀马充饥。廖景阳也不去管，只是安静地烤着火。他知道部队已濒临崩溃的边缘了。

天际的乌云刚刚露出缝隙，突然自空中又传来一阵"隆隆"的飞机声。接着一个C47运输机编队匆匆掠过国军阵地上空，仓促间丢下一串串空投伞。伞下悬挂的给养在风中到处飘散。引得官兵们纷纷冲出阵地，如同饿狼一样地到处追逐着降落伞，冲出去抢粮的国民党军队便与解放军在阵地前交上火。国民党军队为了抢空投补给都打红了眼，营长、连长带头向解放军阵地发起冲锋，但旋即又被解放军以轻重机枪火力压了回来。战绩最好的，总算用几十条人命抢回一只空投箱。

空投箱刚一拖回阵地,便立即引得官兵们纷纷争抢起来。他们不顾倒在阵地前的雪野中哀嚎的战友,疯抢着空投的大饼,甚至有人干脆用刺刀拉开米袋,将生米一把把往嘴里囫囵地塞着。抢不到粮食的部队,立即端着枪冲来。两下一争执当即横眉立目地翻了脸,操起枪就便互相残杀。

就在外面一团糟的时候,廖景阳调来战防炮和重机枪,朝抢粮的部队鸣枪警告道:"我命令你们立即停止冲突,否则视为敌人,就地歼灭!"

可是饿急眼的士兵哪管他,只管无情地厮杀着,抢夺着。有的兵即便濒死,也要抓一把带血的大米塞在嘴里。

见此情形,小柯望着廖景阳道:"长官怎么办?要不开一炮吧!"

廖景阳叹了口气,挥挥手道:"算啦。令不行,禁不止,兵败如山倒。"

"那我们呢?我们怎么办?"

廖景阳朝远处解放军阵地眺望道:"回去睡觉,保持体力等着最后的战斗。"

"还等什么呢?都1个月了,要等到什么时候?"

廖景阳冷冷地说:"弹指间吧。"

当晚,小柯进来烤着火说:"现在的兵和我们当年真没法比。还记得缅甸突围的时候,再没的吃、没的喝,饿死、病死,也要回去。可是刚才又一个连为了口白面馍,整个连都跑到解放军那儿投降去了。"

廖景阳和衣躺在行军床上说:"心气儿不一样啊。抗战和内战打得是两种精神。抗战共御外敌,不抗争毋宁死;现在是内战,中国人自相残杀,当兵的跑哪边都有人要!"

"是啊,哪边都是当兵吃粮。混对了没准还是赢家!你说这种人他怎么不死呢?"

"这都是小混混,不足为患。第3绥靖区的张克侠、何基沣临阵投敌顿使徐州北和东北的防线化为乌有,放解放军顺利南渡运河,直插徐州东线,令黄百韬兵团全军覆没于碾庄。像这样的人再多几个,党国将死无葬身之地!"

"哦,我说呢。当初我们在鲁南清剿的时候,共军主力就是从他们33军的防区跑掉的。"

"没错儿。现在共军打回来了!"

"嘻——您说总司令那边怎么还不下命令突围呢?"

廖景阳坐起来看看外面说:"仗打到这份儿上,集团突围就是死路一条。孙元良兵团就是例子,刚一跑就叫共军包了饺子,部队一触即溃。现在只有等,等到共军先动手,我们再趁乱突围。用毛泽东的话说就是不破不立,不塞不流。"

小柯突然喃喃地说:"长官,你说陈长官真的死了吗?"

廖景阳回答:"不是你说的嘛!"

小柯摇摇头道:"我也是猜的,不过他是好人,好人不该死。"

廖景阳笑了,他说:"如果这个世界上不谈政治,我们都是好人。我们忠诚于祖国,浴血沙场而问心无愧。打鬼子也好,打内战也罢,都是为了尽自己所能去结束战争。而在政治的立场上,你说我是好人还是坏人呢?"

小柯肯定地说:"我觉得你和陈长官都是好人。"

廖景阳说:"成王败寇,历史总是由胜利的一方撰写的。"

就在这时候,外面又传来解放军劝降的喊话声,朔风怒号的黑夜中竟还夹杂着一阵阵歌曲声。那凄惨的歌声唱的是《白毛女》:"北风那个吹,雪花那个飘……"与眼下这样的处境像极了。

小柯不由地站起来走动着说:"哎呀,烦死了!"

廖景阳说:"是啊,像个勾魂的女鬼。"

突然,外面响起一阵枪声,小柯连忙拎起枪便跑了出去。

不一会儿小柯跑回来向廖景阳报告:"刚才7连有个兵,打死班长带着武器向共军阵地跑了。"

廖景阳听罢,坐起来道:"攻心为上,攻城次之。赶快把连以上军官分批叫过来开会。"

"一块叫吧。"

"笨蛋,都过来当兵的全跑了。你这样,从里向外叫人,然后部队交替换防。决不能再这么混了。"

当晚,陈至公在指挥所里,和干部们最后对着表。接着通信员来报告:"报告团长,各营已全部进入攻击阵地。"

于是政委向陈至公点点头说:"可以了。下命令吧。"

陈至公听罢,重重地一拳捶在桌案上厉声下令:"前进!前进!"

6日拂晓,整个淮海战场上炮声震耳,解放军向包围圈内的国民党军展开了总攻击。在排山倒海的炮火掩护下,解放军战士端着38大盖,朝敌人阵地如潮水般汹涌地杀去。明晃晃的刺刀映照着炮火的辉煌。

解放军的攻势势如猛虎。他们用汽油桶发射炸药包,如飞雷般当空抛射。总攻一开始便砸开国军前沿,而后成群的步兵犹如风卷残云般将国军防线撕碎。

廖景阳亲临第一线组织反击。忽然他看到一个轻机枪手把枪口压得很低,打得前面十几米处尘土飞扬,子弹都钻进了地上。他就向那个机枪手大吼了一声:"混蛋,你打哪去了?!不想干了吧?"于是机枪手这才被迫抬起了枪口,把子弹打向敌人。

国民党的飞机在战场上空胡乱地穿梭,偶尔不问青红皂白地向着地面相互厮杀的部队开一阵火。但很快便被解放军对空拦阻的机枪群驱散。

就这样直战至黄昏。在解放军摧枯拉朽的凌厉攻势下,第二兵团和第十三兵团各军相继崩溃!200师的阵地也有多处被突破。

廖景阳筋疲力竭地靠在地堡边上,一副没精打采的样子。在地堡外面一动不动地躺着许多敌我双方战士的尸体。外面枪炮声时断时续,但是他好像已经不在乎那些惊天动地的巨响了。

就在这时候,杜聿明和邱清泉突然带着卫队,披风挟雪慌慌张张地闯进了廖景阳的指挥所。廖景阳连忙起立敬礼。原来在解放军的持续打击下,杜聿明被迫放弃了指挥部,与邱清泉一道向200师的阵地上逃来。

杜聿明和蔼地按下他的手臂说:"别客气啦,我是来投奔你们的。这一路上我看只有你们200师的阵地还叫个阵地的样子。"

"多谢总座夸奖。卑职无能,不能节制解放军进攻。"

"这不能怨你,谁都节制不了。现在共军与洪水猛兽何异?"

廖景阳打量了一下杜聿明他们狼狈的样子,连忙道:"哦。请总座随我去军部吧。"

杜聿明摇摇头说:"不必了,你职责重大。派个向导带路就好。"

于是廖景阳便令小柯带警卫连护送杜聿明一行去陈庄第五军指挥部。

临行时杜聿明拍着廖景阳的肩膀说:"我知道你是当年远征军部队中很能打的。不过还是小心点,我记得参加过你的婚礼。你有一位很漂亮的太太。"

廖景阳送他走出屋外道:"请总座放心,卑职决不负栽培。誓与阵地共存亡,以捍卫党国军人之尊严。"

杜聿明深情地望望他,却欲言又止。随后在风雪中与廖景阳匆匆挥别,带着一行去投陈庄主阵地去了。

廖景阳默默望着他们一行的背影，消失在飘雪的黑夜里。那一夜星夜无光，但黑幕般的夜色中，各种颜色的曳光弹，照明弹以及爆炸的火光，将一片狼藉的阵地照得忽明忽暗。

杜聿明1949年1月9日在淮海战役中全军覆没，后为解放军俘获。1959年12月4日，获特赦释放。1981年病逝于北京。

杜聿明和邱清泉刚刚离开阵地。解放军的炮火便延伸到了这里。接着黑夜中爆炸的闪光，映照着解放军的冲锋队形，如海潮般汹涌地向这片最后的阵地扑来。轻重机枪和手榴弹的爆炸声，与炮声汇合成一种无比震撼的响动。听上去犹如山洪暴发……

就在廖景阳率部在焦头烂额地阻击共军的时候，护送完杜聿明的小柯跑回来报告："长官，总司令下令了，让各部自行突围。"

廖景阳听罢伏身在炮火中给冲锋枪换上弹匣说："好啦，告诉598团，打退这次进攻，跟着我穿越战区，反击！反击！我们回家了！"

接着，廖景阳组织起大概一个加强营的兵力进行反扑。当冲到一道冰封的河面时，西岸的解放军借着清冷的月光用两挺重机枪封锁了河面。起先训练有素的老兵们还能从容地向目标瞄准射击，但是接下来解放军的炮火顿时打乱了他们的冲击队形。前排倒下的人成了后面人的避弹墙，死去的弟兄为他的战友尽了最后的情谊。廖景阳和幸存的士兵们被压制在解放军的射界里，轻重机枪子弹擦着钢盔飞窜，步枪手用38大盖在很远的距离外向冰面上蠢蠢欲动的目标实施精确射杀。

跟随廖景阳的598团团长被步枪击穿了钢盔，他的副官连忙冲过去营救，但随即也中弹倒下。

廖景阳趴在地上，被解放军火力压得抬不起头。他努力爬向小柯道："带着你的连朝两点钟方向突围！"

小柯道："长官，解放军火力太猛了！"

"好吧，那就投降吧！笨蛋！"说着，廖景阳向另外的军官爬去。小柯听罢不禁转身向身后的士兵吼道："弟兄们，不想投降的，跟我上！"说罢，他匍匐着向廖景阳赶去！

廖景阳仓促间还是召集了两挺勃朗宁点30机枪。他们一面向对岸的解放军阵地压制，一面在敌火下向侧翼运动。廖景阳让狙击手打掉对面的机枪，然后带头跃起，向解放军发起反冲锋！战斗打得异常惨烈，被冰封冻的河面都被炸开了花！他们趟着染成了红色的河水冲过一道封锁线，随即便又与迎头冲来的解放军搏杀在一起。短兵相接中，他们用手枪、冲锋枪与解放军近距离交火。

廖景阳丢掉打光子弹的冲锋枪，拔出手枪在肉搏的人影中连续射击。乱战中一名解放军小战士和他遭遇。那个小战士正在给比他个子还高的38式步枪上子弹。由于廖景阳的逼近，令他手忙脚乱，好半天也上不好子弹。干脆他叫骂一声端起步枪便朝他刺来。

廖景阳侧身闪开叫道："嘿，小孩儿！"

那孩子也不答话，转身又狠狠向他刺来。这一次廖景阳不等他靠近，便迅速开枪射击。那孩子身子一晃，便扑倒了。随即廖景阳连忙俯身查看那小战士的枪伤。只见他挣扎两下便大瞪着双眼离开了人世。廖景阳无奈地望着他空洞的双眼，哀怨地叹道："谁让你来的？"这时小柯赶过来叫道："长官，快走。"

就这样，廖景阳率部以一个亡命徒式的短冲锋，向斜刺里杀开一条血路落荒而去。解放军便尾追在他们身后用步枪、机枪追随射击。被击中的人身子一弹，便扑倒在冰雪中，人体滚烫的鲜血迅即融化了大片的积雪……

第二天早上，廖景阳他们一行7人隐蔽在一道土坎后面。远远望去，只见大队的俘虏被解放军押解着向东赶去。路上急匆匆走过一队队推着小车的老百姓运粮队。只见运粮的百姓有裹小脚的女人，也有白胡子的老汉，有扛枪的民兵，也有持红缨枪的少年。

看到这儿廖景阳不禁嘀咕道："妈的，委员长用飞机都喂不饱这几十万人，共产党竟用小推车供养部队。"

小柯道："老百姓站在他们那一边。"

"共产党有老百姓，委员长有一毛不拔的江南财阀。仗不输才怪。"

小柯道："怎么说来着？对，得民心者得天下。"

廖景阳叹息道："国民政府的那些大儒们，就知道耍贫嘴。只要好好读一句'得道者多助，失道者寡助'，就可以救中国！可是中国在他们嘴里就是一块破抹布！"

黄昏，他们碰到一个放羊的老汉。小柯过去问："大爷，看到解放军了吗？"

老汉看看他们指着一侧说："朝那边走，那边没有部队。"

廖景阳感激地撸下手表递给他道："老爷子，哪能走出去啊？到处都是共军，我们快饿死了！"

老汉摇摇头说:"我看太阳,这东西没用。"

廖景阳哭丧着脸问:"只要你能带我们出去,你看我们身上有什么值钱的,都可以给你。"

老汉点点头道:"好吧,跟我走吧,去我家。我管你们一顿饱饭。"

廖景阳立即警觉地问:"你家?有共军吗?"

老汉平静地说:"驻过,前天都开走了。"

于是他们便跟着老汉朝村庄走。廖景阳还是很警惕地示意大伙上好子弹。

一支步枪从谷仓狭小的通风口悄悄地伸出来,然后准星追随着路上打散的国民党军队,瞄准了带头的军官。陡然间枪身一震,一声清脆的枪响划破晚霞的天际,惊起一阵昏鸦。破空的弹丸径直打穿了廖景阳的右手臂。紧接着一大群民兵或端枪、或拎着粪叉、或举着棍棒、锄头从谷仓里和谷仓后面呐喊着冲了上来。

旋即,廖景阳等人被冲上来的民兵包围。雪亮的刺刀和红缨枪直顶上了他们的胸口。一个民兵高举着手榴弹,做拉弦状。他异常英勇地撞到廖景阳面前吼道:"放下枪,要不然炸死你们。"

面对突如其来的伏击,廖景阳他们无奈地放弃了抵抗。接着他们便被推推搡搡地押进村子。那个刚才举手榴弹的小伙子,还用枪筒狠狠戳了廖景阳一下,骂道:"快走,狗日的反动派。"

进了村庄,村里的百姓立即围拢过来。他们一看到俘虏中的军官,愤怒的妇女便向廖景阳脸上吐口水;小孩们便朝他丢石子。有一颗大一些的石块,"咚"地砸在廖景阳的头上,将他的军帽都砸飞了。然后孩子们便冲上去,将那顶军帽踩得破烂不堪。

在一阵打骂声中,廖景阳他们被迫脱掉了靴子和棉衣,然后被民兵们用铁丝捆住双手。那些围观的村民们便开始大胆地向他们发泄仇恨了,连裹小脚的妇人都不甘落后。她们对着俘虏们又是抽嘴巴,又是挠脸。特别是对军衔最高的廖景阳格外"关照",更有甚者抡着棍棒朝他们没头没脑地一阵乱揍。

就在这时候,人群散开,民兵的队长走到了他们面前。然后廖景阳被人揪着衣领从地上拖到那人跟前。

"你们是哪个部分的?"那个文邹邹戴个眼镜的队长问。

被打得鼻青脸肿的廖景阳努力使自己站起来,然后昂着头喘着粗气说:"是爷们儿,给老子来个痛快的!"

但是没等那人看清楚他的脸，站在廖景阳背后的那个小伙子便狠狠地用枪托将他砸倒，骂道："反动派，狗军官猖狂啥？说，你屠杀了多少人民？"

廖景阳躺在地上，转回头看着那个小伙子道："老子只杀当兵的！要是你们是解放军，根本抓不了我。"他说话的时候，露出满嘴的血沫子。

小伙子好像觉得被侮辱了，他猛地拉开枪栓道："放屁，我崩了你！"

就在这时候，斜刺里突然冲出来一个人，他一把将小伙子的枪杆猛地举起来。旋即一声清脆的枪响破空钻入天空。这突然的枪响，使全村的人都安静下来。接着来人喝道："别开枪，我认得他。"

廖景阳循声望去，来人竟是老聋子曲凤山。生死瞬间意外的重逢使他分外激动，他惊讶地叫道："老聋子！曲凤山！"

老聋子一瘸一拐地走到他跟前将他扶起来，并为他解去手上的铁丝，然后向周围叫道："他受伤了，快拿急救包来！"

可那民兵队长却道："凤山大叔，不能放了他！他是国民党大官儿！"

"他是抗日英雄！"说着，老聋子又去给小柯他们松绑。

刚才的小伙子不由地横起枪阻拦道："爹，他们可是敌人啊。"

老聋子瞪了小伙子一眼说："他跟我打鬼子的时候，你毛儿还没长全呢。"

那个队长说道："曲凤山同志，你这是在犯错误。你知道吗？"

老聋子给每个人都松了绑后晃晃悠悠地走过去说："我知道，我扛着！天大的罪过我一个人扛！"

"你要站稳立场，这是通敌行为。"

"他不是敌人，他是我兄弟！是我的长官！是带着我出生入死在缅甸打日本的长官。他没做对不起人民的事，我给他证明。听明白了吗？我证明！"

"过去是过去，现在是现在。解放军自然会甄别。你的阶级立场哪儿去了？"

老聋子接过旁边人递过来的急救包，给廖景阳被打穿的小臂一边包扎一边说："我要送他回家。他老婆孩子还等着他呢。"

"不行！你想干什么？你不能这么无组织无纪律。他如果历史有功，解放军自然会宽大他的。"

"老子就是要让他回家！他是我兄弟。"

廖景阳干笑了一下，轻声说："算啦，老曲大哥，别毁了大伙儿的功劳。我是200师的上校副参谋长，你们立大功了！"

那个领袖道："说得是啊，老曲大哥，咱还没抓到过这么大的官儿呢。我向上级给你请功，是你认出了敌人大官。是你深明大义，没有放过敌人。"

老聋子转身过来的时候，一颗手榴弹已赫然握在手里。他简单地说："我就救他。"说着，他从容地拧开手榴弹盖，将拉环套在小指上又说，"我也恨国民党，可我更敬重抗战的英雄！他是我兄弟，一块儿打鬼子从死人堆里站起来的兄弟。他当多大的官儿他是我兄弟。请同志们借个道儿，要杀要剐冲我来！"

见此情景，小伙子愤愤地将枪一丢道："俺不拦着了，爹，我信你。"

随后，老聋子将廖景阳一行送到村外说："再见了长官，好好活！"

廖景阳诧异地问："你怎么从沂蒙山跑这儿来了？"

"给前线送军粮，回来在这儿歇歇脚。"

廖景阳诚恳地说："你怎么办？跟我走吧。"

"你回了200师？"

"对，全军覆没了。以后没有200师了。"

老聋子叹息道："嘻——不该趟这个浑水啊。"

"怎么办？我们是军人，当初的远征军都来了。但一场徐蚌会战，全完了。"

"怎么会这样？"

"这就是内战。你儿子刚才差点打死我。"

"你走吧，我得回去了。"

"一起来吧，真的。过去的弟兄全死了。医生去年也在豫东殉国了。"

"不了，我有老婆孩子。"说着，老聋子一瘸一拐地就往回走。

廖景阳冲他的背影高声喊道："你放了我，共产党不会放了你！"

"都是兄弟！"

"这是战争！"

"战争对谁都一样。"说着，老聋子走得更远了。

廖景阳不禁大声叫道："曲凤山。"

老聋子的背影不禁一震，他陡然挺拔起军姿立正道："到！"

"入列！"廖景阳大声叫道。

曲凤山听罢缓缓转过身，挺直身子向廖景阳远远敬了一个军礼道："下次就没这么幸运了。再见吧，长官！保重！"说完，曲凤山一瘸一拐地匆匆而去……

廖景阳无限深情地望着他的背影尊敬地还了军礼。他的背影在夕阳下拉得好长好长。这一别就是一辈子……

素问在家里一面忙着给孩子一口口地喂饭,一面听着电台里面传来国军徐蚌会战失利的消息。可孩子不好好吃,总是躲。她不由地气急败坏地训斥起来,将孩子骂得直哭。母亲闻声过来问:"哎呀,素问你跟孩子生什么气嘛?"

素问感到鼻子一酸,连忙捂住欲哭的娇容道:"妈,你帮我看着她。我去军部留守处一趟。"

母亲无奈地摇摇头道:"哎呀,这仗是怎么打的呀?嗐——就是国军抗战的时候也没败过这么惨的啊。"

素问红着眼圈道:"妈,您别说了,我再去问问。景阳是好人,我相信厄运不会降临到咱们家人头上的。"

南京第5军留守处门前,官太太们都聚集在那里。她们一个个愁眉不展,有的带着孩子在一旁小声啜泣,有的则和安抚家属的军官撒泼号啕。素问乘黄包车赶到时正好看到这一片凄凉景象。

她分开人群挤过去问:"劳驾,我是200师廖景阳副参谋长的太太。请问前线有他的消息吗?"

出面安抚的军官查询了登记后,无奈地摇摇头道:"还没有消息,夫人。有了我们会通知你。"

一位官太太怒斥道:"通知个屁,人给你们打仗去了,是死是活你们都不知道。养你们这些当兵的干什么吃的?什么都不知道。你们怎么不去上前线啊?"

素问没有加入官太太们的吵闹,一个人挤出人群,垂着头向家走去。她身后传来一阵嘈杂的呼喝。有的是报阵亡,有的是骂街,但更多的是哭丧一片……

正当素问惆怅而落寞地走出军部门岗的时候,突然一辆吉普车在她面前戛然而止。接着她眼前一亮,是廖景阳。他胡子拉茬地从吉普车上下来,手臂吊着绷带,身上披着一件美式短风衣。就在这里,就在这中山南路栽满法国梧桐的街头,再次历经磨难的廖景阳和素问重逢了。素问不等廖景阳张开臂膀已经泪水潸然地一下子扑进了他的怀抱。素问哽咽地说:"你怎么才回来?我以为,我以为再也见不到你了……"廖景阳用另一只手抚着她的背脊安慰道:"没事了,没事了……"

素问不禁欣然地笑着说:"你答应我的,你必须活着回来。"
廖景阳伸手拭去她含着笑的两行泪说:"对,我答应你。我说话算话。"

长江岸边红旗漫卷。江面上千帆竞渡。中国人民解放军在这一天以百万雄师突破了长江天险。势不可挡地向江南席卷。军号吹响,军队集结!硝烟远去⋯⋯

陈至公伫立在船头望着好一派山河,不禁掩不住内心的激动。他昂扬地对周围的战士们说:"看,我们即将踏上江南的土地了。用不了多久我们就能够解放南京、苏州、杭州还有上海,然后一路南下打到重庆、昆明。祖国的和平统一已经进入了倒计时。"

他的政委说道:"老陈,咱们就快要看到家乡了。一别10载啊,'十年生死两茫茫。'看如今百万雄师虎啸长江!"

陈至公感慨道:"是啊,'江山如画,一时多少豪杰。'"

一声婴儿的啼哭打破了黑夜的沉寂,接着护士抱着一个婴儿兴奋地从产房里走出来恭喜道:"恭喜你啊长官,是个当兵的。"

廖景阳突然紧张地口吃道:"他⋯⋯他好吗?"

护士抱着婴儿靠近说:"嗯,好着哪,7斤多。你看他多有劲。"

廖景阳有些不知所措地望着那使劲挥舞着小拳头的婴儿,紧张得都不敢伸手去摸摸他的小手。这时,小柯说了一句:"长得像您,长官。"

没想到此言一出,廖景阳霎那间竟泪流满面。他连忙伸手去捂住嘴,然后身形一晃几乎撞到墙上。他扶着墙,喘息了好一阵才高兴地擦去泪水道:"我感受到了,我活着。我还活着。"战争就是这样残酷,似乎只有一个婴儿的降生,才能令浴血沙场、血染战袍的军人感到一丝生的希望。

这时候,陈至公的女儿轻轻拉拉他的衣角问:"爸爸,你怎么哭了?"廖景阳听罢,连忙转回身,蹲下来紧紧抱住那漂亮的小女孩亲了又亲。然后他说:"妞妞,爸爸向你发誓,即使有了小弟弟,爸爸还是一样爱你,疼你!好吗?"

"嗯。"孩子懂事地点点头,然后便用小手去拭他脸上喜悦的泪水。

廖景阳被医生带进病房。新生的孩子喝饱了奶正被护士抱进婴儿房。廖景阳来到病床前轻轻拉住素问的手说:"谢谢你,我的太太。我不知道怎么表达我的感激。"

素问笑笑说:"照顾好自己,照顾好我们。公平地对待孩子,公正地做人。"

廖景阳使劲点着头说:"我刚才已经跟妞妞发过誓了,我要你们都幸福。"

素问点点头温柔地说:"听妈说,刚才你哭啦?"

"是啊,我想不到。真想不到。打仗都打傻了!妞妞生的时候我没在你身边,没能感受到一个生命降生那一刹那对一个男人的震撼。我虽是随时赴死的军人,虽是杀人不眨眼的战士,可这一刻,我忽然发现我是人。"

素问柔声道:"嗯,你是一个好人。"

"真的?"廖景阳像个孩子似的问。

素问微笑着点点头,并伸手去抚摸他的面颊。

正在这时候,楼道内传来一阵嘈杂的人声。接着小柯敲门报告:"长官,京沪杭警备司令部来人了。"

廖景阳走出病房,只见两位少校军官毕恭毕敬地站在门口。其中一个上前一步道:"廖长官,很抱歉这时候来打扰您。实在是因军命在身,不得不至。"

廖景阳冷冷地说:"你们是来给老子道喜的吗?"

"是,不,不是。是奉总座之命,请您走马上任。"

"怎么,汤恩伯不干了?"

"不,是请您去青年军210师上任。"

廖景阳想了一下说:"210师不是早撤编了吗?"

"战事吃紧,委座特意又重新组建了。"

原来自解放军突破长江防线后,国民党又有5个军被歼灭。于是蒋介石连忙加紧部署上海的防御。他一方面仰仗汤恩伯麾下的20万人枪,另一方面加紧整编部队。他收拢那些打没了建制的散兵游勇,匆匆纠集起来;又从青年军208师中抽调出一个团,翻出一个以前取消的番号青年军210师来充数。而廖景阳正好有幸被选定为这个只有两个团的临时作战师师长。

"黄埔建军声势雄,革命壮士矢精忠。金戈铁马,百战沙场,安内攘外作先锋……"这是210师全体官兵在廖景阳走马上任的这天给他的见面礼。校场上,面对8000虎狼之师,廖景阳心中总算宽慰许多。

陪他上任的汤恩伯赞道:"怎么样,就是凑,也全是中央军的老底子。总裁够器重老兄的了。"

廖景阳点点头喃喃自语道:"中央军的魂在,但是能打的老兵都不在了。"

第八章 千秋家国

军事会议上京沪杭警备司令部总司令汤恩伯这样说道:"上海开埠,凡160余年。身倚长江,东临沧海;江南腹地,神州之门。而今大上海风云际会,蒋总统召集党国精锐20万,死守上海滩。汤某虽不才,但凭空中、海上、陆上合同作战,立体防线,钢铁阵地,誓保一方之平安。诸位请看,今日之上海已不是昔日歌舞升平之花花世界。它到处是碉堡,逐屋为工事,钢筋水泥加忠勇将士,将是一座攻不破、催不毁的东方斯大林格勒!"

汤恩伯话音刚落,廖景阳突然发言道:"总座。吴淞口是上海命门!当初俄国人便曾倚靠伏尔加河将部队、弹药、给养源源不断地送进斯大林绞肉机,从而使俄国人熬过了1942年的严冬。当年淞沪会战日本人便是自吴淞口登陆,凭借海空军支援挥师南京的。如今我军仍有海空军优势,背水一战只要吴淞口在,我等皆可奋力死战。若不成,则死无葬身之地!"

汤恩伯听罢干笑着说:"老弟,你放心。此役总裁将亲自在"泰康号"上督战吴淞口。我亦颁十杀令,号令三军:违抗命令,临阵退缩者杀;意志不坚,通敌卖国者杀;未经允许,擅离职守者杀;放弃阵地,不能收复失地者杀……"

不久上海即被解放军包围。攻城的炮火日夜在郊外回响。

就在这天傍晚,廖景阳亲自送岳母、妻儿登上飞往台湾的飞机。临行前,素问将孩子交给母亲,然后跑回来一下子扑进廖景阳的怀里哭泣道:"我不走,我要和你一起。如果你再负伤了,我可以照顾你。"

廖景阳轻轻捧起她的脸,温柔地亲吻着她的额头道:"去吧,妈和孩子们都等着你呢。"

素问抬起头眼里噙着泪水说:"你跟我说实话,上海守得住吗?"

廖景阳看看远处炮声隆隆的方向,无奈地说:"黑云压城城欲摧。"

"那你怎么办?"

"尽军人本分!"

"那我们怎么办?"

廖景阳怜惜地擦拭着她的泪痕道:"等我回来。"

"中国虽大,何处是家?"

廖景阳抬眼望向晚霞中的苍穹难过地说:"有国才有家。"晚霞中有红蜻蜓在低飞。远方传来炮火的隐隐雷声。此情此景令他发出一声幽幽长叹:"对不起,我出身军旅没能好好陪伴你。虽出生入死,却不能凭一身之力给你们打出一个平安家园。这是我一生都愧疚的。"

素问哀求着："不行就别撑着了。我等着你来。景阳咱不干了好吗？"

廖景阳深吸一口气道："战争终将会结束。"

这时，机场的扩音器开始传出离别的声音："飞机就要起飞了。请送行的长官们迅速撤离，迅速撤离。"

廖景阳推开素问道："去吧，我会回来。"

素问不忍心离开，她彷徨，她犹豫。战乱之际她实在不想和爱人分开。她知道国民党军每丢失一寸土地，对于军人来说就多一分危险。于是她总是进三步退两步地望着两边：一边是丈夫、一边是孩子。

飞机的螺旋桨开始转动了。廖景阳突然恳求道："就要分别了。我要你再向我敬一个军礼。真的，那美极了！"

于是素问立即整理了一下着装，"啪"的一个立正，向他敬了一个标准的军礼。那一刻两个人都哭了……

廖景阳回到师指挥部，立即召集营长以上军官开会。他首先将配枪推上子弹，"啪"地拍在桌上，然后厉声说："此乃党国生死存亡之战。上海若不能持久，则大江南北顷刻便灰飞烟灭。我军现已三面受敌，背倚沧海。若诸位不肯效命沙场，请先崩了我各谋出路！"

"……"

廖景阳见无人应声便说："我们都是打过仗的老兵，曾荣耀千秋。逢此国之危难，请诸公恪守军人承诺，以尽军人本分。一身荣辱同党国共存亡。"

"请长官放心，兄弟们都是和共军斗得狠的，我等绝不向共军求生。"628团团长叫道。

廖景阳点点头道："无论怎样，我们自从军以来一直在为这个国家而战斗。我爱我的国家，我希望它好起来。但是战争总要有军人们去做出牺牲，才能换来和平。我辈尽本分，无论胜负，战争终将会彻底结束！"

解放军连日来以第9、第10兵团各军发起上海外围战斗，成钳形向上海两翼迂回，闪击吴淞口。廖景阳的青年军210师在浦东地区依托工事节节抗击。但解放军攻速之猛，进展之快令国民党守军措手不及。

上海外围战斗失利后，廖景阳率残部匆忙撤向苏州河北岸。他率部跨过外白渡桥的时候，接到了命令，"报告长官，总司令部来电：命令210师就地在苏州河北岸建立防御，协同204师死守待援，没有命令不许撤退！汤恩伯。"

廖景阳点点头，打发走传令兵。然后他指着外白渡桥边的百老汇大厦说道："司令部就设在那儿。"接着他背着手端详着这座宏伟的大楼惋惜地说，"多好的建筑啊，可惜顷刻间就要灰飞烟灭了。罢了，'宁为玉碎，不为瓦全。'"

士兵们冲进去的时候，这里居然还有人抱在一起跳舞。小柯抬手鸣枪喝道："所有人立刻离开，这里马上就是战场了。"

励志社招待所的所长匆匆跑出来阻拦。廖景阳进来说："立即撤走所有人，共军的炮弹不长眼睛。"

所长唯唯诺诺地说："这……这可是上海的标志啊。"

廖景阳说："是什么都没用了，覆巢之下岂有完卵？转眼这里就是刀山火海。"

接着，士兵们横着将躲在里面来不及撤离的军官家属和商人全都轰了出去。随后廖景阳亲自在各个房间布置，这儿架一挺机枪，那儿设一个电台，最后又将直瞄火炮搬了上去。

苏州河有30多米宽。仅仅两天时间，廖景阳便将河北岸建成了一座钢筋水泥的要塞。部队依托岸边林立的高楼大厦，配置了强大的交叉火力。桥头、路口都有坚固的碉堡扼守，撞开窗子，92式步兵炮可以覆盖南岸每一条马路。坦克和装甲车躲在水泥掩体后面，只露出炮管封锁住街区。

这使解放军的进攻部队直接暴露在密集的火网下。由于上级禁止用炮火支援，所以进攻部队几乎成了任人宰割的羔羊。步兵轻武器对依托坚固工事的敌人危胁不大。外白渡桥边，廖景阳布置的轻重机枪从百老汇大厦上居高临下地扫射过来，冲击的解放军部队不断地倒下。尸体很快覆盖了前进的通路……

陈至公在阵地上从望远镜中观察着部队的进攻。只见一拨拨战士们呐喊着冲上去，旋即便在敌人密集的交织火力下纷纷栽倒。敌人依托着建筑工事射界开阔，轻重机枪火力纵横交叉，造成解放军冲击部队极大伤亡。

看到这里，他当机立断喝道："停止进攻。"

接着在作战会议上他说："这么打就是添油战术。有多少人也不够堵枪眼的。战士们的血不能这么流。"

主攻营长极其不满地发牢骚道："团长，我想不通，为啥不让用大炮？现在每打掉一个火力点，每控制一条街道，我们都要多付出两倍、三倍的牺牲。

不是说走大兵团正规化的路吗？咱不能越活越回去了！大上海可不是一个鬼子炮楼。"

陈至公笑着说："对，确实不是鬼子炮楼，那是我们的大上海。中央要求要取得上海战役的'军政全胜'，尽可能地保全城市，尽最大可能保护好人民的生命财产。"

"眼看就要胜利了，可战士们却在毫无支援的情况下，用生命去换取每一间空屋。为了保全资本家的大楼，我们就该这样白白牺牲吗？"

陈至公叹息道："民心不是用大炮、刺刀换来的。解放全中国，我们人民军队不把人民放在第一位，得了天下又能怎样？你能得了了民心吗？"

政委说："这座城市就要回到人民手中了。消灭敌人固然是目的，但将城市完整地从敌人手里解放出来，还给人民是最根本的目的。我们是解放军，是人民军队，不是1937年和国民党打淞沪会战的日本侵略军！"

陈至公观察了一阵说："这样硬冲不行。我看这样：白天将全团的神枪手召集起来，对敌集中压制。利用步枪远距离精确射击的优势，封住每一层窗户掩护突击队冲击。以近迫作业方式，步步为营，不断挤占蒋军阵地。到了晚上就把部队拆开，利用地形，小股多路楔入敌阵地。只要贴身打，敌人就不是个儿。"

部队继续进攻的时候，陈至公亲临前线指挥突击队冲击。子弹"嗖嗖"地穿过空气，打在前进指挥所的窗棂上。就在这时候，从对面大楼上飞出一发炮弹，呼啸着落在附近。爆炸崩起的石子和水泥块将指挥所的墙壁砸得坑坑洼洼。

陈至公的警卫立即劝阻道："首长您退后指挥吧，这里太危险了。下一颗炮弹就冲这儿来了。"

陈至公道："我不走。给我一支步枪，我要打掉他的火力点！"

这时，在对面楼上的廖景阳正用望远镜偷偷地观察，他喃喃自语："共军这仗打得仁义啊！不用炮火支援，愣拿人脑袋往里填漩。"

小柯说："这样怎么能打得过我们呢？这个指挥官太不爱惜当兵的了！"

廖景阳说："笨蛋，这样的仗我们打得才不仁义呢。"

"那总不能放共军过来？拼刺刀吧？"

"嗯，共军就这么想。打得起吗？我打不起。委座攒鸡毛凑掸子好不容易给我搞出这两个团,和共军打白刃战就是作死。"

小柯嘟囔道:"这样打下去咱们真能坚守半年。"

千米之外一名解放军神枪手冲着方才望远镜反光的窗口,从容竖起表尺框,抬手就是一枪。38大盖的子弹"噗"地钻进廖景阳身旁一名炮手的脑袋。巨大的冲击力霎时掀开了士兵的头盖骨。

廖景阳见状骂道:"喝,来阴的。开炮!哪儿打冷枪就往哪儿轰!"

立时一发炮弹直撞出去,顿时在远处爆开。小柯在望远镜中看到炸得惨不忍睹的场面说:"长官,这样杀人有意思吗?都是当兵的,我看得手都直哆嗦。"

"没意思,可那怎么办?老子看着也心疼了。都是中国人哪!可我不能出去投降吧?"

廖景阳等了一阵,见共军阵中还是不发一炮,便说:"怎么着?还真不还炮啊?行,真沉得住气。传我命令开炮,别让我看到1000米内有共军活动!我不信他不对阵!"

可是尽管国民党军的炮击很猛,解放军阵地却依然没有反应。陈至公伏在沙袋上冲楼上狠狠骂道:"喝,老子不理他,他还来劲啦!"

"团长下命令开炮吧。"营长叫道。

"不,让开大路穿插两翼,中间吹冲锋号佯攻!前进!"

军号响,向前冲!解放军借着烟幕弹的掩护又冲了上来!喊杀声震得大地直抖!

国民党军立即集火射击,枪炮齐鸣!机枪打得人抬不起头,一阵排炮轰击将沙袋崩出十几米远,扬沙满天。就在这时,廖景阳接到628团团长的电话:"师座,解放军突破我3营左翼阵地,正向我侧后迂回。请机动部队火速增援!"

廖景阳随即命令小柯道:"老子没兵了,你带警卫连顶上去。我派两辆坦克支援你进攻。"

等小柯走了,前沿又打来电话:"报告师座,前方共军光吹号放烟幕,就是不来攻!"

廖景阳这才醒悟道:"对面这孙子谁啊?够坏的啊,呵呵,损招一套一套的!"

此时此刻吴淞口码头上一片混乱。从前线溃退下来的部队,争先恐后地拥上摇摇欲坠的兵舰。为了抢船，乱军中甚至发生了械斗。就在溃军骂骂咧咧、闹闹哄哄的时候，舰桥上负责瞭望的水兵在望远镜中忽地看到了地平线上陡然跃起一面红旗。顿时警报声凄厉地响起，接着兵舰匆匆起锚。船要开了，当兵的还在往上挤；岸上的人急得朝船上就开枪；船上的人便也开枪驱逐还在登船的士兵……就在船从吴淞口码头离开的时候，红旗招展间，解放军如潮水般汹涌地从四面八方扑了上来。

外白渡桥阵地前的共产党的军队开始喊话了："蒋军弟兄们听着，汤恩伯已经跑了，吴淞口也被我军切断了，大半个上海都已经解放了。你们不要再替蒋介石卖命了。我们不开炮射击，就是为保全上海的人民。你们靠着老百姓当挡箭牌算什么军人？要是打，咱们出来野战。要是降，咱还是兄弟。"

这时候，小柯从前沿打来的电话报告："师座，师座，我军侧翼与204师接壤的阵地已经被共军突破了。他们……他们已经占了大楼，火力太猛啦，强攻上不去啊！"

廖景阳连忙摊开城防地图看了看说："笨蛋。好吧，注意监视，到晚上必须给我攻下来！我们穷得就剩侧翼了！"

忽然一个参谋跑来报告："师座，敌27军聂凤智部，突破我友邻204师防区，正向我北岸纵深急速穿插。"

于是廖景阳便急忙去要京沪杭警备司令部的电话，而在那里电话铃声兀自空响。风吹开窗户，卷起窗帘，胡乱地吹起乱丢的纸张、文件。司令部已经人去楼空了……

廖景阳放下电话颓然坐倒在皮椅上。他敞开军装领口，将脚搭在桌上，望着天花板足足愣了半天才坐好说道："那就是说我们被围死了？好吧，命令全军戒备，严防共军夜袭。今夜即是最后时刻。"

"我们不撤退吗？"

"再退就是大海了。唯今之计只有突围。突围也许对我们、对上海都是一种解脱！去传令吧，19点召集连以上军官来这儿开会。"

对面的陈至公忽然被通信员叫回去接陈老总的电话。电话里陈老总问道："陈至公啊，你知道你对面的敌人是哪一个啊？"

"知道，是国民党青年军204和210师残部。都是顽固分子。"

"那你知道你对面的指挥官是谁吗?"

"不知道,敌人都龟缩在大楼里,我抓不到舌头。"

"那我告诉你,他是廖景阳,是你远征军的老伙计。"

"什么?"陈至公一愣,简直不敢相信自己的耳朵。他追问道:"陈老总,是真的吗?"

"哎,军中无戏言。"

"好,请您放心,天一黑我就把他消灭掉。"

"哪个叫你去消灭他哦,你有没得面子去见见他。要是能把他说服,就可以免动刀兵了嘛。"

"明白了,首长。"

傍晚,廖景阳将自己关在师部里,伏案匆匆写了一封家书。写完家书,他沉闷地吸着烟,转回身颓然靠在躺椅上。在他身旁留声机正播放着那熟悉的旋律《苏州夜曲》。那委婉的女声中,正带着他的思绪穿越时空,回到那令他感到一生荣耀的抗日战场,那些好兄弟的容貌便在他脑海中一幕幕闪回着。忽然,他盯着对面蒋介石的画像认真地看了起来,原来一只苍蝇正饶有兴致地在蒋介石的光头上爬来爬去,这吸引了他的目光。他看着苍蝇运动着,心里感觉怪怪的,但脑海中却是一片空白。这时候通信兵在外面敲门。廖景阳匆匆整理了一下军装,叫他进来。

通信兵报告:"师座,上海市市长赵祖康打电话找您,现在就在柯副官的防区。"

廖景阳站起身走出去接了电话,他冷冷地说:"怎么着?你是当说客来了?还是告诉我你先成仁啊?"

赵祖康说:"都不是,我受人之托,给你捎一句话。"

"还是劝降是吧?呵呵,算啦你自己享用吧。"说罢,廖景阳就挂了电话。随后告诉左右,"除了军令,我什么电话也不接。"

就在这时,电话又响了。廖景阳不耐烦地抄起电话说:"你尿裤子,给老子打电话有什么用!想投降你自己去吧,别拉上老子冒功!"

赵祖康说:"我只说一句,'风雨至公而无私。'"

"什么?"

"你兄弟要见你,就这样。"说罢,赵祖康挂断了电话。"陈至公!?"廖景阳拿着电话突然怔住了。他不由得在屋内来回踱步,口中低声自语道:"天哪，他还活着？该来的时候不来，不该来的时候偏偏冒出来。"廖景阳的心中反复地问自己："见不见？见不见？是他吗？真是他吗？他来干什么？劝降？找他老婆？扯淡，那是我老婆。"就在他彷徨的时候电话又来了。

廖景阳犹豫着，他盯着电话自语道："是人是鬼？是人是鬼？"这情景令在场的人不由地都屏住了呼吸，一起盯着兀自爆响的电话紧张着，焦虑着，纠结着……终于廖景阳伸手拿起了电话……

入夜，小柯带着一位穿长衫戴礼帽的男子走进了廖景阳的司令部。陈至公摘下礼帽的时候，廖景阳立刻认出了他。可是他一点也高兴不起来。他忐忑地说："你不该这时候来。"

"该来的终会来。道是无情却有情。"

"我不信邪，可我确实当你是死了。"

陈至公微微一笑道："当兵的就这样，总是和死神擦肩而过。"

廖景阳绷着脸，冷冷地招呼陈至公坐下，然后递上烟道："老陈，这么些年来，你流窜到哪儿了？既然还活着，怎么不来个消息？"

陈至公笑道："这些年来，我一直在你对面看着你。"

廖景阳顿时感到万分尴尬，他语无伦次地说："真的？你，你一直看着我？你……你怎么不找我啊？"他心里一阵阵打着鼓。他在想素问的事该怎么说呢。

陈至公继续微笑着说："在豫东，你虚晃一枪从我的包围圈里突围出去，仗打得可真漂亮。在陈官庄，我们俘虏了杜聿明、李汉萍，可却一直打听不到你的下落。我以为你死在了乱马军中。可是没想到今天在苏州河你我又是冤家对头。"

"你是共军。啊，是了，我早该想到的。看我，突然见到你，都忘了你是那边的了。"

"我不重要，重要的是我奉陈毅司令员的命令来劝你弃暗投明。"

"我说过我们走的路不同，况且老子还有3000精锐。装备精良，粮弹充足，直战至最后一兵一卒，也算报了国家养育！"

陈至公不禁愤愤地说："廖景阳，你要脸吗？"

"怎么了？"

"我们解放军是为了保护大上海免遭涂炭，为了不伤及无辜才放弃使用重武器，以纯步兵进攻的。那么多好同志血染苏州河，那么多老兵倒在你的枪口下。我告诉你，如果你再执迷不悟，今夜就是你我最后的决战！"说话间，陈至公猛地将小柯刚送来的茶杯摔得粉碎。在他眼里冒出复仇的烈火。

廖景阳也被激怒了，他猛地站起身揪住陈至公的脖领狠狠揍了一拳，将他揍倒在地上道："陈至公，你抛弃素问一个人落荒而逃。你知道她听到你阵亡的消息，心里有多难受吗？你还来劲了，你少在老子面前装蒜，你说你还算个爷们儿吗？"

陈至公站起来擦去鼻孔的血迹道："我知道，国事、家事不能两全。我也知道她现在是你妻子。我不忍心让她再失去爱人，所以我现在还能和你谈。"

"不错，素问是我太太，我非常非常地爱她，还有你女儿，我像亲生的一样待她。做人我没错，打仗我也绝不输给你。"

"我女儿？"陈至公愣了。他愕然地望着廖景阳有些莫名其妙。

"好一个'风雨至公而无私'啊。你真是那样吗？你真的能问心无愧地面对我，面对素问，面对你女儿吗？"

"你是说，素问有了我的孩子？"

"废话，她随了母亲姓，但其实是我为了让他继承你的血脉。你还问我要不要脸？你呢？作为男人你负责了吗？"

"没有。我一直觉得我对不起素问。可国家动荡，烽火连天，我根本无法回到昆明。抗战刚一结束，余汉谋的军队就在粤北向我东江纵队发起全面进攻。后来我们被迫北上山东解放区，整编的时候我被调入了华野一纵。接着你们又在山东展开重点进攻。我……我怎么能够来找你们？现在呢？现在她们在哪儿？哦，对不起，我也许不该问。不过你放心为了你和素问的幸福，我永远不会去打扰她们。"

"说什么都晚了。现在我的老婆孩子，对了也有你的孩子，已经被蒋介石带到台湾当人质去了。该死的战争，没能让你看到你的孩子。她的鼻子很像你，挺拔俊秀。但眼睛和脸庞像她妈妈，长大了一定是个漂亮姑娘。"

陈至公再次坐下长叹一声道："好了。我知道你有难言之隐，你怕因为你率部起义，老蒋不会放过素问她们母子。这个我来想办法，我会请求上级尽最大努力营救的。只要你答应起义！"

"起义？你真逗，这都什么时候了？不到3年，几百万国军被歼灭，四分之三的国土丢失。十面埋伏，四面楚歌。这时候还他娘的算起义？真让人笑掉大牙。我廖景阳不是那种看风使舵，投机取巧之辈。我知道你们共产党人够仁义，可是我身为党国军人守土有责。贪生怕死的官儿可以墙头草随风倒，但我不行。我依然恪守军人的职业操守。"

"怎么能说是墙头草呢？为国家民族大义，做一个真正的、有良心的中国人。蒋介石才是一个对人民、对国家有罪的人。他放弃东三省，令日军踏过长城而长驱直入。他大权独揽，到处瞎指挥，从抗战到内战，他飞到哪儿，哪儿就吃败仗！他为自己的独裁统治蓄意发动内战，把灾难蔓延到全中国，给全国人民带来了历史上最惨痛的灾难。醒醒吧我的兄弟，放下屠刀立地成佛！把和平还给人民吧。"

廖景阳依然坚持道："我们天天渴望和平，天天盼望着天下富庶、百姓安居，可这一切都需要军人去坚持。哪怕是刀山火海，我们也坚持着军人的原则。坚守在最后一块阵地上！没有不流血的和平。"

陈至公说："中国从来积弱，自鸦片战争以来，内忧外患民不聊生。辛亥革命好容易推翻了帝制，可是各地军阀又连年混战，杀得尸骨连天。共产党本是按照中山先生的意见，同国民党一起救中国的。可老蒋却不想搞民主，他为了达到独裁统治的目的，倒行逆施，杀人如麻。他一手剿红军，一手又借剿红军来排除异己。攘外必先安内。可笑！你见过世界上哪个政府将领土拱手让给侵略者，却还在乐此不疲地打内战吗？你见过世界上哪个国家在国土沦陷了三分之二以后，才忽然想起自己还没有宣战吗？抗战胜利，是中国人团结一致取得的胜利。可就在这时候，老蒋又不忘回头一刀。你身为军人，曾为国家民族抛头洒血，可堪称民族英雄。可是后来呢？你是蒋介石与人民为敌的急先锋。够了，真的兄弟，我还叫你一声兄弟。本是同根生，相煎何太急啊？我们罢兵吧，100年了，100多年了！中国人民没有见过一天和平。老百姓从没有一个安生的家。看看孩子的眼睛吧。在黄泛区，我见到孩子面对这苦难世界的那迷茫的双眼。我不敢看，那目光中毫无希望。为了民族大义这样的政府再王八蛋我们忍了。'十万青年十万军'，即便是有去无还，我们干了！就为了打败日本鬼子，还天下人以和平。可是和平呢？醒醒吧，战争该结束了。如果光明就在眼前，你为什么还要徘徊在黑暗中呢？上善若水，我尊重你的军人荣誉，但你不觉得坚持得毫无意义吗？真的，放下枪吧，把上海完完整整地还给人民，别再让战火毁掉孩子的家园。"

听了陈至公的一番话，廖景阳沉默了良久，终于他长叹一声道："我知道。我原本想为国家统一而战，战至最后即可和平。可是现在看来，我等即便拼死鏖战，也无力力挽狂澜了。"廖景阳狠狠吸了一口烟接着说，"我的兄弟都死了，可是让那些和我一起出生入死的弟兄们死不瞑目的是——无怨无悔地

第八章 千秋家国

去死,却没有换来和平。几百万大军从没有输得像现在这样惨。我知道这是民心所向。可是中国总要有军人用流血去证明政治观念的错误,总要用失败来验证无知的奋斗。"

"你还要一意孤行吗?还要坚持你那错误的信念吗?从士兵到将军,我们今天能做主了。我们能用自己的力量让战争的车轮现在就停下来!看看窗外的大上海吧,它作为第一个外国租界地,已经有100多年了,是时候让我们迎接它回家了。将上海完完整整地还给祖国,还给人民吧。"

"是啊,100多年了。100多年孤儿唯一的梦想,就是回家,母亲已经张开了怀抱在迎接这个饱受沧桑的孩子。可是我们呢?为了这个迷失的孩子,你我却要将身家性命押上,让自己的孩子成为孤儿。你的,还有我的。这是一个艰难的抉择。你可以不在乎,因为那份爱,那个家是我的,我的!就像3连,是我生命中最重要的东西,而你永远是个局外人。"

"你错了,我不是旁观者,我一直和你在一起。我们一起面对这个世界,一起面对这个国家的生死抉择。想想那些兄弟吧,我们不是炮灰指挥官!"

"对,不是你死就是我活。"说着,廖景阳将配枪拔出来,充满矛盾地拉动套筒,使子弹毫无规律地上膛退膛。

陈至公坐在对面冷眼看着子弹一枚枚从他弹仓里跳出来。他说:"身为军人,我渴望和你最后一战,但我更渴望和平。这一次,只要我活着就一定要大上海不再陷入战火。罢兵吧,当兵的从来都是舍得的。我理解你,我也难受。真的!可我们……我们必须做出正确抉择!"

廖景阳突然抬眼吼道:"你是我什么人?啊?你说舍得就舍得吗?她们是我的!我的!你明白吗?"随后廖景阳站起来,他拎着手枪不知所措地在屋子里来回转着。他一边转一边将屋里的东西随手抓起来撕碎,打翻。这动静使门外的警卫不由地闯了进来。廖景阳随即将卫兵骂了出去,然后突然一个转身,冲陈至公说道:"是我一个人吗?210师团以上军官家属全让老蒋带走了,不是去重庆,就是去了台湾。你……你这是拿我们往火上烤!"

陈至公挺胸站了起来,愤愤地说:"我知道,可和平的代价岂止在战场?你想过那些倒在苏州河岸上的解放军战士的亲人吗?他们呢?他们就该牺牲吗?土地改革,家里好容易分到属于自己的地,他们就愿意送死吗?为和平,我们共产党人也在承受着痛苦和牺牲。没人逼我们做出抉择,是人民。这个国家的人民已经为了和平,在刺刀下苟活了100多年!人民血溅自己的祖国,却看不到和平的曙光,但今天黎明就在眼前。难道你没有听到上海的哭泣吗?告诉我,你坚持的价值是什么?你认为你捍卫着这支从光荣走向黑暗的军队的荣誉,就可以不在乎孩子的眼泪了吗?我们……我们做什么能永久地熄灭战火?嗯?!好,我的命给你。冤家解了!但上海必须解放,必须回来!"说罢他拿起廖景阳刚才丢下的手枪,"哗啦"一声子弹上膛,然后调转枪口递向他。

廖景阳盯着那枪沉默良久。突然他叹道:"我看到了,看到为减少战火的破坏,英勇的士兵向着我的炮火,义无反顾地以轻武器发起一拨一拨地冲击。这使我发现只有解放军才是真正为民而战,为民流血的军队。那么多人死在炮火中,可他们还是在前进,前进。那是一支真正为和平而战!为国家民族牺牲的仁义之师。好吧,100多年了,100多年来我终于看到了这个国家的希望。"

"有爱就有希望,希望这个世界永远和平。我们不是为战争而生的,我们不是炮灰。我们创造和平,带希望降临人间。我相信你可以帮助上海摆脱苦难。"

廖景阳幽幽地说:"共党能取得今日之天下,皆因民心所向。无为而无不为。大道之行,天下为公!不说了。好吧,就让苦难的历史从我们手中终结吧。"

陈至公听罢兴奋地说:"你同意起义啦?"

廖景阳惨然一笑道:"不,是投降。不打了,真的不打了。让弟兄们回家吧。让上海不再哭泣。"

陈至公激动地拉住他的手说:"好!好,我答应你。"

"走吧,我带你去受降。"廖景阳看看手表说。

连以上的所有军官都被叫到会议室来,他们对目前的处境感到焦虑。军官中有的主张突围,有的主张坚守,还有的主张投降,一时众人争吵不休。甚至有些少壮派的军官,竟和人争执得动起手来!就在这时候,随着一声"立正"的口令声,廖景阳带着陈至公走了进来。他背着手,冷眼扫视着众人,看了好久才说:"还打吗?能赢吗?死有意义吗?"

"……"这三个问题将军官们问得哑口无声。

他环视着众人道:"两个选择,突围和投降,死或生。老蒋跑了,吴淞口丢了,我们被抛弃了。就这样。"

陈至公马上对他这样的训话表示不解。他说:"你——"

廖景阳随即用手势阻止了他说话,然后他缓缓说道:"我说过,我们都曾是打过抗战的老兵,曾荣耀千秋。我们出生入死,比每个中国人都更期盼和平。但我忽然发现,对于这场战争,我们越坚持,和平便离我们越遥远。军人不能选择怎么去死，但是可以选择让这个养育我们的国家在战火中获得重生！中国需要重生，虽然很多……很多弟兄为了这个国家抛头洒血，但国民政府却没能做对得起老百姓、对得起那些忠魂的事。旧中国已经经历了100多年的战乱，致使民族蒙羞，国家落后，生灵涂炭。就让战争在我们手中终结吧。国民政府已经走到了历史的终点，我们为这个国家已经尽力了。可惜它并没有好起来。我们现在唯一能做的，就是放下武器。请诸位回家吧，和平就在眼前。这位是中共方面派来的代表。我现在下令全线停火。但有不从者，"说着，廖景阳将腰间的中正剑拔出来丢到桌上说，"可杀身成仁以报党国知遇之恩，也算马革裹尸尽了军人本分。"说着，他标准地敬了一个军礼，然后径直走了出去。小柯见了立即跟了出去。陈至公望了一眼廖景阳的背影，虽有些不解，但面对眼前这群惊慌失措的国民党军官，还是微笑着摆摆手说："都坐吧，弟兄们。咱们来谈谈条件。"

初夏，台北的雨淅淅沥沥地飘在微风里，素问抱着胖儿子站在落雨的窗前。她一边用奶瓶给儿子喂奶，一边告诉孩子："爸爸呢？爸爸就要回来了。说，爸爸，爸爸。"

飘摇的细雨在窗前飘呀飘，这时，一辆黑色的轿车从窗前迷茫的烟雨中开来。随即车上下来两位年轻的国民党军官。他们抱着一个用国旗包裹的东西，并郑重地为它撑起一把黑色雨伞。素问认得其中一个便是廖景阳的贴身副官柯燕然。见不到廖景阳来，她不禁眉头一皱，便轻轻放下孩子走向客厅。

母亲将小柯让进了客厅，接着素问便迎出来。和小柯一起的那位军官，礼貌地问候了一声"廖太太。"

素问诧异地点点头说："啊，您好，请坐吧。我家先生呢，他怎么没回来？"

那个军官看了一眼小柯，然后继续礼貌地说："是国防部派卑职来的。送廖长官回家！"

素问先是望向那包裹，然后便向一旁一言不发的小柯问道："景阳呢？他怎么了？你不是电话里说他回来了吗？他在哪儿？他怎么没来？你说啊？"

被素问这样一问，小柯不禁动容。他"扑通"一声跪在素问面前恸哭道："嫂子，对不起。210师只有我一个人回来了。廖长官殉国前，让我带他回家。"说着他掏出那封家书。

听到这儿，素问忽地感到眼前一花，腿一软便坐到了地上。母亲上前赶紧将她扶起来。而这时小柯已经泣不成声了……

待到送走了小柯,素问一个人恍惚地将廖景阳的那封家书贴在胸口,脚步踉跄地进了书房。

她手忙脚乱地打开那封家书,便看到廖景阳用派克钢笔写的一封遗书。

素问吾妻如晤:吾今以此书与汝永别矣!吾书此书时,四面楚歌,弹雨枪林。吾身为党国军人,却不能救国家于危卵,实无颜以见江东父老。时共军部队已切断我吴淞口之退路,兵临绝境,唯有一死以报效国家之养育。共党之兵,虽对我久攻不克,然敌兵为避战火焚城,乃以轻兵器与我厮杀,实令廖某汗颜。因思汝之切,令勇武倍增,吾已决意今夜率部进行最后之决战。若是见信如面,想吾已杀身成仁。吾死后,妻儿俱有国家照顾,生计尚不足虑,唯一牵挂乃家中三代人之幸福。祈愿吾在天之灵保佑一家平安,以遂我所愿也。军阵中实不能长述儿女情长,谨珍爱与汝情愫,此生与汝照顾不周,陪伴不多,每每家国兴亡事,搅了一场鸳梦了无痕……

另:国家战事料想满盘皆输,素问尚年轻,诸子年幼,母亲年迈,故请素问三思,若寻得一诚心相待之人,可再托付终身。这样九泉之下吾亦瞑目了。

夫:景阳

民国三十八年五月二十三日黄昏　于上海外白渡桥阵地

当曙光来临的时候,廖景阳背着手伫立在窗前。他心酸地目睹着部队走过外白渡桥向解放军缴械时那沮丧的神情。这对于他这个将战争奉为职业、将和平视为理想的标准军人来说,是军人生涯中最痛苦的时刻。他没有动,只是看。看着看着,他不知不觉眼角便落下了泪。

这时,已经换好军装的陈至公在小柯的带领下悄悄走到他身边。他轻轻递上一块手帕,但廖景阳只是紧紧攥着并没有用。他苦笑着说:"好啦,你赢了!战争结束了。真的,彻底结束了。"

陈至公感慨地说:"是我们,是我和你一起赢得了和平!一个崭新的中国将在东方屹立。在这一历史时刻你和我都做出了正确的抉择。"

廖景阳说:"历史就是自然规律,就算我不放下武器,上海解放也是迟早的事。国民党在该来的时候来,在该去的时候去。顺应潮流。这是历史的进程。"

"不,这是人民的选择!历史的必然!"

"是啊，我们终将成为历史。"

"那里会记录你的功勋。"

"我最骄傲的就是曾出色地服务于中国远征军，和一帮好兄弟生死相依！"

"是啊，中国远征军可歌可泣的抗战贡献，会被历史牢记。"

廖景阳转身请陈至公坐下，然后拿出一瓶红酒，让小柯一一倒上。他说："好啦，得偿所愿如释重负了，喝一杯吧。"说罢，他举杯一饮而尽。

于是，陈至公和小柯便跟着一起干杯了。

陈至公说："3连一起从缅甸回来的到现在就咱们仨了。我们不会再分开了。"

廖景阳说："无论怎样，我都深深地爱这个国家。爱我的兄弟，爱我的家人。我将把最后的承诺留给他们。愿世界充满爱！"

陈至公笑笑说："好啊，国事、战事都交待完了。下面我们来说说家事吧。说说素问，需要我们怎么帮你？"

等小柯给大家满上酒，廖景阳又一口干掉说："谢了，那是我的事，就不劳你们费心了。"说着，他不等陈至公答复，话锋一转道，"你还记得吗？我们的歌。"

"是《带血的伞绳》吧？"

"笨蛋，是远征军啊，没远征军就没伞兵。"

"嗯，记得，怎么能不记得？一辈子也不会忘。"说罢，陈至公喝干那杯酒，便兴致勃勃地低声哼了起来，"君不见，汉终军，弱冠系房请长缨。"

廖景阳突然大声说："这支歌是'十万青年十万血'写出来的军魂。要大声唱！"

陈至公高兴地点点头说："好吧，很久没有唱了！"说着他便颇有兴致地重头唱了起来："君不见，汉终军，弱冠系房请长缨；君不见，班定远，绝域轻骑催战云……"他越唱越豪迈，不知不觉竟挥着手有力地打起了节拍。于是三人便和着节拍一起动情地高歌起来，一时间仿佛他们又回到了当年。当年"十万青年十万军"，像一道铁流沿着蜿蜒的滇缅路，如风雷般地向日军迎头杀去。征途上战旗猎猎，军歌嘹亮……

就在三人唱到兴头上的时候，廖景阳突然一声叹息："多好听的歌啊，可惜以后没人再唱了。"说罢他冲小柯招招手，将他叫过来，然后将一封家书交给他低声嘱咐，"把他交给我妻子，你要……带我回家！"

说罢，他突然迅速地拔出手枪，随后手枪潇洒地一转，一抬手将枪管对准太阳穴,毫不犹豫地扣动了扳机……

清晨,广播声在全城响起:"上海人民广播电台,同志们,告诉你们一个好消息:上海解放了!现在,我宣读中国人民解放军进城公告……"